Dacia Maraini
Erinnerungen einer Diebin

SERIE PIPER

Zu diesem Buch

Fasziniert von der unkonventionellen Art Teresas, die jenseits von bürgerlichen Normen nach ihren eigenen Regeln lebt, beschloß Dacia Maraini, über die »Diebin«, die sie bei einem Gefängnisbesuch in Rom kennenlernte, ein Buch zu schreiben. Teresa stammte aus einer armen, kinderreichen Familie, löste sich bald von zu Hause, lebte in den Tag hinein wie eine Zigeunerin, heiratete jung und brachte einen Sohn zur Welt. Fast unmerklich schlitterte sie in die Kriminalität, kam von einem Gefängnis ins andere und blieb doch ohne Groll über die ihr angetane Gewalt. Mit diesem erfolgreichen Roman gelang Dacia Maraini das lebendige Porträt einer mutigen, selbstbewußten und unerschütterlichen jungen Frau und ein packender Zustandsbericht über das Leben hinter Gefängnismauern.

Dacia Maraini, geboren 1936 in Florenz, aufgewachsen in Bagheria bei Palermo, schrieb zahlreiche Theaterstücke, Gedichte und Romane. Ihr bekanntester Roman, »Die stumme Herzogin«, wurde 1990 mit dem Premio Campiello ausgezeichnet und führte lange die italienischen Bestseller-Listen an. Dacia Maraini lebt in Rom.

Dacia Maraini
Erinnerungen einer Diebin

Roman

Aus dem Italienischen von
Maja Pflug

Mit einem Nachwort von
Heinz Willi Wittschier

Piper München Zürich

Von Dacia Maraini liegen in der Serie Piper außerdem vor:
Bagheria (2160)
Stimmen (2462)
Der blinde Passagier an Bord (2467)
Nachforschungen über Emma B. (2649)
Liebe Flavia (2982)

Ungekürzte Taschenbuchausgabe
1. Auflage Juni 1994
3. Auflage Februar 2000

Titel der italienischen Originalausgabe:
»Memorie di una ladra«
Deutsche Erstausgabe:
Ullstein/Propyläen, Berlin 1977, unter dem Titel
»Memoiren einer Diebin«

Umschlag: Büro Hamburg
Stefanie Oberbeck, Katrin Hoffmann
Umschlagabbildung: Karl Hofer (»Sitzende Frau«,
um 1923, Hofer-Archiv)
Foto Umschlagrückseite: Jerry Bauer
Gesamtherstellung: Clausen & Bosse, Leck
Printed in Germany ISBN 3-492-21790-7

MEINE MUTTER WAR fünfzehn, als sie ihr erstes Kind, Eligio, bekam. Dann, 1912, folgte Orlando. Als ich geboren wurde, war sie gerade vierundzwanzig. Sie hatte schon viele Kinder gekriegt, einige lebendig, andere tot.

Es heißt, ich wäre unter Schwierigkeiten auf die Welt gekommen, halb erwürgt von der Nabelschnur, die sich um meinen Körper gewickelt hatte wie eine Schlange. Meine Mutter glaubte, ich wäre tot, und mein Vater wollte mich schon in die Mülltonne werfen.

Da, sagten sie, ist aus meinem großen schwarzen Mund ein gräßlicher, wütender Schrei gekommen. Und so haben sie kapiert, daß ich noch lebte, haben diese Schlange durchgeschnitten, haben mich gewaschen und mich zu meinen anderen sechs Geschwistern ins Bett gelegt.

Tante Nerina sagt, daß ich als kleines Kind behaart, schwarz und heimtückisch wie ein Affe war und alles nachmachte. Ich glaube ihr aber nicht, denn seit ich mich kenne, habe ich immer eine helle Haut und rotbraune Haare gehabt. Allerdings erinnere ich mich an nichts aus der Zeit, als ich sehr klein war. Die erste Erinnerung, die ich habe, bezieht sich auf die Zeit, als ich sechs Jahre alt war und mein Bruder Orlando mir einen Finger ins linke Auge gebohrt hat. Er sagt, mein Auge funkelte so hell wie ein Stein, und diesen Stein wollte er, um damit zu spielen. Und so wäre ich seinetwegen beinahe erblindet.

An dieser ersten Erinnerung hängt noch eine weitere Erinnerung, sie stammen beide aus der gleichen Zeit, ich weiß nicht, welche zuerst kommt.

Einmal bin ich nachts aufgewacht, weil ich einen furchtbaren Traum hatte, an den ich mich jetzt nicht erinnere, ich bin aufgestanden und in die Küche gegangen, um Wasser zu trinken. Als ich an der Tür des Zimmers vorbeikam, wo mein Vater und meine Mutter schliefen, habe ich einen kleinen Laut gehört, wie ein Stöhnen. Ich habe das Auge ans Schlüsselloch gelegt und gesehen, wie mein Vater zusammengekauert mit offenem Mund schlief und meine Mutter ganz nackt auf dem Bett saß und lachte und sich mit den Fingern zwischen die Beine faßte.

Im ersten Moment dachte ich, daß sie spielte. Und das habe ich noch viele Jahre gedacht. Aber dann habe ich selber angefangen, dieses Spiel zu spielen, und da habe ich verstanden, daß es keineswegs ein Spiel, sondern stark und berauschend war.

An meine Mutter erinnere ich mich genau, sie hatte einen schönen Körper, war kräftig, mit schmalen Handgelenken und Fesseln. Die dicken hellblonden Haare trug sie um den Kopf gelegt. Sie war lustig, energisch. Aber ab und zu hatte sie Kummer, dann sah sie niedergeschlagen aus.

Mamma, was hast du? fragte ich sie. Als Antwort haute sie mir so heftig auf den Mund, daß das Zahnfleisch blutete. Sie war sehr stolz, meine Mutter, und wollte nicht zugeben, daß sie traurig war.

Ich wuchs heran, und meine Lieblingsbeschäftigung war Spielen. Den ganzen Tag war ich draußen auf der Straße und spielte mit meinen Freundinnen. Wir spielten das Knopfspiel. Wir rissen überall die Knöpfe ab, um das Knopfspiel zu spielen. Ich war richtig spielsüchtig.

Wir hatten Haufen von Knöpfen in allen Farben. Die goldenen waren die kostbarsten, sie waren eine Million wert, gleich danach kamen die schwarzen, dann kamen die roten und die gelben, die gleich viel wert waren, dann die weißen, die am wenigsten wert waren. Grüne Knöpfe waren selten, aber es hieß, sie bringen Unglück, und wenn mal einer dabei war, vergruben wir ihn ganz tief und pinkelten darauf.

Vor allem meine Mutter ärgerte sich, wenn sie ein Kleid anziehen wollte und keine Knöpfe mehr dran waren. Sie hatte ein schwarzes mit gelben Blumen und einer Knopfreihe vorn; es war ein Kleid, das sie sehr mochte. Jedesmal, wenn wieder alle Knöpfe ab waren, kam sie und verdrosch mich. Dann kaufte sie neue Knöpfe und nähte sie geduldig wieder an.

Nach ein paar Tagen ging ich hin und riß wieder alle ab. Daraufhin packte sie mich, hielt mich mit den Knien fest und schlug mit den Fäusten auf mich ein. Einige Tage verhielt ich mich ruhig, aber dann fing ich wieder an. Dieses schwarze Kleid mit gelben Blumen gefiel mir einfach zu gut, das heißt, mir gefielen die Knöpfe daran, dicht an dicht und hellgelb, wie durchsichtige Kügelchen.

Ich prügelte mich oft, weil ich verlor. Ich hatte keine Lust zu verlieren, ich hatte meinen Stolz beim Spielen, und wenn ich verlor, schnappte ich mir eine der anderen und verhaute sie. Ich suchte nach Ausreden, um mir die verlorenen Knöpfe wieder anzueignen. Ich sagte: Du hast sie mir gestohlen, du bist eine Diebin! Manchmal erschrak das andere Mädchen und gab sie mir zurück, manchmal widersetzte sie sich und blieb hart. Dann stürzte ich mich auf sie und schlug zu.

Meine Mutter sagte: Du taugst zu nichts, ich muß dich zu einem Schneider in die Lehre schicken! Sie sagte: Du mußt einen Beruf lernen, so kannst du nicht aufwachsen, du Nichtsnutz! Spielst immer nur, weißt nicht einmal, wie man eine Nadel hält. So redete sie mit mir, und manchmal zog sie mich auch an den Haaren, aber ich spielte weiter den ganzen Tag das Knopfspiel.

In bezug auf Kleidung war ich eitel. Ich zog einen neuen Gürtel an und glaubte, ich sei wer weiß wer. Mit den Spielgefährtinnen setzten wir uns unter einen Baum und unterhielten uns, wir redeten davon, Schauspielerinnen zu werden, wenn wir groß wären. Wir schauten uns im Spiegel an. Wir verglichen unsere Körper, die Füße, die Taillenmaße, die Phantasie hatte uns gepackt. Ich sagte, ich wollte Kapitän auf einem Schiff werden und immer zur See fahren, Tag und Nacht, bei hohem Wellengang, und mit den Matrosen das Knopfspiel spielen.

Wir rollten Fetzen von Zeitungspapier zusammen und taten so, als rauchten wir. Dann, die Zigarette zwischen die Lippen geklemmt, fingen wir wieder an, das Knopfspiel zu spielen. Gegen Abend kam meine Mutter, packte mich an den Haaren und sagte: Ab heute reicht es mit dem Spielen; ich schick dich zum Schneider in die Lehre! Jeden Tag sagte sie das gleiche.

Einmal hat sie mich wirklich hingeschickt. Sie hat mich zu einem Stummen gebracht, der in einem mit Hosen vollgestopften Zimmer arbeitete, sogar von der Lampe hingen welche herunter. Kaum komme ich rein, gibt mir dieser Schneider mit Gesten zu verstehen, daß ich mich neben ihn setzen soll, legt mir ein Stück Stoff in die Hand und zeigt mir, wie man heftet.

Ich lerne rasch. Aber ich war sauer, wütend. Wenn ich schon hier bin, dachte ich, will ich auch zuschneiden, nähen, nach meinem Kopf arbeiten. Statt dessen durfte ich gar nichts tun. Ich machte immer nur diese Heftstiche. Der Schneider war nicht einmal damit zufrieden. Sein Mund war stumm, es herrschte eine große Stille, und mich machte diese Stille traurig. Also sang ich. Aber der Schneider war's nicht zufrieden. Und während ich so gebeugt dasaß und nähte und sang, bekam ich plötzlich einen Schlag auf den Kopf. Sechs, sieben Tage lang machte ich diese Heftstiche, dann hat's mir gereicht, und ich bin gegangen. Der Schneider wollte mir nicht mal eine halbe Lira bezahlen, und meine Mutter mußte sich auch noch für mich entschuldigen.

Zu Hause ging es drunter und drüber. Meine Brüder kamen und gingen, schrien herum, stritten miteinander. Meine Mutter warf sie hinaus. Mein Vater prügelte sie. Aber sie fingen immer wieder zu streiten an.

Einmal sagt meine Mutter zu mir: Paß auf, deine Großmutter will dich sehen, dich, deinen Bruder Orlando, Balilla und den anderen, Nello: ihr sollt alle vier zu ihr kommen. Ich sage: Was will sie denn? Will sie uns verhauen? Oder will sie uns eine Predigt halten?

Meine Großmutter war nämlich sehr streng, moralistisch und überaus lästig. Zu allen war sie reizend, nur zu uns war sie pervers, ich weiß nicht, warum. Sie hatte eine zittrige, aber böse Stimme. Sie sagte: Eure Mutter läßt euch alles durchgehen, sie weiß überhaupt nicht, was Erziehung ist! Nichtsnutze seid ihr, Halunken!

Meine Mutter konnte uns nicht allzuviel Erziehung angedeihen lassen, sie konnte nicht allzuviel hinter uns her sein, weil sie ihm Haushalt, in der Osteria und auf dem Land gleichzeitig arbeiten mußte. Und außerdem mußte sie sich auch noch um den Fisch kümmern. Alle diese Kinder, die sie nacheinander bekam, zehrten an ihr. Eins stillte sie noch, da war sie schon mit dem nächsten schwanger. Immerzu Kinder, immerzu Kinder, jedes Jahr. Meine Großmutter Teresa sagte mit ihrer zittrigen, wütenden Stimme: Eure Mutter geht nie mit euch in die Kirche, sie ist eine Ungläubige! Denn meine Großmutter war eine Betschwester, hockte ständig in der Kirche und schlug sich an die Brust. Dann packte sie mich an der Gurgel und sagte zu mir: Warst du in der Kirche? Warst du in der Frühmesse? Ich antwortete immer, ja, ich sei dortgewesen; aber es stimmte gar nicht.

Hinterher legte sich meine Mutter mit uns Kindern an: Ihr Duckmäuser, jetzt muß ich wieder mit euerer Großmutter, dieser Betschwester, streiten! Warum behauptet ihr, daß ich euch nicht in die Kirche schicke? Wenn ich nicht hingehe, ist das kein Grund für euch, auch nicht hinzugehen.

Wir erfanden nämlich die Ausrede, daß sie uns nicht hinschickte in die Kirche, um den Strafpredigten der Großmutter zu entgehen. Aber es war eine Lüge.

Und so kam der Großvater, der »der Oberst« genannt wurde. Er kam mit dem Stock in der Hand und schlug uns auf den Rücken, mich und Orlando. Die anderen Enkel dagegen, unsere Cousins, waren Speichellecker und taten ihr schön: Omilein, wie geht's? und Küßchen. Sie bezirzten sie, wie sie wollten. Ich konnte das nicht. Ich mochte meine Großmutter, aber anstatt sie zu küssen, hätte ich sie am liebsten gebissen, vor allem, wenn sie mit dieser zittrigen, strengen Stimme herummurrte.

An dem Morgen gehen wir, meine drei Geschwister und ich, also zur Großmutter. Und sie sagt: Hört zu, wollt ihr mit aufs Land fahren und ein paar Melonen ernten? Es war die Zeit der Wassermelonen. Ich sage: Großmutter, müssen wir denn sofort los? Sie sagt: Sofort, sofort. Und schickt uns aufs Feld, Melonen ernten.

Mit Esel und Karren machen wir uns auf den Weg. Wir setzen uns alle auf diesen Karren, und holterdipolter, holterdipolter fahren wir aufs Land, zwei Kilometer. Dort hatte meine Großmutter ihr Grundstück. Uralte knorrige Olivenbäume gab es dort, mit schwarzen Löchern, in denen Ameisen, Spinnen und Schlangen nisteten. Und dann Weinstöcke, die so reichlich trugen, daß die Trauben den Boden streiften wie die Zitzen von einer Hündin, die grade Junge gekriegt hat. Es war ein schönes Stück Land, sehr fruchtbar und prächtig. Also sagt sie: Los, packt an, wir müssen alle Melonen ernten, beeilt euch! Derweil wählte sie die reifen aus, betastete sie, roch daran, und dann gab sie sie uns, und wir rannten los und schichteten sie unter der Pergola auf.

Hin und her, hin und her gingen wir unter der glühenden Sonne. Da sage ich: Guck sie dir an, läßt uns hin und her laufen wie die Ameisen, wann dürfen wir endlich mal eine Melone essen?

Orlando sagt: Nie läßt die uns eine Melone essen.

Daraufhin sage ich: Weißt du, was wir machen? Bum! Und ich lasse eine Melone auf die Erde fallen. Ich sage: Großmutter, mir ist eine Melone heruntergefallen! Sie sagt: Ist gut, macht nichts, die essen wir später. Ich sage: So ist's recht! und mache mich mit Orlando über das saftige, warme rote Fruchtfleisch her. Wir hatten solchen Durst! Und schweißgebadet aßen wir in der Hitze diese Melone, die einfach köstlich war.

Mein anderer Bruder sagt: Aha, ich verstehe, wenn sie

kaputtgehen, darf man sie essen. Bum! läßt er noch eine Melone fallen. Großmutter! Mir ist auch eine Melone runtergefallen! Was soll ich machen, Großmutter? Ist gut, ist gut, sagt sie, legt sie dort unten beiseite, die essen wir später.

Am Ende des Tages hatten wir den Bauch voll Melone. Wir hatten so viele platzen lassen, daß wir uns am Schluß schon davor ekelten und den Saft in die Schlangenlöcher schütteten.

Als es dunkel wird, steigen wir alle wieder auf den Karren und fahren heim. Die Großmutter zählte die Melonen und sagte, es wären aber wenige, und um sie abzulenken, stritten wir laut untereinander.

Zu Hause stellt mir mein Bruder Luciano, kaum, daß er mich sieht, ein Bein, und ich falle hin und schlage mir böse das Knie auf. Daraufhin kommt mein Vater und geht mit dem Gürtel auf ihn los. Aber Luciano rennt weg, und der Gürtel hat mich getroffen. Dafür habe ich meinen Vater gehaßt. Es war ja nicht seine Schuld; er wollte Luciano verhauen und hat statt dessen mich erwischt. Er hat mir einen violetten Striemen auf dem Schenkel hinterlassen, der noch eine Woche lang zu sehen war.

Zu der Zeit hatte mein Vater sehr viel zu tun. Also sagt er zu meinem Bruder Orlando: Ab morgen bringst du früh den Schweinen ihr Futter, weil ich keine Zeit habe. Orlando sagt: Ist recht, morgen mache ich's. Am Abend zeigt ihm mein Vater, wie er den Eimer füllen muß und wie er ihn tragen muß, an einem Stock, den er über die Schulter legt.

Am Morgen nimmt Orlando das Schweinefutter und zieht los. Ich gehe mit ihm hinaus. Seit einer Weile war ich immer mit ihm zusammen, folgte ihm überallhin, machte ihm alles nach. Kaum sieht er mich, sagt er: Hau ab, dumme Gans! Ich sage: Wieso, macht's dir was aus? Ich komme mit. Er sagt: Ich will dich nicht. Aber ich ging trotzdem hinter ihm her.

Da sehe ich, daß er, anstatt aufs Land zu gehen, zum

Fluß läuft und alles ins Wasser kippt. Dann setzt er sich mit dem leeren Eimer unter einen Baum und raucht eine Zigarette. Ich gehe zu ihm, und er sagt: Halt den Mund, Teré, sonst schlag ich dich tot! Und ich sage: Was glaubst du denn, daß ich dich verpetze? Und er läßt mich an seiner Zigarette ziehen.

Ein-, zweimal ist es gutgegangen. Nach drei- oder viermal sagt mein Vater eines Morgens zu ihm: Das ist aber schnell gegangen. Wie hast du denn das hingekriegt? Orlando sagt mit größter Unverschämtheit: Ich bin gerannt, damit ich eher zurück bin. Daraufhin mein Vater: Wie kommt es dann, daß ich gestern raufgegangen bin und der Schweinetrog ganz trocken war und die Schweine verzweifelt gequiekt haben? Na ja, sagt Orlando, das heißt wohl, daß sie alles aufgefressen und auch noch das Holz ausgeleckt haben.

Mein Vater sagt nichts. Am Abend jedoch geht er nachsehen, ob Orlando wirklich den Tieren das Futter gebracht hat, und hört die Schweine quieken. Sie quiekten so laut, daß sie ganz erschöpft waren. Da hat er begriffen, daß sie schon tagelang nichts mehr gefressen hatten. Aber er hat immer noch nichts gesagt.

Am nächsten Morgen, als Orlando mit dem Eimer loszog, ist er ihm nachgegangen. Er hat gesehen, wie Orlando das Schweinefutter in den Fluß schüttete, hat an der Haustür auf ihn gewartet und ihn verprügelt.

Und du! sagt er zu mir, du wußtest nichts? Ich? sage ich, woher soll ich das wissen? Aber er hat mir nicht geglaubt, und schon gab's auch für mich Prügel. Ich war etwa dreizehn. Die Beine hat er mir grün und blau geschlagen mit der Peitsche. Er sagt: Du hast den Mund gehalten, was! Du wolltest deinen Bruder decken! Ich sage: Aber wenn ich gepetzt hätte, hätte er mich totgeschlagen! Daraufhin schlägt mir mein Vater mit der Faust auf die Nase, daß ich hinfalle.

Etwas anderes, was mir nicht paßte, war die Schule. Wir hatten eine Lehrerin, die sich ans Pult setzte, ihr Strickzeug auspackte und strickte. Sie rief eine an die Tafel. Sie sagte: Schreib, ITALIEN IST EINE HALBINSEL, alles in Großbuchstaben. Dann sagte sie: Hast du dir eigentlich heute früh die Ohren gewaschen? Na, geh auf deinen Platz. Damit war die Stunde zu Ende.

Anstatt in die Schule zu gehen, fuhren Orlando und ich mit dem Boot hinaus und fingen Tintenfische und Seeigel. Die Seeigel haben mich einen Finger gekostet. Ich fing sie ohne Messer, mit den Händen. Seeigel stechen, das weiß man, sie haben schwarze starre Stacheln mit einer feinen harten Spitze. Ich war ganz wild darauf, und eines Tages habe ich einen Stachel unter den Fingernagel abgekriegt. Es tat mir weh, es pochte, aber ich achtete nicht darauf. Dann wurde der Finger dick, war gelb vor Eiter.

Mein Vater nimmt mich und schleppt mich zu einem Doktor in Anzio, einem Doktor, der dann gestorben ist, er hieß Verace. Der schneidet mir den Finger auf und sagt: Wenn ihr ein paar Tage später gekommen wärt, hätte man die Hand abschneiden müssen.

Danach war meine ganze Hand verbunden. Ich hatte hohes Fieber. Meine Mutter fütterte mich und trug mich auf den Armen aufs Klo. Aber der Finger heilte nicht. Und mein Vater hat mich wieder zu Doktor Verace gebracht. Er sagt: Hier muß man noch mal schneiden. Und hat die Wunde wieder aufgemacht. Dann hat er mir den Finger genäht, hat geschludert und den Faden zu stark angezogen. Kurz und gut, seitdem habe ich den Finger nie mehr strecken können. Es ist krumm geblieben, weil der Nerv zu schnell zusammengenäht worden ist.

In die Schule konnte ich nicht. Das war gut. Denn mit so einem Finger konnte ich ja nicht schreiben. Ich war in der zweiten Klasse Grundschule. Da sagte Orlando zu mir: Komm! Und ich ging mit ihm die Spatzeneier von den Bäumen holen. Ich kletterte hinauf, er vorneweg, ich hinterher, auf völlig dürren Ästen. Daß wir nie runtergefallen sind, wundert mich heute noch. Wir spürten auch die Tintenfische zwischen den Felsen auf. Ich stürzte mich ins Wasser wie ein Fisch. Wir schwammen um die Wette. Wir machten Kopfsprünge. Orlando war klein, kleiner als ich, blaß, mit einem großen Kopf. Er wirkte zerbrechlich, dabei war er wendig und kräftig.

Aber dann mußte ich doch in die Schule zurück, weil mein Vater darauf bestand. Ich wurde nach der zweiten versetzt und habe noch ein Jahr gemacht. Wir hatten immer noch dieselbe Lehrerin, die den ganzen Tag strickte. Sie rief eine an die Tafel und sagte: Schreib, ITALIEN IST SCHÖN, schreib alles in Großbuchstaben! Und die Schülerin schrieb. Dann blieb sie mit der Kreide in der Hand stehen und wartete. Und die Lehrerin hob die Augen vom Strickzeug und sagte: Italien ist schlecht geschrieben, mit lauter krummen I, schreib's noch einmal! Das Mädchen schrieb's noch einmal. Wir spielten unterdessen zwischen den Bänken das Knopfspiel. Wenn das Mädchen mit Schreiben fertig war, sagte die Lehrerin: Glaubst du etwa, ich hätte nicht gesehen, daß du dir mit Kohle die Augenbrauen nachgezogen hast? Siehst ja aus wie eine Zigeunerin! Geh, geh, schamloses Gör! Dann ließ sie eine andere kommen und fing wieder an: Schreib, ITALIEN IST MEIN VATERLAND! Und damit verging der Vormittag. Nach einem Jahr von dieser Litanei in der Schule bin ich nicht mehr hingegangen. Meiner Mutter war es recht, daß ich zu Hause blieb und den Haushalt machte. Ich putzte, bügelte, hütete meine kleinen Geschwister. Es gab immer wieder ein neues, das noch kleiner war als die anderen.

Meine Mutter sagte: Teresa, wasch diese Wäsche, los, du bist doch stark. Und ich mußte die ganze Wäsche waschen. Immer habe ich die Wäsche gewaschen. Ich wusch solche Berge von Wäsche, daß ich jetzt denke: Wie habe ich das bloß gemacht?

Ich wusch acht, zehn Leintücher, am Brunnen. Und wenn ich dann alle Leintücher gewaschen hatte, verschwitzt und mit Seife vollgespritzt war, zog ich mich aus, setzte mich ins Wasser, planschte ein Weile und kam frisch wie ein Fisch wieder heraus. Ich machte es immer so. Wasser mochte ich sehr.

Zu Hause mußte es rasch gehen. Ich bügelte meinem Bruder Eligio, dem großen, die Hosen. Wenn sein Hemd nicht gebügelt war und seine Hosen nicht bereitlagen, schlug er mich. Er schlug mich immer. Ich trug kurze Kleider, und er verprügelte mich. Er schlug mir auf die Beine. Er hatte einen egoistischen Charakter, dieser Eligio, war verschlossen, ein ungeselliger Typ, der einem keine Freude machte. Wenn du heute zu ihm nach Hause gehst, um Himmels willen, da weiß er gar nicht, was er dir alles anbieten soll, denn er hat ein gutes Herz. Aber er ist ein Ignorant.

Sowie er mich in einem Kleid, sah, das knapp über den Knien endete, klatsch klatsch, fiel er über mich her, mit Fußtritten, mit dem Gürtel; er konnte meine Beine nicht sehen. Es machte ihn verrückt. Sowie er mich das Knopfspiel spielen sah, packte er mich und trat nach mir. Scher dich nach Hause! sagte er zu mir. Er war ein Ignorant, immer bei den Pferden, auf dem Land, auf der Jagd, kurz, ein ungehobelter Kerl. Er war groß, kräftig, braunhaarig. Wie ich. Ich habe allerdings etwas rötliches Haar. Aber er nicht, er war braun.

Rötlich wie ich ist Orlando, der zweite. Jahrelang klebten wir aneinander, wo er hinging, ging ich auch hin, wir waren immer zusammen. Dann hat er ältere Freunde gefunden, Matrosen, und wollte mich nicht mehr dabeihaben. Er ging mit diesen Freunden aus, Frauen, Kneipen. Zu Hause war er überhaupt nicht mehr.

Einmal ist meine Mutter in den Lagerraum gegangen, wo wir das Werkzeug aufbewahrten, und hat meinen Bruder mit seinen Freunden und einer Frau vorgefunden. Sie hatten eine von diesen von der Straße eingefangen und dorthin mitgenommen. Meine Mutter hat ihn an den Haaren gepackt und verprügelt. Dann, erinnere ich mich, ist das ganze Heu in Flammen aufgegangen, weil die brennenden Kippen der Matrosen liegengeblieben waren.

Orlando klaute auch zu Hause. Er stahl Kleider, Unterhosen, Essen und brachte alles der Frau, die er mit seinen Freunden versteckt hielt und mit der sie machten, was sie wollten. Einmal habe ich dieses Mädchen gesehen, heimlich, weil sie sie unter Verschluß hielten. Aber gegen Abend ist sie rausgegangen zum Pinkeln, und ich habe sie gesehen. Sie war ganz dünn, weiß, mit kurzgeschorenen Haaren wie eine Nonne.

Diese beiden Brüder, Eligio und Orlando, waren die gemeinsten. Sie schlugen mich immer. Sie prügelten mich fast zu Tode. Ein Fußtritt vom einen, eine Ohrfeige vom anderen, sie wetteiferten darum, wer mehr schlug.

Nach Orlando kam Nello. Dann Luciano, der gestorben ist. Dann gab's einen neuen Luciano. Dann Libero, der sich vor den Zug geworfen hat. Dann Luciano, der dritte Luciano. Dann Matteo und Balilla. Dann Oreste, der jetzt in Amerika lebt, und dann Iride. Diese Iride hat sich nach dem Krieg mit einem amerikanischen Offizier verlobt. Und mein Bruder Orlando hat vor Wut Handgranaten rund um die Kirche gelegt.

Vier weitere Brüder sind sehr früh gestorben, mit einem Monat, zwei Monaten, oder gleich nach der Geburt. Luciano, Duilio, Oscar, Benedetto sind mit ein paar Jahren gestorben. Und dann gab es noch einige andere, aber an die erinnere ich mich nicht, weil ich noch klein war.

Ich weiß, daß sie, als der letzte gestorben ist, gekommen sind, um die Wohnung zu desinfizieren, weil er Krupp gehabt hatte. Und da war ein Krankenpfleger, der hat Oreste auf den Arm genommen und gesagt: Dieser Kleine ist wirklich hübsch, der wird mal reich. Und so ist es gewesen. Oreste ist wie meine Mutter, blond, braune Augen, helle Haut, vorstehende Wangenknochen. Libero war auch hübsch, er hatte ganz weiße Zähne, mandelförmige Augen, glänzende Haare. Er war der Hübscheste. Er hat sich vor den Zug geworfen.

Als meine Mutter gestorben ist, habe ich überhaupt nicht gelitten. Sie hatte den Schweinen das Futter gebracht, nach Bruciore, aufs Land. Sie hatte sich beeilt. Sie eilte sich immer, denn mein Vater war schrecklich, und wenn das Mittagessen nicht zur rechten Zeit fertig war, nahm er einen Zipfel des Tischtuchs und schmiß alles auf den Boden.

Morgens ging er auf dem Land arbeiten oder Fisch kaufen. Er verstand was vom Land und vom Meer, mein Vater. Um vier Uhr früh gingen er und meine Mutter zum Hafen und warteten auf das Fischerboot. Wenn die Kisten ausgeladen wurden, sah er nach, was es gab, wählte, verhandelte und kaufte. Dann schickte er meine Mutter nach Bruciore zu den Schweinen, und er ging auf den Markt auf der Piazza, um den Fisch zu verkaufen.

Einmal kam meine Mutter also eilig von Bruciore nach Hause. Sie fing sofort an, das Mittagessen zu kochen, weil sie spät dran war. Sie mußte die Wäsche abnehmen, die Leute in der Schenke bedienen, die Nudeln für uns kochen. Und wegen all dieser Dinge hatte sie keine Zeit, sich umzuziehen.

Als sie mit dem Pferd und dem Karren vom Land heruntergefahren kam, war sie klatschnaß geworden. Sie hatte einen Regenguß abgekriegt und war völlig durchweicht. O Gott, jetzt kommt dein Vater, und das Essen ist nicht fertig! sagte sie. Und anstatt sich umzuziehen, hat sie angefangen, in den nassen Kleidern in der Küche zu hantieren, damit mein Vater rechtzeitig seine Nudeln bekam, denn er war schlimmer als der Teufel.

Am Abend hatte sie Fieber. Sie hatte sich erkältet, war rot im Gesicht, hustete. Der Hals tut mir weh, sagte sie, es brennt im Hals. Aber ins Bett konnte sie sich nicht legen, weil zuviel zu tun war. Kurzum, sie hat sich vernachlässigt. Sie hat eine Bronchitis bekommen. Aber auch mit achtunddreißig Fieber hat sie sich nicht ins Bett gelegt. Und aus der Bronchitis ist eine Lungenentzündung geworden.

Acht Tage später war meine Mutter tot. Erst in den letzten Tagen hat sie sich ins Bett gelegt. Verace ist gekommen, hat ihr einen Hustensaft gegeben, hat ihr etwas Blut abgenommen und ist wieder gegangen. Ich verstand, daß es ernst war, weil sie mich anschaute und mich nicht sah, sie hatte immer den Mund offen, als bekäme sie keine Luft. Doch ich war sicher, daß sie nach ein, zwei Tagen wieder aufstehen würde. Aber sie ist nicht mehr aufgestanden.

Ich war betroffen, als ich gesehen habe, daß sie tot war. Aber ich fühlte nichts. Ich hatte noch keine Gefühle. Ich habe gedacht, daß ich jetzt nicht nur die Wäsche waschen, sondern auch noch kochen müßte. Und so ist es gewesen.

Nach ihrem Tod war ich nicht mehr Herrin im eigenen Haus. Ich mußte mich meiner Tante unterordnen. Tante Nerina, die Schwester meiner Mutter, war zu uns gezogen und spielte die Strenge. Sie ließ uns nicht aus dem Haus, gab uns wenig zu essen. Sie war nicht böse, diese Tante Nerina, aber sie hatte eine Riesenangst vor meinem Vater. Wenn sie ihn nur sah, packte sie das Entsetzen. Und sie sprach so gut wie nie.

Nach einigen Monaten hat sich dann auch Doré, die Bohnenstange, wieder sehen lassen. Sie war schon bei uns gewesen, als meine Mutter noch lebte, sie kam, um im Haus und in der Trattoria zu helfen. Als meine Mutter tot war, ist sie mit einem Bündel Kleider zu uns ins Haus gezogen und hat sich nicht mehr weggerührt.

Meine Mutter hatte diese Doré, die Bohnenstange, rausgeschmissen, weil sie sie mit meinem Vater beim Vögeln erwischt hatte. Und Doré war gegangen, aber sowie sie von ihrem Tod erfahren hatte, ist sie wieder aufgetaucht mit ihrem Bündel, dem Lockenkopf, den Kulleraugen.

Nach einer Weile hat sie heim ins Friaul geschrieben und ihre Schwester nachkommen lassen, hat sie in meinem Haus, im Haus meines Vaters beherbergt. Sie haben sich zu dritt zusammengetan. Mein Vater hielt die beiden aus. Eine hat er geheiratet und eine hielt er aus. Sie schliefen zu dritt. Eine auf der einen Seite, eine auf der anderen und er in der Mitte.

Sie haben meinen Vater um den Finger gewickelt, denn er war ein Mann, der nie viel mit Frauen zu tun gehabt hatte, er war vom Dorf, in seinem ganzen Leben hatte er nur mit meiner Mutter geschlafen.

Er war überwältigt von diesen beiden Frauen. Und sie haben ihn untergekriegt, haben ihn überredet zu unterschreiben, zuerst die Osteria, dann das Land und dann das Haus zu verkaufen. Zum Schluß war nichts mehr übrig, und mein Vater ist fast verhungert.

Meine Brüder sind alle ausgezogen, kurz nachdem Doré, die Bohnenstange, zurückgekommen ist. Der Älteste war zur Schule gegangen, meine Mutter hatte ihm eine Stelle verschafft. Jetzt wohnt er in Nettuno, hat Vermögen, es geht ihm gut.

Die anderen sind ausgezogen, um nicht mit dieser Friulanerin zusammenleben zu müssen. Sie haben aus Verzweiflung geheiratet. Iride war im Internat, die Kosten bezahlte meine Großmutter. Es war das Internat San Biagio in Rimini. Meine Großmutter wollte, daß sie studiert und Lehrerin wird. Und sie hat auch tatsächlich studiert. Dann hat sie das Internat verlassen und eine Stelle am Poligono in Nettuno angenommen.

Dort hat sie einen Amerikaner kennengelernt, einen Unterfeldwebel, hat sich verlobt, hat geheiratet und ist nach Amerika gegangen. Jetzt lebt sie in Florida, hat erwachsene Töchter. Ab und zu schreibt sie, aber ich antworte ihr nie. Ich habe keine Zeit. Sie schreibt auch an Doré, die Bohnenstange, weil Doré sich auf sie einläßt, ihr was vorjammert, ihr schöntut und intrigiert. Sie macht mich bei ihr schlecht, behauptet, daß ich hierhin und dorthin gehe, daß ich eine Schande für die Familie bin und lauter so Zeug.

Mich verachten sie und halten mich fern. Sie schämen sich meinetwegen, während ich mich ihretwegen schäme. Sie haben Geld und halten sich für Prinzessinnen. Durch meine Hände ist viel Geld gegangen, ich könnte mehr haben als sie. Ich habe 'ne Menge Geld zu fassen gekriegt in meinem Leben, aber alles wieder ausgegeben. Sie dagegen legen's auf die hohe Kante, sparen und opfern sich auf, und wenn sie klapprig und alt sind, kaufen sie sich ein schönes Haus, um in einem Federbett zu sterben. Schöne Genugtuung!

Aus Verzweiflung über diese Friulanerin hat einer meiner Brüder sogar schon mit siebzehn geheiratet. Ich konnte sie auch nicht ausstehen. Eines Tages habe ich sie verprügelt.

Ich habe ihr mit einem Holzschuh ins Gesicht geschlagen, mit einer dieser Holzsandalen, wie man sie am Strand trägt. Ich habe ganz plötzlich zugeschlagen und sie am Mund erwischt, so daß ihr die Lippe aufgeplatzt ist.

Ich hab's getan, weil sie mich nie in Ruhe ließ. Sie versuchte, mich zu beleidigen, mich aufzustacheln und zu pieksen. Du bist unverbesserlich! sagte sie zu mir, eine ungezogene, aufsässige Göre! Wirst schon sehen, wo du hinkommst! Sie reizte mich. Denn sie wußte, daß mir leicht die Hand ausrutschte, und dachte: Solange Teresa im Haus ist, werde ich ihren Vater nie heiraten können, also muß ich zusehen, daß er sie fortjagt.

Und so hat sie es auch gemacht. Sie hat mich gereizt und gereizt, bis ich mich eines Tages aufgelehnt und ihr mit dieser Holzsandale den Mund blutig geschlagen habe. Sie hat natürlich sofort angefangen zu schreien und zu heulen. Sie hat meinen Vater holen lassen und ihm das runterlaufende Blut gezeigt. Anstatt es abzuwaschen und abzutrocknen, zog sie die Wunde auseinander, damit sie noch stärker blutete, und sagte zu ihm: Schau, schau, wie deine Tochter mich zugerichtet hat!

Mein Vater hat einen Stuhl genommen, einen von diesen braunen mit strohgeflochtener Sitzfläche und hölzerner Rückenlehne. Zack! hat er ihn auf mir kaputtgeschlagen, daß alle Holzstäbe zu Boden fielen. Dann hat er zu mir gesagt: Hau ab! Verlaß dieses Haus!

Ich sage: Gott sei Dank! So kann ich wenigstens tun und lassen, was ich will! Denn inzwischen war ich siebzehn, und sie schlossen mich mehr denn je im Haus ein, nie durfte ich raus, nie ins Kino, nirgendwohin. Als mein Vater mich einmal auf dem Jahrmarkt, auf dem Kettenkarussell gesehen hat, hat er mich fast umgebracht.

Ich war mit einer Cousine dort, die genausogern tanzte, schwamm und rannte wie ich. Wir gingen zusammen zum Fischen, gingen auf den Jahrmarkt, waren liederlich. Also findet mein Vater mich dort am Kettenkarussell. Er nimmt mich und bringt mich ohne ein Wort nach Hause. Ich hatte damals Zöpfe, die mir bis zur Taille reichten. Kaum sind wir drinnen, schließt er die Tür und packt mich an diesen Zöpfen. Erst gibt er mir ein paar schallende Ohrfeigen, dann dreht er mir die Arme auf den Rücken, bindet meine Hände zusammen und schneidet mir mit einer Schere die Haare ab.

Da sehe ich meine beiden schönen Zöpfe unter seinen Schuhen auf der Erde liegen, und er trampelte wütend darauf herum. Ich hätte heulen können. Aber diese Genugtuung wollte ich ihm nicht geben, ich sagte kein Wort und weinte auch nicht. Kaum hatte er mich losgebunden, setzte ich mir eine Baskenmütze meines Bruders auf und ging. Vorher warf ich noch einen Blick in den Spiegel und sagte mir: Ich sehe trotzdem gut aus! Aber es stimmte nicht. Ich war häßlich, kahl, als hätte ich gerade Typhus gehabt.

Kurzum, wegen dieser Frau sagt mein Vater zu mir: Scher dich fort aus diesem Haus! Die Welt steht dir offen. Ich sage: Wenn's bloß die Wahrheit wäre! Endlich kann ich auf den Jahrmarkt gehen, wann es mir paßt, tanzen, wann ich Lust habe! Ich fieberte bei dem Gedanken, frei zu sein, weil ich nie frei gewesen war. Wenn ich einen Spaziergang zum Bahnhof machen wollte, der kaum einen Kilometer vom Haus entfernt lag, mußte ich immer zwei oder drei kleine Brüder mitnehmen. Abends durfte ich nie ausgehen. Ich war einfach zu angebunden.

Daher habe ich mir, als ich diese ganze Freiheit vor mir sah, gesagt: Was für ein Glück! Jetzt gehe ich zu meiner Cousine. Ich zog unheimlich gern mit ihr durch die Gegend, weil sie so freizügig war. Sie hieß Amelia, und wir verstanden uns in allem. Es gab auch noch eine andere, die immer mitkam. Die hatte keinen Vater mehr und hieß Rosalba.

Diesen beiden freizügigen Mädchen hatte ich mich angeschlossen, und wir gingen zusammen zum Baden, fuhren Boot, waren frei und wild. Als ich ihnen gesagt habe, daß mein Vater mich rausgeworfen hatte, waren sie froh und haben mich umarmt. Sie sagten: Jetzt kannst du tun und lassen, was du willst; gehn wir ans Meer! Und wir sind ans Meer gegangen. Den ganzen Tag im Wasser, Seeigel fangen, Tintenfische aus den Felsspalten herausholen.

Abends, todmüde, gehe ich zum Schlafen zu Tante Nerina. Die ersten Male nahm sie mich freundlich auf, gab mir ein Bett, gab mir zu essen. Dann hat mein Vater sie zusammengestaucht, und sie hat mich vor Angst nicht mehr ins Haus lassen wollen. Ich sage: Aber Tante, wo soll ich denn hin? Sie sagt: Ach Kind, ich würde dich ja aufnehmen, aber vor deinem Vater habe ich eine Heidenangst! Vor meinem Vater fürchteten sich alle in Anzio, er war schrecklich, und Tante Nerina war Witwe, alleinstehend, und konnte sich nicht wehren.

Mein Vater hatte Brüder und Schwestern, lauter energische, impulsive Leute, die dann reich geworden sind. Aber sie waren geizig und lebten zurückgezogen in ihren Familien. Sie gingen nie auf die Piazza, um bloß niemandem einen Kaffee ausgeben zu müssen.

Sie haben erfahren, daß ich auf der Straße saß, aber niemand wollte mich bei sich aufnehmen. Nicht einmal Großmutter Teresa, die damals noch lebte. Sie waren alle egoistisch, mißtrauisch. Schwestern hatte mein Vater zwei, Laura und Jole, dann gab es noch die Brüder, Primo und Silvio. Sie sahen, daß es mich hierhin und dorthin verschlug und ich nicht wußte, wo ich schlafen sollte. Man hatte ihnen erzählt, daß ich in einem Hauseingang unter der Treppe Zuflucht suchte, aber sie – nichts. Sie haben mich hängenlassen.

Aus dem Hauseingang wurde ich nach ein paar Tagen verjagt, danach irrte ich wieder herum und wußte nicht, wohin. Da ist mir allmählich klargeworden, daß es doch nicht so schön war, zu Hause rausgeworfen zu werden.

In einem Hof stand ein Lastwagen ohne Räder, auf Stützen, ein klappriger, ausrangierter Lastwagen. Dadrunter verkroch ich mich zum Schlafen, war geschützt. In der Nähe gab es eine Bäckerei, wo nachts die Bäcker arbeiteten und mir mit ihren Stimmen Gesellschaft leisteten. Die Bäcker arbeiteten, und ich schlief. Manchmal sah ich einen Schatten, hörte Schritte. Dann fürchtete ich mich. Aber ich tröstete mich mit dem Gedanken, daß die Bäcker da waren. Wenn ich schrie, würden sie es hören. Und die Bäcker kannten mich alle.

Ganz still lag ich da unten auf der Erde, in eine Decke gewickelt, die meine Tante mir geschenkt hatte, und sowie es Tag wurde, kroch ich heraus. Am Morgen hatte ich Hunger, mir war ganz schwindlig vor Hunger. Ich lief zu Tante Nerina, aber sie war fast immer schon ausgegangen.

Wenn ich nichts auftreiben konnte, ging ich Balilla suchen, meinen kleinsten Bruder. Ich sagte zu ihm: Hör mal, Balilla, klau mir ein Stück Brot bei Doré, der Bohnenstange, ich habe solchen Hunger. Dann ging Balilla los, klaute einen Brotkanten, eine Wurst, und brachte sie mir. Er sagte: Da, nimm, iß nur, aber laß dich nicht sehen, sonst verhaut sie mich. Und ich aß. Machte mich ein wenig zurecht. Balilla war etwa zwölf. Ich war siebzehn. Die anderen, die Größeren, waren ausgezogen. Nur die Kleinsten waren noch übrig.

Balilla brachte mir was, ich aß, und dann ging es mir den ganzen Tag gut. Tagsüber fühlte ich mich wie ein Löwe, rannte hierhin und dorthin. Ich ging zum Fischen, auf den Jahrmarkt, sah den Arbeitern zu, die eine neue Straße bauten. Aber wenn es dunkel wurde, fing ich an, mir Sorgen zu machen.

Manchmal ging ich in die Kirche. Ich fror, und um mich aufzuwärmen, trat ich in die Kirche, setzte mich so nah wie möglich an den Altar, wo es am wärmsten war. Die Leute sagten: Seht nur, wie fromm dieses Mädchen ist! Die Dorfbewohner betrachteten mich mit Hochachtung. Aber es stimmte nicht. Ich ging nur so hin, weil ich ein wenig Schutz suchte. Ich betete überhaupt nicht. Ich saß dort, die Hände im Schoß, und betrachtete die Madonnenstatue.

Diese Madonna trug einen weiten himmelblauen Mantel und eine Sternenkrone auf dem Kopf, sie hatte einen roten Mund, rote Backen und dunkle Augen. Ein Auge war jedoch leicht schief. Ich sah immer dieses Auge an und sagte mir: Wer weiß, ob die Madonna wirklich geschielt hat! Ich verbrachte Stunden damit, das schiefe Auge der Madonna zu betrachten.

Den größten Teil des Tages verbrachte ich mit Amelia und Rosalba. Sie hatten keinen tyrannischen Vater. Sie gingen aus, wann sie Lust hatten, und machten, was sie wollten.

Amelia und Rosalba waren jünger als ich. Ich war die größte. Ich bestimmte. Wenn ich sagte: Gehen wir Tintenfische fangen, gingen wir Tintenfische fangen. Wenn ich sagte: Gehen wir auf Grillenjagd, gingen wir auf Grillenjagd.

Wir fingen diese Grillen und setzten sie in eine Schachtel mit Löchern. Manchmal rissen wir ihnen ein Bein aus, um zu sehen, wie sie hinkten. Wenn ich sagte: Gehen wir auf den Jahrmarkt, gingen wir auf den Jahrmarkt. Allerdings hatten wir kein Geld und begnügten uns damit, den anderen zuzuschauen, wie sie sich amüsierten.

Eines Tages kommen wir zufällig an einer kleinen Villa

am Meer vorbei. Es war ein Ferienhaus, in dem im Winter niemand wohnte. Ich sage: Klettern wir in den Garten! Ein Kakibaum ragte über die Mauer. Ich sage: Holen wir uns ein paar Kakifrüchte! Also klettern wir über die Mauer und sind im Garten.

Während wir die Kakifrüchte pflücken, sagt meine Cousine: Warum gehen wir nicht ins Haus. Wie sollen wir denn hineinkommen, sagt Rosalba, es ist doch abgeschlossen. Das mach ich schon, sage ich, renne mit der Schulter dagegen, und die Tür geht auf.

Sofort gehen wir hinein und sind drin. Ich hatte noch nie eine so schöne Wohnung gesehen. Auf den Betten lagen bestickte Tagesdecken, es gab einen Schrank mit bemalten Türen, einen blanken Küchenherd, ein Sofa mit geblümten Kissen. Ich sage: Weißt du, was wir machen? Wir schlafen hier, kochen uns was, einen Herd gibt es, Teller gibt es, alles da. Und das Essen? sagt Rosalba. Das können wir schon irgendwie abstauben, sagt Amelia. Ich kann zu Hause was mitgehen lassen, Öl, ein paar Nudeln. Ich auch, sagt Rosalba.

Kurzum, wir kochen, als wären wir bei uns zu Hause. Ein reichliches Abendessen. Rosalba läßt die Soße anbrennen. Und wir lachten, ich weiß nicht, warum wir lachten, wir lachten uns halbtot. Kurzum, wir essen begeistert einen großen Teller Nudeln mit Soße, die angebrannt schmeckte, uns aber hervorragend mundete.

Dann richten wir die Betten zum Schlafen her. Wir legen die Tagesdecken zusammengefaltet beiseite und holen die Kissen heraus. Es waren Federkissen, weich wie Schlagsahne. Dann kriechen wir unter die Decken.

Ich schlief ja seit Monaten unter dem Lastwagen, im Freien, und fühlte mich wie der Papst, drehte und wendete mich in diesem seidenen Bett. Ich habe mich mit den Fingern zwischen den Beinen gestreichelt, das Spiel gespielt, das ich innerlich »das Mammaspiel« nannte, und es hat mich mit köstlicher Wärme erfüllt.

Ich wollte nicht einschlafen, um all die Weichheit auszukosten. Ich richtete mich auf einem Ellbogen auf, und der Ellbogen versank, ich legte den Kopf aufs Kissen, und der Kopf versank. Ich wollte so weitermachen, weil das Versinken so schön war. Ich bin aber fast sofort eingeschlafen.

Mitten in der Nacht kam der Nachtwächter. Er öffnet die Tür, leuchtet uns mit der Taschenlampe ins Gesicht und sagt: Was macht ihr hier? Wir stehen auf, packen unsere Kleider und laufen davon, während er hinter uns herschreit: Stehenbleiben! Stehenbleiben! Wir glaubten, es sei nichts, ein Kinderstreich. Aber der Nachtwächter hat uns vorschriftsgemäß angezeigt.

Sie haben mir den Prozeß gemacht und mich – in Abwesenheit, denn ich war untergetaucht – zu zwei Jahren Gefängnis verurteilt. Dann hat es eine Amnestie gegeben, weil irgendeine Prinzessin von Savoyen ein Kind gekriegt hatte, und die zwei Jahre wurden mir erlassen.

Meine Cousinen Amelia und Rosalba sind in der Besserungsanstalt gelandet. Sie sind ein paar Monate dort geblieben, dann wurden sie begnadigt, weil sie noch minderjährig waren. Und damit war alles vorbei.

Es gab einen gewissen Sisto, den Sohn des Bahnhofsvorstehers von Campo di Carne, der immer hinter mir her war. Er kannte mich schon, seit ich zwölf war, noch bevor meine Mutter starb. Er sah mich an, lächelte mir zu, schlich um mich herum. Er war ein gutaussehender Kerl mit Schnauzbart, schlank und hager. Aber mir gefiel er nicht, ich mochte ihn nicht. Er hatte etwas Dümmliches, Verderbtes im Gesicht. Er war sechs Jahre älter als ich.

Ehrlich gesagt dachte ich an einen anderen, Duilio. Dieser Duilio arbeitete in der Eisenwarenhandlung, verkaufte Nägel, Klempnerzeug. Er war ein hübscher blonder Junge mit krausen Haaren und einem breiten, friedlichen Gesicht. Er stammte aus Nettuno und kam zum Arbeiten nach Anzio. Er gefiel mir, ich war in ihn verliebt.

Mein Vater konnte diesen Duilio allerdings nicht ausstehen. Er sagte zu mir: Halt dich von diesem Laufburschen fern. Ich sage: Warum denn? Er sagt: Darum, weil ich's dir sage und basta! Ich hörte aber nicht auf ihn und unterhielt mich ab und zu mit Duilio am Brunnen.

Eines Tages, während ich mit diesem Duilio am Brunnen stand und redete, ist mein Vater gekommen und hat ihn geohrfeigt.

Wir hatten gar nichts gemerkt, und plötzlich war er da, hob eine seiner harten Hände und gab Duilio zwei Ohrfeigen, eine rechts und eine links. Viele Leute gingen rundherum vorbei, wir waren mitten im Ort. Duilio hat nichts gesagt, nichts getan. Er war blaß geworden vor Beschämung. Von dem Tag an hat er sich nicht mehr blicken lassen.

Ich habe gewartet und gewartet. Als ich dann sah, daß er nicht mehr kam, habe ich beschlossen, ihn aufzusuchen.

Aber auf halbem Weg bin ich stehengeblieben. Wenn er nicht mehr kommt, sagte ich mir, bedeutet es, daß er mich nicht will. Also bin ich umgekehrt. Aus Stolz habe ich ihn links liegengelassen. So ist die Geschichte mit Duilio ausgegangen, der wirklich ein hübscher Junge war, groß, blond, und der mich gernhatte.

Eines Abends, nachdem mein Vater mich hinausgeworfen hatte, begegne ich Sisto, dem Sohn des Bahnhofsvorstehers. Er geht neben mir her, hält mich irgendwann an und sagt: Wie kommt's, daß ich dich gar nicht mehr gesehen habe? Warst du verreist? Ich sage: Nein, ich wohne jetzt bei meiner Tante.

Danach hat er mir bei meiner Tante vor der Haustür aufgelauert. Er sah mich aber nie, weil ich ja draußen unter dem Lastwagen schlief; nur daß ich ihm das nicht sagte. Dann trifft er mich eines Tages, stellt sich vor mich hin und sagt: Warum wohnst du eigentlich nicht zu Haus bei deinem Vater? Ich sage: Ich habe mich mit Doré, der Bohnenstange, gestritten, es hätte nicht viel gefehlt, und ich hätte sie umgebracht. Deshalb hat mein Vater mich rausgeschmissen.

Er sagt: Aber wie kommt es, daß ich stundenlang bei deiner Tante vor der Haustür stehe und dich nie hineingehen oder herauskommen sehe? Ich sage: Ich gehe sehr früh weg, da schläfst du noch. Daraufhin sieht er mich an, hakt sich bei mir ein und sagt: Komm doch mit zum Bahnwärterhaus! Ich sage: Nein, du hast mir nie gefallen, und daran hat sich nichts geändert. Aber er drängte dauernd weiter mit seinem Bahnwärterhaus, wo er die einfahrenden Züge überwachte; er war eine Art Hilfsbahnhofsvorsteher. Immer wieder versuchte er, mich ins Bahnwärterhaus zu locken.

Nach ein, zwei, fünf Mal habe ich angefangen zu denken: Vielleicht sollte ich doch ins Bahnwärterhaus gehen, dann weiß ich wenigstens, wo ich hingehöre; dort kann ich wohnen, baden, in einem Bett schlafen. Ich hatte es satt, herumzuirren, unter dem Lastwagen zu schlafen, mich am

Brunnen zu waschen und mir die Kleider am Leib trocknen zu müssen. Ich hab mir gesagt: Na gut, jetzt nehm ich sein Angebot an und geh ins Bahnwärterhaus. Dann esse und schlafe ich wenigstens wie ein Christenmensch!

Ich war naiv, dumm, dachte nicht an viele andere Dinge. Ich sehnte mich nach einem Dach über dem Kopf. Er dagegen hatte es, außer daß ich ihm gefiel, auch auf die Mitgift abgesehen. Er wußte, daß mein Vater Land besaß, meine Großmutter wurde in Anzio gerühmt wegen ihrer Felder. Die bringt bestimmt Geld mit, dachte er. Und sagte zu mir: Laß uns heiraten, laß uns heiraten. Ich habe mit ihm geschlafen, so aus Neugierde. Es hat mir keinen Spaß gemacht. Er sagte: Beim ersten Mal macht es nie Spaß, wirst schon sehen, daß es dir später gefällt. Und ich sagte: Wir werden ja sehen! Inzwischen sah ich ihn mir genauer an und fand ihn ziemlich abstoßend. Wenn er ging, hatte er etwas von einem alten Mann, ließ die Schultern hängen. Wenn er lachte, sah man das Zahnfleisch, das zu rot war, wie blutunterlaufen. Er gefiel mir nicht.

Mir gefiel der andere, Duilio, in den war ich wahnsinnig verliebt. Aber ich hatte aus Stolz auf ihn verzichtet. Schade! Vielleicht wäre er doch zurückgekommen. Aber aus Trotz zeigte ich mich überall mit diesem Sisto.

Ich bin zu ihm gezogen. Er hat mich in den Bahnhof von Campo di Carne gebracht, in das Haus, wo seine Schwestern und sein Vater, der Bahnhofsvorsteher, lebten. Kaum haben diese Schwestern mich gesehen, haben sie mir einen Besen in die Hand gedrückt. Sie ließen mich abspülen, den Boden putzen. Sie sagten, ich sei zu gar nichts gut, weil ich ihre Befehle nicht ausführte.

Sie waren zwei sehr leidenschaftliche und strenge Frauen, die Schwestern. Aber hübsch. Die Ältere war bissig, giftig und klatschsüchtig. Die Kleinere war freundlicher. Die Ältere vertrat an der Kleinen die Mutterstelle, denn die Mutter war gestorben, als sie noch Kinder waren. Diese Agnesina, die Kleine, tat alles, was die Große, Ines, ihr sagte. Sie stand unter ihrer Fuchtel. Sie wäre bestimmt nett zu mir gewesen, aber sie fürchtete sich vor der großen Schwester, die böse war, so böse, daß sie eine alte Jungfer geblieben ist, weil sie so böse war.

Als ich mit Sisto zusammenzog, war ich noch sehr jung, gerade achtzehn geworden. Aus reinem Zufall treffe ich eines Tages meinen Bruder Eligio. Ich ging gerade zum Einkaufen und sah zerstreut zu Boden. Plötzlich fühle ich, wie mich jemand packt; ich habe nicht einmal die Zeit zu sehen, wer es ist, da kriege ich zwei Faustschläge ins Gesicht. Denn dieser Bruder von mir ist ein Lümmel, ein Bauerntölpel, interessiert sich nur für Vögel, für die Jagd, völlig rückständig.

Er packt mich an den Haaren und schlägt mir mit der Faust auf die Brust, auf den Bauch. Er ist groß wie ein Löwe, ich bin klein. Ich versuchte, ihn zu beißen, schaffte es aber nicht. Dann hebt er mir den Rock hoch und tritt mich in den Unterleib, zwischen die Beine, aber so heftig, mit Schuhen, daß ich ohnmächtig auf den Boden gefallen bin. Und da hat er mich liegenlassen in all dem Blut, das unten aus mir herauslief.

Es war eine tote Zeit, niemand kam vorbei. Über zwei Stunden lag ich ohnmächtig da. Wäre ich anders gewesen, böse, hätte ich ihn angezeigt. Statt dessen bin ich ganz vorsichtig aufgestanden und zu Sisto zurückgegangen.

Kaum sieht der mich, sagt er: Was ist denn passiert? Ich sage: Mein Bruder hat mich verprügelt. Sisto fängt an zu lachen und sagt: Recht hat er. So muß ein Bruder sich verhalten. Ich sage: Und wir, warum heiraten wir nicht? Aber er tat so, als hätte er nichts gehört, und ging zu seinen Freunden Karten spielen. Er wollte mich nicht heiraten, dieser Sisto, weil er zuerst von meinem Vater die Mitgift haben wollte. Und er hat es ihm sogar ausrichten lassen.

Wir wohnten etwas entfernt vom Haus meines Vaters. Und Sisto schickte seinen Vater, den Bahnhofsvorsteher, als Boten. Er sagte zu ihm: Teile ihm mit, daß ich seine

Tochter nur heirate, wenn er mir zwölf Leintücher gibt, zwölf Handtücher, zwölf Tischtücher und ein Schlafzimmer, komplett mit Schrank, Kommode, Frisiertoilette und Polstersessel. Und sein Vater richtete es aus. Ich war inzwischen schwanger geworden.

Sistos Vater, dieser Bahnhofsvorsteher, war einer aus der Ciociaria, streng, ein wenig finster, er lachte nie, sah den Leuten nie ins Gesicht. Er ging zu meinem Vater, wiederholte die Worte des Sohnes und wartete. Mein Vater sagte zu ihm: Ich habe jetzt keine Zeit, an meine Tochter zu denken, komm ein andermal wieder.

Er kam zurück und berichtete. Sisto wurde wütend. Nach einigen Tagen schickte er ihn wieder zu meinem Vater nach Anzio. Bis mein Vater eines Tages verärgert zu ihm gesagt hat: Ich gebe meiner Tochter überhaupt nichts, weil sie von zu Hause abgehauen ist und ich ihr gegenüber keine Verpflichtungen mehr habe.

Sisto legt sich mit mir an und sagt: Du Lügnerin! Dein Vater hat dich nicht rausgeschmissen, sondern du, du bist abgehauen! Warum hast du das getan, du gemeines Stück? Jetzt kann ich dich nicht heiraten, weil du keine Mitgift hast und entehrt bist!

Ich sage: Mein Vater ist ein Lügner, in Wirklichkeit hat nämlich er mich rausgeschmissen. Er sagt: Das ist nicht wahr. Dein Vater hat meinem Vater erzählt, daß er dich mit einem braven Jungen aus Neapel verheiraten wollte, daß du nicht wolltest und deshalb weggelaufen bist.

Diese Geschichte mit dem Neapolitaner stimmte. Aber sie war schon zwei Jahre her. Eines Tages hatte mein Vater mir zu Hause einen Mann vorgestellt, einen dicklichen, kleinen Neapolitaner. Er sagt: Das ist der rechte Mann für dich; den heiratest du jetzt in einer Woche, dann haben wir dich los. Ich sehe ihn mir an, diesen Neapolitaner: Er war blaß, unbedeutend. Und sage zu meinem Vater: Gefällt er dir? Heirate du ihn doch! Und damit bin ich gegangen und habe die Tür hinter mir zugeschlagen.

Aber ich bin keineswegs fortgelaufen, denn zwei Stunden später bin ich wiedergekommen und habe noch zwei Jahre zu Hause gelebt, bis die Sache mit der Holzsandale passiert ist.

Sisto wollte mich nicht heiraten, obwohl ich schwanger war. Er sagt: Dein Vater ist ein Unmensch; er muß die Mitgift um jeden Preis herausrücken, sonst heirate ich dich nicht! Die Schwestern waren noch giftiger geworden. Sie ließen mich um fünf Uhr früh aufstehen, um die Treppe zu putzen, die Wäsche zu waschen, zu kochen. Sie schickten mich sogar zum Einkaufen, und nachmittags mußte ich auf Knien die Böden wachsen. Ich weiß nicht, wie es gekommen ist, daß ich keinen Abgang hatte.

Als ich begriff, daß die Geburt losging, habe ich den Bus genommen und bin zur Entbindung ins Krankenhaus San Giovanni gefahren. Sisto sagte: Geh nur, geh! Die Schwestern fragen mich: Bist du ganz sicher, daß es losgeht? Könntest du nicht noch einen Tag arbeiten? Ich sage: Nein, mir ist schlecht. Da sagen sie: Dann geh nur, geh und bring diesen Bastard zur Welt!

Ich komme im Krankenhaus an und verlange ein Bett. Man sagt mir: Warten Sie! Ich setze mich auf eine Bank und warte. Die einen rannten hierhin, die anderen dorthin, keiner kümmerte sich um mich. Nach zwei, drei Stunden bekam ich Angst, ich fühlte mich verloren.

Ich bin eine normale Frau und habe mit achtzehn zum ersten Mal Liebe gemacht. Aber ich war naiv. Mit Duilio war alles Feuer und Flamme; ich hatte es gern, wenn er mich umarmte, ich küßte und streichelte ihn gern. Aber ich war ein dummes kleines Mädchen, und von Sexualität hatte ich keine Ahnung. Ich war immer mit Freundinnen und Nachbarinnen zusammengewesen und hatte keine Gelegenheit gehabt, bestimmte Dinge zu verstehen. Wenn eine von uns von etwas Verbotenem sprach, kam gleich die Mutter an und verhaute sie. Wenn wir ein Schimpfwort benutzten, bekamen wir Schläge auf den Mund. »Scher dich zum Teufel und verrecke!« war für uns ein schrecklicher Ausdruck, mein Vater kam mit dem Ochsenziemer, und zack! zack! hagelte es Hiebe.

Er fluchte den ganzen Tag, auf die Madonna, auf alle Heiligen. Wir hörten es. Aber aus unserem Mund durfte kein Fluch kommen, sonst gab es Schläge. Er stand morgens auf und fing an: »Himmelherrgottsakrament!«, »der Schweinehund von heiligem Antonius« hier, »der Schweinehund von heiligem Josef« dort. Doch kaum hörte er einen von uns auf einen Heiligen fluchen, setzte es Prügel.

Ich war so ahnungslos, daß ich dort im Krankenhaus, während ich auf die Geburt wartete, dachte, das Kind käme aus dem Arsch. Als kleines Mädchen hatte ich immer die Frauen gehört, die herumstritten und brüllten: »Elender Verbrecher, ich habe dich ausgekackt, und jetzt fresse ich dich wieder auf!« Wegen dieser Worte hatte ich mir eingebildet, daß das Kind aus meinem Hintern kommen müßte. Und ich grübelte und dachte: Ob es weh tut? Und dann, sage ich, möchte ich ja nicht, daß dieses Kleine rauskommt, während ich mein Geschäft verrichte, und ins Klo fällt.

Gegen Abend, immer noch dort auf der Bank, bekomme ich heftige Wehen. Also stehe ich auf und fange an herumzugehen. Aber ich sage nichts, weil im Bett nebendran eine im Sterben lag und die Schwester mir Zeichen machte, ich solle still sein.

Dann habe ich es nicht mehr ausgehalten und geschrien. Daraufhin haben sie mich genommen, mir irgendwelche Papiere in die Hand gedrückt und gesagt: Füll diese Formulare aus. Was heißt hier Formulare! sage ich, ich kann kaum noch atmen, und ihr redet von Formularen. Darauf sie: Dann unterschreib eben nur. Ich habe eine Unterschrift hingekritzelt und dabei geflucht; mein Vater war ja nicht da; ich fluchte auf alle Heiligen.

Erst im allerletzten Moment habe ich verstanden, wo die Kinder herauskommen, weil ich meins geboren habe. Schön dick ist es rausgekommen, erst eine Schulter und dann der Kopf, der mir das Fleisch zerrissen hat. Aha, sage ich, so werden die Kinder geboren! Das hättet ihr mir doch früher sagen können!

Ich bin sechs Tage dort geblieben, in einem Bett neben der, die im Sterben lag und doch nie starb. Ab und zu brachten sie ihr das Kind, das gesund war und schrie, weil es Hunger hatte, aber sie erkannte es nicht. Es hieß, ihr Blut tauge nichts, sei vergiftet, was weiß ich. An dem Tag, an dem ich entlassen wurde, ist sie dann gestorben.

Während ich dort lag, hat mich niemand von der Familie besucht. Allein bin ich hingegangen, und allein bin ich heimgegangen. Die Krankenschwestern liefen hin und her, waren in Eile, immer in Eile. Sie wollten, daß ich das Bett freimache, um es einer anderen zu geben. Ich verlor noch ziemlich viel Blut. Am sechsten Tag haben sie mir den Kleinen dick eingepackt in den Arm gedrückt und mich fortgeschickt.

Ich nehme also den Bus, steige aus, gehe bis nach Hause. Ich war so schwach, daß ich mich kaum noch auf den Beinen halten konnte. Ich komme rein, und alle sind kalt, abweisend. Ines nähert sich, betrachtet das Kind, schneidet eine Art Grimasse und sagt: Hübsch! Die andere, Agnesina, schwieg, aber ihr fielen beinahe die Augen raus. Ich habe sofort gesehen, daß sie beide verblüfft waren, wie schön der Kleine war: Er war kräftig, hatte eine weiße Haut und Riesenaugen und tat nichts als lachen.

Dann sagt Agnesina: Schau mal, Sisto, schau deinen Sohn an! Aber er blieb ungerührt und tat, als müßte er seine Eisenbahnermütze richten. Er hat nicht einmal den Kopf gehoben.

Zum Schluß hat Agnesina das Kind ausgewickelt und es ihm unter die Nase gehalten, so daß ihm nichts anderes übrigblieb, als es anzusehen. Er ist mit dem Gesicht ganz nah drangegangen, als wollte er an ihm schnuppern, und dann hat er hm! gemacht. Er hat kein einziges Wort gesagt.

Am nächsten Tag haben sie mich gleich wieder im Haushalt eingespannt, obwohl ich schlapp war und das Kind alle drei Stunden stillen mußte. Ich mußte kochen, Wäsche waschen, bügeln. Das Kind lag in einer klapprigen Eisenwiege, die ich in der Rumpelkammer gefunden hatte, und niemand kümmerte sich darum. Zum Glück war es brav. Es weinte nie.

Später, als es größer wurde, haben sie es sehr liebgewonnen. Vor allem Sisto hat sich mit einer solchen Leidenschaft an diesen Sohn gehängt, daß er fast nicht wollte, daß ich ihn anfasse. Deshalb, aus Furcht, ich könnte mit dem Kind auf und davon gehen, hat er mich nach vier Monaten geheiratet. Und ein bißchen mochte er mich inzwischen vielleicht auch, wer weiß.

Aber mein Schwiegervater hatte andere Vorstellungen im Kopf. Ich hatte ihm nichts eingebracht, deshalb haßte er mich. Er wollte mich loshaben, um seinem Sohn eine Frau mit Geld zu finden. Es war ihm völlig egal, daß wir verheiratet waren, er wollte mich einfach loswerden.

Nach einigem Nachdenken ist er mit seinen Freunden auf eine schöne Idee gekommen. Seine Freunde waren der Arzt von Campo di Carne und der Maresciallo der Carabinieri. Sie steckten dauernd zusammen, duzten sich, tranken miteinander, spielten Karten. Kurz gesagt, dieser Bahnhofsvorsteher, der Maresciallo und der Doktor waren unzertrennlich, sie hatten das Sagen dort im Ort und machten, was sie wollten.

Diese drei haben dann zusammen folgendes ausgeheckt: Der gibt ihr Vater nichts, haben sie gedacht, Sisto hat sie gegen seinen Willen geheiratet; weißt du, was wir jetzt machen? Wir stellen eine Bescheinigung aus, daß diese Frau verrückt ist, und schicken sie ins Irrenhaus. Da die Mutter unzurechnungsfähig ist, bleibt das Kind beim Vater, und alles ist perfekt. Und so haben sie es gemacht.

Ich hatte erst vor kurzem geheiratet. Es war eine hastige Eheschließung gewesen, in einer kalten Kirche, ohne Blumen, ohne Kerzen, weil Sisto die billigste Messe bestellt hatte. Der Pfarrer hatte es eilig und sprach im Galopp, weil nach uns eine Luxushochzeit kam und wir so schnell wie möglich wieder abziehen mußten.

In der Eile ist einer der Ringe auf den Boden gefallen und irgendwohin gerollt. Agnesina und ich fingen an, auf allen Vieren danach zu suchen, während der Pfarrer ungeduldig mit dem Fuß klopfte. Der Ring war nicht zu finden. Schließlich hat auch Sisto noch mitgesucht. Zuletzt haben wir ihn entdeckt; er lag unter Ines' Schuh.

Eines Tages ging ich mit dem Kind im Arm in den Anlagen spazieren. Ich war gerade mit dem Abwasch fertig, die Schwestern schliefen, und ich wollte dem Kleinen ein wenig frische Luft gönnen. Während ich so spazierengehe, sehe ich einen Krankenwagen vom Roten Kreuz daherkommen. Er hält neben mir. Ein Soldat steigt aus und sagt zu mir: Guten Tag! Guten Tag! antworte ich, aber innerlich fragte ich mich: Was will der Kerl? Da kommt er noch näher heran und sagt: Signora, gehen wir! Wohin denn? sage ich. Er sagt: Sie müssen mitkommen, wegen einer Untersuchung. Ich habe sofort gedacht, daß sie mich auf Befehl meines Mannes zum Arzt schicken wollten, um zu untersuchen, ob meine Milch gut ist. Das habe ich mir vorgestellt, weil ich manchmal, wenn das Kind sein Bäuerchen machte, gehört hatte, wie Egle sagte: Diese Mutter hat keine gute Milch.

Trotzdem war ich guten Mutes, denn ich wußte, daß ich gesund war wie ein Fisch im Wasser. Ich dachte: Sollen sie mich ruhig untersuchen, dann werden sie ja sehen, daß meine Milch gut ist. Wenn es der Arzt sagt, müssen sie es glauben, diese Dummköpfe. Wenn meine Milch nicht gut wäre, dachte ich auch, dann wäre das Kind nicht so dick und rund, weiß und rosig. Also sage ich: Na gut, gehen wir!

Und steige einfach so in diesen Krankenwagen ein, weil ich eben naiv war, ein Dorfmädchen war ich geblieben und hatte nichts kapiert. Ich steige in den Krankenwagen ein, und genau in dem Augenblick fühle ich, wie mir das Kind aus den Armen gerissen wird. Das Kind nimmt jetzt die Signorina mit, sonst erkältet es sich nur, sagt der Soldat, wir sind ja gleich zurück. Und plötzlich sehe ich meine Schwägerin Ines hinter dem Krankenwagen auftauchen, näherkommen und das Kind in Empfang nehmen. Es war alles abgesprochen. Aber ich ahnte nichts. Ich war einfältig. Blöd.

Ich regte mich ein bißchen auf und sage zu meiner Schwägerin: Gib das Kind her! Wo bringst du es hin? Aber ich komme kaum dazu, ein Wort zu sagen, da stößt der Soldat mich hinein, schließt die Tür, und der Krankenwagen rast los, Richtung Rom. Ich war beunruhigt, aber ich tröstete mich mit dem Gedanken: Na gut, eine Untersuchung dauert nicht lang, dann komm ich zurück. Ich hab schon so viel mitgemacht, da werd ich das auch noch überstehen.

Während wir auf Rom zufuhren, sagt dieser Soldat, der mich mit Wohlwollen betrachtete, zu mir: Signora, ich muß Sie auf etwas aufmerksam machen. Auf was denn? frage ich, immer noch der Meinung, ich sei auf dem Weg zu einer Untersuchung der Muttermilch. Ich gebe Ihnen einen guten Rat, sagt er, denn ich bin ein Familienvater, und Sie könnten meine Tochter sein. Welchen Rat? frage ich.

Er sagt: Wenn Sie jetzt in dieses Krankenhaus gebracht werden, müssen Sie Ruhe bewahren, und wenn der Professor kommt, dürfen Sie weder lachen noch weinen. Aber warum denn? sage ich. Und er: Wenn Sie lachen, hält man sie für verrückt, und wenn Sie weinen, hält man Sie auch für verrückt. Sie dagegen müssen ganz ruhig klarstellen, daß Ihr Mann Sie mit Hilfe eines Arztes, mit dem er befreundet ist, hier hat einweisen lassen. Hat dieser Arzt, der das Papier unterschrieben hat, Sie überhaupt untersucht? Nein, sage ich, der hat mich nicht untersucht, aber warum? Er sagt: Mir war gleich klar, daß es so ist. Das Ganze ist ein abgekartetes Spiel, um sie einweisen zu lassen und ihnen das Kind wegzunehmen. Ich hörte ihm halb betäubt zu, glaubte ihm aber nicht recht. Ich dachte, der Verrückte sei er.

Ich komme also in die psychiatrische Anstalt. Und ich sehe lauter Gitter, verriegelte Türen, weiße Kittel, ich höre Schreie und Wimmern und begreife, daß es kein normales Krankenhaus ist. Sofort haben sie mich gepackt und in ein schmales Bett gesteckt, mitten unter lauter Verrückte, zur Beobachtung. Ab und zu kamen die Krankenschwestern und Helferinnen einen Augenblick herein, immer in Eile, und liefen dann sofort wieder davon, nachdem sie die Tür abgeschlossen hatten. Nach zwei Stunden gelingt es mir endlich, eine anzuhalten, und ich sage zu ihr: Entschuldigen Sie, Schwester, wann kommt denn der Doktor? Morgen, sagt sie.

Am nächsten Tag kommt der Doktor wieder nicht. Ich lag dort in dem Bett und sah den Verrückten zu, wie sie herumzappelten, wie sie stritten. Ich fühlte mich niedergeschlagen. Meine Brust schmerzte wegen der sich stauenden Milch. Ich halte eine Krankenschwester fest und sage zu ihr: Wann kommt denn der Doktor jetzt endlich? Ah, sagt sie, du bist eine Neue; immer dasselbe mit den Neuen, andauernd fragt ihr, wann der Doktor kommt; halt den Mund und wart's ab! Der Doktor kommt, wenn er kommt.

Mir war zum Heulen, aber ich weinte nicht, weil mir die Worte des Soldaten Eindruck gemacht hatten: Wenn du weinst, mußt du nur länger drinbleiben! Je ruhiger der Doktor dich findet, um so eher schickt er dich heim. Daher verhielt ich mich ruhig und still. Ich dachte: Jetzt kommt der Doktor und schickt mich gleich nach Haus. Statt dessen vergingen die Tage, und ich blieb dort.

Meine Brüste schmerzten. Sie waren steinhart geworden durch die gestaute Milch, und die Brustwarzen brannten. Also rufe ich die Krankenschwester und erkläre ihr in aller Ruhe und Deutlichkeit, daß ich vor kurzem ein Kind gekriegt habe, daß ich einen Säugling zu Hause habe. Sie sagt: Ah, so ist das! Gut, morgen werden wir uns drum kümmern.

Am nächsten Tag kommt eine Frau mit einer kleinen Pumpe und pumpt mir die Milch ab. Obwohl ich nicht weinen wollte, liefen mir die Tränen wie von selbst herunter, weil es so weh tat. Ja, ja, ich weiß, wie schlimm das ist, sagte diese Frau, die mir die Milch abpumpte, aber wo haben Sie denn Ihr Kind? Ich sage: Was weiß ich denn! Sie haben es mir weggenommen, und ich habe nichts mehr gehört; sie haben es versteckt, weil sie es behalten und mich loswerden wollen, mein Schwiegervater will, daß mein Mann mich verläßt und eine andere Frau nimmt, die er ausgesucht hat, eine mit Geld; mein Schwiegervater kann mich nicht leiden, weil ich keine Mitgift eingebracht habe, und sagt immer zu mir: Nicht einmal ein Hemd hast du mir eingebracht!

Kurzum, ich habe dieser Frau, dieser Krankenschwester, alles erzählt. Und am Ende sagt sie zu mir: Erzähl das dem Professor, du wirst sehen, daß er es versteht. Ich sage: Wann kommt der Professor denn? Sie sagt: Bald.

Aber der Professor kam nicht. Dafür pumpte die Frau mir jeden Tag unter Schmerzen die Milch ab. Und eines Tages sagt sie zu mir: Ja, hast du denn keine Brüder, eine Mutter, irgendwen? Ich sage: Meine Mutter ist tot, mein Vater hat mich aus dem Haus gejagt. Sie sagt: Und die Brüder? Ich sage: Brüder habe ich neun. Sie sagt: Dann mach's doch so, schreib an einen deiner Brüder und sag ihm, er soll dich holen. Ich sage: Aber ich habe doch nicht einmal Papier, um zu schreiben. Ich habe gar nichts hier, und die Krankenschwestern lassen nicht mit sich reden. Sie sagt: Morgen bring ich dir was mit.

Am nächsten Tag kommt sie mit einer Postkarte. Da war der Stempel des Krankenhauses drauf, Platz für die Adresse, alles. Zuerst pumpt sie mir die Milch ab, dann sagt sie: Schreib diese Karte, ich steck sie dir dann ein; aber sag dem Professor nichts davon, denn eigentlich ist es verboten, und man darf so was nicht machen. Ich sage: Den Professor habe ich sowieso noch nie gesehen! Wer weiß, wann er kommt! Sie sagt: Schreib deinem Bruder, er soll sofort nach Rom kommen und mit dem Professor reden. Der unterschreibt dann für dich, und du kannst raus.

Die Frau gab mir diesen Rat, weil sie begriffen hatte, daß ich nicht verrückt war. Also schreibe ich meinem Bruder Nello. Aber ich weiß nicht, ob es die Post war, die nicht funktionierte, oder was anderes, ein Tag vergeht, eine Woche vergeht, und dieser Bruder ließ sich immer noch nicht blicken. Ich machte mir Sorgen. Nachts verkroch ich mich, damit mich niemand hörte, unter die Bettdecke, um mich auszuweinen, denn ich hatte immer noch Angst wegen dem, was der Soldat gesagt hatte. Und morgens wusch ich mir die Augen, trocknete mich ab und tat, als wäre nichts.

Inzwischen mußte ich diese ganzen Verrückten aushalten, die mit sich selber redeten, sangen, herumstritten. Ich sah mir alle diese Wahnsinnigen an und dachte: Wenn ich noch lange hier drin bleibe, werde ich zum Schluß noch selber verrückt. Wann darf ich bloß hier raus? Wann kommt endlich dieser Professor?

Ich sah, wie sie im Gehen Selbstgespräche führten, nackt herumliefen, mit ihrer eigenen Scheiße spielten, kreischten wie kleine Mädchen. Eine kommt abends zu mir, sie hielt mich für ihren Verlobten, drückt mich so fest, daß sie mich fast erwürgt. Daraufhin kommt die Schwester, macht sie von mir los und bringt sie weg.

Eine andere sagt: Sing mit mir! und wollte, daß ich mit ihr singe. Ich hatte aber keine Lust zu singen, und da fängt sie an, mich in die Hand zu beißen. Ich konnte sie nur mit Fußtritten loswerden. Eine andere wollte mir das Fleisch zu essen geben, das sie schon vorgekaut hatte. Alles, was sie kaute, nahm sie dann wieder aus dem Mund und wollte, daß ich es esse.

Kurzum, ich bin fast einen Monat dortgeblieben und mußte diese ganzen Dinge über mich ergehen lassen. Ich war betrübt und dachte an meinen Kleinen. Doch es belustigte mich auch, den Verrückten zuzusehen, die sich manchmal wie Schauspielerinnen auf der Bühne benahmen, fröhlich waren, tanzten und sangen. Es gab auch lustige Momente.

Endlich, eines Morgens, kommt Nello, und ich erzähle ihm alles. Ich sage: Sie haben mir das Kind weggenommen, sie haben mich hier in die Anstalt zu diesen Verrückten gesteckt und mich nicht einmal untersucht.

Mein Bruder hat gleich verstanden, was Sache war. Er hat den Doktor in seinem Büro aufgesucht, in seiner Praxis. Er hat ihm meinen Fall erklärt, und der Professor hat zu ihm gesagt: Wenn Sie die Verantwortung übernehmen, kann Ihre Schwester gehen. Wir können aber weder bescheinigen, daß sie krank ist, noch, daß sie gesund ist, weil Ihre Schwester noch unter Beobachtung steht.

Und mein Bruder: Wie? Sie ist jetzt schon einen Monat hier und ihr wißt immer noch nicht, ob sie verrückt ist oder nicht? Egal, die Verantwortung übernehme ich auf jeden Fall. Daraufhin sagt der Professor: Unterschreiben Sie hier und nehmen Sie sie mit. Mein Bruder antwortet: Für meine Schwester unterschreibe ich hundertmal, wenn es sein muß, Herr Professor!

Und Nello hat tatsächlich unterschrieben, und wir sind mit seinem Moped nach Campo di Carne gefahren, zum Bahnhof.

Als die Verwandten meines Mannes mich daherkommen sahen, hat sie fast der Schlag getroffen. Denn sie dachten: Die holt keiner dort raus. Sie fragten sich: Wie hat sie es bloß geschafft, ihren Bruder zu benachrichtigen? Das hatten sie nicht erwartet, und sie waren stinksauer. Sie dachten: Da drin darf man doch nicht schreiben, man darf überhaupt nichts, wie sie das bloß gemacht hat?

Mein Bruder sagte: Soso, ihr habt meine Schwester in die Irrenanstalt gesteckt, zu den Verrückten, damit ihr sie los seid! Ihr habt ihr das Kind weggenommen und sie allein in diese Hölle geschickt; was glaubt ihr eigentlich, daß meine Schwester allein auf der Welt ist? Sie ist aber nicht allein auf der Welt, ich bin auch noch da und nehme sie jetzt mit zu mir nach Haus. Wo meine Kinder Platz haben, da hat sie auch noch Platz. Gebt ihr sofort das Kind zurück!

Da sind sie auf den Trick gekommen und haben gesagt: Wo ist denn die Bescheinigung, daß Teresa nicht verrückt ist? Wenn ihr uns keine Bescheinigung bringt, daß sie geheilt ist und es ihr gut geht, können wir ihr das Kind nicht geben. Und damit haben sie uns die Tür vor der Nase zugeschlagen.

Mein Bruder sagt: Jetzt gehen wir zum Polizeipräsidium und zeigen sie an. Also sind wir hingegangen, er und ich. Auf dem Polizeipräsidium haben sie uns jedoch das gleiche gesagt: Wenn ihr die Bescheinigung nicht beibringt, könnt ihr das Kind nicht mitnehmen. Mein Bruder sagt: Dann nehme ich das Kind eben in meine Obhut und bürge dafür. Und sie: Nein, der Vater ist ja da; wenn der Vater nicht da wäre, hätten Sie es so machen können; aber den Vater gibt es, deshalb steht ihm das Kind zu.

Dann zeige ich sie an, daß sie meine Schwester ohne ärztliche Untersuchung, mit einer gefälschten Bescheinigung, ins Irrenhaus gesteckt haben, sagt Nello. Der Polizeipräsident blickt ihn an und sagt: Lassen Sie das mit der Anzeige, es bringt nur Ärger, sonst nichts, und kostet einen Haufen Geld und Zeit. Außerdem haben Sie keine Beweise; auf der einen Seite gibt es die Bescheinigung des Arztes in Campo di Carne, auf der anderen das Wort Ihrer Schwester; Ihre Aussichten sind nicht besonders gut in diesem Streit. Er sagt: Gehen Sie in die psychiatrische Anstalt und lassen Sie sich die Bescheinigung ausstellen, dann ist der Fall erledigt.

Nach zwei oder drei Tagen fährt Nello wieder nach Rom und verlangt eine Bescheinigung über meine geistige Gesundheit. Die im Krankenhaus antworten ihm, sie könnten weder bestätigen, daß ich normal sei, noch, daß ich verrückt sei, weil ich unter Beobachtung gestanden hätte und sie mich deshalb noch nicht beurteilen konnten. Und so haben sie ihm die Bescheinigung nicht ausgestellt, und er ist mit leeren Händen zurückgekehrt.

Abends, beim Abendessen, sagt Nello zu mir: Weißt du, was ich jetzt mache? Ich gehe hin und jage diesen Schweinehunden Angst ein; es gibt gar keinen anderen Weg.

Noch am selben Abend geht er zu ihnen und sagt: Wenn ihr mir nicht innerhalb von vierundzwanzig Stunden meinen Neffen herausgebt, komm ich mit einem Revolver und knalle euch ab! Dann komm ich ins Gefängnis, aber ich will meinen Neffen! Und hier im Bahnhof mache ich auch Zoff, ich erzähle alles; ihr habt wohl gedacht, meine

Schwester wäre allein, aber ich bin auch noch da! Und du paß auf, wo du hingehst, sagt er zu meinem Mann gewandt, für dich ist es nämlich gefährlich geworden!

Mein Mann muß erschrocken sein, weil er sofort klein beigab. Teresa ist einfach zu nervös, fing er an, warum ist sie bloß so nervös? Sie muß sich beruhigen; ich habe sie gern, wir haben sie hier alle gern; wenn sie heimkommen will, unser Haus steht ihr offen. Nur aus Angst redete er so. Und Nello sagt: Teresa braucht dieses Haus nicht, sie wohnt bei mir, und da geht es ihr ausgezeichnet.

Ich bin tatsächlich bei meinem Bruder geblieben. Aber ohne das Kind. Ab und zu ging ich zu meinem Mann, um den Kleinen zu sehen. Und wenn ich den Kleinen sah, sah ich ihn, Sisto, natürlich auch, wie er mich anstarrte und anstarrte und überhaupt nicht mehr wegschauen konnte.

Offenbar hatte ich ihn in der Zeit meiner Ehe auch liebgewonnen, weil ich merkte, daß ich ihn immer noch als Ehemann wollte. Und er wollte mich auch. Aber er hatte Angst vor seinem Vater und seinen Schwestern. Daher sagt er eines Tages zu mir: Warte dort unten am Ende der Straße hinter dem Stall auf mich. Und so haben wir heimlich zusammen geschlafen wie zwei Jugendliche.

Eines Tages wird mein Mann bei der Eisenbahn entlassen, weil Geld in der Kasse fehlte. Da kommt er zu mir und sagt: Ich ziehe nach Rom, komm mit; wir gründen einen Hausstand, mit dem Kind und allem.

Also gehen wir nach Rom und mieten eine Wohnung in der Via Santa Maria Maggiore. Mein Mann arbeitete nicht, er tat gar nichts. Er hatte jedoch eine Menge Freunde, mit denen er den Tag verbrachte.

Am Anfang hat uns sein Vater, der Bahnhofsvorsteher, geholfen, er schickte uns Geld und Essen. Doch nach einer Weile hatte er es satt und schickte nichts mehr. Also mußte ich mir eine Arbeit suchen.

In der Nähe von Campo di Carne gab es ein Tapetengeschäft, und dort habe ich eine Stelle bekommen, weil ich den Inhaber, Sor Alfio, kannte. Jeden Morgen nahm ich den Bus und fuhr nach Campo di Carne, abends fuhr ich dann wieder nach Rom zurück. Sor Alfio gab mir fünfhundert Lire im Monat, und ich mußte die Kunden bedienen.

Ich war damals etwa zwanzig Jahre alt, füllig und kräftig. Und dieser Sor Alfio hatte ein Auge auf mich geworfen. Ich wich ihm jedoch aus, weil er häßlich und schmierig war und nach Medizin stank. Ich spürte, daß er mich ansah, wenn ich mich bückte, wenn ich die Treppe hinaufging, wenn ich dasaß, wenn ich die Hände bewegte, nie ließen seine Augen mich los.

Eines Tages kommt er dann zu mir und sagt: Hier, Teresa, die sind für dich. Und legt mir ein Bündel Geldscheine in die Hand. Was soll das denn? frage ich, mein Gehalt für diesen Monat habe ich doch schon bekommen! Da kommt er näher, faßt mich um die Taille, fängt an, mich zu betasten. Ich stoße ihn so heftig zurück, daß er zu

Boden fällt. Er war groß und dick, aber ich war jung und stark.

Am Abend fahre ich heim und sage zu Sisto: Weißt du, daß Sor Alfio über mich hergefallen ist? Er hat mir sogar Geld in die Hand gedrückt, aber ich hab's ihm zurückgegeben; ich gehe nicht mehr hin zu diesem Dreckskerl!

Ich dachte, daß mein Mann sofort sagen würde: Dem werd ich's zeigen! Statt dessen starrt er mich mit offenem Mund an und sagt dann: Laß ihn doch machen! Ich sage: Wie, laß ihn doch machen! Ich soll es über mich ergehen lassen, daß der an mir rumfummelt? Er sagt: Laß ihn machen, bis sie mich wieder bei der Eisenbahn einstellen! Ich sage: Ich denke nicht daran; es paßt mir nicht! Er sagt: Du mußt es ertragen, wie sollen wir sonst leben? Und damit steht er auf und geht.

Da vertraue ich mich meiner Freundin Egle an. Ich sage zu ihr: Weißt du, was Sisto zu mir gesagt hat? Er hat gesagt, laß ihn machen, bis ich wieder bei der Eisenbahn bin. Ich sage: Was soll ich denn tun? Meine Freundin sagt: Der hat dich aber nicht lieb, weißt du, er hat dich überhaupt nicht lieb, er kommt mir vor wie ein Zuhälter, dein Mann!

Er selbst, mein Mann, hatte mir Egle vorgestellt. Nachdem wir nach Rom gezogen waren, hatte er zu mir gesagt: Ich habe einen Haufen Freunde hier, ich werde dich mit ihnen bekannt machen. Aber dann hat er mir keinen davon vorgestellt, nur diese Egle, die eine kleine, hübsche, sehr schlaue Frau war. Wenn Sisto mit seinen Freunden ausging, sagte er zu mir: Geh zu Egle! Und ich ging zu Egle. Ihr klagte ich mein Leid, ich erzählte ihr alles. Diese Egle hatte eine Besonderheit, sie sah gern Leuten beim Ausziehen zu. Zum erstenmal habe ich es bemerkt, weil ich sie überrascht habe, wie sie mit dem Fernrohr ins Haus gegenüber sah, wo sich gerade eine Frau auszog.

Im ersten Augenblick hat sie sich geschämt und gesagt, sie beobachte eine Katze. Doch nach und nach wurde sie frecher, und eines Abends hat sie mich gebeten, mich vor ihr auszuziehen.

Ich habe ihr den Gefallen getan, weil es mir harmlos erschien und mich nichts kostete. Ich habe mir den Pullover ausgezogen, dann den Rock. Soll ich weitermachen, frage ich. Mach weiter, sagt sie, wir sind doch unter Frauen, nicht wahr?

Von da an habe ich es oft getan, aber ich muß sagen, daß sie mich nie auch nur mit einem Finger angerührt hat. Sie begnügte sich damit, mir zuzusehen und Schluß. Und ich ließ sie zusehen. Wenn ich mir die Unterhose auszog, schluckte sie zwei- oder dreimal rasch, das war alles. Dann schlüpfte ich ins Bett und gute Nacht.

Sie hat mich auch darüber aufgeklärt, daß Sisto halbseidene Frauen gefielen. Ich war ein Einfaltspinsel, hatte von nichts 'ne Ahnung. Ich hatte nicht einmal gemerkt, daß diese Egle stundenweise Zimmer vermietete. Sie kannte lauter Diebe und Nutten, die auch Sisto kannte. Damals wußte ich diese Dinge noch nicht. Ich war ein begriffsstutziges, dummes Ding.

Diese Egle fängt an, mich in Bars und Trattorien mitzunehmen. Ich war nie in Bars und Trattorien gewesen und freute mich darüber, alles machte mich neugierig, verblüffte mich.

Mein Mann trieb sich mit diesen Dieben und Nutten herum, und zu mir sagte er: Bleib bei Egle, schlaf bei Egle, ich habe zu tun. Ich sage: Was hast du denn zu tun, wo du doch überhaupt nicht arbeitest? Er sagt: Das ist meine Sache.

Zur Arbeit bin ich jedenfalls nicht mehr gegangen. Den Sor Alfio habe ich sitzenlassen und nicht einmal eine Abfindung verlangt. Sofort ist mit Sisto der Streit losgegangen. Wenn du nicht arbeitest, kann ich dich nicht unterhalten, sagte er. Und wie machst du es? fragte ich ihn.

Für mich finde ich schon was, sagte er, ich habe überall Freunde, die lassen mich nicht verhungern, aber dir kann ich nichts geben; geh zu Egle, geh, wohin du willst, in meinem Haus kannst du ohne Arbeit nicht bleiben!

Und ich bin zu dieser Egle gegangen, die mir zu essen

und ein Bett gab. Aber dafür mußte ich die Böden wischen, die Fenster putzen, die Wäsche waschen; sie hatte einen Sauberkeitswahn, wenn's nach ihr gegangen wäre, hätte ich sogar unter den Kacheln schrubben sollen. Die Betten, den Abwasch, alles ließ sie mich machen, ich war ihre Sklavin. Sie gab mir zu essen, aber dieses Essen kam mich teuer zu stehen.

Ich sagte zu ihr: Am liebsten hätte ich meinen eigenen Haushalt und wäre mit meinem Mann allein! Ich wünschte mir keinen Luxus, keine Verderbtheiten. Er dagegen war durch und durch lasterhaft, und ich wußte es nicht. Er war zu lasterhaft: Ihm gefielen halbseidene Frauen. Vor mir hatte er eine Französin gehabt, nachts schliefen sie im selben Bett, wie Mann und Frau; tagsüber schickte er sie auf den Strich. Alle diese Dinge habe ich erst später erfahren, Jahre später.

Unser Kind hatten inzwischen Sistos Schwestern wieder zu sich genommen, da wir es in Rom nicht unterhalten konnten. Ich besuchte es, sooft es ging. Sie sahen mich scheel an, weil sie sagten, ich taugte nichts, sie dagegen wären vollkommen, denn sie könnten Krägen und Manschetten faltenfrei bügeln, ich nicht. Es stimmte, ich konnte solche Sachen nicht. Ich erledigte meine Arbeit rasch, ohne große Umstände, wusch, kochte, war nicht so vornehm wie sie. Und das nutzten die beiden Schwestern aus, um bei jeder Gelegenheit zu behaupten, ich sei ein Bauerntrampel, eine ungeschliffene Nichtstuerin.

Aber in Wirklichkeit konnten sie mich nicht ausstehen, weil ich nichts eingebracht hatte. Und außerdem, weil ich mich auch nicht besonders gut ausdrücken konnte, ein ungehobeltes, unwissendes Dorfmädchen war.

Einige Monate später fing mein Mann wieder bei der Bahn an, sie hatten ihm verziehen und ihn wieder eingestellt. Weil sein Vater, der Bahnhofsvorsteher, das Geld für ihn zurückgegeben hat. Sofort ist Sisto zu mir gekommen und hat gesagt: Komm, wir ziehen nach Ciampino, in den Bahnhof von Ciampino; hol den Kleinen, und auf geht's.

Und so sind wir nach Ciampino gezogen, besser gesagt, nach Isernia, kurz hinter Ciampino. Zu viert lebten wir dort im Bahnwärterhäuschen: Sisto, ich, Maceo, unser Sohn, und Rita. Diese Rita hatte ich bei Egle kennengelernt. Sie war spindeldürr, sehr nett, hatte blaue Augen und lange schmale Hände. Ich hatte mich gleich mit ihr angefreundet und nahm sie überallhin mit, weil sie mir leid tat. Bei sich zu Hause hielt sie es nicht aus, weil ihre Stiefmutter sie mißhandelte. Und nachdem ich ja wußte, was es bedeutete, eine Stiefmutter zu haben, behielt ich sie bei mir.

Rita stammte aus Rieti, sie war nicht verheiratet und lebte allein mit der Stiefmutter. Aber diese Stiefmutter haßte sie, und sie haßte die Stiefmutter. Da ich nun das Kind zurückgeholt hatte, sagte ich mir: Gut, sie kann bei mir wohnen, aber dafür soll sie mir mit dem Kleinen helfen. Ich war froh, hielt sie für eine Freundin.

Morgens ging ich zum Einkaufen. Ich spazierte drei Stunden durch die Straßen, sah mir die Schaufenster an, die Eßsachen, ging ins Kaufhaus. Ich sah mir gern alles an. Ich kaufte nichts, weil ich kein Geld hatte, aber es gefiel mir, mich umzusehen. Rita hütete unterdessen Maceo. Ich kam heim, und der Tisch war schon gedeckt. Ich setzte das Wasser für die Nudeln auf, bereitete die Soße zu, und sowie Sisto von der Arbeit kam, begannen wir zu essen. Es war ein ruhiges Leben, und ich war zufrieden.

Eines Nachts wache ich zufällig auf, weil mir kalt war. Ich sage: Jetzt stehe ich auf und hol mir noch eine Decke. Ich schaue zu meinem Mann hinüber, aber er war nicht da. Ich sage: Wer weiß, vielleicht holt er sich auch gerade eine Decke, weil es so kalt ist.

Ich gehe los und finde sie, ihn und Rita, in der Küche, wie sie auf dem Küchentisch Liebe machen. Aus Eifersucht habe ich sofort auf beide eingeprügelt. Ich packe einen Stuhl und schmeiße ihn nach ihnen, dann nehme ich die Schere und gehe damit auf ihre Gesichter los. Im Verbandskasten der Eisenbahn lag nämlich eine lange, spitze Schere. Die nehme ich und sage mir: Jetzt jage ich ihnen wirklich

Angst ein. Und tatsächlich ist mein Mann so erschrokken, daß er seit jener Nacht nicht mehr ruhig schlafen konnte.

Rita ist gegangen. Ich habe sie hinausgeworfen. Aber dann habe ich erfahren, daß sie sich weiterhin trafen, woanders, in Rom. Er sagte, er führe zum Ministerium, weil er was für die Eisenbahn zu erledigen hätte, er erzählte mir einen Haufen Unsinn. Statt dessen ging er zu ihr. Und ich dumme Gans glaubte ihm. Ich wartete, bis er von diesen Besorgungen zurückkam, um ein wenig mit ihm zusammenzusein.

Nach ein paar Jahren ist er bei der Bahn wieder rausgeflogen. Diesmal ist es endgültig, haben sie gesagt, du hast dir zuviel geleistet. Da habe ich ihn gefragt: Willst du mir nicht erzählen, was du ausgefressen hast? Und er sagt: Nichts. Ich sage: Ich bin doch deine Frau, mir kannst du alles sagen.

Daraufhin hat er mir folgendes erzählt: Daß er sich von einem Freund hatte überreden lassen, ihm beim Einladen von Kupferdraht zu helfen. Aus Schwäche hatte er sich von dem Freund in die Sache hineinziehen lassen, und der Freund hatte ihm anvertraut, daß an einer bestimmten Stelle mehrere Rollen Kupferdraht unbewacht herumlägen und er vorhätte, sie zu stehlen und dann zu verkaufen, da Kupfer wertvoll sei. Also sind sie nachts mit dem Lieferwagen hingefahren, und als sie gerade dabei waren, diesen Kupferdraht einzuladen, kam die Polizei.

Der Polizist sagt: Was macht ihr da? Dieser Draht gehört euch nicht! Daraufhin hat mein Mann alles fallen lassen und ist abgehauen. Den anderen dagegen haben sie gefaßt, und der hat dann ausgepackt und behauptet, daß Sisto ihn dazu überredet hätte, den Kupferdraht zu stehlen. Und so haben sie Sisto auch verhaftet. Mein Mann hat jede Schuld von sich gewiesen, hat gesagt, er habe mit der Sache nichts zu tun, aber es war nichts zu machen. Es ging um vier Zentner Kupferdraht, die der Bahn gehörten. Und auf diese Weise hat er seinen Posten verloren.

Daraufhin sage ich: Was machen wir jetzt? Es war das Jahr neununddreißig, glaube ich. Alle sprachen vom Krieg. Sisto sagte: Soll der Krieg doch kommen! Dann bin ich meine Schulden und den ganzen Ärger los! Sollen doch alle Bahnlinien Italiens in die Luft fliegen! Zum Glück hat er nach einigen Monaten eine Anstellung bei der INAM, der Krankenversicherung, gefunden. Das Kind hatten sich inzwischen wieder die Schwestern geholt. Wenn kein Geld da war, bekamen sie es wieder in die Finger.

Nach einiger Zeit, ich weiß nicht, wie, haben sie ihn dann doch wieder bei der Bahn genommen. Sie haben ihn nach Prima Porta versetzt, in den Norden von Rom. So hat er angefangen, wieder Geld zu verdienen. Und wir haben uns dort in der Gegend eine Wohnung gemietet. Ich war froh. Ich lebte mit ihm, hatte ein Zuhause, das Kind, alles ging gut.

Eines Abends sagt Sisto zu mir: Zieh dir dein gutes Kleid an, wir gehen heute zum Abendessen zu einer Freundin von mir, sie gibt ein Fest. Und was ist das für ein Fest? frage ich. Zieh dich an und laß uns gehen, antwortet er. Er war liebevoll und gut gelaunt.

Auf dem Fest war sie auch da, Rita. Hinterher habe ich sogar erfahren, daß es ihr Verlobungsfest war. Aber ich glaubte, daß sie sich getrennt hätten, denn das hatte Sisto mir gesagt, er hatte es mir geschworen. Ich schöpfte etwas Verdacht, sagte mir aber: Vielleicht irre ich mich, er hat es mir geschworen, also muß es wahr sein.

Es ging lustig zu in diesem Haus. Wir setzten uns zu Tisch, sie gaben mir zu essen und zu trinken. Ich habe eine Menge gegessen, weil ich Hunger hatte. Ich habe auch viel Wein getrunken. Je mehr ich trank, um so mehr schenkten sie mir nach. Ich war halb betrunken. Alle lachten, soffen, sangen, es war ein wunderbares Fest.

Plötzlich drehe ich mich um und sehe Sisto nicht mehr. Ich sage: Wo ist denn mein Mann? Er ist aufs Klo gegangen, antworten sie mir. Trink doch, trink, sagen sie. Und ich trinke weiter. Dann schaue ich mich genauer um und sehe, daß Rita auch verschwunden ist. Ich sage: Wo ist Rita? Auf dem Klo, antworten sie mir. Da stehe ich auf, betrunken wie ich war, und gehe aufs Klo.

Auf dem Klo waren weder er noch sie. Sie waren einfach gegangen und hatten mich allein gelassen. Von dem Abend an lebte Sisto mit ihr zusammen. Er hat mich verlassen.

Ich habe die Wohnung räumen müssen, weil ich nicht wußte, wovon ich sie bezahlen sollte. Eine Zeitlang bin ich zu meinem Bruder Nello nach Anzio gezogen. Die Sachen habe ich verkaufen müssen. Um die Fahrkarte zu bezahlen, mußte ich sogar meine Schuhe versetzen.

Bei Nello ging es mir nicht so gut, denn die Wohnung war klein, da waren die Kinder und seine Frau, die sich nicht besonders gut mit mir verstand. Es war Krieg, und alle hungerten. Jeden Tag heulten die Sirenen, und alle mußten in den Luftschutzkeller rennen. Die Sirene dort in Anzio hörte sich an wie eine Katze, sie hatte keine Stimme, sondern jaulte. Wir gingen allerdings nie in den Luftschutzkeller. Wer sollte schon dort am Meer Bomben abwerfen?

Drei Kriegsjahre habe ich verbracht, ohne je eine Bombe zu sehen, am Meer, mit meinem Kind, den Neffen, der Schwägerin, die mich scheel ansah. Ich half Nello beim Fischverkauf, ging mit ihm auf den Markt. Ich machte mich nützlich, damit meine Schwägerin nichts gegen die Gastfreundschaft einwenden konnte.

Meine Aufgabe war, den Fisch für die Kunden zu säubern. Kam eine Frau: Ich hätte gern zwei Kilo Sardellen! Und ich machte sie sauber, ließ Wasser drüberlaufen, wog sie ab. Kam eine andere: Ich hätte gern eine Meeräsche, zwei Umber und einen Drachenkopf! Und ich wusch den Fisch, schabte blitzschnell mit dem Messer die Schuppen ab, ich war nämlich inzwischen sehr geschickt, dann ritzte ich mit der Spitze der Klinge den Bauch auf, nahm die Eingeweide heraus, spülte ihn noch einmal ab und packte ihn ein. Wenn Fisch übrigblieb, aßen wir ihn, wenn nichts übrigblieb, kochten wir die Eingeweide. Wir warfen dieses Gedärm in einen Topf, gossen etwas Öl darüber und brieten es. Es war zwar ein wenig schwer verdaulich, schmeckte aber nicht schlecht.

Anfangs ging alles gut. Dann kamen die Notzeiten. Die Männer zogen in den Krieg. Die Frauen hatten kein Geld.

Die Leute kauften keinen Fisch mehr. Nello war verzweifelt. Er mühte sich wahnsinnig ab, um ein bißchen was zu verdienen. Es wurde nur noch billiger Fisch gekauft, Sardellen, Hornhechte, Tintenfisch, kleine Ährenfische. Aber damit konnte man keine großen Sprünge machen. Und meine Schwägerin sah mich immer finsterer an, und Nello wurde immer nervöser.

Ich schlief in einem wackeligen, schmalen Bett, mit der Wärmflasche zwischen den Füßen. Wenn ich nicht einschlafen konnte, spielte ich das Mammaspiel, liebkoste mich selbst. Ich war fünfundzwanzig, gesund und kräftig, mir fehlte der Mann. Es gab einen, der um mich herumscharwenzelte, aber der überzeugte mich nicht, weil er zu häßlich und zu anmaßend war.

Sisto war eingezogen worden und befand sich in Cefalù auf Sizilien. Dann wurde er nach Termini Imerese versetzt. Er schrieb lustige Briefe, in denen er erzählte, daß es ihm gutging, daß er in der Sonne lag, daß er mit den Kameraden zurechtkam. Er hatte sich zur Verpflegstelle versetzen lassen und mopste von den Essensrationen der Soldaten; er hatte sogar etwas Geld gespart.

Eines Tages schreibt er mir, ob ich ihn nicht besuchen will. Er sagt: »Komm, gehst ein wenig zum Baden, legst dich in die Sonne, es ist schön hier.« Ich wußte nicht, ob ich hinfahren soll oder nicht. Ich hatte das kleine Kind, wußte nicht, wo ich es lassen sollte. Es wieder zu seinen Tanten zu bringen, war mir lästig, aber ich hatte auch Lust, Sisto in Sizilien zu besuchen. Er schrieb, er hätte mit Rita gestritten und sie hätten sich für immer getrennt.

Die Wahrheit war, das habe ich später erfahren, daß Rita mit einem Sizilianer durchgebrannt war. Sie war abgehauen und dann wiedergekommen. Aber damals sagte er, er wolle sie nie mehr sehen, es sei alles aus. Und ich wünschte mir, wieder mit Sisto zusammenzusein. Ich dachte: Jetzt hat er es bereut, ist beim Militär, hat Geld gespart. Ich hing an diesem Ehemann. Richtig verliebt war ich nicht, aber ich hatte ihn gern.

Ich sagte mir: Ich laß das Kind bei Ines und fahre nach Sizilien zum Baden. Das Problem war jedoch, daß ich nicht mehr mit meiner Schwägerin redete. Also habe ich eine alte Frau gerufen, die ich kannte, eine gewisse Baldina, und sie beauftragt, zu Ines zu gehen und zu fragen, ob sie mir das Kind eine Weile abnimmt. Baldina ist gegangen und zurückgekommen. Ines ist sehr erfreut, hat sie gesagt, Maceo bei sich aufzunehmen, du sollst ihn gleich schicken, sie kümmert sich um seine Ernährung und auch um seine Erziehung; dann hat sie noch gesagt, du seist eine unfähige Mutter, und je weniger dein Sohn bei dir ist, um so besser. Und du, Baldina, sage ich, kommst und erzählst mir diesen Blödsinn? Nimm das Kind, bring es zu Ines, und wenn sie was über mich sagt, dann halt dir die Ohren zu, diese Frau ist nämlich eine Giftschlange und wird es immer bleiben.

So hat Baldina Maceo zu Ines gebracht, und ich bin nach Sizilien abgereist. Ahnungslos komme ich in Sizilien an, steige mit einem schönen roten Koffer aus dem Zug und werde beinahe von einem glühenden Splitter durchbohrt. Zum Glück hatte ich mich gerade gebückt, um den Koffer abzustellen. Ich hebe den Kopf, sehe, wie alle Leute davonlaufen, sich unter den Zug ducken. Was ist denn hier los, sage ich. Ich hatte noch nie Krieg gesehen.

Ich höre, wie jemand zu mir sagt: Lauf, lauf! Es kommen noch mehr Flugzeuge! Aber ich wußte nicht, wohin ich laufen sollte, zwischen all den Zügen, den Gleisen, dem Staub. Ich nehme den Koffer und will gerade den Bahnhof durchqueren. In dem Augenblick höre ich einen Knall und die Erde beginnt zu beben. Stocksteif stand ich mitten in dem leeren Bahnhof und konnte weder vor noch zurück. Ich war wie gelähmt.

Ich wartete auf das Ende dieses Erdbebens. Aber es hörte nicht auf. Im Gegenteil, an einem gewissen Punkt habe ich den Kopf gedreht und gesehen, daß das Dach des Bahnhofs herunterkam, gleich auf mich einstürzen würde. Da habe ich meinen Mut wiedergefunden, habe den Koffer gepackt und bin losgerannt, was das Zeug hielt.

Ich kam zu einer Menge von Leuten, die zusammengekauert in der Mitte einer Piazza auf dem Boden hockten. Ich sage: Wieso hockt ihr hier mitten auf dem Platz? Sie sagen: Hier sind wir sicher vor den einstürzenden Häusern. Und in der Tat lagen auf den Straßen überall Mauerstücke, Dächer, Balkone, Schutt. Nur die Mitte des Platzes war frei.

Nach einer Minute fingen die Leute jedoch an, auch von der Piazza zu flüchten, weil von allen Seiten glühende Splitter durch die Luft flogen. Die Bäume brannten, der Asphalt riß auf. Ich habe gesehen, wie zwei Männer, von diesen Splittern verwundet, zu Boden fielen. Einen hatte es voll ins Gesicht getroffen, so daß der Kopf fast vom Körper abgetrennt wurde, den anderen an den Beinen. Der erste ist gestorben, der andere blieb dort liegen mit seinen verletzten Beinen und schrie.

Ich folgte der Menge. Alle rannten, und ich rannte mit. Auf einmal sehe ich, daß wir in der Nähe des Hafens sind. Die Leute kletterten auf die Felsen, stürzten sich ins Meer. Ich steckte meinen Kopf immer in irgendein Loch, weil ich Angst hatte, am Kopf getroffen zu werden. Der Körper konnte ruhig draußen bleiben, aber der Kopf mußte in Deckung sein; und so machte ich es dort zwischen den Felsen wie der Vogel Strauß, mitten in dem Durcheinander und den Schreien der Verwundeten.

O Gott, mein Gott! sagte ich, wer weiß, ob ich meinen Sohn wiedersehe! Ich lief hin und her, je nach dem Geräusch des Bombergeschwaders. Dieser Luftangriff auf Catania dauerte wer weiß wie lang, einen ganzen Vormittag. Dann war er zu Ende, und die Leute fingen an, wieder in den Trümmern umherzugehen.

Mein Mann befand sich in der Nähe von Palermo, und ich mußte mit dem Zug weiterreisen. Also habe ich mich einer Familie angeschlossen, die aus Mutter, Vater und vier Kindern bestand, alle groß und dick. Sie hatten Matratzen, eine Kommode und Stühle dabei.

Ich sage: Signora, ich muß nach Marsala, weil mein

Mann dort ist; was soll ich tun, ich kenne mich hier nicht aus und weiß nicht einmal mehr, wo der Bahnhof ist. Die Frau, die barfuß ging und ein Möbel auf dem Kopf balancierte, sagt zu mir: Mach dir keine Sorgen, wir bringen dich hin; wir müssen auch mit dem Zug weiterfahren. Und so bin ich hinter dieser Familie hergegangen. Sie haben mir sofort einen zusammengerollten Teppich zu tragen gegeben, und auf ging's zum Bahnhof.

Ich weiß nicht, wie es kam, daß mitten in diesem Durcheinander am eingestürzten Bahnhof mit den verbrannten Bahnsteigdächern und den zerstörten Gleisen ein Zug bereitstand, der nach Syrakus fuhr. Die Mutter steigt ein, Vater und Söhne mit dem gesamten Hausrat steigen ein. Und ich hinterher. Der Zug war so voll, daß man nicht einmal stehen konnte. Ich fand mich auf dem Klo wieder, zusammen mit einem der dicken Jungen, der eine Matratze auf dem Kopf trug. Im Waschbecken lag ein schreiender Säugling, und ein weiteres Kind stand auf der Kloschüssel.

Der Zug fuhr langsam, ich fühlte, wie meine Beine schmerzten, die zusammengerollten Teppiche lasteten schwer auf meinem Kopf. Ich dachte: Jetzt schmeiß ich sie aus dem Fenster. Aber es ging nicht, denn dieser Riese ließ mich nicht aus den Augen, und jedesmal, wenn ich mich ein wenig rührte, sagte er: Paß auf, die Teppiche, die sind wertvoll!

Endlich kommen wir in Syrakus an. Der Dicke steigt aus, mit ihm die Mutter, der Vater und die anderen Kinder. Durch das Fenster reiche ich ihnen die zusammengerollten Teppiche hinunter und verabschiede mich. Sie sagen: Ciao Teresa, wir sind hier angekommen, ciao und gute Weiterfahrt! Ich sage: Und wie komme ich jetzt nach Marsala? Sie sagen: Frag den Schaffner, wir wissen es nicht.

Aber es gab keine Schaffner. Dann sehe ich, daß alle aussteigen. Der Zug bewegte sich nicht. Ich bleibe allein im Waggon und setze mich ein bißchen hin, um auszuruhen. In dem Augenblick spürte ich einen heftigen Ruck. Gott sei Dank, sage ich mir, jetzt geht's weiter! Statt dessen wurde gerade die Lokomotive abgekoppelt.

Nach einer Stunde, die ich so dagesessen hatte, wird mir klar, daß der Zug nicht fährt; also steige ich aus und beginne, jeden, der vorbeikommt, zu fragen: Entschuldigung, wie kommt man nach Marsala? Einer sagt mir: Heute gibt es keine Züge mehr. Ein anderer meint: Es fährt gleich ein Zug nach Palermo, nehmen Sie den. Schließlich und endlich steige ich in einen Zug ein, auf dem geschrieben stand: DIRETTISSIMO NACH PALERMO. Ich frage: Fährt dieser Zug wirklich nach Palermo? Ja, ja, wird mir gesagt, in zwei Minuten fährt er ab. Zum Glück finde ich einen Sitzplatz auf einer Bank. Ich setze mich und schlafe ein, so müde und erschöpft war ich. Der Zug fährt ab.

Nach drei Stunden wache ich auf, es ist dunkel, und ich sehe, daß der Zug steht. Man hörte Grillen und Hundegebell. Ich sage: Wo sind wir denn? Mitten auf dem Land, sagt jemand. Ich sage: Und warum stehen wir? Wegen eines Schadens, sagt jemand. Und so sind wir bis zum nächsten Morgen dort stehengeblieben.

Am Morgen fahren wir weiter und kommen nach einigen Stunden zu einem Bahnhof. Gott sei Dank, sage ich, jetzt bin ich in Palermo. Es war aber Caltanissetta. Ich sage: Wie komme ich jetzt bloß nach Palermo? Jemand sagt: Steigen Sie schnell in den anderen Zug um, er fährt gleich ab. Also nehme ich den Zug und bin am nächsten Tag tatsächlich in Palermo.

In Palermo gab es keine Züge nach Marsala. Ich sage: Aber wie kommt man denn nach Marsala? Warten Sie, wird mir gesagt. Ich setze mich in den Bahnhof und warte. Die Strecke ist unterbrochen, sagt jemand, ein Zug ist in die Luft geflogen; jetzt wird sie ausgebessert.

Ich warte und warte, der Zug kommt nicht. In diesem verrauchten Bahnhof habe ich mich mit anderen Passagieren angefreundet, und da ich gesellig und lustig bin, mochten mich alle, fütterten mich durch mit Brot und Salami, Orangen und Reiskroketten. Ich hatte gut zu essen, während ich auf den Zug wartete.

Endlich, nach drei Tagen Wartezeit, wird uns gesagt, daß die Strecke nach Marsala wieder frei ist, und wir reisen ab. Der Zug fuhr so langsam, daß man, wenn man ausstieg, zum Pinkeln ging und wiederkam, bequem in den nächsten Waggon wieder einsteigen konnte.

In Marsala steige ich aus. Ich fange an, die Pension Stella Alpina zu suchen, in der mein Mann wohnte, aber niemand wußte, wo sie war. Mit meinem Koffer auf dem Kopf, den schmutzigen, zerfetzten Kleidern, sah ich aus wie evakuiert. Ein Kutscher tritt an mich heran und sagt: Brauchen Sie eine Droschke? Was macht das? frage ich. Nichts, sagt er. So steige ich ein, und der Typ bringt mich zur Pension Stella Alpina. Ich steige aus und will weggehen. Da sagt der Kutscher: Macht dreißig Lire, Signora. Ich sage: Aber Sie haben mir doch gesagt, es kostet nichts! Und er regt sich auf. Das habe er nur so gesagt, wie eine höfliche Redensart, weil man als Kavalier nicht über Geld rede, aber dennoch müsse ich ihm das Geld geben. Und es war nichts zu machen.

Mein Mann hat abgenommen, ist hübscher geworden. Er umarmt mich, küßt mich. Sagt: Mit Rita ist es aus und vorbei. Ich will dich, du bist meine Frau. Wie geht's meinem Sohn Maceo? Kurz, er war freundlich, liebevoll, ganz zärtlich, und mir ist das Herz aufgegangen.

Doch dort ging es uns schlecht. Es gab nichts zu essen, vier- bis fünfmal am Tag mußten wir wegen der Luftangriffe davonlaufen, die Häuser stürzten ein, alles brannte. Aber weg konnten wir auch nicht, weil man einen Passierschein brauchte, wenn man nach Norden wollte, und den hatten wir nicht. In Messina waren die Deutschen und hielten alle auf.

Eines Tages gehen wir dann in ein Restaurant, so eine Art unter einem Wellblechdach zusammengeschusterte Kneipe, und treffen Rita mit einem Sizilianer, einem Blonden mit Schnauzbart. Sie tut, als wäre nichts. Sisto dagegen wird blaß. Ich sage: Setz dich, laß uns essen. Was geht sie dich an? Hast du nicht gesagt, daß alles aus wäre? Aber er aß nichts. Saß steif da und starrte sie an.

Da steht Rita auf, ich weiß nicht, ob aus Wut oder aus Angst, und geht hinaus. Ich denke: Gott sei Dank ist sie weg! Aber ich habe kaum Zeit, mich umzudrehen, da ist Sisto schon hinter ihr hergerannt. Läßt mich allein in dem Lokal sitzen wie eine dumme Gans. Sofort laufe ich hinaus und sehe, wie sie heftig streiten. Daraufhin stürze ich mich auf die beiden und dresche auf sie ein. Sie ist sofort abgehauen, als sie gesehen hat, wie der Hase läuft. Er war blaß und zitterte. Ich habe zu ihm gesagt: Hau ab, du treuloser Kerl, geh doch zu ihr! Er sagt: Nein, ich will mit dir zusammensein. Ich sage: Du stirbst ja fast vor Eifersucht auf sie! Er sagt: Das ist nicht wahr. Aber ich hatte gesehen, daß er eifersüchtig war, und wenn einer eifersüchtig ist, bedeutet es, daß er verliebt ist.

Genau in dem Augenblick setzt ein schrecklicher Luftangriff ein. Und alle fangen an zu laufen. Sisto packt mich am Arm und bringt mich in einen Luftschutzkeller. Ich sage: O Gott, diesmal sterbe ich wirklich. Lebwohl, mein Sohn. Denn ich sah, wie die Erde bebte, aufriß, wie sich das Feuer überall ausbreitete. Sisto sprach mir Mut zu, umarmte mich. An Rita dachte ich überhaupt nicht mehr. Ich hatte Angst, dort unter der Erde zu sterben wie eine Ratte.

Bei diesem Luftangriff wurde auch die Stella Alpina zerbombt. Und Sisto und ich hatten kein Dach mehr über dem Kopf. Mein Mann hatte zu der Zeit einen Freund, einen gewissen Hauptmann Cacato. Dieser Hauptmann hatte sich seine Geliebte aus Rom mitgebracht, eine schöne Frau mit einem dicken schwarzen Zopf, der ihr bis auf den Hintern herunterhing.

Der Hauptmann hatte ein Bauernhaus außerhalb von Marsala gefunden und sagt zu meinem Mann: Komm nur mit deiner Frau auf den Hof, dort gibt es genug Betten.

Also sind wir auf diesen Bauernhof mitten in den Feldern gezogen. Es wohnten noch weitere fünf Soldaten dort, und diese Signora mit ihrem Hauptmann. Die beiden hatten ein Schlafzimmer für sich und wir ein anderes. Die übrigen Soldaten schliefen unten, in einem großen Raum, wo das Heu gelagert war.

Tagsüber gingen die Soldaten fort, und wir zwei Frauen leisteten einander Gesellschaft. Auch sie war aus Mittelitalien gekommen, um ihren Geliebten zu besuchen, und bemitleidete mich. Sie sagte: Die Liebe hat dich hergebracht, wie mich, aber wir sind dumm, weil wir hier noch im Bombenhagel sterben, und wenn einer tot ist, macht ihn keiner mehr lebendig.

Unterdessen ging das Gerücht um, daß Mussolini gefaßt worden war. Zuerst hieß es, sie hätten ihn geschnappt, um ihn zu erschießen, dann, daß er geflüchtet sei. Zum Schluß kam die Nachricht, daß ein Deutscher ihn aus Eifersucht wegen irgendwelcher Frauengeschichten mit dem Messer erstochen habe und der König mit dem Thronschatz entkommen sei. Daraufhin lösten die Soldaten ihren Verband auf; einer fuhr hierhin, der andere dorthin. Es hieß, es gebe kein Heer mehr, es gebe keinen König mehr, man wußte nicht, ob noch Krieg war oder nicht und gegen wen man kämpfen sollte. Sisto sagt: Hauen wir ab hier, gehen wir nach Rom zurück, ich habe von diesem Krieg die Schnauze voll. Ich sage: Gehen wir! Aber wir besaßen keinen Passierschein für die Meerenge von Messina.

Jedenfalls verlassen wir den Bauernhof, verabschieden uns von diesem Hauptmann und der Signora, deren Zopf sich vor Schreck geringelt und zusammengezogen hatte wie eine Kordel. Wir versuchen es mit einer Straße, dann mit einer anderen. Aber alle Straßen wurden bombardiert. Und wir waren ständig auf der Flucht.

Zum Schlafen versteckten wir uns in den Feldern, weil mein Mann geflüchtet war. Er machte sich große Sorgen und sagte zu mir: Wenn mich die Deutschen aufgreifen, erschießen sie mich als Deserteur, wenn mich die Amerikaner aufgreifen, erschießen sie mich als Feind, was soll ich bloß tun?

Nachts marschierten die Deutschen vorbei, mit Gewehren und Maschinenpistolen. Wir lagen im Gras und hielten den Atem an. Oder still in einer Höhle. Vor Angst spürte ich nicht einmal den Hunger. Aber ich hatte dauernd Schüttelfrost. Und je mehr ich mich zudeckte, um so kälter wurde mir. Ich hatte Fieber. Sisto sagt: Dieses Fieber kann nur Malaria sein! Und so war es. Aber es gab keine Medikamente. Und außerdem mußten wir immer weiterwandern, konnten nirgends bleiben. Ein bißchen stützte ich mich auf Sisto, dann schlief ich wieder auf der Erde ein. Aber ich war immer auf dem Weg nach Norden.

Eines Abends hält auf der Straße ein Lastwagen mit amerikanischen Soldaten. Sisto sagt: O Gott, wir sind verloren! Aber sie waren nett, lächelten uns zu und fragten: Wohin gehen? Wohin gehen? Sisto sagt: Nach Messina. Und sie: Einsteigen, einsteigen! Aber in Messina wieder aussteigen, weil dort die Deutschen *look, look*, können wir nicht. Und wir steigen ein.

In Messina lag alles in Trümmern, ein Dreck, ein Gestank; die Leute schliefen in Zelten, in Booten. Es gab Tote, Verwundete. Die meisten waren geflüchtet. Die Stadt war halbleer. Wir kommen zum Hafen und fragen, ob es eine Möglichkeit gibt, die Meerenge zu überqueren. Aber es gab nichts. Das Meer wurde bombardiert wie das Festland, es kochte vor Bomben, eine schlug ein, und gleich danach die nächste. Deshalb konnten die Schiffe nicht passieren, nicht einmal eine Fliege konnte diese Meerenge passieren.

Nach einigen Tagen, in denen wir im Zelt schliefen und uns von getrockneten Feigen ernährten, kommt einer und sagt, daß man mit etwas Geld die Meerenge überqueren kann. Wie denn? fragt Sisto. Und der Mann sagt: Setzt euch zwischen die Kisten auf dieser Fähre, dann könnt ihr rüber. Gut, sagen wir und folgen seinem Rat. Wir haben auch teuer dafür bezahlt. Zum Glück hatte mein Mann

Geld gespart und eine goldene Uhr, die er auch noch hergeben mußte.

Kurz, wir gehen auf diese Fähre. Sie war vollgeladen mit Kisten, und über die Kisten war Laub gebreitet, viel Laub. Wir quetschen uns also zwischen die Kisten, und los geht's.

Als wir mitten auf dem Kanal sind, fangen die Bomben an: Bum! Burubum! schlugen sie direkt neben uns ein. Das Wasser spritzte nach allen Seiten. Aber sie trafen uns nie.

Endlich sind wir auf der anderen Seite angekommen. Wir steigen völlig durchnäßt und erschöpft aus, bedanken uns und machen uns auf den Weg. Während wir gehen, fragt mich mein Mann: Weißt du, was in den Kisten war? Ich sage: Nein, was denn? Er sagt: Lauter Munition, lauter Bomben und Waffen. Ich sage: Das sagst du mir jetzt, gewissenloser Kerl? Er sagt: Was hättest du denn gemacht, wenn ich es dir vorher gesagt hätte? Ich sage: Nie und nimmer wäre ich an Bord dieser Dynamitfalle gegangen! Danke lieber unserem Herrgott, sagt er, daß alles gutgegangen ist. Und ich sage: Du hast mein Leben aufs Spiel gesetzt mit deiner blöden Eile!

Auf dem Boot waren auch deutsche Soldaten gewesen, die nach Norden flohen. Sie sagten zu mir: Signora no, du nicht heben Kopf, sonst Hauptmann böse. Und ich hielt mich schön versteckt, mit Laub über dem Kopf. Ich hörte bum! bum! und dachte: Wann sie mich wohl hier unten erwischen? Dabei hätte ein Splitterchen genügt, und ich wäre zu Asche geworden.

Wir gingen in Kalabrien, in Radicona an Land. Und dort gab es keine Züge. Sie waren alle in die Luft geflogen, alle ausgebrannt, die Gleise gesprengt. Genau wie du wolltest, sage ich, schau nur, was für eine Katastrophe!

Auf der Erde lagen Tote herum, die niemand fortbrachte. Man sah bei jedem Schritt Tote ohne Kopf, ohne Arme, mit heraushängendem Gedärm, und stieg darüber weg. Die Leute hatten sich daran gewöhnt und achteten gar nicht mehr darauf. Sisto sagt: Laß uns nach Norden gehen. Ich sage: Zu Fuß? Er sagt: Zu Fuß. Und so machen wir uns zu Fuß in Richtung Rom auf.

Unterwegs überrascht uns irgendwann ein Luftangriff mitten auf der Straße, eine Bombe nach der anderen, so daß man gar keine Zeit hat, zur Besinnung zu kommen. Die Leute rannten davon, schrien, fielen. Ich bin plötzlich auf einer Seite mit mehreren Frauen. Sisto sehe ich nicht mehr. Ich sage mir: Na gut, nachher werde ich ihn schon wieder finden, und ducke mich in einen Graben. Ein Geschwader fliegt über uns hinweg, dann noch eins. Jedes Geschwader warf ungefähr zwanzig Bomben ab. Endlich scheint es vorbei zu sein. Ich stehe auf und suche nach Sisto. Er war nicht da, war verschwunden. Ich suche überall, gehe ein Stück zurück, schaue auch bei den Toten. Ich denke: Mein Mann wird gestorben sein. Aber unter den Toten war er nicht. Ich sage mir: Er wird in so vielen Stückchen gestorben sein, daß ich ihn gar nicht mehr erkennen kann. Was mache ich jetzt bloß? Ich konnte ja nicht dortbleiben und um ihn weinen, also schloß ich mich der Menge an, die in Richtung Rom zog.

Diese Leute hatten Konserven und trockenes Brot dabei. Sie setzten sich auf die Erde und aßen. Ich hatte mich ihnen angeschlossen und es fiel immer was für mich ab. Es waren gute Menschen. Sie sagten: Ißt du denn gar nichts? Ich sagte: Ich habe kein Geld. Und sie gaben mir immer was.

Wir gingen kilometerweit, um eine Bahnlinie zu finden. Dann fuhren wir mit dem Zug. Wenn die Strecke wieder unterbrochen war, stiegen wir aus und gingen weiter Kilometer um Kilometer zu Fuß, bis wir wieder ein Stück intakte Bahnlinie fanden. Wir schliefen unter den Bäumen, in Zeitungen gewickelt. Zum Glück war es Sommer.

In Kalabrien fühlte ich mich wieder elend, und das Fieber stieg so hoch, daß ich mich kaum auf den Beinen halten konnte. Ich zitterte wie Espenlaub. Daraufhin haben sie mich in ein Bauernhaus gebracht, mir eine Decke gegeben und mich dortgelassen. Ich habe den Bauern erzählt, daß ich aus Sizilien käme, daß ich Malaria bekommen hätte und daß mein Mann gestorben sei. Und sie haben mich bei sich behalten, bis das Fieber vorbei war.

Ich lag dort in dem Bett, das gar kein Bett, sondern nur eine Matratze auf dem Boden war, und dachte: Wer weiß, was aus meinem Mann geworden ist, diesem unglückseligen Kerl! Und ich stellte mir die schlimmsten Dinge vor, wie er gestorben war, wie die Bomben ihn zerfetzt hatten, wer weiß, ob er gelitten hat oder auf einen Schlag gestorben ist, dachte ich. Es tat mir leid, daß er tot war.

Die Bauern bekam ich so gut wie nie zu Gesicht, weil sie den ganzen Tag und auch noch die halbe Nacht bei der Arbeit waren. Von der Familie waren nur der Vater, zwei Töchter und ein neunjähriger Junge übriggeblieben. Von den restlichen Söhnen war einer vor wenigen Tagen gestorben, einer war bei den Partisanen in den Bergen oberhalb von Cuneo und ein dritter war in Rußland vermißt. Die Mutter war bei der Geburt des letzten Kindes gestorben.

Dieser Vater, der vor Arthritis schon ganz krumm war, die Töchter und das Kind arbeiteten den ganzen Tag mit der Hacke auf dem Feld. Abends kamen sie heim, aßen einen Bissen und gingen dann wieder, um das Vieh auf die Weide zu bringen. Tagsüber versteckten sie es, aus Angst, die Deutschen könnten es ihnen wegnehmen.

Nach einer Woche bin ich endlich fieberfrei. Ich verabschiede und bedanke mich und mache mich wieder auf den Weg. Immer noch zogen Leute in Richtung Rom. Denen schloß ich mich an und marschierte mit. Ab und zu schoß ein Flugzeug im Sturzflug herunter und feuerte mit Maschinengewehren auf die Menge. Alle warfen sich auf die Erde, in die Gräben, auf die Felder.

Einmal höre ich das Flugzeug herankommen, lasse mich am Straßenrand zu Boden fallen, rolle die Böschung hinunter und lande in einem Wasserloch. Ich bin bis zum Hals versunken. Der Schlamm reichte mir bis zu den Augenbrauen, und ich hatte den Mund voller Erde.

Dann haben sie mich zu viert herausgezogen. Mein Kleid habe ich an der Sonne getrocknet, und es wurde hart wie eine graue Kruste. Die Schuhe habe ich unten in dem Schlammloch verloren. Ich war wirklich übel zugerichtet, spuckte und hustete. Meine Füße sind vom Barfußgehen ganz hart geworden, fast als wäre untendran eine Schuhsohle gewachsen.

So komme ich in Rom an, barfuß, schlammbedeckt und verdreckt. Die Leute sagten zu mir: Wieso bist du denn barfuß? Ich sage: Ich habe der Madonna ein Gelübde abgelegt. Ich schämte mich zu sagen, daß ich kein Geld hatte, um mir ein Paar Schuhe zu kaufen. Auch den Koffer mit allen Fotos von meiner Mutter, Sistos Hemden und meinen beiden Kleidern zum Wechseln hatte ich in dem Loch verloren, alles war weg.

Als erstes gehe ich zu meiner Schwägerin Ines, um mein Kind wiederzusehen. Diese Ines wollte mir nicht einmal die Tür öffnen. Ich habe mich davor auf die Stufen gesetzt und gesagt: Ich rühre mich hier nicht vom Fleck, bis du mir nicht meinen Sohn zeigst.

Schließlich hat sie ihn mir gezeigt: Blond, hübsch, groß geworden war er, ich kannte ihn kaum wieder. Richtig glücklich habe ich ihn in die Arme geschlossen. Armes Kind, sagte ich, hast keinen Vater mehr, er ist in diesem mörderischen Krieg gestorben. Und ich mußte sogar weinen.

Nach zwei Monaten kehrt mein Mann plötzlich heim. Wie? sage ich, ich habe geglaubt, du seist tot! Ich wäre wirklich beinahe gestorben, sagt er, einen ganzen Monat bin ich im Hospital gelegen. Hinterher stellte sich jedoch heraus, daß er mit einer Sizilianerin, die er in dem Bombenhagel getroffen hatte, nach Catanzaro gegangen war und sie sich sogar eine Wohnung zusammen gemietet hatten.

Einige Monate später kam diese Sizilianerin dann angereist. Sie war von ihm schwanger, das hat sie mir gesagt. Ich glaube, sie hieß Irma, ich erinnere mich nicht mehr genau.

Aber Sisto wollte nichts von ihr wissen, und daraufhin hat sie sich mit einem Freund von Sisto zusammengetan, der Barbarossa genannt wurde. Sie war ein schönes Mädchen, diese Irma. Sie hatte ein etwas zweideutiges Gesicht, einen breiten Hintern, einen großen Busen und winzige Füße, so daß man sich fragte, wie sie sich überhaupt im Gleichgewicht halten konnte.

Ich dachte, Sisto hätte sie meinetwegen weggeschickt, dabei hatte er immer noch Rita im Kopf. Und nachdem wir einige Monate zusammengelebt hatten, fingen sie wieder an, sich heimlich zu treffen, er und diese gemeine Rita.

Mich hatte derweil wieder die Malaria gepackt. Also gehe ich ins Krankenhaus. Dort sagt man mir: Chinin gibt es keins mehr, deshalb gehst du besser wieder nach Hause. Ich konnte aber gar nicht mehr gehen. Sie sagen: Du mußt, weil wir keine Betten haben, und werfen mich hinaus.

Draußen, an der Tür, begegnet mir die Krankenschwester aus der psychiatrischen Anstalt, die mir damals die Milch abgepumpt hatte. Wir umarmen uns, küssen uns. Dann sagt sie zu mir: Ich kümmere mich drum, daß du das Fieber loswirst. Ich sage: Danke! Und was muß ich tun? Sie sagt: Gib mir ein paar Dollar, damit besorg ich dir auf dem Schwarzmarkt Chinin. Ich sage: Woher nehmen und nicht stehlen? Sie sagt: Wie? Alle haben doch Dollar, in Rom blüht der Dollarhandel. Ich sage: Ich besitze weder Dollar noch Lire. Sie sagt: Was kannst du mir denn geben? Ich hatte nichts, nur meinen Ehering. Ich gebe dir meinen Ehering, sage ich. Er war schön breit, aus Gold. Und sie sagt: Gut, gib mir den Ehering.

Sie nimmt mich mit zu sich nach Hause, sagt mir, ich soll mich hinlegen, gibt mir eine Spritze mit schwarzem Zeug, das aussah wie Tinte. Kaum ist sie fertig, werde ich ohnmächtig. Ich war bisher in meinem ganzen Leben nur einmal ohnmächtig gewesen. Das war das zweite Mal.

Die Krankenschwester ohrfeigt mich, immer wieder. Endlich wache ich auf. Ich höre sie schreien: Teresa! Teresa! Sie hatte einen Schreck bekommen. Ich schlage die Augen auf und sehe, wie sie sich, ganz rot im Gesicht, abmühte, mich zwickte und ohrfeigte und mir die Finger in den Hals steckte. Ich sage: Hör auf, hör auf, es geht mir wieder gut. Und tatsächlich ist das Fieber seither vorbei und nie mehr wiedergekommen.

Ich wohnte mit Sisto zusammen, aber das konnte nicht dauern, weil er sich wieder mit Rita traf und jeden Tag abweisender wurde. Eines Morgens habe ich die beiden dann gesehen, wie sie Arm in Arm vor unserem Haus herumspazierten. Da war der Ofen aus. Ich habe nichts gesagt, bin umgekehrt, habe ein paar Sachen in einen Koffer gepackt und bin gegangen.

Wutentbrannt renne ich zu Egle und erzähle ihr alles. Sie sagt zu mir: Beruhige dich, ich helfe dir schon. Und macht mich mit zwei Freundinnen von ihr bekannt, einer gewissen Lilia und einer anderen, die Gemma hieß.

Diese beiden Frauen waren schon im Knast gewesen. Aber das wußte ich nicht. Ich war allzu arglos und naiv. Die erste war auf Taschen spezialisiert, die zweite auf Wohnungen. Kurz, sie waren Diebinnen und schlugen sich so durch.

Ich hatte keine Ahnung, hielt sie für anständige Leute. Sie waren immer großzügig, boten mir Kaffee und Zigaretten an. So habe ich rauchen gelernt, bis dahin wußte ich gar nicht, wie das geht. Ich beobachtete die beiden und hielt dann die Zigarette genau wie sie, zwischen Zeigefinger und Mittelfinger, als wäre gar nichts dabei. Sie waren freundlich, fürsorglich. Hast du schon gegessen? fragten sie. Nein, antwortete ich, ein kleines Brötchen wäre mir schon recht. Wir gehen jetzt einen schönen Teller Spaghetti essen, sagten sie, komm mit!

Und sie nehmen mich in eine feine, große, gut ausgestattete Trattoria mit. Und bezahlen alles. Alles, was ich aß, bezahlten sie. Damit haben sie mein Herz erobert. Ich habe gesehen, daß sie gute Menschen waren, folgte ihnen überallhin. Und sie haben mich zum Stehlen gebracht.

Gemma lebte bei ihrer Mutter. Lilia lebte mit Gemma zusammen, weil sie weder Vater noch Mutter hatte. Sie haben mich zum Schlafen mit zu sich genommen und gesagt: Komm nur mit, ein Bett findet sich schon. Und ich konnte bei ihnen essen und schlafen. Wir gingen ins Kino, ins Varieté, sie zahlten immer.

Eines Tages sagt Gemma: Hör zu, meine Mutter bewacht eine Villa in Parioli, sie paßt darauf auf. Ab und zu geht sie hin und lüftet, staubt ab, kehrt, putzt ein bißchen. Sie hat die Schlüssel.

Ich klaue meiner Mutter die Schlüssel, sagt sie, wir schließen auf, und hinterher machen wir das Schloß kaputt und tun so, als wäre eingebrochen worden. Sie sagt: Dort liegen Millionen herum, es gibt Gold, Münzen, Silberbesteck. Die Besitzer sind zur Sommerfrische in der Schweiz. Es war Juli, August. Sie sagt: Da drinnen gibt es bestimmt drei Millionen, die klauen wir, und dann teilen wir, eine Million für jeden.

Ich war unbedarft und dumm. Ich liebte Autos. Weißt du, danach kannst du dir ein Auto kaufen, sagt sie, wir kaufen uns Autos, und dann fahren wir durch die Gegend. So habe ich mir den Kopf verdrehen lassen, habe mich einwickeln lassen wie ein kleines Mädchen. Ah, sage ich, wir kaufen uns ein Auto, was für ein Auto nehmen wir denn?

Ich war achtundzwanzig, verstand aber noch nicht viel von der Welt. Ich hatte nicht gelebt. Diese Weiber haben mich dann gründlich aufgeweckt. Erst honigsüß, dann der Knast.

Ein gewisser Luigi, genannt Tango, ein Freund, der einen Lieferwagen besaß, sollte auch mitmachen. Als ich diesen Tango sah, kam ich etwas aus der Fassung. Er hatte ein ungutes Gesicht. Und Gemma sofort: He, was ist los, willst du aussteigen? Denk an das Auto, das du dir dann kaufen wirst, die Kleider, den Brillantring und alles. Und ich, Feuer und Flamme, sage: Gut, gehen wir ruhig in diese Villa!

Tango sagt zu mir: Du gehst in die Wohnung. Gegen

fünf, sechs Uhr kommen wir, pfeifen, und du läßt uns die Sachen zum Fenster herunter. Wenn du den Pfiff hörst, heißt das, daß wir es sind, und du machst auf. Ich sage: Aber warum muß denn ausgerechnet ich da reingehen? Er sagt: Weil du die Flinkste bist, die Dünnste. Ich sage: Ist recht.

Ich fahre also zu dieser Villa und schließe die Tür auf. Ich gehe rein und fange an, mich umzusehen. Es war eine große Wohnung, voller Schränke. Ich wühle herum, suche, finde aber weder Millionen noch Goldmünzen. Silberzeug gab es, das schon, und Tiere aus durchsichtigem Stein, ich wußte aber nicht, ob sie wertvoll waren oder nicht. Außerdem gab es noch einige emaillierte Becher. Ich nehme das ganze Zeug und verstaue es in einem Sack. Dann stelle ich den Sack neben das Fenster, das auf die Straße hinausgeht, und warte.

Ich warte und warte. In dem Zimmer stand ein schönes, fürstliches Bett, und da sie ewig nicht kamen, strecke ich mich darauf aus, um ein bißchen auszuruhen. Und schlafe sofort ein. Ich glaube, ich habe zwei bis drei Stunden geschlafen, ich weiß nicht. Plötzlich weckt mich das Läuten des Telefons. Ich will schon nach dem Hörer greifen, dann halte ich mich zurück. Sie hatten mir gesagt, ich solle niemandem antworten, keinen Mucks von mir geben.

Und so habe ich es gemacht. Ich habe nicht abgehoben. Und es klingelte und klingelte. Später habe ich erfahren, daß sie es waren, sie wollten mich verständigen, daß sie später kämen. Ich hatte mich gefragt: Vielleicht sind sie es ja, ob ich doch drangehe? Aber um keinen Fehler zu machen, hab ich's nicht getan. Sondern blieb einfach weiter dort und wartete.

Plötzlich merke ich, daß ich aufs Klo muß. Also gehe ich aus dem Schlafzimmer raus ins Bad. Es war ein Raum mit lauter Glas, diese Toilette, lauter orangefarbene Glasscheiben. Und diese Scheiben gingen aufs Treppenhaus hinaus.

Während ich mich gerade aufs Klo setzen will, sehe ich hinter dem Glas einen Schatten. Es war jemand, der die Treppe hinaufging. Sofort stehe ich wieder auf. Hier bleibe ich besser nicht, sage ich mir und gehe zurück ins Schlafzimmer.

Aber ich mußte nötig aufs Klo. Ich hatte schon Bauchweh. Also habe ich überall nach einem Nachttopf gesucht; schließlich entdeckte ich einen Kristallkrug und habe da hinein gemacht. Dann habe ich den Krug auf den Tisch gestellt und ganz allein für mich gelacht, als ich an die Gesichter der Besitzer dachte, wenn sie den Krug voll Pisse finden würden.

Es war inzwischen elf Uhr abends, und die anderen kamen immer noch nicht. Ich hatte es langsam satt. Jetzt gehe ich, sagte ich mir, hier kommt ja keiner vorbei, sie haben mich wohl vergessen.

Ganz leise öffne ich den Rolladen und sehe, daß die Straße leer ist. Also nehme ich den Sack mit den geklauten Sachen und steige vorsichtig, ohne Lärm zu machen, aus dem Fenster.

Kaum war ich draußen, kamen sie an und behaupteten, sie hätten gepfiffen und gepfiffen. Wie, sage ich, um fünf solltet ihr hiersein und kommt um elf! Woher sollte ich denn wissen, daß ihr so spät kommt?

Während dieser Tango noch pfiff, sind die Carabinieri gekommen. Denn der Wächter hatte den Rolladen halb offen gesehen und gedacht: Da ist jemand drinnen. Und die Polizei geholt. So sind die Polizisten gekommen, haben Tango festgenommen und ihn eingelocht. Er hat gesagt, er hätte einem Dienstmädchen nachgestellt, hätte diesem Mädchen gepfiffen, aber das hat nicht gezogen.

Die beiden Frauen haben sie zwei Tage später festgenommen. Mich haben sie nicht erwischt, weil ich untergetaucht war. Zum Schluß haben sie mich allerdings auch gekriegt, weil Rina, Tangos Schwester, mir nachspioniert und ihnen gesagt hat: Paßt auf, Teresa hat sich da und da versteckt, sucht sie nur, dort steckt sie.

Ich hielt mich im Lager der UNRRA* in Monte Sacro auf. Bei einer Freundin, die in diesem Lebensmittellager als Wächterin arbeitete. Ich hatte sie mal mit Egle in einem Café kennengelernt.

Ich hielt mich seit einigen Tagen dort versteckt. Eines Morgens gehe ich hinaus, um einen Kaffee zu trinken, und merke, daß ein Polizist an der Tür steht und mich anschaut. Ich wußte es nicht, aber er hatte eine Personenbeschreibung von mir. Sie hatten ihm gesagt: Suchen Sie eine Rothaarige, so und so. Tatsächlich hatte ich mir kurz zuvor die Haare gefärbt, kupferrot, ich sah aus wie eine Karotte.

Sie sehen also eine Rothaarige und halten mich an. Ich fange an zu laufen. Sie hinterher. Sie sagten: Da ist sie! Haltet sie auf! Haltet sie auf! Eine Frau rannte sogar hinter mir her und schrie: Sie hat mir meine Handtasche mit den Juwelen gestohlen!, damit ich erwischt würde. Es stimmte gar nicht, sie behauptete es nur, damit die Passanten mich festhalten sollten.

Ich renne, so schnell ich kann, und schlüpfe dann in eine Toreinfahrt. Dort in Batteria Nomentana gibt es ein sehr großes Hotel. Ich öffne das Tor neben diesem Hotel und sause einen Weg hinunter, der in den Keller führt. Dieser Keller bestand aus einem riesigen Raum, wo das ganze Gerümpel des Hotels abgestellt wurde. Ich sehe einen verdreckten, aber ziemlich großen Schrank, der kaum noch zusammenhält, und klettere hinein.

Durch die geschlossenen Schranktüren hörte ich die Dienstmädchen und Hotelburschen herumstreiten. Dann höre ich klappklapp, klappklapp, die Füße von jemandem, der hereinkommt. Er sagt: Habt ihr hier eine Frau gesehen, ein Mädchen, das abgehauen ist, so eine Rothaarige? Wir haben niemand gesehen, sagt eine aus Venetien, die eine schrille Stimme hatte. Nein, nein, hier ist niemand vorbeigekommen, sagt ein anderer mit dunkler Stimme.

* Verein zur Unterstützung Notleidender, Anm. d. Übers.

Wir sind hier unter uns, sagt er, wir arbeiten hier und haben niemand hereinkommen sehen.

Ich höre alles dort im Schrank. Ich höre, daß die Carabinieri noch etwas stehenbleiben und dann gehen; ich höre, wie die Dienstboten wieder zu schimpfen, zu putzen, zu schwatzen beginnen; ich höre die Geräusche von der Straße, alles. Als ich sicher war, daß sie gegangen waren, stieß ich die Schranktür auf und kletterte hinaus. Ich konnte nicht mehr, bekam kaum noch Luft.

Ich gehe also zum Tor zurück, springe über eine Mauer und lande auf einer großen Wiese dort in Monte Sacro, einer großen Wiese, wo sie Fußball spielten. Ich schaue mich um, um zu sehen, ob ich verfolgt werde, sehe einen Carabiniere, der irgendwelche Zeichen macht, und fange an zu laufen. Einmal bleibe ich einen Augenblick stehen, um zu verschnaufen, dann renne ich weiter.

Nach einem ganzen Stück kam ich auf eine Straße, wo gerade ein Bus abfuhr. Den habe ich genommen und bin am Bahnhof ausgestiegen. Von dort bin ich in Richtung Piazza Vittorio gegangen.

Auf der Piazza Vittorio haben sie mich gefaßt. Während ich gerade in ein Lebensmittelgeschäft gehen wollte, um mir ein Brötchen mit Mortadella zu kaufen, weil ich Hunger hatte, höre ich eine, die schreit: Da ist sie! Da ist sie! Ich fange wieder an zu rennen. Und als ich an der Piazza um die Ecke biege, schnappen sie mich.

Meine Freundinnen waren schon drin. Sie hatten ausgesagt, ich sei ihre Komplizin, hatten alles erzählt. Und so bin ich wieder zu ihnen gestoßen.

Als erstes fotografieren sie mich, mit Blitzlicht, zweimal, dreimal, im Profil, von vorn, ich kam mir vor wie eine Schauspielerin. Dreh dich um! sagt der Mann zu mir. Dann: Dreh dich andersrum! Ich fühlte mich wie eine Schönheit mit meinen rotgefärbten Haaren!

Nach dem Fotografieren sagt er: Gib mir die Hand. Ich sage: Was er wohl mit der Hand will? Wahrscheinlich will er darin lesen wie ein Zigeuner, will sehen, ob mir ein

Schicksal als Diebin bestimmt ist. Ich gebe ihm die Hand. Er nimmt sie, packt meinen Daumen und taucht ihn in Tinte. Dann sagt er: Drück hier drauf! Das waren die Fingerabdrücke.

Hört diese Quälerei jetzt endlich auf? frage ich, weil ich es langsam satt hatte. Ich wollte gehen. Er sagt: Nein, gib mir mal die anderen Finger. Und so habe ich alle zehn Finger hinhalten müssen. Danach frage ich: Woran kann ich mich abwischen, Signor Capitano? denn ich war voller Tinte. Er sagt: Hast du kein Taschentuch? Ich sage: Sie haben mir alles abgenommen, ich habe nur das Kleid, das ich trage. Er sagt: Wisch dir die Finger ruhig am Kleid ab, du brauchst es sowieso nicht mehr.

Tatsächlich steckten sie mich in einen unförmigen grauen Kittel, der nach Wäschebleiche roch, und schlossen mich in eine sehr niedrige Zelle ein. Die ersten Stunden schwieg ich, ging auf und ab und sagte mir: Na gut, nur Geduld, jetzt ist es eben so.

Aber dann, als es Nacht wurde, fühlte ich mich verloren. Ich war zum erstenmal im Knast. Mir fehlte die Luft zum Atmen. Ich wollte frei sein, ich war immer frei wie ein Waldvogel gewesen, immer an der frischen Luft, hatte manchmal zwar nur Brot und Tomaten zu essen gehabt, war aber immer frei. Dort drinnen, in dieser Eingeschlossenheit, hielt ich es nicht aus.

Sie haben mir ein Jahr und neun Monate gegeben. Gemma und Lilia dagegen bekamen vier Jahre, weil sie rückfällig waren.

Ich war seit Monaten eingelocht, und niemand kam mich besuchen, niemand brachte mir was. Gar niemand. Die Brüder, der Ehemann, die Freundinnen, nichts. Sisto war wieder mit dieser Rita zusammen und kümmerte sich nicht um mich. Orlando, mein Bruder, saß ebenfalls, weil er Kommunist war und den Deutschen vom Observatorium zwei Doppelzentner Mehl und eine Ballonflasche Öl geklaut hatte. Erst war es ihm gelungen abzuhauen, aber dann hatte ihn jemand aus Anzio wegen der Ermordung eines deutschen Feldwebels angezeigt, und daraufhin hatten ihn die Deutschen zusammengeschlagen und hinter Schloß und Riegel gesetzt.

Es war sogar so, daß die Amerikaner in Rom einmarschierten, während ich noch im Knast war, das habe ich erfahren. Und Orlando wurde von diesen Amerikanern befreit und hat ihnen sofort ein Maschinengewehr, eine Pistole und ein Paar Schuhe geklaut. Aber sie haben ihn nicht eingelocht, weil er im Widerstand gekämpft hatte.

Zu der Zeit hat sich meine Schwester Iride mit dem amerikanischen Offizier verlobt, und am Tag ihrer Hochzeit hat Orlando achtzehn Panzerfäuste rund um die Kirche Sant'Antonio in Anzio gelegt. Doch als er sie gerade hochgehen lassen wollte, hat ein gewisser De Lellis, ein Carabiniere, ihn gesehen, und daraufhin wurden die Bomben sofort entschärft.

Danach, das hat Orlando mir auch ins Gefängnis geschrieben, hat er angefangen, mit den Amis Schiebereien mit Zigaretten, Kaffee und Schokolade zu machen. Und alles ging gut. Bis er eines Tages einen Neger getroffen hat, der mit vorgehaltenem Gewehr versuchte, seine – Orlandos – Frau Celestina zu vergewaltigen. Orlando hat so getan, als gäbe er nach, und zu dem Ami gesagt: Mach nur, mir ist diese Celestina sowieso egal. Der Neger hat sich beruhigt; er hat das Gewehr weggelegt, und genau in dem Moment hat Orlando selbiges Gewehr an sich genommen und ihn mit zwei gezielten Kopfschüssen erledigt.

Aber nicht einmal danach wurde er gefaßt, weil er sich mit Celestina nach Frosinone abgesetzt hat. Aber in Frosinone wurde seine Frau dann die Geliebte eines Polizeikommissars, und kaum ist sie mit dem ins Bett gegangen, hat sie eine Möglichkeit gefunden, Orlando wegen eines Wäschediebstahls anzuzeigen. Und so ist mein Bruder im Gefängnis Regina Coeli gelandet. Und ich konnte überhaupt nicht auf ihn zählen.

Der einzige Bruder, der mir helfen konnte, Nello, war im Krieg. Mit Nello habe ich mich immer gut verstanden. Er nahm mich auf, er half mir, gab mir Geld. Er besaß einige Boote, dieser Bruder, er war Fischhändler. Er sang. Er hatte eine wunderbare Stimme, konnte singen wie ein Tenor, alle mochten ihn. Er war der einzig anständige Mensch in der Familie, der mich wirklich liebhatte. Seine Frau allerdings konnte mich nicht ausstehen.

Meine Brüder wurden alle von ihren Frauen aufgehetzt. Alle haben sie diese Dienstmädchen geheiratet, die jetzt Damen geworden sind, sich aufspielen und hochnäsig daherreden. Die hassen mich. Sie sagen: He, deine Schwester bringt dich auf Abwege! Sie sind Geschäftsfrauen, stehen im Laden, geben an, als wären sie Damen von Welt. Die machen sich jetzt nicht mehr die Hände schmutzig, diese geizigen, gemeinen, klatschsüchtigen Dienstmädchen!

Ich habe meinem Mann geschrieben, ob er mir zu Hilfe käme. Nichts. Er hat mir nicht einmal geantwortet. Wahrscheinlich hat er meinen Brief zerrissen, wer weiß. Jedenfalls hatten sie mich da hineingeworfen, in dieses kalte Loch. Ich litt auch Hunger. Damals hieß das Gefängnis, das von Dominikanerinnen geführt wurde, noch Le Mantellate, Jahre später wurde es in Rebibbia umgewandelt.

Also, es war um das Jahr achtundvierzig, es gab nichts, die Zellen waren baufällig, es war eiskalt, es gab keine Duschen, es gab keine Klos, es war die Hölle. Ich hatte immer Hunger. Die Nonnen sahen mich schief an, weil ich protestierte.

Die Nonnen von damals sind zum größten Teil immer noch dort. Schwester Carmine, die die heilige Carmine mit den harten Händen genannt wird. Alle kennen sie, weil sie so böse ist. Ununterbrochen schlug sie mit ihren eisernen Händen zu. Jetzt ist sie vorsichtiger geworden, weil sich die Dinge im Gefängnis geändert haben und die einsitzenden Frauen sich nicht mehr so viel gefallen lassen.

Dann gab es Schwester Amalia. Sie war nett, weinte ständig. Sie war alt, ich weiß nicht, ob sie inzwischen gestorben ist. Sie haute dir eine runter, und dann weinte sie. Sie war gutmütig. Eine andere, Schwester Isabellona, die Spanierin, war ein kräftiger Typus, sie bearbeitete den Boden mit der Hacke wie ein Mann. Die ist nur für Mörderinnen geeignet, brutal, wird schnell handgreiflich. Wenn sie dich erwischt, verpaßt sie dir einen Faustschlag auf den Kopf, und du bist eine Woche lang bedient. Früher schlug sie fest zu, jetzt, nachdem der Wind woandersher weht, versucht sie es mit Worten.

Es gab auch eine Schwester Biancospino. Die war immer anständig, immer hochherzig. Sie konnte gut schreiben, half den Gefangenen beim Aufsetzen von Briefen, las viele Bücher. Sie schrie nie, wenn sie mit uns sprach. Leider wurde sie wegen Reibereien mit den Mitschwestern versetzt. Die wollten sie nicht, behaupteten, sie sei zu entgegenkommend.

Dann gibt's noch Schwester Michelina, die Schlaue; Schwester Quinta, die einen anlächelt und drunter Gift und Galle spuckt; Schwester Innocenza, der man nur Geschenke bringen muß, dann geht alles gut; Schwester Lella von den Engeln, die ständig alle herumkommandiert, sie entscheidet, straft, macht alles selber. Andere sind gestorben, wieder andere versetzt worden. Aber zum größten Teil sind sie noch dort und bestimmen alles, auch wenn sie jetzt gezwungen sind, ihre Hände im Zaum zu halten, bestimmen sie immer noch alles.

Die heilige Carmine hat mich einmal, 1945, als das Gefängnis noch Le Mantellate hieß und ich etwas auszusetzen hatte, ans Bett binden lassen, hat angeordnet, mir die Zwangsjacke anzuziehen, und mich von den Wärtern verprügeln lassen.

Als Folge davon habe ich einen Zahn verloren, einen Schneidezahn. Damals gab es in den Zellen noch Eisenpritschen zum Zusammenklappen, bei denen in der Mitte ein Eisenhaken rausstand. Während ich auf die Wärter losging, die mich mit Gewalt packen und mir die Zwangsjacke anziehen wollten, knallte ich mit dem Gesicht dagegen.

Mir die Zwangsjacke anzuziehen, ist ihnen nicht gelungen, ich war wild wie ein Tier, wand mich nach allen Seiten wie ein Aal und glitt ihnen aus der Hand. Daraufhin hat mich einer von ihnen aus Wut mit dem Gesicht gegen den rausstehenden Eisenhaken gestoßen. Ich spürte, wie es krack machte und mein Mund sich mit Blut füllte. Später war der Zahn wieder angewachsen, so schien es jedenfalls. Aber mit der Zeit wackelte er durch das viele Herumnagen an Fischgräten und trockenen Brotkanten wieder im Zahnfleisch und ist zum Schluß von selber ausgefallen.

In den Mantellate damals war die Behandlung schrecklich. Sie gaben uns wenig zu essen, die Mauern waren wie Schwämme, die sich mit Wasser vollgesogen hatten, es gab keine Decken, es gab keine Klos. Du mußtest in den Nachttopf machen und ihn dann in die gemeinsame Sickergrube leeren. Wegen der Kälte und der Feuchtigkeit bekamen viele Tuberkulose.

Sie wurden brustkrank wegen des Hungerleidens. Viele bekamen Brustfellentzündung. Wer keine Hilfe von außen erhielt, dem ging es schlecht. Ich weiß nicht, wie es kommt, daß ich nicht Tuberkulose gekriegt habe, denn mir hat nie jemand ein Paket geschickt, und ich lebte von dem, was es im Gefängnis gab. Vielleicht, weil ich starke Lungen habe. Aber Hunger habe ich gelitten, schwarzen, giftigen Hunger.

Plötzlich, nach einigen Monaten, wurde ich nach Frosinone verlegt, weil ich mit Lilia und Gemma, meinen Freundinnen, gestritten hatte. Dort drinnen habe ich nämlich entdeckt, daß sie sich wie Mann und Frau gernhatten.

Aha, sage ich, deswegen steckten sie immer und ewig zusammen, die zwei! Deswegen schickten sie mich manchmal weg, wenn sie sich unterhielten, und ich nahm's mir zu Herzen! Sie wollten zusammensein, und ich verstand nicht, warum sie mich fortjagten. Ich hatte gesehen, daß sie sich oft absonderten. Und ich platzte immer mittenrein, wollte zuhören, teilhaben, weil ich mich als Freundin betrachtete, dabei hatte das damit zu tun, daß bei ihnen Liebe mit im Spiel war, und ich war durch diese Liebe ausgeschlossen.

Aber davon abgesehen, haben wir uns gestritten, weil ich ihnen vorwarf, daß sie mich verraten hatten. Ich sage: Ihr seid zu mir gekommen und habt mir versprochen: Wir kaufen uns ein Auto, wir teilen das Geld. Ihr habt mich zum Stehlen verleitet, habt mir diese Vorschläge gemacht, und dann, kaum werdet ihr erwischt, verurteilt ihr mich und beschuldigt mich!

Ich habe alles abgestritten, sage ich. Ich weiß von nichts. Das habe ich vor dem Richter erklärt, vor den Carabinieri, vor allen. Euch kenne ich nicht, und ich weiß von nichts. Es war nicht recht, daß ihr ausgesagt habt; ihr hättet alles abstreiten müssen, sage ich, genau wie ich.

Nein, sagen sie, wir haben die Tatsachen erzählt, wie sie waren, denn wenn wir Gefängnis kriegen, müssen auch die anderen Diebstahlbeteiligten rein.

Wie? sage ich, zuerst bringt ihr mir alles bei, und dann wißt ihr plötzlich nicht mehr, daß Leugnen das oberste Gebot ist?

Daraufhin mischt sich eine gewisse Pierina Lanza ein, eine, die das Gefängnis gut kannte und Erfahrung hatte mit Diebstählen in Wohnungen. Sie sagt: Also, ihr habt sie gerufen, habt sie zum Klauen mitgenommen, habt ihr das Auto versprochen, weil ihr die Schlüssel zu dieser Wohnung hattet, die euch bekannt war. Ihr habt sie verführt, denn sie hatte vorher noch nie gestohlen, und jetzt legt ihr euch mit ihr an! Wenn es so ist, hättet ihr sie heraushalten sollen, diese Teresa. Warum habt ihr sie zum Stehlen mitgenommen und beschuldigt sie jetzt? Versucht, euch zu einigen, daß eine von euch die Schuld allein auf sich nimmt, dann kriegt ihr alle weniger Jahre aufgebrummt. Widerruft alles, wenn jetzt der Prozeß kommt, gebt einer einzigen die Schuld, dann sind die anderen frei.

Das ist meine Angelegenheit, sagt Gemma, misch dich nicht ein! Daraufhin kommt Pierina zu mir und sagt: Paß auf, die ist böse und egoistisch; eine Sardin von der übelsten Sorte, die wird dich weiter beschuldigen, weil sie stur ist und kein Gefühl hat.

Ich streite sowieso alles ab, sage ich. Recht hast du, sagt Pierina. Streit alles ab, das ist das beste!

In der Tat habe ich vor Gericht alles geleugnet. Sagt der Richter: Wer von euch war in der Wohnung drinnen? Gemma sagt: die da, und zeigt auf mich. Ich sage: Nein, Herr Richter, ich war überhaupt nicht da. Daraufhin fragt der Richter Tango: Also wer war denn jetzt drin? Tango, der Lilia haßte, deutet auf sie. Und der Richter ist wütend geworden, hat alle zum Teufel geschickt. Ich habe ein Jahr, neun Monate und zehn Tage bekommen. Lilia, Gemma und Tango haben vier Jahre gekriegt.

Ich habe die ganze Strafe abgesessen, das Jahr, die neun Monate und auch die zehn Tage. Es hat eine Ewigkeit gedauert. Jeder Tag kam mir vor wie ein Monat, jeder Monat wie ein Jahr.

Morgens stand ich auf und mußte als erstes mein Bett machen. Alles im Eiltempo. Aber wehe, wenn man die Decke nicht ordentlich einschlug. Dann gab es kein Abendessen. Danach gingen wir in den Speisesaal hinunter, wo sie etwas Ersatzkaffee ausschenkten, der einem den

Mund schwarz machte und einen schlechten Geschmack hinterließ.

Bis mittags saß ich dann da und hatte nichts zu tun. Zum Mittagessen bekam man ein Stück Kommißbrot und einen Blechnapf voll dicke Bohnen und Nudeln, alles durcheinandergemischt. Kaum schob ich einen Löffel davon in den Mund, hätte ich ihn am liebsten wieder ausgespuckt. Aber ich schluckte alles runter, weil ich so einen bohrenden Hunger hatte.

Ich verschlang alles, und danach tat mir die Leber weh, aber was sollte ich machen. Oft taten sie ein Stück ranzigen Speck in die Nudeln, ich merkte es an dem Aasgeruch. Diese Nudeln würgte ich dann wütend vor Hunger runter, um nicht umzufallen. Ich hielt mir die Nase zu und schluckte, ohne zu kauen.

Am Abend gaben sie uns einen Blechnapf voll heißes Wasser. Dieses heiße Wasser wurde Brühe genannt, glich aber allem, außer einer Fleischbrühe. Dadrin schwammen ein paar Kartoffeln herum, ein paar Zwiebelstücke, ein Rest zermatschter Bohnen, alles durcheinander, eine Wassersuppe, wie eine Regenlache, eine Beleidigung für den Gaumen.

Alle warteten sehnlichst auf diese Brühe am Abend, weil sie kochend heiß war und die Eingeweide wärmte. Aber den Hunger nahm sie einem nicht, im Gegenteil, sie machte Appetit, und dann wälzte ich mich die ganze Nacht im Bett herum und dachte, was ich alles anstellen würde für ein Schnitzel. Einmal in der Woche bekamen wir ein Stück Siedfleisch mit Soße. Es schmeckte säuerlich, wahrscheinlich war die Soße, die sie drantaten, aus Tomatenmark, jedenfalls hatte sie einen bitteren Beigeschmack, zog einem den Mund zusammen.

Es gab viele, denen die Familien Pakete schickten. Manchmal schenkte mir eine von denen einen Apfel. Wenn die anderen, die auch arm waren, es jedoch merkten, sagten sie: Mir auch, mir auch! Und dann gab die Spenderin mir zum Schluß auch nichts mehr, um niemanden unzufrieden zu machen. So mußte ich mich damit begnügen, den Glücklichen zuzuschauen, während sie die Pakete öffneten und die Sachen auspackten: schöne große Stücke Käse, Brot, so weiß wie Milch, dicke, saftige Birnen, getrockneten Fisch, Weintrauben, lauter herrliche Sachen. Ich stand begehrlich seufzend dabei, mit großen, vor Verlangen geweiteten Augen.

Kurzum, mit dieser Gemma und dieser Lilia habe ich fürchterlich gestritten. Ich habe geschrien: Ihr habt mich ruiniert, ihr verdammten Hexenweiber! Du vor allem, sagte ich, zu Gemma gewandt, du bist die Fieseste, hast mir mit deinem Geschwätz den Kopf verdreht, und dann gab es in der Wohnung weder Millionen noch Goldmünzen!

Ich legte mich mit Gemma an, weil sie es war, die bestimmte und entschied. Sie war die Stärkere. Und sie gab mir heraus, wurde sogar handgreiflich. Da habe ich sie an den Haaren gepackt und getreten. Zur Strafe haben sie mich nach Frosinone geschickt.

In Frosinone zu sitzen war schlimmer, als nachts auf der Straße zu liegen. Von der Gebirgsluft bekam ich Hunger, sie machte mir einen Mordsappetit. Ich hatte immerzu Hunger, einen fürchterlichen Hunger. Und dort gab's noch weniger zu essen als in den Mantellate.

Eines Nachts wache ich mit Magenkrämpfen auf und kann nicht mehr schlafen. Also stehe ich auf und fange an zu suchen, ob ich was zu essen finde. Es war nichts da.

Am Ende des Saales sehe ich zwei Abfalltüten an einem Nagel hängen. Sie waren dort aufgehängt, weil es keine Schränke gab, keine Schubkästen, nichts. In dem Riesenzimmer sah man nur die Betten, und hinten neben der Tür ein Loch im Boden, das als Abort diente, und fertig. Später haben sie eine Kloschüssel eingebaut und Waschbecken angebracht, aber erst so um 1950.

Ich stecke also die Hände in diese Tüten und wühle ein bißchen herum, um zu sehen, ob etwas zu essen übriggeblieben war. Vielleicht ein Stück hartes, schimmliges Brot oder eine Fischgräte, um den Magen zu beruhigen.

Ich hatte Krämpfe bekommen, weil ich eine bin, die immer Appetit hat, ich esse viel. Auch jetzt habe ich immer einen guten Appetit, wenn ich anfange zu essen, esse ich reichlich. Ich esse einfach gern. Essen ist eine Freude für mich.

Ich grabe tiefer und tiefer, und zum Schluß finde ich ein paar Kartoffelschalen. Sie waren vertrocknet und verschrumpelt. Ich habe sie genommen, in Wasser eingeweicht und aufgegessen.

Wegen dieses fahlen Hungers, der mich quälte, saß ich immer niedergeschlagen und still herum und tat nichts. Da bekamen die anderen manchmal Mitleid und halfen mir mit einer Zigarette aus, mit einem in Öl getunkten Stück Brot, einem getrockneten Fischkopf.

Kaum aß ich mich mal ein bißchen satt, kam ich gleich wieder zu Kräften, wurde wieder fröhlich und gesellig und fing an zu tanzen und zu singen. Wir spielten das Ohrfeigenspiel. So verbrachten wir die Zeit.

Dort in Frosinone wurde nicht gearbeitet. Nur für drei oder vier Gefangene gab es Arbeit: in der Küche, das Wirtschaftsbuch führen, putzen. Für mich gab es keine Arbeit. Ich saß müßig herum und bewegte mich so wenig wie möglich, damit ich nicht noch mehr Hunger bekam.

Die, die sticken konnten, gingen zu Schwester Santa Croce, die gab einem Nadel, Faden und Fingerhut. Aber ich kann nicht sticken. Ich kann nur Heftstiche, und die auch nur schief und krumm, ich kann nicht nähen.

Endlich kriege ich eines Tages auch ein Paket. Mein Bruder Orlando hatte es mir aus dem Gefängnis Regina Coeli geschickt. Ich weiß nicht, wie er es gemacht hat, aber er hat mir eine Schachtel mit Sachen geschickt, die er irgendwie aufgetrieben hatte: ein Stück Toilettenseife, Nudeln, amerikanisches Erbsmehl, piemontesischen Zwieback, was er halt zusammenkratzen konnte, denn er war ja auch von allen verlassen. Ein Päckchen Nazionali-Zigaretten hatte er auch dazugelegt, weiß ich noch.

Sie händigen mir dieses ziemlich kleine Paket aus. Ich mache es auf und sage mir: Na ja, es ist zwar klein, aber wenigstens hab ich was zu essen! Ich war wie im Fieber vor Freude über dieses Paket. Und während ich es auspackte, fühlte ich mich bald enttäuscht, weil ich mir mehr erwartet hatte, bald lachte ich vor Glück. Die Zigaretten waren sofort alle. Die Zwiebäcke dagegen haben mir über einen Monat gereicht, ich aß immer nur einen halben auf einmal.

Dort in Frosinone kannten sie als Essen nur dicke Bohnen. Jeden Tag gab es dicke Bohnen, Bohnen mit Nudeln, Bohnen mit Brot. Nichts anderes. Ich sage: Ja gibt es in diesem Kloster nie eine andere Suppe?

Teresa, immer hast du was zu meckern! sagt die Wärterin

und gibt mir zur Strafe nur eine halbe Schöpfkelle voll Bohnen statt eine ganze, das Miststück!

Die Wärterinnen waren zwei. Eine war die Chefin, sie hatte das Sagen. Eine alte Jungfer war sie, dreißig Jahre alt, bösartig, groß, sah aus wie ein Henker. Stark, zwei Arme wie ein Ringkämpfer. Die andere war klein und mickrig, wie eine Maus.

Wir waren etwa dreißig, fünfunddreißig Gefangene, je zwölf pro Schlafsaal, und es gab drei Schlafsäle. Die beiden mußten auf uns alle aufpassen. Eine ging, und die andere kam. Es wirkte, als könnten sie es nicht schaffen, aber sie waren unheimlich schlau und schnell, dauernd standen sie plötzlich vor einem, nichts entging ihnen.

Unten, im unteren Teil des Klosters, waren die Männer untergebracht. Bei denen ging's brutal eng zu, weil sie viel mehr waren als wir, und sie stritten und murrten die ganze Zeit. Der berühmteste von ihnen war ein gewisser Giglioli, der seine Frau mit der Spitzhacke erschlagen hatte. Beim Fest der Gefangenen setzte sich dieser Giglioli ganz in Schwarz ans Harmonium und spielte. Er war ein ausgezeichneter Harmoniumspieler.

Wir mußten uns ebenfalls schwarz anziehen, schwarze Strümpfe, schwarzer Kittel, schwarzer Schleier. Ich frage: Wer ist denn gestorben? Sie sagen: Heute ist das Fest der Gefangenen, das muß feierlich begangen werden.

Wir werden alle in den Hof vor die Gefängniskirche geführt. Es war Juli, August, eine Affenhitze. Ich sage: Euer Gefangenenfest könnt ihr euch an den Hut stecken, ich bleibe nicht hier in der Sonne stehen. Aber es war nichts zu machen. Wir waren verpflichtet, ja gezwungen, dort zu stehen, mit all dem schwarzen Zeug am Leib.

Wer weiß, woran dieser Giglioli dachte, während er das Avemaria spielte, jedenfalls tropften zwei Tränen aus seinen Augen, dann noch zwei, er schwamm direkt in Tränen. Und auch die gefangenen Frauen weinten. Ich sagte: Madonna, ich komme mir vor wie auf einer Beerdigung! Alle weinten, ganz in Schwarz, unter der glühenden Sonne.

Mir war, als platzte mir der Kopf. Wann ist diese Messe bloß endlich aus? fragte ich mich. Sie, die Wächter, der Direktor, die Priester befanden sich unter einem Baldachin, wo es kühl war. Und wir standen in der Sonne und schwitzten und schwitzten. Es war eine Katastrophe!

Dort in Frosinone ist es mir wirklich schlechtgegangen. Zum Glück gab es nette, großzügige Frauen. Zigeunerinnen, spröde, unabhängig, aber herzensgut. Wenn sie etwas zu essen hatten, riefen sie mich und sagten: Nimm, Teresa, hier hast du ein Stück Brot, hier hast du einen Hering, hier hast du eine Zigarette. Und zum Dank brachte ich sie zum Lachen, tanzte, wenn ich in der rechten Stimmung war, und sang für sie, und sie lachten und freuten sich.

Dann bekomme ich vor lauter Bohnenfressen eines Tages eine Kolik. Denn ich aß die Bohnen aus Hunger und Verzweiflung, weil ich ja nichts anderes hatte, und da ich Bohnen von jeher nicht ausstehen kann, schluckte ich sie voller Wut, ohne Genuß hinunter. Und dort, in diesem Gefängnis in Frosinone, gab's nichts anderes, immer nur Bohnen, immer nur Bohnen. Ich sage: Werden diese Bohnen nie alle? Wie viele Säcke habt ihr denn noch? Sie antworten: Es wird gegessen, was auf den Tisch kommt.

Also kriege ich diese wahnsinnige Kolik. Einige Tage mußte ich, im Schlafsaal eingeschlossen, das Bett hüten. Es gab Stockbetten dort, aus Holz, eins oben, eins unten, mit einem weißen Vorhang abgeteilt, um den Anstand zu wahren.

Dann kommt der Doktor und sagt: Was fehlt dir denn? Ich sage: Hier tut's mir weh. Ich hatte Durchfall, übergab mich. Es war eine ernste Kolik, die ich wegen dieser ewigen Bohnen bekommen hatte.

Der Arzt sagt: Setzt sie auf Schonkost! Gott sei Dank, sage ich, endlich kriege ich Schonkost und muß keine Bohnen mehr essen! Mal was Neues, was anderes. Und tatsächlich bringen sie mir zum Mittagessen ein Süppchen mit Öl, das mehr aus Wasser als aus Nudeln bestand. Und was gibt's hinterher? sage ich. Sie sagen: Das ist alles. Es war tatsächlich das ganze Schonkostmenü, mehr gab's nicht.

Nach einigen Tagen ging es mir langsam besser, die Kolik war vorbei. Aber ich lag noch im Bett. Ich konnte mich einfach nicht aufraffen, aus den Decken zu kriechen, hatte nicht den Mut aufzustehen, wegen der Kälte. Die anderen gingen zum Hofrundgang, ich blieb dort drinnen eingeschlossen, in meine Decken gewickelt.

Ich lag im Warmen, mitten in diesen Fetzen, und trällerte leise vor mich hin. Ich sang: »Unter der Traufe des alten Turms... zieht eine kleine Schwalbe...«

Auf einmal geht die Tür auf, die Wärterin kommt herein und schnauzt mich an: Numa Teresa, wer hat dir die Erlaubnis gegeben zu singen! Sie sah aus wie Christus, groß und klapperdürr, mit rauher Stimme. Numa, sagt sie, wenn du nicht still bist, kriegst du keine Schonkost mehr! Sie war eine vom Land, aus der Gegend von Molise, eine Giftnudel. Ich sage: Ist recht, laß mir ruhig die Schonkost streichen, was kümmert's mich! Ist ja sowieso nichts dran!

Sie hat mich zum Aufstehen gezwungen, diese gemeine Ziege! Und mir sofort einen Schlag auf den Kopf verpaßt. Dann hat sie mich mit den anderen zu Tisch geschickt, Nudeln und Bohnen essen. Sie hat mir tatsächlich die Schonkost gestrichen. Ich sage: Was hat denn das Singen mit der Schonkost zu tun?

Es war nichts zu machen. Ich fing wieder von vorne an mit dicken Bohnen mit Soße, Bohnensuppe, Bohnenpüree, obwohl eindeutig feststand, daß ich keine Bohnen vertrage.

Ich aß sie mit Widerwillen, und die Luft rumorte mir hinterher im Bauch herum wie Donnergrollen, und der Magen rebellierte und rebellierte. Zwei Tage lang habe ich mich geweigert zu essen. Ich sage: Schluß, ich esse keine Bohnen mehr, meinetwegen könnt ihr mich verhungern lassen, Bohnen esse ich keine mehr!

Aber nach zwei Tagen Fasten war mein Hunger so groß geworden wie ein Riese, während sie sich einen Dreck darum scherten, und mein Wille so klein wie eine Laus. Ich mußte mich fügen und habe den Teller kalte Bohnen runtergeschlungen, den sie mir beiseite gestellt hatten.

In den Tagen ist was Lustiges passiert. Dieser Giglioli, den alle Gefängniswärter auf Händen trugen, der sanftmütig war und Harmonium spielen konnte und sogar bei der Messe weinte, ist ausgebrochen wie ein beliebiger Häftling und hat damit den Direktor und alle Wärter in die Klemme gebracht.

Sogar die Zeitungen haben darüber geschrieben. Und ich stelle mich eines Morgens mitten im Hof auf eine Bank und schreie: Recht hat er gehabt, dieser Giglioli, daß er ausgebrochen ist! Das hat er gut gemacht, bravo! Ich würd ihm 'ne Goldmedaille dafür verleihen. Wir müssen alle aus diesem verdammten Knast ausbrechen, wo sie uns schlechter behandeln als Schweine!

Ich habe den Mund noch nicht wieder zugemacht, da packen mich schon zwei Wärterinnen und werfen mich auf die Pritsche in der Isolationszelle. Sie schließen mich ein und gehen, nachdem sie mir eine Tracht Prügel verpaßt haben.

Es war eine winzige Zelle, mit einer schmalen, krummen Holzpritsche, ohne Decken, ohne alles. Zu essen gab es nur einmal am Tag, Wasser und Brot.

Um ihnen keine Genugtuung zu geben, sang ich. Ich sang schlecht, weil ich noch nicht einmal genug Atem zum Sprechen hatte. Aber ich sang, damit sie wußten, daß sie und diese eklige Zelle mir nichts anhaben konnten.

Nach ein paar Tagen sang ich allerdings nicht mehr. Mir war schwindelig im Kopf, und ich fühlte mich wahnsinnig schwach, war abgemagert, ausgezehrt. Nach sechs Tagen bei Wasser und Brot war ich nur noch die Hälfte.

Endlich lassen sie mich raus, und als ich die frische Luft rieche und all das Licht sehe, wird mir schlecht, die Beine knicken mir weg, und ich falle um. Also haben sie mich wieder auf Bohnenkur gesetzt, und damit kam ich wieder zu Kräften.

Einige Zeit später sagen sie eines Morgens zu mir: Numa Teresa, mach dich fertig, du mußt gehen! Ganz sicher, daß sie mich nach Hause schicken, wasche ich mich von Kopf bis Fuß, werfe das ganze eklige Zeug weg, verabschiede mich von den Freundinnen, Umarmungen, Küsse. Ich sage: Jetzt gehe ich nach Hause, und als erstes esse ich ein Schnitzel, so groß wie eine Zeitungsseite! Und alle sagten zu mir: Teresa, du Glückliche! Alles Gute!

Statt dessen bringen sie mich aus Frosinone nach Ceccano, ins Bezirksgefängnis. Nach Ceccano kommen die Gefangenen, die nur noch wenige Monate abzusitzen haben und fast am Ende sind.

Dort kam ich mir vor wie im Paradies: Es gab Gemüsesuppe mit Öl zu essen, weit und breit keine einzige dicke Bohne, und sonntags bekamen wir ein schönes zartes Stück Fleisch. Kurz, es war schön, und ich habe sofort zugenommen. Es ging mir gut. Sogar die Rheumaschmerzen sind vergangen.

In Ceccano gab es nur eine Wärterin, Donna Rosaria, mit ihrem Mann. Es gab weder Nonnen noch Polizeibeamten. Diese beiden, dieses Ehepaar, waren freundliche, entgegenkommende Leute.

Später wurden sie in der Zeitung angegriffen, es gab einen Skandal, weil sie, so scheint es, die Ehefrauen zu ihren Männern in die Zellen ließen. Sie nahmen ein bißchen Geld dafür und ließen die beiden allein, damit sie ihre Sachen machen konnten. Meiner Ansicht nach war dieses Geld gut angelegt. Es war nicht recht, sie zu verurteilen. Wenn ich damals einen Mann gehabt hätte, ich hätte gern tausend Lire gezahlt, um mit ihm zu schlafen. Aber ich hatte keinen Mann, und Geld hatte ich auch keins.

Nachdem ich ein Jahr, neun Monate und zehn Tage abgesessen hatte, ließen sie mich endlich frei. Allein und verloren stand ich draußen und wußte nicht, wohin. Ohne eine Lira war ich reingekommen, und ohne eine Lira kam ich wieder raus.

Ich sage mir: Wohin gehe ich jetzt? Dann marschiere ich zu Fuß in Richtung Rom los. Auf halber Strecke höre ich das Geräusch eines Autobusses, der genau hinter mir anhält. Ich drehe mich um. Der Fahrer beugt sich heraus und sagt: Wollen Sie mitfahren? Ich sage: Ich habe kein Geld. Er sagt: Macht nichts. Und so komme ich nach Rom.

An der Porta Maggiore steige ich aus und mache mich auf den Weg zur Piazza Vittorio. Mal sehen, ob ich meine Freunde wiederfinde, sage ich mir. Ich schlendere so vor mich hin und merke, daß mir einer folgt. Ich war hübsch, neunundzwanzig Jahre alt, eine kleine Landpomeranze mit einem schönen Busen. Ich verlangsame den Schritt ein bißchen und sehe, daß er auch langsamer geht.

Ich fühlte mich etwas benommen. Der Typ sagt zu mir: Sind Sie allein? Darf ich Sie begleiten? Ich schaue ihn mir genau an: Er war weder jung noch alt, so um die Vierzig, sah recht gut aus, mit Glatze und einem großen Schnauzbart. Ein bißchen lächerlich. Ich sage: Den schicke ich jetzt zum Teufel, mir reicht's, gefallen tut er mir eh nicht.

Während ich so dachte, fragt er: Möchten Sie einen Kaffee? Daraufhin habe ich plötzlich Lust auf einen richtig guten heißen Kaffee gekriegt.

Na gut, sage ich, einen Kaffee nehme ich an, damit Sie zufrieden sind, danke! Dabei wollte ich den Kaffee nur, weil ich kein Geld hatte, um mir selber einen zu leisten, aber auf einmal solche Lust drauf hatte.

Also machen wir uns auf den Weg zu einer Bar. Im Gehen fragt er: Kommen Sie von außerhalb? Sie sehen aus wie eine Fremde. Ich sage: Ja, ich komme aus Anzio. Dabei kam ich doch aus Ceccano. Und er sagt: Und wo soll's hingehen? Ich sage: Ich besuche eine Verwandte von mir. Er sagt: Können wir uns heute abend sehen?

Ich denke: Was will der denn noch alles für einen Kaffee! Dann, damit er Ruhe gibt, sage ich: Ja, gut, heute abend ist mir recht. Er sagt: Wo treffen wir uns? Ich sage: Wo Sie wollen. Er sagt: Gut, dann treffen wir uns um neun am Bahnhof.

Endlich kommen wir in der Bar an. Er bestellt zwei Kaffee, und während ich diesen Kaffee trinke, der einfach köstlich war, plappert er und plappert, daß mir der Kopf brummt von all den Wörtern. Ich nickte immer, dachte jedoch an was ganz anderes. Ich fragte mich, wo ich in der Nacht schlafen sollte, ohne Geld. Ich wollte nach Anzio, aber wie sollte ich da ohne Geld hinkommen?

Unterdessen sticht mir ein Teller mit schönen, prallen goldbraunen Hörnchen ins Auge. Ich denke: Hoffentlich bietet er mir ein Hörnchen an! Aber der, nichts, er quatschte und lachte und merkte meinen Wunsch nicht. Also nehme ich meinen Mut zusammen und frage: Darf ich ein Hörnchen essen? Er sagt: O nein, tut mir leid, aber ich habe kein Geld mehr. So mußte ich darauf verzichten.

Der bringt mir sowieso nichts mehr, denke ich, besser, ich gehe. Aber ich konnte ihn nicht abschütteln. Er quatschte und hielt mich zurück und lachte mich an. Hoffentlich bietet er mir wenigstens eine Zigarette an, sage ich mir, dieser Schnauzbart! Ich verzehrte mich nach einer Zigarette.

Irgendwann zieht er tatsächlich eine Zigarette raus, zündet sie an und raucht sie. Ich sage: Eine für ihn und eine für mich; jetzt wird er mir doch auch eine anbieten! Das erwartete ich. Aber nein, es war nämlich die letzte, so hat er mir gesagt und warf die leere Schachtel weg.

Daraufhin packe ich's und sage: Also ciao, ich gehe. Er

sagt: Dann bis heute abend, nicht wahr? Ich sage: Ja, bis heute abend! Da kannst du lange warten, du häßlicher Glatzkopf, denke ich bei mir, schnauzbärtiger Geizkragen, Scheißschwätzer, du!

Ich habe ihn stehenlassen und mich in Richtung Acquario aufgemacht, wo die Busse nach Anzio abfuhren. Jetzt schlüpfe ich bei meinem Bruder Nello unter, sagte ich mir, der ist der einzige in der Familie, der mich gernhat.

Ich gehe zur Endhaltestelle der Busse und frage, ob sie mich auf Kredit nach Anzio mitnehmen können, ich würde dann dort bezahlen. Sie sagen: Vielleicht, mal sehen. Zwei Stunden lang habe ich versucht, diesen Trottel von Busfahrer zu überreden, und am Schluß sagt er nein und schickt mich grob weg. Also gehe ich zu Fuß los. Früher oder später werde ich schon ankommen, sage ich mir.

Unterwegs hält ein Lastwagen an und läßt mich hinten aufsteigen, zu den Schafen. Es war kalt; ich kauere mich zwischen die Schafe und schlafe ein. Nach einigen Stunden bin ich in Anzio, bedanke mich, steige aus und gehe zum Haus meines Bruders Nello.

Das Haus ist groß und steht am Strand. Lauter Riesenfenster, sieht aus wie eine Pension. Als ich hinkomme, ist es fast Nacht. Die Lichter brannten. Ich sage: Wer weiß, was Nello gerade macht?

Als mich mein Bruder gesehen hat, ist er mir um den Hals gefallen. Er freute sich. Aber er sah schlecht aus, abgehärmt. Was hast du? frage ich, geht's dir nicht gut?

Und er zeigt mir seine bettlägerige Frau und sagt, daß sie schon seit vier Monaten nicht mehr aufstehen kann. Ich sage: Ja was hat sie denn? Und er: Folgen einer Fehlgeburt, was weiß ich, es liegt in der Familie, Vererbung, sie hat TBC, ich habe sie ins Krankenhaus gebracht und einen Haufen Geld bezahlt, um sie behandeln zu lassen, aber jetzt wollte sie wieder heim, und ich muß mich um sie kümmern, um die Kinder, um den Fisch, um alles. Ich habe nicht einmal Zeit gehabt, dich zu besuchen, Schwester, obwohl du mir so leid getan hast da drinnen.

Ich sage: Paß auf, ich will mein Kind zurückholen. Er sagt: Geh nur, es ist bei deinem Schwiegervater. So habe ich mein Kind abgeholt und bin zu meinem Bruder Nello und seiner Frau ins Haus gezogen.

Seine Frau war sechsundzwanzig. Sie war abgemagert bis auf die Knochen und spuckte Blut. Nello konnte ihr nicht helfen, es gelang ihm nicht, sie gesund zu machen. Er hatte alles gegeben, um sie behandeln zu lassen, er besaß nichts mehr. Krankenkasse hatte er keine. Nachts ging er zum Fischen, außerdem mußte er die Kinder versorgen. Kurz und gut, er konnte nicht mehr.

Zum Glück war das Haus groß. Ich hatte ein Bett und sogar ein ganzes Zimmer für mich allein. Aber da war diese bettlägerige Schwägerin, diese Kinder, die auf dem Boden mit ihrer Kacke spielten, verwahrlost und verdreckt.

Also nehme ich ein Kilo Soda und fange an, alles zu putzen. Ich habe mir die Finger wundgeschrubbt und alles desinfiziert, mit Salz, mit Bleichmittel, mit Essigwasser.

Dann habe ich angefangen, für die Kleinen extra zu kochen, weil es in diesem Haus üblich war, daß die Kinder aßen, was die Mutter übrigließ. Diese Mutter hatte aber Tuberkulose, sie hatte sich vernachlässigt und eine Fehlgeburt gehabt, unheimlich viel Blut gespuckt und doch immer weitergearbeitet, bis sie ganz geschwächt war und Schwindsucht bekam. Das sagte sie. Später habe ich allerdings gehört, daß es in der Familie liegt, daß der Vater die Schwindsucht an den Sohn vererbt, seit Jahrhunderten.

Nachdem ich das Haus gründlich geputzt und desinfiziert hatte, so daß es schön war und gut duftete, nachdem ich die Kindersachen gewaschen, das Bad saubergemacht, die Kleider ausgebessert, die Töpfe aufgeräumt hatte und alles, stirbt diese Schwägerin plötzlich.

Gerade in den Tagen hatte ich auf der Piazza eine Freundin getroffen, eine Neapolitanerin namens Lina. Gleich habe ich sie gefragt: Was treibst du so? Und sie sagt: Gerade gestern haben sie mich aus meiner Stelle rausgeschmissen, ich habe nichts zu tun. Ich sage: Komm und hilf mir beim Saubermachen. Wir streichen die Wände im Haus, kleben ein paar bunte Tapeten an, ich möchte ein Wohnzimmer einrichten.

Und sie ist gekommen und mir zur Hand gegangen. Als dann die Schwägerin gestorben ist, hat sie mir sogar geholfen, sie zu waschen und anzukleiden, das Haus zu desinfizieren, die Kinder zu hüten. Kurz, sie ist mir beigestanden, und ich mochte sie. Es war mir entgangen, daß sie ein Auge auf meinen Bruder geworfen hatte.

Nello hat nach dem Tod seiner Frau sehr gelitten. Er weinte, aß nichts. Ganz blaß war er geworden. Aber nach einigen Monaten ist er allmählich wieder aufgewacht.

Die Neapolitanerin und ich schliefen im selben Zimmer. Dort standen zwei Betten, eins für mich auf der einen Seite und eins für sie auf der anderen, zwei niedrige, schmale Betten.

Eines Nachts wache ich auf und sehe, daß das Bett der Neapolitanerin leer ist. Wo mag sie sein? frage ich mich. Wahrscheinlich auf dem Klo. Dann stehe ich auf und sehe nach. Aber auf dem Klo war sie nicht. Und in der Küche auch nicht.

Ich schaue unter der Tür meines Bruders durch und sehe, daß das Licht brennt. Da ist sie also, diese undankbare Person! sage ich. Nicht einmal vor den Toten hat sie Respekt! Dann war die ganze Freundschaft, die sie mir zeigte, also gelogen!

Kurz und gut, diese Lina und mein Bruder hatten sich dadrinnen eingeschlossen. Was sie trieben, weiß ich nicht. Ich kehrte in mein Bett zurück, konnte aber vor Nervosität nicht mehr schlafen.

Am Morgen, als Lina ins Zimmer zurückkommt, baue ich mich vor ihr auf und sage: Findest du das etwa gut, was du da machst? Gibt's keine anderen Männer, daß du dir ausgerechnet meinen Bruder aussuchen mußt?

Sie sagt: Du spinnst wohl! Ich habe deinen Bruder nie

angefaßt! Ich war auf dem Klo. Ich sage: Du spinnst, weil ich auf dem Klo nachgeschaut habe, da warst du nicht. Ich habe das Licht unter der Tür meines Bruders gesehen; du warst dadrin bei ihm!

Sie sagt: Du warst wohl noch ganz verschlafen, ich saß nämlich wirklich auf'm Klo! Ich sage: Dumme Gans! Ich war wach, wacher als du, und weiß jetzt, wie du dich im Haus anderer Leute benimmst. Sie wollte mich auch noch für dumm verkaufen, diese Lina.

Zum Schluß sage ich: Hier kannst du nicht bleiben. Ich habe dich aufgenommen wie eine Schwester, weil ich gern Gesellschaft habe, aber jetzt gehst du mit meinem Bruder ins Bett, und hier kannst du nicht mehr bleiben.

Sie sagt: Was geht dich das eigentlich an? Bist du eifersüchtig auf deinen Bruder? Ich sage: Ich bin nicht eifersüchtig auf meinen Bruder, ich bin ja nicht seine Frau! Aber zu sehen, daß mein Bruder heimlich mit meiner Freundin ins Bett geht, wenn seine Frau noch warm ist, das paßt mir nicht.

Ich verstehe, sagt sie, du willst deinen Bruder weiterhin im Unglück sehen! Aber er ist doch noch jung und stark, du kannst ihm nicht eine Ehefrau vorenthalten. Und falls er wieder heiratet, möchte ich mal sehen, ob du hier das Heft in der Hand behältst, du, die Schwester!

Ich sage zu ihr: Wenn du glaubst, du könntest hier mit meinem Bruder vögeln, während ich im Haus bin, da hast du dich geschnitten. Ich schmeiße dich zum Fenster raus und ihn hinterher, weil hier die Kinder sind und ich nicht will, daß sie so was mitkriegen, während ihre Mutter noch kaum unter der Erde ist!

Sie wurde ganz stumm und weinte. Aber gegangen ist sie nicht. Sie stammte aus Potenza, nicht direkt aus Neapel, wurde jedoch von allen die Neapolitanerin genannt. Diese Neapolitanerin ist bei Nello im Haus geblieben. Sie hat ihn rumgekriegt, hat ihm erzählt, ich würde sie schlagen, mich als Herrin aufspielen, die Kinder mißhandeln und einen Haufen Gemeinheiten, und schließlich hat sie ihn überzeugt. Diese Männer, das weiß man ja, sind Bauerntölpel, wenn sie eine Frau sehen, steigt es ihnen gleich zu Kopf.

Mein Bruder hat zu mir gesagt: Ich jage dich nicht aus dem Haus, aber die Neapolitanerin kann ich nicht wegschicken, wo soll sie denn hin? Und außerdem habe ich sie gern und trage mich mit dem Gedanken, sie zu heiraten.

Da habe ich in meinem Stolz voll Wut und Raserei einen kleinen Koffer gepackt und bin abgehauen. Zack zack war ich draußen aus dem Haus. Und habe nie wieder einen Fuß hineingesetzt.

Meinen Sohn habe ich zu den Schwägerinnen zurückgebracht und ihnen gesagt: Nehmt ihr ihn, bis ich in Rom soweit bin. Sobald ich Arbeit gefunden habe, nehme ich ihn wieder zu mir.

Ich habe den Bus genommen und bin nach Rom gefahren. In Rom fing ich an, mir das Hirn zu zermartern. Wohin gehe ich jetzt? fragte ich mich. Ich muß zu irgend jemand gehen, wo schlafe ich sonst heute nacht? An Geld besaß ich dreitausend Lire, die mein Bruder mir gegeben hatte, weiter nichts.

Also gehe ich zur Piazza Vittorio, wo sich alle Diebe aufhielten, mit denen ich befreundet war. Unterwegs baut sich ein Kerl vom Land vor mir auf. Es gab in der Gegend viele solche Kerle, die dort herumlungerten und eine Frau suchten.

Er sagt: Na, wie wär's heute abend mit uns beiden? Ich geb dir das und das dafür! Ich sage: Ja, gut, aber erst gehen wir essen, ich habe noch nicht zu Abend gegessen.

Aber natürlich, sofort! sagt er, um zu zeigen, wie großzügig er ist. Wir gehen in eine Trattoria, und ich lange tüchtig zu: als Vorspeise Oliven und Schinken, dann Spaghetti Bolognese, ein vier Finger dickes Steak, Spinat in Buttersoße, Salat, Schokoladenkuchen, Obst und Kaffee.

Als ich mit essen fertig bin, sage ich: Entschuldige mich einen Augenblick, ich sehe kurz draußen nach, ob meine Freundin gekommen ist; wir haben uns genau hier vor diesem Lokal verabredet.

Er sagt: Gut, ich warte, aber beeil dich! Ich habe solche Lust zu bumsen und kann mich kaum noch halten. Ich antworte: Ja, ja, gleich. Dann bin ich aufgestanden, bin ganz langsam hinausgegangen, als wäre nichts, und draußen bin ich losgerannt.

Ich habe gegessen und getrunken und bin verduftet. Ich hatte keine Lust, mit diesem Bauerntölpel zu schlafen. Er war häßlich, grob. Aber er hatte Geld. Denn er bestellte die

Gerichte beim Kellner wie ein reicher Pinkel. Kaum leerte sich mein Glas, schrie er: Noch einen Wein, elendes Gesindel! Wenn ihr nicht sofort Wein bringt, schlage ich alles kurz und klein! Möchtest du noch Wein? Möchtest du einen Likör? Was möchtest du noch? sagte er zu mir, und während er bestellte, wollte er, daß der Chef persönlich und mindestens zwei Kellner um unseren Tisch herumstanden. Es muß ein Pferdehändler gewesen sein. Der wartet heute noch auf mich, der Flegel!

Kurzum, wegen Nello mußte ich den Kreuzweg wieder von vorn beginnen, wieder auf die Rolle, weil dieser Bruder sich in die Neapolitanerin verliebt hat und mich nicht mehr wollte. Es ist eben mein Schicksal, mich immer mit diesen bösartigen Weibern herumzuschlagen.

Ich fand dann ein Zimmer in der Nähe des Acquario, bei einer alten Wirtin, und bezahlte hundertfünfzig Lire pro Tag, das weiß ich noch. Es kam mir sehr teuer vor! Es war 1946 oder 47. Ich kannte kaum Leute in Rom. Egle gab es noch, aber sie war umgezogen. Sie hatte mit dem Zimmervermieten Geld gemacht und sich eine größere, bequemere Wohnung genommen. Und ich zog durch die Gegend und schloß neue Freundschaften.

Eines Tages treffe ich eine Freundin meines Mannes, ein schönes, schwarzhaariges Mädchen. Komm mit, sagt sie zu mir, ich stelle dich den Freunden vor. Und sie nimmt mich zur Bar Bengasi in der Via Gioberti mit. Dort war der Treffpunkt all der Frauen, die sich verkauften.

Ich setze mich zu ihnen. Diese Freundin sprach mit mir. Sie erzählte, sie habe Sisto wiedergesehen, er habe sich verändert, sei häuslich geworden und treibe sich nicht mehr mit Nutten herum.

Während wir uns unterhielten, hörte ich, wie die anderen sagten: Wer ist denn die? Was macht sie? Sie wollten wissen, wer ich war, woher ich kam. Ich sagte: Ich stamme aus Anzio und war wegen Diebstahl ein Jahr im Knast. Wir haben uns sofort angefreundet, und sie boten mir zu trinken und zu rauchen an.

Alle diese Frauen hatten einen festen Freund. Sie waren gut gekleidet, trugen goldene Uhren und goldene Ringe, Mäntel mit Pelzkragen, hochhackige Schuhe, hatten aufgedonnerte Frisuren. Die armseligste war ich mit meinem schäbigen schwarzen Kleidchen und den alten, schon dreißigmal besohlten Schuhen. Ich fühlte mich minderwertig.

Der Freund einer dieser Frauen sagt zu mir: Ah, du bist aus Anzio und heißt Numa? Ich kenne deinen Bruder. Wir haben viele Jahre zusammen gesessen. Dein Bruder, der Kommunist mit dem roten Halstuch, der sang im Knast immer, nicht zum Aushalten! Ah, sagt er, du bist also die Schwester von Orlando Numa! Ausgezeichnet! Komm, ich stell dich ein paar Freundinnen vor.

Er stellt mir also die Frauen vor und sagt: Die sind keine *ragazze di vita*, wir sind auf Taschendiebstahl spezialisiert. Wenn du mitmachen willst, warte an der Haltestelle der 12 auf uns, wir geben dir was ab, du brauchst nur die Brieftaschen fortzuschaffen, die wir dir rüberschieben. Falls dir aber einer nachgeht, mußt du die Straßenseite wechseln und losrennen. Abends treffen wir uns dann wieder hier in der Bar.

Ich sagte: Ja, ja. Aber ich hatte Angst. Ich sagte immer ja, ging jeden Tag in die Bar Bengasi, trank einen Kaffee, rauchte eine Zigarette und unterhielt mich mit den Taschendiebinnen. Ich tat so, als wäre ich ganz ruhig, fürchtete mich vor nichts, wäre zur Tat bereit. Aber ich zögerte es immer hinaus, weil ich Angst hatte. Ich sagte: Morgen komme ich mit. Aber dann ging ich einfach nicht hin und erfand eine Ausrede, daß mir schlecht gewesen wäre oder ich zu tun gehabt hätte. Ich hatte keine Lust, wieder in den Knast zu kommen.

Diese Frauen schickten mich in eine Pension, wo ich weniger zahlte und wo es sogar heißes Wasser gab. In dieser Pension wohnten die *ragazze di vita*. Sie schliefen tagsüber, weil sie nachts arbeiteten. Und nachts, wenn sie nicht da waren, hörte ich ständig Paare kommen und gehen. Die Wirtin vermietete die Betten stundenweise.

Diese Lebedamen sagten zu mir: Warum machst du's nicht wie wir? Wir verdienen Geld, wir schaffen an, und du sitzt herum und tust nichts, was soll das? Du bist noch jung, hast eine gute Figur, du kannst genausogut Geld verdienen wie wir, oder?

Ich sage: Hör zu, stehlen, laufen, springen, mit flinken Fingern die Sachen verschwinden lassen, das mach ich gerne; aber mit Männern, nein, das schaffe ich nicht. Dazu bin ich zu nervös. Wenn mir einer gefällt, ist mir alles recht, wenn mir einer aber auch nur ein bißchen auf den Wecker geht, bin ich fähig, ihn zu verprügeln. Sie sagen: Meine Güte, wie du dich zierst! Diese Männer bezahlen, du machst die Augen zu, beißt die Zähne zusammen, und dann kassierst du. Es ist eine Frage von wenigen Minuten. Was juckt dich das?

Ich sage: Wenn es darum geht, was abzustauben, bin ich dabei, aber einem schönzutun, den ich gar nicht kenne, paßt mir nicht, das ist stärker als ich. Ich gehe nur mit denen, die mir gefallen, und Schluß.

Tatsächlich habe ich mich dann mit diesen Langfingern zusammengetan, habe alle Abstauber der Gegend kennengelernt, und zusammen gingen wir klauen, wir waren gut, blitzschnell, sie faßten uns nie.

Ich mußte schließlich miteinsteigen, weil mir das Geld ausgegangen war und ich schon seit zwei Wochen auf Pump lebte. Morgen komme ich auf jeden Fall mit, sage ich. Und so habe ich es dann auch gemacht.

Das erste Mal nehmen sie mich zu einer Villa unterhalb von Castelgandolfo mit. Ich sage: Was wollen wir hier? Und sie: Wir müssen ein Auto klauen. Aber, sage ich, ist denn niemand in der Villa? Doch, sagen sie, es sind Leute drin, aber wir machen ganz leise, sie dürfen nichts merken.

Wir haben also das Auto geknackt, ein kleines, ziemlich schrottreifes Auto, das aber noch sehr gut fuhr. Mit diesem Auto sind wir nach Frascati gefahren, um in einer Trattoria zu klauen. Nach dem Diebstahl haben wir das

Auto irgendwo auf der Straße stehengelassen und sind jeder für sich mit der Straßenbahn zurückgefahren.

Am Abend haben wir uns in der Bar Bengasi wiedergetroffen. Ich sage: Also, wieviel steht mir zu? Du kriegst weniger als die anderen, sagen sie, weil du neu bist und noch nicht viel kannst. Und so wurde es gemacht. Sie, die zu dritt waren, haben alles genau gleich geteilt, und ich bekam nur die Hälfte.

Wir legten es auf die Kassen in den Osterien an. Ich mußte machen, was der Capo sagte. Ihm, diesem Amedeo, war ich unterstellt. Er sagte: Du und er, ihr geht rein, wie Gäste, setzt euch an einen Tisch, bestellt, eßt zwei belegte Brötchen, trinkt ein Bier dazu. Dann komme ich rein und tu so, als wäre ich allein, setze mich an einen anderen Tisch. Ihr tut so, als wärt ihr Mann und Frau oder ein Liebespaar, haltet Händchen. Ich sitze woanders, ihr kennt mich gar nicht.

So machten wir es dann. Wir gingen in die Trattorien, lauter gute Lokale, mit gutem Essen, gegen halb drei, drei, wenn wenig Leute da waren. Wir aßen, bezahlten und warteten auf den richtigen Augenblick.

Wenn wir sahen, daß der Wirt in die Küche ging, machte ich dem Capo ein Zeichen, und er legte los. Kam der Wirt sofort wieder zurück, bedeutete ich ihm mit einem Finger, noch zu warten.

Wenn ich aber sah, daß der Wirt in der Küche so richtig am Werkeln war, mit der Köchin stritt oder die Teller füllte, machte ich ihm wieder ein Zeichen. Dann stand er geräuschlos auf, ging auf Zehenspitzen zur Kasse hinter der Theke, schnappte sich das Geld und haute ab.

Zwei Minuten später gingen wir auch hinaus. Bezahlt hatten wir ja schon. Wir sagten: Auf Wiedersehen! Und weg waren wir. Um die Ecke wartete Amedeo im Auto auf uns, und wir rasten los.

Manchmal erwischten wir viel, manchmal wenig. Alles, was wir zusammenbrachten, teilten wir durch drei. Ich bekam immer die Hälfte eines Drittels, weil ich noch Anfängerin war. Aber ich war trotzdem zufrieden, weil ich ein bißchen Geld sah.

Zwei bis drei Trattorien klapperten wir pro Tag ab, fuhren nach Ciampino, nach Tivoli, zu den Castelli. Wir hatten uns gut aufeinander eingespielt, arbeiteten erfolgreich.

Sowie ich etwas Geld einnahm, ging ich in die Bar Bengasi und revanchierte mich bei den *ragazze di vita* für den Kaffee, den sie mir bezahlt hatten, als ich noch arm war. Ich warf alles raus, spendierte ihnen Kaffee, Kuchen, Zigaretten. Und dann saß ich wieder auf dem Trockenen und ließ mich zwei oder drei Tage lang nicht sehen.

Eines Morgens gehe ich zum verabredeten Treffpunkt, und Amedeo sagt zu mir: Wir haben uns eine andere Arbeit ausgedacht; die Trattorien in der Umgegend haben wir inzwischen alle abgegrast.

Ich sage: Was für eine Arbeit?

Er sagt: Eine Arbeit in einem Stofflager. Wir müssen einen Rolladen knacken, aber das geht leicht, er ist schon alt und halb verrottet, dann verfrachten wir die Stoffballen in einen Lieferwagen und verkaufen sie.

Ich sage: Wo ist dieser Laden denn? Er sagt: Die einzige Gefahr ist der Nachtwächter. Wenn du den Nachtwächter siehst, mußt du so tun, als würdest du mit Giovanni, deinem Arbeitskollegen, herumknutschen. Ihr müßt euch eng umschlungen an die Mauer lehnen.

Ich sage: Gut, kapiert, wann soll es losgehen? Ich tat selbstsicher, aber mein Herz raste wie ein Kreisel.

Seine Freundin Clara hörte uns zu. Sie hatte diesen Amedeo gern, aber zum Klauen kam sie nie mit. Sie ging auf den Strich. Mich sah sie scheel an, weil ich immer mit Amedeo zusammensteckte, sie war mißtrauisch, ein bißchen eifersüchtig, und ließ uns nicht aus den Augen.

Amedeo sagt: Also paß auf, wenn dich die Polizei anhalten sollte, weißt du von nichts, mich kennst du sowieso nicht und von Giovanni weißt du nicht einmal den Namen, kapiert?

Aber, sage ich, wenn sie Giovanni und mich eng umschlungen vorfinden? Er sagt: Wenn sie euch beim Knutschen überraschen, mußt du sagen, daß du ihn auf der Straße getroffen hast, daß er dir gefallen hat und du mit ihm anbändeln wolltest.

So brachte er mir bei, wie ich mich zu verhalten hatte. Und wenn du nicht machst, was ich dir sage, bringe ich dich um, sagte er. Er war aufbrausend, drohte, aber böse war er nicht. Ich kam gut mit ihm aus. Er war ein ziemlich gerechter Capo.

Also nehmen wir an dem Tag die Stoffe aufs Korn; es war ein Montag. Am Abend davor hatten wir einen nagelneuen dunkelblauen Lieferwagen geklaut. Wir halten vor dem Laden an. Amedeo versucht, das Vorhängeschloß aufzubrechen, schafft es aber nicht. Daraufhin macht er mit Brecheisen und Hammer ein Loch in den Rolladen. Giovanni geht rein und reicht Amedeo die Stoffballen heraus, und der lädt sie in den Lieferwagen ein. Alles schnell, alles wie vorgesehen, alles lautlos. Die Straße war leer, kein Mensch weit und breit. Ich stand an der Ecke Schmiere.

Während sie die letzten beiden Stoffballen einladen, und der Lieferwagen schon abfahrbereit mit laufendem Motor dasteht, kommt die Polizei. Ein Streifenwagen, der zufällig vorbeifuhr. Die Bullen haben uns gesehen, und einer sagt zu mir: Was machst du hier? Ich sage: Ich habe einen getroffen, der mit mir ins Bett gehen wollte, wir haben eine Weile geredet, aber ich konnte mich nicht entscheiden und bin doch nicht mitgegangen.

Er sagt: Wie heißt der Kerl? Ich sage: Weiß ich nicht, ich kenne ihn nicht, ich bin ihm auf der Straße begegnet, nur so. Er sagt: Das gibt's doch nicht! Du lügst. Ich sage: Herr Polizist, es ist wirklich wahr, ich schwör's!

Inzwischen sind Giovanni und Amedeo abgehauen und haben mich in den Händen dieser Blutsauger zurückgelassen. Die sehen das Loch im Rolladen, stellen den Diebstahl fest und nehmen mich, da sie keine Täter finden, unter dem Verdacht der Komplizenschaft mit auf die Wache.

Um zwei Uhr nachts bin ich also auf dem Polizeirevier. Sie sagen zu mir: Weißt du, daß sie im Nebenzimmer sitzen? Wir haben sie festgenommen, sie haben schon gestanden und deinen Namen genannt, Teresa. Ich sage: Na gut, ich heiße Teresa, das habe ich dem Typen gleich gesagt, als ich ihn kennenlernte, aber ich weiß nicht, wer die zwei sind, ich kenne sie nicht. Er sagt: Paß auf, wir wissen, daß du sie kennst, und du mußt uns sagen, wie sie heißen.

Ich sage: Warum fragt ihr mich nach ihren Namen, wenn ihr sie schon geschnappt habt? Daraufhin sind sie wütend geworden. Der Vizekommissar, ein kahlköpfiger Kerl, dem vor Müdigkeit fast die Augen zufielen, fing an zu brüllen. Dann hat er gesagt: Du kommst hier nicht mehr raus, Ehrenwort!

Kurz und gut, erst im guten, dann im bösen versuchten sie, die Namen aus mir herauszupressen. Ich sagte: Ich weiß nichts. Er sagte: Lügnerin! Sag uns die Namen, dann lassen wir dich sofort gehen. Aber ich sagte nichts.

Da haben sie mich gepackt, mir einen Stoß gegeben und mich zu Boden geworfen. Das ist für dich, widerliche Nutte! sagt einer, während er mich am Kragen wieder hochzieht und gegen die Wand knallt. Da hast du's, du gottverdammte Hure!

Er war groß und breit, hatte Hände wie zwei Schaufeln. Er hat mich fix und fertig gemacht. Aber ich hielt den Mund. Irgendwann hatten sie es satt. Sie nahmen mich und schlossen mich in einem schwarzen Loch ohne Fenster ein.

Da drinnen gab es große, haarige Ratten, die an mir hochsprangen. Um sie loszuwerden, zappelte ich ständig hin und her. Es war das Gefängnis von Sette Sale, auf dem Colle Oppio.

Morgens holen sie mich wieder ab. Also, sagt einer, hast du drüber nachgedacht? Kennst du sie? Ich sage: Nein, ich kenne sie nicht. Er sagt: Wenn du uns die Namen nicht sagst, kriegst du ein Jahr.

Daraufhin erfinde ich zwei Namen. Ich glaube, sie heißen Franco und Nicola, sage ich. Er sagt: Und die Nachnamen? Ich sage: Die weiß ich nicht. Und so haben sie mich wieder in dieses Loch geworfen, wo man kaum Luft bekam.

Sie haben mich vier Tage dadrinnen gelassen, immer im Dunkeln zwischen lauter Ratten. Wenn sie mir zu essen brachten, war es ein Kampf, weil diese Biester mir das Zeug aus den Händen reißen wollten. Plötzlich saßen sie unter meinem Arm, auf der Brust.

Dann stellte ich mich auf die Pritsche, so daß der Körper die Wand nicht berührte, und aß rasch auf, wobei ich mit den Füßen, bumm, bumm, auf das Holz aufstampfte, um die Viecher zu verscheuchen.

Ab und zu holten sie mich raus und fragten immer das gleiche. Aber sie brachten nichts aus mir heraus. Beweise haben sie sowieso nicht, sagte ich mir, sie müssen mich irgendwann rauslassen. Aber sie waren hartnäckig, und je mehr ich leugnete, um so mehr drängten sie.

Nach vier Tagen hatten sie es endlich satt. Total kaputt, todmüde, halb verhungert und voller Flöhe schickten sie mich weg. Frierend und schmutzig kam ich raus. Ich war ganz schwarz vor Dreck, stank schlimmer als ein Vieh. Zum Glück haben sie mir die Tasche mit dem Geld drin zurückgegeben: Es waren meine letzten fünfhundert Lire.

Kaum stehe ich auf der Straße, sehe ich mich um. Das Licht tat mir weh nach all der Dunkelheit, ich konnte kaum die Augen offenhalten, so brannten sie. Daher habe ich mich ein bißchen auf das Brückengeländer bei den Anlagen gesetzt und gewartet.

Die Leute dachten, ich sei blind, weil ich schaute, aber nichts sah. Ein Stündchen habe ich so gewartet, dann habe ich mir gesagt: Wo gehe ich jetzt hin? Erst mal ins Bad, sonst falle ich noch in Ohnmacht vor Gestank.

Also machte ich mich auf den Weg zum öffentlichen Bad am Bahnhof. Ich ging wie betrunken. Als ich ankomme, finde ich alles herrlich, und es duftet wunderbar. Ich zahle, und sie geben mir ein schönes Badezimmer, ich kam mir vor wie im Paradies. Weiße Kacheln, heißes Wasser, Dampf, saubere Handtücher, Nelkenseife, alles da.

Ich ziehe mir das Kleid aus, die Unterhose, den Büstenhalter, wasche mir den Körper und den Kopf. Mit dieser Toilettenseife, die sie mir gegeben hatten, nehme ich eine feierliche Waschung an mir vor. Ich wasche sogar Höschen und BH, winde sie aus und ziehe sie naß wieder an.

Über all der Wascherei hatte ich nicht bemerkt, daß schon über zwei Stunden vergangen waren. Auf einmal höre ich eine Stimme: Ist Ihnen nicht gut, Signorina? Doch, doch, sage ich, danke, es geht mir ausgezeichnet, ich wasche mich. Die Stimme sagt: Beeilen Sie sich, es warten schon ein paar Leute. Aber ich habe mich nicht darum gekümmert. Ich habe die Wanne ausgewischt, frisches Wasser eingelassen und mich noch einmal hineingelegt. Ich fühlte mich so wohl in diesem Wasser, daß ich gedacht habe: Hier verbringe ich die Nacht! Ich schlafe einfach ein, dann sollen sie sehen, wo sie bleiben! Aber die Badefrau drängte und drängte. Zum Schluß mußte ich ganz naß herauskommen, die tropfenden Kleider am Leib, und bin rasch in die Sonne gelaufen, um mich zu trocknen.

Dann gehe ich wieder in die Bar Bengasi. Wo sind denn Amedeo und Giovanni? frage ich. Weiß man nicht, sagen sie. Ich kriege noch Geld von ihnen, sage ich, das Geld von den Stoffballen. Sie sagen: Oje, wer weiß, wo die hin sind! Das Geld kannst du vergessen.

Wie? sage ich, ich habe tagelang Verhöre über mich ergehen lassen, zwischen Ratten gehockt, ihretwegen, und sie geben mir keine Lira ab? Wo haben sie die Ballen denn verkauft?

Niemand wußte etwas. Kurz und gut, diese beiden hatten mit dem Geld das Weite gesucht und mich zum Schmierestehen benutzt. Gratis.

Ich wußte damals nicht, wie ich mich durchschlagen sollte. Ich hatte keine Lira, und in der Pension wollten sie mich nicht mehr wohnen lassen. Entweder du zahlst, oder wir schmeißen dich raus, sagten sie. Ich zahle, ich zahle, sagte ich. Aber wie? Ich suchte jemand, mit dem ich stehlen gehen konnte, fand aber niemanden.

Eines Morgens treffe ich zufällig Edera, eine Frau, die ich vor ein paar Jahren kennengelernt hatte und die Zigaretten auf dem Schwarzmarkt verkaufte. Sie stammte aus den Abruzzen, lebte aber schon viele Jahre lang in Rom. Sie sagt zu mir: Komm mit nach Perugia! Wir holen eine Ladung Zigaretten. Und ich fahre mit.

Anstelle der Zigaretten bekommen wir Öl. Also fangen wir an, Öl zu verkaufen. Ich mußte arbeiten wie eine Sklavin bei der. Sie gab mir Kost und Unterkunft, aber kein Geld.

Wir fuhren immer mit dem Bus. Irgendwo in einem Stall holten wir das Öl ab, brachten es nach Rom und gingen damit hausieren. Hin und her fuhren wir mit dem Bus, und oft marschierten wir kilometerweit zu Fuß durch die Gegend! Allein Schuhe brauchte ich zwei Paar im Monat.

Manchmal gab's statt Öl Zigaretten. Diese Edera ging mit mir in ein Lager, wo sich die Schmuggler trafen. Und dann schleppten wir diese Zigaretten in Strohtaschen nach Rom. Ich trug zwei Taschen, sie eine.

Wenn wir gut verkauften, gab sie mir ein bißchen Geld. Aber wenig. Sie betrog mich immer, sagte, daß sie drauflegen würde, daß das Leben teuer sei, daß es so nicht weiterginge. Und ich hielt den Mund.

Aber ich hatte es satt und wartete auf eine Gelegenheit, um von ihr loszukommen. Denn sie kommandierte auch ständig herum. Sie sagte zu mir: Tu dies, tu jenes! Befahl wie eine Signora, und ich mußte gehorchen, sonst gab sie mir nichts zu essen.

Eines Tages, als ich auf der Piazza Vittorio beim Einkaufen war, begegne ich einer, die auf den Strich ging. Eigentlich tat sie aber nur so, als ob sie mit den Männern ginge, denn in Wirklichkeit klaute sie ihnen die Brieftasche.

Diese Frau heißt Dina und stammt aus Civitavecchia. Sie ist intelligent, schlau. Eine hübsche, schlanke Blondine. Sie sagt: Was machst du? Ich sage: Ich ziehe mit einer häßlichen Alten herum, die Öl verkauft. Sie behandelt mich schlecht, gibt mir keine Lira.

Sie sagt: Verstehst du dich aufs Brieftaschenklauen? Ich sage: Nein. Sie sagt: Komm mit mir, ich bring's dir bei. Weißt du, wie du es machen mußt? Du lockst einen Mann an, tust so, als wolltest du ihn rumkriegen, umarmst ihn, knutscht ihn ein bißchen ab, und dann erleichterst du ihn im geeigneten Moment um seine Brieftasche.

Ich sage: Das kann ich aber nicht. Sie sagt: Schau nur zu, wie ich es mache, und dann machst du's nach; ich nehm ihm die Brieftasche ab, und dann geb ich sie dir weiter. Ich sage: Ist recht; ich lerne bestimmt schnell. Ich war froh, von dieser alten Ziege wegzukommen, und habe mich gleich mit Dina zusammengetan.

Ich verlasse also Edera und gehe mit Dina. Am ersten

Abend sagt sie zu mir: Weißt du was? Das mit dem Klauen lassen wir erst mal, denn genau gestern haben sie eine Freundin von mir verhaftet, und mich suchen sie auch.

Da bekomme ich Angst. Ich sage: Nein, nein, ich bin gerade erst rausgekommen, ich will nicht in den Knast zurück. Sie sagt: Weißt du, was wir machen? Mir ist angeboten worden, in einem Ballett als Komparsin aufzutreten, komm mit. Ich sage: Gut, gehen wir!

Dina war zierlich, hatte einen ziemlich üppigen Busen und kurze, platinblonde Haare. Sie war hübsch, sehr hübsch. Mich haben sie schon ausgewählt, sagt sie, aber ich weiß, daß sie noch mehr Frauen suchen für diese Truppe.

Ich sage: Aber was machen wir denn dort? Sie sagt: Tanzen. Ich sage: Und wie heißt die Truppe? Compagnia del Gran Bazar, sagt sie. Und was ist diese Compagnia del Gran Bazar? frage ich. Sie sagt: So heißt die Truppe, sie bereiten eine Revue vor. Und dann gehen wir.

Sie nimmt mich zu einem Haus in der Via del Tritone mit, wo die Proben stattfanden, in einem großen Raum im dritten Stock. Darin stand ein aufgeklappter schwarzer Flügel, und davor kauerte auf einem hohen Hocker eine Art Zwerg mit baumelnden Beinen und spielte. Er machte: ta, ta, ta, tamta! Ta, ta, ta, tamta! Er klopfte mit einer Hand auf den Notenständer und wir mußten dazu tanzen, alle in einer Reihe.

Dina war die Soubrette. Die anderen waren da und dort aufgelesene streunende Mädchen, wie ich. Eine kannte ich, eine Französin, der ich immer auf der Piazza Vittorio begegnete, eine Nutte, arm dran, noch heruntergekommener als ich, mit Beinen wie zwei Säulen.

Dieser Impresario hieß Emilio Ciabatta und spielte den Maestro für uns halbverhungerte, auf der Straße aufgesammelte Mädchen. Ta, ta, ein Schritt, ta, ta, noch ein Schritt, tatam, rechtes Bein hoch, tatam, linkes Bein hoch.

Aber Geld gab er uns nicht. Wann zahlen Sie uns eigentlich? fragten wir. Und er: Erst müssen wir mal arbeiten, oder? Ohne Arbeit kein Lohn. Bald fahren wir nach Caserta, in die amerikanische Siedlung. Dort geben sie uns Dollars, und dann bekommt ihr eure Bezahlung.

Dieser Ciabatta spielte also Klavier, und wir mußten, während wir die Beine schwangen, alle im Chor singen: »Die Compagnia del Gran Bazar, juchheee, die hübschesten Puppen aus Überseeee!« Alle in einer Reihe, im Takt: »Die Compagniaaaaaaaaaa del Gran Baaa-zaaaaaaa…«

Dina dagegen mußte ein anderes Lied singen, ein neapolitanisches Lied. Sie war die Soubrette, der Blickfang. Erst kam sie mit uns zusammen herein, mit nackten Beinen und hochhackigen Schuhen, dann mußte sie sich allein vors Mikrophon stellen und singen.

Eines Tages rufen dieser Ciabatta, dieser Impresario, und der andere, sein Freund, ein gewisser Cicci, der behauptete, er sei der Verwalter, uns zu sich und eröffnen uns, daß man zum Tanzen einen Ballerinenausweis braucht. Fünfhundert Lire kostet der Ausweis, sagt er, und weitere fünfhundert die Fotografie.

Erst murren wir, aber dann machen wir das Geld locker, weil wir begriffen, daß die beiden es sowieso nicht hatten. Dina war ganz aufgeregt, sagte: Danach, mit diesen Ausweisen, sind wir Künstlerinnen. Wir arbeiten als Künstlerinnen!

Die Kostüme haben sie uns antiquarisch gekauft. Es waren hochgeschlitzte Kleider mit glänzenden Knöpfen, Straß, Federn. In diesen Gewändern haben wir die Fotos gemacht, in Pose, schmachtend und hingegossen.

Ciabatta zeigt mir, wie es geht: Ich muß einen Zipfel des Kleides mit den Händen halten, einen Fuß vorsetzen, lächeln, und klick! ist die Fotografie gemacht.

Danach machten wir noch ein Gruppenfoto, alle zusammen, golden, rot, grün gekleidet, die Wirkung war toll. Wir sahen gut aus. Wir waren richtig froh.

Zwei Tage später geben sie uns kleine rote Ausweise, auf die unser Name gedruckt war, das Foto auf der einen Seite, Adresse, alles perfekt. Wir waren stolz, zeigten ihn überall herum, diesen Ausweis. Dina gab an und sagte: Ich arbeite als Soubrette! Alle Freundinnen aus der Bar Bengasi betrachteten uns voll Neid.

Schließlich sagen diese beiden alten Kerle, dieser Ciabatta und dieser Cicci, eines Tages zu uns: Morgen fahren wir nach Caserta. Dort gibt es Arbeit. Aber die Fahrt nach Caserta kostet zwanzigtausend Lire.

Und wir, wie belämmert, legen zusammen, eine zweitausend, eine dreitausend Lire, das letzte, was wir hatten. Wir wollten endlich reisen und dachten, daß wir in Caserta bei den Amis einen Haufen Geld verdienen würden.

Ciabatta mietet mit diesen zwanzigtausend einen von diesen Kleinbussen, die schrottreif in der Nähe von San Giovanni herumstehen. Er einigt sich über den Preis, und wir fahren los. Die Sitze waren alle kaputt. Bei jedem Schlagloch schleuderte es uns in die Luft.

Abends kommen wir in Caserta an, den Hintern voller Beulen, den Mund voller Staub, müde und hungrig. Sie bringen uns in eine Kaserne mit vielen Betten, schmalen Betten wie in einem Krankenhaus.

Diese Betten vermietete eine Frau. Sie sagt: Macht es euch bequem, Mädchen. Das Klo ist da draußen. Madonna mia, sage ich, wo haben die uns bloß hinverschleppt! Ciabatta sagt: Jetzt geht schlafen, morgen sehen wir weiter.

Wir waren verschwitzt, müde. Ich wollte mich waschen. Nein, nein, sagt er, morgen. Und sie scheuchen uns in diese schmalen Betten zum Schlafen. Es gab nur ein Waschbecken draußen im Hof, an dem man sich waschen konnte. Und zu essen nichts.

Am nächsten Morgen gehen wir in die berühmte Amisiedlung. Wir hatten schon viel davon gehört, dort wohnten amerikanische Soldaten mit viel Geld, und sie ließen oft Theatergruppen, Revuen mit Tänzerinnen und alles kommen für die Truppe.

Also geht Ciabatta mit uns hinein und stellt uns vor. Wir hielten uns für sehr elegant, lauter *femmes fatales*.

Dina trug ein schönes Kostüm aus braunem Gabardine. Dieses Braun stand ihr sehr gut zu ihrem hellblonden Haar.

Eine andere, Marina, trug einen Lammfellmantel, eigentlich mehr einen Schaffellmantel, wie man es damals hatte. Das war modern. Und auch wenn es heiß war, sehr heiß, denn es war Ende Mai, Marina legte ihren Lammfellmantel nicht ab.

Kurz und gut, wir präsentieren uns diesen Amis dort, die sofort sehr zuvorkommend sind: Bitte sehr, treten Sie näher. Haben Sie Hunger? Wir verneinten, weil wir uns schämten, zuzugeben, daß wir seit dem letzten Morgen nichts mehr gegessen hatten.

Ciabatta sagt: Sie haben wenig gegessen, gewiß wegen der anstrengenden Reise. 'n bißchen was Amerikanisches wird ihnen guttun für die Gesundheit. Und sie führen uns sofort ins Kasino. Kommt nur, kommt, sagen sie, setzt euch, eßt!

Sie bewirten uns mit Braten, Pommes frites, Kohlgemüse, alles amerikanische Konserven, einfach köstlich. Ich hatte Hunger, aß meine Portion und die von Dina, die sich zierte. Wir waren zwölf. Gegessen haben wir für vierundzwanzig.

Dieser Soldat war freundlich, blond, ein wenig dick. Er sah uns beim Essen zu und sagte: Gleich kommt der Captain, unser Captain. Und lächelte. Er war groß, braungebrannt. Eßt nur, eßt, sagte er. Und wir haben langsam, aber sicher alles weggeputzt, was auf dem Tisch stand.

Dann hat er uns zu rauchen angeboten, süße, unheimlich starke amerikanische Zigaretten, die einen benebelten, und dann Likör, Pulverkaffee. Es ging uns richtig gut. Er sagte: Ruht euch nur im Garten aus, jetzt, wo ihr gegessen und getrunken habt, bis der Captain kommt. Und wir sind hinausgegangen.

Um fünf Uhr kommt der Captain. Er wirft einen Blick auf uns. Ich und zwei andere lagen unter dem Sonnenschirm, um der starken Sonne zu entkommen. Eine hatte sich auf der Erde ausgestreckt. Eine andere schlief auf einem Mäuerchen zusammengekauert. Alle von der Hitze benommen, müde von der Reise, vollgefressen, die eine träumte, die andere stocherte in ihren Zähnen, die dritte hatte sich das Kleid aufgeknöpft, um nicht so eingeengt zu sein. Die Französin hatte sich richtig bequem hingelümmelt, mit ausgestreckten Beinen, einem Riesenhut, der ihr als Sonnenschirm diente, den abgeschabten Pelzmantel wie eine Decke auf dem Rasen ausgebreitet. Es sah aus wie in einem Konzentrationslager.

Der Captain reißt die Augen auf und sagt: Nein, nein, wir erwarten eine andere Compagnia; wir erwarten die Wanda Osiris, Wanda Osiris, wiederholt er, als wollte er sagen: Wer seid ihr denn? No, no, sagt er, andare via, andare via!

Ciabatta tritt ganz motzig vor und sagt: Wir sind eine eigene Compagnia, nicht die Wanda Osiris. Und er zeigt ihm unsere Fotos. Lassen Sie's uns probieren, sagt er, Sie werden sehen, wie tüchtig und reizend die Mädchen sind.

Der Captain blieb hart. Streng schüttelte er den Kopf. Ciabatta drängt: Lassen Sie uns nur einen Abend auftreten, Capitano! Sie werden zufrieden sein. Nein, nein, sagt der Captain, um Gottes willen, geht, geht; wir erwarten die Compagnia Wanda Osiris, nicht euch.

Kurz, er hatte uns so abgerissen da herumlungern sehen und hat uns fortgejagt. Wenigstens haben wir gegessen! sage ich. Ciabatta sagt: Los, gehen wir. Hier ist nichts zu machen; die anderen stehen schon unter Vertrag, da ist nichts mehr zu holen. Und wo sollen wir hin? Für heute abend, sagt er, gehen wir noch mal in die alte Herberge, morgen kümmere ich mich drum, daß ihr Arbeit kriegt; hier gibt es viele Amerikaner, Leute mit Geld; ich besorge euch Arbeit, ganz bestimmt.

Wir kehren zu den schmalen Betten zurück, mehr denn einem Krankenhaus glich diese Herberge einem Gefängnis. Alle schliefen in einem Zimmer, es zog und roch muffig. Zum Heulen! Ich sage zu Dina: Komm, wir machen uns frisch, ich bin völlig verschwitzt. Wo denn? sagt sie. Ich sage: Schauen wir mal nach, ob es eine Dusche gibt.

Wir laufen ein bißchen herum, auf und ab, Duschen gab's keine. Wir fragen nach dem Klo, sie bringen uns in ein dreckiges Loch, mit Scheiße verschmiert, voller Fliegen. Darauf sage ich: Komm, unser Geschäft machen wir später, erst mal gehen wir baden. Aber wo denn? sagt Dina. Im öffentlichen Bad, antworte ich.

Wir gehen also ins öffentliche Bad von Caserta, so ähnlich wie das Cobianchi in Rom, lauter blitzblanke Kacheln, ein Genuß. Wir bezahlen ein paar hundert Lire und bekommen ein ziemlich sauberes Badezimmer mit einer Wanne voll Wasser.

Lachend und scherzend nehmen wir ein herrliches Bad, waschen uns auch den Kopf, ich ihr und sie mir. Es war schön. Für mich ist Wasser eine Wonne, im Wasser geht es mir immer gut. Kurzum, wir haben ein endlos langes Bad genommen, dann sind wir schön sauber und erfrischt herausgekommen.

Während wir bezahlen, sehen wir an der Tür einen, der uns mustert. Er war dunkelblau gekleidet und hatte gelbe, klebrige, forschende Augen. Das ist ein Polizist, sage ich mir. Und tatsächlich habe ich mich nicht geirrt. Er schaut und schaut, dann nähert er sich uns und sagt: Habt ihr einen Ausweis? Ich sage: Wieso? Er sagt: Ihr seid nicht von hier, das sieht man doch; also wo sind die Papiere?

Dina sagt: Schauen Sie, wir sind Künstlerinnen, wir arbeiten im Ballett, hier ist der Ausweis. Und wir zeigen ihm unsere roten Ausweise mit aufgedrucktem Namen. Sie waren so groß wie ein Führerschein, diese Ausweise, aus festem Karton mit feinem Goldrand.

Der Kerl nimmt sie in die Hand, schaut sie genau an. Dann sagt er: Diese Ausweise sind nicht gestempelt. Ich zeige euch an, weil ihr mit falschen Papieren arbeitet.

Es war ein beharrlicher, pedantischer Typ, in blauem Anzug mit schwarzer Krawatte, ich hatte es auf den ersten Blick gesehen, daß er Polizist war.

Ich sage: Na gut, lassen Sie uns jetzt gehen, wir werden es dem Chef sagen, daß er die Ausweise stempeln lassen soll; bis jetzt haben wir sowieso noch nicht gearbeitet. Er sagt: Euer Chef hat die Ausweise nicht abstempeln lassen, weil man die Stempelmarken bezahlen muß. Ich sage: Ja, genau, wir hatten nämlich eine Arbeit in Aussicht, aber dann hat es nicht geklappt.

Er sieht uns weiter finster an. Wir standen wie auf Kohlen. Endlich gibt er uns die Ausweise zurück und sagt: Paßt auf, schaut, daß ihr nach Rom zurückkommt, weg von hier, sonst lasse ich euch abschieben, per Ausweisungsbescheid. Los, los, sagt er, laßt euch ja nicht mehr blicken! Und wir laufen sofort mit noch nassen, am Kopf klebenden Haaren davon.

Dieses Schwein von Ciabatta! sage ich zu Dina, hast du gesehen. Schleppt uns ohne Vertrag hierher, läßt uns auch noch die Fahrt bezahlen, und um ein Haar hätte er uns sogar ins Gefängnis gebracht. Und Arbeit als Künstlerinnen gibt es auch nicht. Aus der Amisiedlung haben sie uns weggejagt. Was machen wir jetzt? Es gibt ja noch andere Amisiedlungen hier in der Gegend, sagt Dina. Jede Menge Amerikaner gibt es hier. Wir können in einer anderen Siedlung arbeiten. Ja, sage ich, damit wir doch noch im Knast landen!

Weißt du, was wir machen? sagt Dina. Wir schnappen uns diese ganzen Kostüme und fahren nach Rom zurück, es sind teure Abendkleider, die können wir bestimmt gut verkaufen. Was sollen wir noch hier? So machen wir's, sage ich, hier ist eh nicht mehr der rechte Ort für uns.

Also gehen wir in diese Art Kaserne mit den schmalen Betten zurück. Es gab kein Licht, kein Wasser, nichts. Als Abendessen hatten sie uns pro Kopf ein hartgekochtes Ei und ein hauchdünnes Scheibchen Salami hingestellt.

Ciabatta sagte: Morgen gehen wir hierhin, morgen gehen wir dorthin, ihr werdet schon sehen, daß ich Arbeit für euch finde. Aber wer nahm ihm das noch ab?

Nachts, während alle schlafen, stehen Dina und ich auf,

raffen alle Kostüme zusammen und gehen. Einen Koffer haben wir vollgepackt und still und stumm davongeschleppt, beinahe wären wir im Dunklen noch die Treppe runtergefallen.

Mit diesem vollen Koffer kommen wir zum Bahnhof. Der Zug war noch nicht eingefahren. Also warten wir. Ein junger Mann mit schwarzem Haarschopf hat uns zum Kaffee eingeladen. Während wir diesen Kaffee trinken, erzählt der junge Mann, daß er aus Deutschland kommt, aus einem Ort namens Dachau, wo sie die Leute wie Brot in den Ofen schoben.

Aber bevor sie sie in den Ofen schoben, schnitten sie ihnen die Haare ab, um Decken draus zu machen. Er war ein lustiger Typ und erzählte diese grauenhaften Dinge auf eine sympathische Art. Er war wegen seiner Rasse verfolgt worden, weil er Jude war. Er bot uns Bonbons an, Kaffee, war sehr nett.

Endlich kommt der Zug und wir steigen ein. Mitsamt der Ladung antiker, goldener Kleider, die unseren ganzen Reichtum darstellten. Die Reise war rasch herum, weil der Zug schnell fuhr; es waren nur wenig Leute darin, und wir haben sogar auf den Sitzen ausgestreckt geschlafen.

Das Geld für die Fahrkarte hatte Dina sich bei einem Mädchen vom Ballett geliehen. Dina war unheimlich gut darin, jemanden zu etwas zu überreden, sie hatte so eine sanfte, liebenswürdige Art. Wenn sie, klein und blond, einen mit unschuldigen Augen ansah, dachte sich niemand etwas Böses dabei.

In Rom angekommen, gehen wir sofort zu einem Freund von uns, einem gewissen Saro. Hör zu, Saro, sage ich, hier haben wir wunderbare Kleider, mit Paillettenbesatz und glitzerndem Straß, wo können wir die verkaufen?

Zeigt mal her! sagt er, öffnet den Koffer, wirft einen Blick hinein und meint dann: Das Zeug könnt ihr höchstens im Bordell verkaufen; wer will schon solche dreckigen Fetzen! Ich sage: Aber das sind doch Abendroben! Luxuriöse Abendkleider! Er sagt: Das Zeug taugt höchstens fürs Bordell, und zwar für ein drittklassiges. Ich sage: Hör zu, wir brauchen Geld. Er sagt: Ist gut, ich nehme sie mit, und in zwei Tagen sage ich euch Bescheid.

Nach zwei Tagen kommt er wieder. Na? sage ich. Ich hab sie in ein Freudenhaus gebracht, sagt er, die haben sie aber nicht gewollt, weil sie zu alt sind. Kurz und gut, ich habe vier oder fünf Häuser abgeklappert, dann habe ich sie an einen Altwarenhändler verkauft, aber für wenig Geld, es hat sich kaum gelohnt, sie hinzubringen. Er drückt uns fünftausend Lire in die Hand und geht. So waren wir die Sorge auch los.

In Rom gab es wenig zu tun, und außerdem wurde Dina gesucht. Also sagt sie: Wollen wir nach Genua fahren? Dort floriert das Brieftaschengeschäft.

Ich sage: Aber wenn du diese Männer aufgerissen hast und sie dann mit dir ins Bett wollen, wie wirst du sie dann wieder los? Sie sagt: Mach dir keine Sorgen, ich arbeite, du brauchst nur in meiner Nähe zu sein, und dann machen wir halbe-halbe. Ist recht, ich vertraue dir, sage ich. Ich vertraute ihr tatsächlich, weil sie schlau war, diese Dina, sehr gerissen und unverfroren.

Wir nehmen den Zug und fahren nach Genua. Das Geld für die Fahrkarte hat Dina wieder bei einer Freundin geliehen. Wir steigen aus und sehen uns um.

Es war eine schöne Stadt, ich kannte sie nicht. Sie war voller reicher Leute, die zu Fuß herumliefen, hastig, in schönen warmen Mänteln. Genau das richtige für uns.

Wir spazieren also die Hauptstraße hinunter, sie blond, ich rothaarig, wir fielen auf, beide im rosa Mantel mit hochhackigen Schuhen. Kurz und gut, sie liefen uns hinterher.

Dina hatte einen geübten Blick. Die Männer ohne Geld sonderte sie sofort aus. Die mit Geld roch sie auf einen Kilometer, und dann ging sie langsamer, ließ sich einholen oder ging ihnen ganz unbefangen entgegen. Wenn einer anbiß, lächelte sie ihm einladend zu, sie war wirklich hübsch, sanft und schüchtern, man konnte ihr nicht widerstehen.

Nachdem wir eine Weile gegangen sind, finden wir den Richtigen: Einen Mann mittleren Alters, mit Riesennase und Samtkragen. Dina bleibt stehen und betrachtet ein Schaufenster. Er holt uns ein, dreht sich um, und Dina wirft ihm einen untergründigen Blick zu. Daraufhin bleibt er stehen. Kommt zurück. Dina tut, als wäre nichts, und geht weiter. Ich immer hinterher, machte ihr alles nach. Ich lernte.

Etwa zweihundert Schritte gehen wir so weiter, mit diesem Hin und Her. Dann entschließt sich Dina endlich: Sie bleibt stehen, wartet auf ihn und hängt sich bei ihm ein. Er war ein wenig verärgert, als er sah, daß ich immer an ihnen dranklebte. Könnten wir nicht ein bißchen allein sein? fragt er. Und Dina: Um Gottes willen, wenn meine Mutter erfährt, daß ich ohne meine Cousine ausgehe, bringt sie mich um. Und er gibt klein bei. Dann sagt er: Aber wohin gehen wir? Wenigstens küssen möchte ich dich schon. Und sie sofort: Gehen wir ins Kino.

Im Kino setzen wir uns so hin: Dina in der Mitte, er auf der einen Seite, ich auf der anderen. Dann fängt sie an, an ihm herumzufummeln, umarmt ihn, drückt ihn und angelt dabei mit der Hand nach der Brieftasche. Kaum hat sie sie erwischt, reicht sie sie mir heimlich und stumm weiter. Unterdessen redete sie mit dieser Riesennase und sagte: Gib mir ein Küßchen, wie süß du bist! Sehen wir uns heute abend? Aber paß auf, daß meine Cousine nichts mitkriegt, ruinier nicht meinen guten Ruf!

Mit der Brieftasche in der Hand, oder vielmehr im Pullover, denn ich hatte sie mir sofort auf die Haut unter den Pulli geschoben, stehe ich auf, sage: Entschuldigt mich einen Moment, ich muß mal aufs Klo. Und gehe hinaus.

Zitternd warte ich vor dem Kino. Nach zwei Minuten kommt sie. Kaum ist sie bei mir, rennen wir los, daß die Beine nur so fliegen. Wir laufen, wechseln die Straße, fahren mit der Trambahn, verschwinden.

Allein und sicher in einer ruhigen Straße, öffnen wir endlich die Brieftasche. Es waren zwanzigtausend Lire drin. Dina sagt zu mir: Hast du gesehen? Ich wußte, daß der Geld hat.

Aber woher? frage ich. Sie sagt: Einfach so, das rieche ich; und ich irre mich fast nie. Ich sage: Und was hast du der Riesennase dort im Kino gesagt? Sie sagt: Kaum warst du gegangen, hab ich zu ihm gesagt: Ich muß mal nachschauen, was meine Freundin macht, vielleicht ist ihr schlecht. Warte hier auf mich, ich bin gleich zurück. Ich bin aufgestanden, als ob nichts wäre, und bin hinausgegangen.

Jetzt gehen wir in ein gutes Restaurant, sagt sie, und danach suchen wir uns einen Schlafplatz. Ein paar Tage lang sind wir ja versorgt.

Tatsächlich bogen wir ins erste prächtige Restaurant ein, das wir fanden, bestellten ein buntgemischtes Abendessen, Risotto, Pilze, Eis mit Sahne, und tranken Bier dazu und zum Schluß Kaffee. Wir aßen uns so richtig satt.

Dann machten wir uns auf die Suche nach einer Pension, fanden aber keine. Entweder sie waren ausgebucht, oder sie sahen so ärmlich aus, daß das Herz uns riet, lieber wieder wegzugehen. Schließlich landeten wir in einem sündhaft teuren Hotel, das weiter oben am Hang gelegen war. Wir waren müde, konnten nicht mehr.

Sie gaben uns ein schönes Zimmer mit Balkon. Ich trat hinaus, die ganze Stadt lag mir hell erleuchtet zu Füßen. Schau nur, Dina, sagte ich, wie schön dieses Genua ist! Aber sie wollte nur noch schlafen. Mach das Fenster zu, blöde Gans, sagte sie, es ist kalt! Und so ging der erste Tag in Genua zu Ende.

Zwei oder drei Tage lang haben wir uns zurückgehalten. Dann, als das Geld ausging, haben wir wieder angefangen. Manchmal war nichts in den Brieftaschen dieser Männer, oder nur zwei-, dreihundert Lire. Dann begannen wir von vorn.

Dina war gewandt, hatte Hände, die man gar nicht spürte. Sie hat mir alles beigebracht, wirklich eine gute Schule. Aber ich wurde nie so tüchtig wie sie. Sie war kaltblütig. Mir dagegen klopfte das Herz wie wild, wenn der Augenblick kam, an dem ich die Brieftasche rausziehen mußte.

Sie machte sich in der schleppenden Redeweise von

Civitavecchia über mich lustig: Hast du etwa Schiiiß? sagte sie, Mamma miiia! Du kriegst noch einen Herzschlag, wie du ziiitterst! Also geeeh! Sieht ja aus, als springt dir das Herz gleich zum Hals raus, also geeeh!

Sie war völlig gleichgültig. Jung, jünger als ich, aber absolut unerschütterlich. Sie zitterte nie, war zielbewußt, umsichtig, sicher. Wenn ich sie so entschlossen sah, versuchte ich, auch ruhig zu bleiben, standhaft wie Marmor. Aber ihre Kaltblütigkeit erreichte ich nie, und meine Hände waren schwerfällig im Vergleich zu ihren, die wirklich wie zwei Spinnen waren.

Wir hatten dort in Genua eine Pension gefunden, die wenig kostete und ziemlich sauber war. Es gab ein Waschbecken im Zimmer und sogar ein Bidet aus Eisen mit Rollen darunter, das man hin und her fahren konnte. An den Fenstern hingen gelb geblümte Vorhänge.

Alle vier Tage hielt die Wirtin uns an und fragte: Also, wie steht's mit der Bezahlung? Sie war eine neugierige alte Hexe, die immer in unseren Sachen herumschnüffelte. Außerdem hielt sie uns kurz mit Handtüchern, stellte uns das Essen kalt auf den Tisch. Sie war bösartig, es machte ihr Spaß, sich das Maul zu zerreißen.

Am ersten Tag hatten wir diese reichgefüllte Brieftasche erwischt, dann zehn Tage immer Pech. Wir konnten die Pension nicht zahlen. Und da wir keine »guten, zahlungsfähigen Gäste« waren, wie die Wirtin es nannte, gab sie uns keinen Zucker mehr und sparte am heißen Wasser. Sie wurde giftig und unverschämt.

Da sage ich zu Dina: Wechseln wir die Pension? Es wird doch in Genua nicht nur diese eine Pension geben! Die Pension Strauss, so hieß sie. Dina sagt: Und wie machen wir es mit der Bezahlung? Ich sage: Wir gehen, ohne zu bezahlen.

Also kaufen wir am nächsten Morgen für ein paar Lire einen Pappkoffer und füllen ihn mit Backsteinen, die wir bei einer Baustelle in der Nähe besorgt hatten. Diesen Koffer stellen wir auf den Boden, vor die Tür. Dann nehmen wir unsere Sachen, packen sie zu einem Bündel zusammen und werfen es aus dem Fenster.

Dina geht als erste hinaus, sammelt das Bündel auf und macht sich davon. Nach einer Weile gehe ich mit leeren Händen hinunter, sage: Guten Tag, Signora! und treffe Dina an der Ecke. Gemeinsam hauen wir eilig ab. So haben wir eine Woche Miete gespart und der Signora Strauss aus Genua einen Haufen Backsteine hinterlassen.

Noch am selben Abend zogen wir in eine andere Pension, die Portofiorito. Ich wollte schlafen gehen, war müde. Da sagt Dina: Machen wir einen kleinen Rundgang, vielleicht können wir was ergattern. Ich sage: Es ist kalt. Und außerdem bin ich müde. Sie sagt: Komm, gehen wir. Ich fühle, daß es heute abend klappt. Und wir gehen.

Draußen war es eiskalt. Mein Mantel war zu leicht, ich fror wie ein Schneider. Laß uns wieder heimgehen, sage ich. Und Dina: Warte, mal sehen, ob uns heute abend ein größerer Fisch ins Netz geht. Und wir gehen und gehen, zu Fuß in dieser Kälte, die mir das Gesicht zerschnitt.

Einer nähert sich uns, ein hübscher, dunkelhaariger junger Mann. Signorine! Sind Sie allein? Darf ich Sie begleiten? Dina sieht ihn mit gerunzelten Brauen forschend an, dann geht sie stur geradeaus.

Ich sage: Vielleicht hat der Geld, wer weiß! Manchmal sind diese schlampig aussehenden Jungen doch reich. Sie sagt: Halt den Mund, du verstehst nichts davon. Der ist ein Hungerleider.

Und weiter geht's. Meine Füße und Hände waren schon halb erfroren, die Nase spürte ich gar nicht mehr. Was ich alles aushalten muß, sage ich, bloß wegen einer Brieftasche!

Schlapp und niedergeschlagen machen wir uns auf den Weg ins Stadtzentrum. In der Nähe eines Luxusrestaurants bleiben wir stehen. Alle Männer, die vorbeikamen, waren in Begleitung ihrer Frauen. Nichts zu machen.

Endlich kommt einer heran, schick angezogen, mit Kamelhaarmantel und breitem Gürtel, einer von der feinen, liebenswürdigen Sorte. Er sagt kein Wort, fixiert uns und lächelt.

Dina gibt mir einen Schubs mit dem Ellbogen. Es ist soweit, sagt sie. Ich halte mich an ihrer Seite, um zu tun, was sie mir sagt. Ich sehe, daß sie rascher geht, dann wieder langsamer. Ich klebte immer an ihr dran. Alle drei Schritte drehte Dina sich um und überprüfte, ob dieses Kamel uns folgte.

Nach einem langen Rundgang läßt Dina sich einholen und spricht den Mann an. Wir sind Studentinnen aus Rom, sagt sie, und machen hier in Genua Ferien; wir kennen niemanden und fühlen uns ein bißchen verloren.

Das Kamel verbeugt sich wohlerzogen, hakt sich bei Dina ein, und zusammen gehen wir weiter. Mir kam es komisch vor, daß er nichts redete. Ob er stumm ist? frage ich mich. Na ja, denke ich, um so besser, dann kann er nicht die Polizei rufen.

Der Kerl wollte in eine Bar, aber Dina dirigiert ihn zu einem Kino. Endlich höre ich seine Stimme; eine Kinderstimme. Diesen Film habe ich aber schon gesehen, sagt er. Ich sage: Und was machen wir jetzt? Sollen wir etwa noch weitergehen? Ich hätte heulen können vor Kälte.

Aber Dina, die schlagfertiger ist als ich, sagt: Das macht doch nichts, den Film schauen wir sowieso nicht an, wir gehen nur rein, um im Warmen schön beieinanderzusitzen.

Er ist zufrieden, geht zur Kasse, zahlt, und wir setzen uns in dieses Kino, wo ein Western mit unheimlich vielen Toten lief, das Blut spritzte nach allen Seiten, rollende Köpfe, Pferde, denen die Bäuche aufgeschlitzt wurden, ein einziges Gemetzel.

Ich schaute zu und dachte: Zum Glück sitze ich hier im Warmen. Hoffentlich macht Dina nicht zu schnell! Ich habe keine Lust, wieder raus in die Kälte zu gehen.

Aber nach ein paar Minuten fühle ich, wie ihre Hand meinen Ellbogen berührt. Ich greife nach der Brieftasche, schiebe sie unter den Mantel, stehe auf und gehe aufs Klo.

Aber ich habe noch nicht die Tür geöffnet, da sehe ich Dina hinterherstürmen. Lauf, beeile dich, mich friert's! ruft sie mir zu. Ja, sage ich, hat er etwas bemerkt? Nein, sagt sie, alles bestens, wir rennen, weil es kalt ist.

Also laufen wir eine Straße hinunter, biegen in eine andere ein, um mehrere Ecken, bis wir an einen ruhigen Platz kommen, weit weg. Unter einer Straßenlaterne ziehen wir endlich die Brieftasche raus.

Sie war prall und schwer. Siehst du, sagt Dina, was habe ich dir gesagt? Wir machen sie auf. Sie enthielt hundert Lire und einen Packen Fotos von nackten Frauen. Dieser Scheißkerl!

Wir schmeißen die Brieftasche weg und kehren zur Pension Portofiorito zurück. Wir hatten einen Riesenhunger, kamen müde und atemlos an. Wir hatten uns auf ein schönes Luxusabendessen eingestellt, aber nichts da.

Wir gehen in den Speisesaal der Pension. Es war spät, die Kellner hatten schon alles abgeräumt. Dina fährt sie an: Wir bezahlen für Vollpension, wir haben ein Recht aufs Abendessen!

Tut mir leid, die Küche ist zu! sagt die Wirtin. Nach einigem Hin und Her hat sie schließlich ein Stück kalten Braten, trocken wie Pappe, und etwas altbackenes Brot herausgerückt. Wir haben's gegessen und sind dann ins Bett.

Am Morgen stehen wir auf, ausgeruht und frisch. Als wir runterkommen, ist in der Halle niemand zu sehen. Wir fangen an zu rufen: Signora! Signora! aber die Signora kommt nicht. Auf dem Empfangstisch lagen unsere Pässe, schön aufgeschlagen, und obendrauf ein Schlüssel. Wir nehmen sie an uns und machen uns rasch davon. Weißt du was, sagt Dina, mir reicht's langsam mit diesem Genua!

Noch am selben Abend nehmen wir einen Zug nach Mailand. Als wir ankommen, ist es neblig und kalt. Also gehen wir sofort in eine Pension am Bahnhof, die Pension Commercio.

Ich sage: Haben Sie ein Zimmer frei? Daraufhin kommt ein Wirt mit einem Bauch, der aussah wie eine Wassermelone. Er sagt: Für zwei so hübsche Mädchen gibt es bestimmt noch ein Zimmer! und fängt sofort an, mit Dina Süßholz zu raspeln.

Sie kokettierte mit ihm, zeigte sich von ihrer reizendsten Seite. Sie war eine Schauspielerin, diese Dina, jeder fiel auf sie herein. Geben sie uns ein geräumiges Zimmer, sagt sie, und bitte nicht zur Straße! Und der Wirt überschlug sich, um uns zufriedenzustellen.

Dann gehen wir in das Zimmer hinauf. Ehrlich gesagt war es ein bißchen eng, aber sauber. Wenn man die Schranktüren aufmachte, konnte man nicht mehr vorbei. Und um ans Fenster zu kommen, mußte man aufs Bett steigen. Aber es war uns trotzdem recht.

Kurz und gut, wir machen weiter mit diesem elenden Leben, erwischen manchmal schöne volle Brieftaschen, manchmal leere; je nachdem.

Wenn wir Glück hatten, speisten wir im Restaurant: erster, zweiter, dritter Gang, Nachtisch, Kaffee, wir stopften uns voll wie Mastgänse. Wenn wir Pech hatten, gingen wir wieder heim und aßen die dünnen Suppen der Pension Commercio, die nach schmutzigen Töpfen rochen, und das kümmerliche, halb angebrannte Stückchen Fleisch.

Eines Tages sagt Dina zu mir: Weißt du was, ich habe es satt, daß immer ich alles mache; du mußt jetzt auch mal lernen, die Brieftaschen rauszuziehen. Heute gehen wir los, und du machst die Arbeit, ich warte draußen auf dich.

Ich sage: Ist recht, ich probier's, aber ich habe Angst. Sie sagt: Mach dir keine Sorgen; umarm ihn nur schön fest, küß ihm das Ohr, die Männer verlieren nämlich den Kopf, wenn man ihnen die Ohren küßt, und währenddessen fährst du ihm mit der Hand in die Tasche, kapiert? Ich sage: Ja, kapiert.

Wir gehen am späten Nachmittag aus, als es schon dunkel wurde. Es war kalt, aber windstill. Man konnte es ganz gut aushalten. Ich lief immer noch mit diesem leichten Mantel aus Rom herum, weil ich kein Geld aufgetrieben hatte, um mir einen neuen zu kaufen.

Wir spazieren durch die Altstadt, in der Gegend der Piazza del Duomo. Ich betrachtete die schmutzigweißen steinernen Türmchen, die aussahen wie durchbrochene Spitze. Ich sage: Ist das nicht toll? Sie sagt: Schau auf den Boden, anstatt nach oben zu schauen, Kirchen haben keine Brieftaschen.

Und ich habe sofort angefangen, die Passanten zu mustern, die mir alle wie reiche Leute vorkamen: Mäntel mit Pelzkragen, Handtaschen aus Krokodilleder, Biberpelzmützen.

Ich sage: Hier machen wir ein gutes Geschäft! Sie sagt: Glaub das nicht, das ist alles mehr Schein als Sein. Dina tat, als wisse sie Bescheid, aber sie irrte sich auch. In letzter Zeit hatte sie oft danebengegriffen.

Ich habe es ihr gesagt. Sie ist böse geworden. Es ist nicht meine Schuld, sagt sie, wenn die Männer gelernt haben, mit leerer Brieftasche herumzulaufen. Das Gesicht eines Reichen erkenne ich sofort, aber ich kann nicht erraten, ob er das Geld mit sich rumträgt oder nicht.

Während wir noch streiten, kommt einer vorbei, der uns mit glühenden Augen anschaut, und Dina zwickt mich. Das ist er! sagt sie, mach dich ran!

Ich bin nicht so gut im Theaterspielen wie sie. Aber ich nehme meinen Mut zusammen, drehe mich um, lächle ein wenig einladend. Er dreht sich auch um. Bleibt stehen. Macht kehrt. Ich sage: Und was mache ich jetzt? Und Dina: Zier dich ein bißchen, spiel die Schüchterne; wirst schon sehen, daß alles gut geht.

Also ziere ich mich etwas, aber ich bin nicht besonders gut, man merkt, daß es nicht echt ist. Ich muß lachen; habe Lust, mit Fäusten auf ihn loszugehen, weil er mir unsympathisch ist, er hat ein schiefes Gesicht, gelbe Haut, trägt ein Hütchen auf dem Kopf, das nur ganz obendrauf sitzt.

Dina gab mir Fußtritte, schubst mich. Endlich macht der Kerl den Mund auf. Er sagt: Seid ihr allein? Ich sage: Ja, wir sind nicht von hier und kennen die Stadt nicht. Er sagt: Ich zeig sie euch; habt ihr Zeit? Ich sage: Jaja.

Und der fängt an, uns in Mailand herumzuführen. Dina stieß mich mit dem Ellbogen an. Ich sollte ihm vorschlagen, ins Kino zu gehen, aber es fiel mir nicht ein. Wie drei Idioten gingen wir immer weiter, und er sagte: Das ist der Dom, dort oben ist die Statue der Muttergottes, schön, nicht wahr? Und ich: Sehr schön, sehr schön. Dina war fuchsteufelswild.

Zum Glück kommen wir irgendwann direkt zu einem Kino, wo ein bekannter Liebesfilm lief. Ich sage: Warum schauen wir uns nicht den Film an? Den würde ich gern sehen. Er sagt: Gehen wir. Ich sage: Aber meine Freundin kommt auch mit, ich kann sie nicht allein lassen. Er sagt: Wie du willst. Er zahlt uns beiden die Eintrittskarte, und zwar ziemlich teuer, weil es ein Erstaufführungskino war.

Ich wollte gern den Film sehen. Ich dachte: Danach, gegen Ende, nehme ich ihm dann die Brieftasche ab. Aber es war nicht möglich. Dina kniff mich in die Haut am Arm. Und der Kerl wollte knutschen. Ich sage: Nicht so heftig, sonst regt meine Freundin sich auf.

Ich gestattete ihm nicht, mich anzufassen. Ich faßte ihn an. Ich streichelte ihm den Hals, die Schultern, ein bißchen zwischen den Beinen. Dann mache ich die Augen zu und sage mir: Jetzt küsse ich ihm das Ohr, wie Dina es mir gesagt hat, das ist der richtige Moment.

Dina konnte kaum an sich halten, weil ich langsam und ungeschickt war. Aber ich hatte Angst, daß der Typ merken würde, daß ich in seiner Tasche herumwühlte. Wer weiß, warum die Männer immer so viele Taschen haben. Dieser hier hatte zwei außen auf der Jacke, zwei innen und zwei Hosentaschen, zum Verzweifeln.

Dina wußte gleich, wo die Brieftasche steckte. Ich nicht. Später hat sie mir gesagt, daß sie ihn beobachtete, während er an der Kasse die Eintrittskarten zahlte. Auf die Idee wäre ich nie gekommen.

Kurz und gut, ich fummelte mit den Fingern in diesen Taschen herum. Und vor lauter Schreck schwitzte ich, das Wasser lief mir runter wie in einem Brunnen. Endlich spürte ich etwas Hartes unter den Fingern. Es war die Brieftasche. Ich habe die Zähne zusammengebissen, es fehlte nicht viel, und sein Ohr wäre abgewesen. Zum Glück hat er es als Zeichen von Leidenschaft genommen. Immer noch das Ohr zwischen den Zähnen, ziehe ich die Brieftasche heraus und reiche sie über die Armlehne an Dina weiter. Ich war so froh, daß es mir gelungen war, daß ich ihn wirklich küßte, diesen Trottel, vor Freude.

Ich habe ihm zwei Schmatzküsse auf die Wangen und zwei auf den Mund verpaßt, und er schnappte fast über. Er war ziemlich häßlich, mit abstehenden Ohren. Mein Gott, bist du blöd, dachte ich.

Dina steht auf, geht aufs Klo. Ich bleibe noch ein bißchen bei ihm, sag ihm ein paar Dummheiten, lege ihm die Hand zwischen die Schenkel. Dann, als drei Minuten rum sind, sage ich: Ich gehe mal nachsehen, was meine Freundin macht, nicht, daß ihr schlecht ist.

Ich stehe auf und gehe. Kaum bin ich draußen, fange ich an zu rennen, daß nicht einmal Dina mithalten konnte.

In einer einsamen Straße bleiben wir stehen. Wir ziehen die Brieftasche heraus. Es waren zweihundertdreißigtausend Lire drin. Wir haben sofort halbe-halbe gemacht; hundertfünfzehn für sie und hundertfünfzehn für mich. Ich sage: Hast du gesehen, daß ich es auch geschafft habe? Ich war stolz, kam mir vor, als hätte ich wer weiß was vollbracht. Aber es hatte gedauert, bis ich es lernte.

Dina hackte auf mir herum und sagte: Dumme Gans, du blöde, du taugst zu gar nichts! Und da ich mir immer wieder diese Demütigungen, dieses Gekeife anhören mußte, bin ich allmählich genauso frech geworden wie sie.

Wir haben den Abend dann mit einem großartigen Abendessen gefeiert: Kutteln, Schmorbraten, Stockfisch in Sahnesoße, Hummer, Käsekuchen, Kaffee, Wein und Bier. Wir konnten uns kaum noch von den Stühlen erheben, so vollgefressen waren wir.

Halb betrunken kommen wir in die Pension Commercio zurück. Der Besitzer tritt uns lächelnd entgegen und sagt:

Heute seid ihr aber lustig, was! Das heißt, daß das Leben es gut mit euch meint! Kann ich euch etwas anbieten! Einen Grappa? Einen Wermut? Ich bring ihn euch rauf ins Zimmer, und dann stoßen wir auf eure Gesundheit an.

Ich rülpse ihm ins Gesicht hinein. Dina, die nie die Ruhe verliert, sagt: Wie reizend von dir, danke! Aber wir müssen jetzt schlafen, weil wir morgen früh aufstehen wollen. Bis morgen! Ciao! Und läßt ihn da stehen wie einen Holzklotz. Sie kann unheimlich gut umgehen mit Männern. Sie tut so, als hätte sie Angst vor ihnen. Verspricht und verspricht und dann Pustekuchen.

Einen echten Geliebten hatte sie auch, er hieß Domenico. Sie nannte ihn Mimì. Aber sie sah ihn selten, weil er auch als Dieb arbeitete und immer in Geschäften unterwegs war. Sie bewegten sich in unterschiedlichen Kreisen.

Am nächsten Tag schlafen wir den ganzen Morgen. Dann machen wir einen Ladenbummel. Dina kauft sich eine rote Lederhandtasche und ein Paar rosa Stöckelschuhe. Ich kaufe mir einen pelzgefütterten Mantel, himmelblau.

Das Pelzfutter war aus Nylon, hielt aber trotzdem warm. Es war auch blau, aber heller. Dann kaufen wir Handschuhe, Wäsche, Strümpfe. Und lassen uns bei einem Luxusfriseur die Haare richten.

Auch am übernächsten Tag leben wir von unserem Vermögen und am Tag darauf ebenso. Wir verbringen die Zeit im Bett, schlafen, lesen Heftchen, machen uns die Fingernägel, plaudern und knabbern Mandelkekse.

Wenn wir ausgehen, ziehen wir die neuen Sachen an und sind unschlagbar elegant, alle schauen uns begeistert nach. Wir essen, trinken, sind zufrieden.

Doch nach ein paar Tagen ist das Geld alle. Heute abend nehmen wir die Jagd wieder auf, sagt Dina, du bist an der Reihe. Ich sage: Nein, jetzt bist du wieder an der Reihe. Kurzum, wir kabbeln uns ein wenig und beschließen dann, daß doch ich dran bin.

Sie sagt: Denk daran, daß du nicht Teresa heißt, sondern

Luisa. Wieso? frage ich. Sie sagt: Weil sie dich so hinterher nicht erkennen; man braucht immer einen Berufsnamen. Du heißt Luisa und kommst aus Frascati, aus Aprilia, wie du willst. Deine Adresse und deinen wahren Namen darfst du niemals sagen.

An dem Abend haben wir einen aufgerissen, einen Alten vom Land. Wir gehen mit ihm ins Kino und dieser Trottel glaubte, er könnte sich an alle beide heranmachen.

Dina rückte ab, konnte ihn aber nicht beschimpfen, da wir das Hühnchen ja noch rupfen mußten. Ich mach's wie beim letzten Mal und sage ihm, er soll die Hände von mir lassen. Ich sage: Wenn du mich anrührst, schreie ich. Und tatsächlich rührte er mich nicht an. Dafür betastete ich ihn und faßte ihm an den Hintern, um zu sehen, wo er die Brieftasche hingesteckt hatte.

Dann streichelte ich ihm die Brust, schob meine Hände unter seine Jacke. Ich konnte die Brieftasche einfach nicht finden. Dabei hatte ich doch gesehen, daß er sie in der Jacke verstaut hatte. Wahrscheinlich hat er sie beim Reingehen woanders hingesteckt, denke ich, vielleicht, als er der Platzanweiserin das Trinkgeld gegeben hat.

Unterdessen streckte er eine Hand nach Dinas Knie aus. Sie fauchte mich an und ich ihn. Irgendwann habe ich zu ihm gesagt: Wenn du nicht aufhörst, an meiner Freundin rumzufummeln, laß ich dich sitzen und gehe. Daraufhin hat er eine Weile aufgehört.

Während ich ihm sein dreckiges Ohr küsse, daß mir fast das Kotzen kommt, entdecke ich endlich die Brieftasche. Der Alte wand sich in seinem Sessel, wollte mir mit den Händen unter den Rock fahren. Ich hielt ihn zurück.

Ich flüstere ihm irgendwelche Dummheiten ins Ohr, fange an, an der Brieftasche zu ziehen. Aber teils, weil er fett war und die Tasche spannte, teils, weil die Brieftasche sehr dick war, bekam ich sie nicht heraus.

Kurz und gut, irgendwann merkt der Kerl es und murrt: Ah, du Miststück, wolltest mich bestehlen! Ich sage: Aber nein, es war ein Scherz! Jetzt bring ich dich sofort auf die

Polizei, sagt er. Ich versuche, ihn mit Küssen zu besänftigen. Dabei merke ich, daß Dina gegangen ist. Sie hat die Gefahr gerochen und ist abgehauen.

Ich wußte nicht, was ich tun sollte. Er fängt an, lauter zu schreien. Die Leute drehen sich um. Ganz geknickt frage ich mich: Was mache ich jetzt? Da fallen mir Dinas Worte ein: »Immer angreifen«. Also habe ich ihn angegriffen. Ich habe angefangen zu schreien, lauter als er: Häßlicher, dreckiger, schleimiger alter Bock, du hast mich angegrabscht, hast versucht, mich zu mißbrauchen!

Die Leute wurden neugierig. Manche ergriffen meine Partei, sahen ihn scheel an, die Platzanweiserin kam mit der Taschenlampe daher. Da hat der Alte Angst gekriegt. Er ist aufgestanden und gegangen.

Von da an hat ein paar Tage lang Dina alles gemacht. Sie hatte eine leichte Hand, ließ sich niemals in flagranti erwischen. Aber sie hatte eine Pechsträhne. Alle Brieftaschen, die ihr unterkamen, waren leer.

Der Besitzer des Commercio drängte inzwischen auf Begleichung der Rechnung. Er gab Dina zu verstehen, daß sie entweder zahlen oder mit ihm ins Bett gehen solle, so jedenfalls könne es nicht weitergehen. Er wurde langsam lästig. Wartete nachts auf uns, brachte uns Getränke aufs Zimmer, wurde unverschämt.

Ich sage zu Dina: Was machen wir mit dieser Nervensäge? Sie sagt: Jetzt, wo ich's ihm versprochen habe, schmeißt er uns aus der Pension, wenn ich nicht mit ihm ins Bett gehe. Wir müssen hier weg. Und wann? frage ich. Heute nacht, sagt sie.

In der Nacht kommen wir um eins ins Commercio zurück. Die letzte Brieftasche war ein Reinfall gewesen. Wir hatten keine Lira. Der Besitzer steht wie üblich in der Tür, lächelnd, die Flasche schon griffbereit.

Da geht Dina auf ihn zu und flüstert ihm ins Ohr: Komm später rauf, wenn meine Freundin schläft, dann machen wir Liebe. Um wieviel Uhr? fragt er. Gegen drei, vier, gibt sie zurück. Und wenn sie nicht einschläft? fragt er. Und

Dina: Wenn sie nicht einschläft, schick ich sie auf einen Nachtspaziergang. Ich will mit dir allein sein. Und er freut sich, schenkt uns zu trinken ein, schwänzelt um uns herum mit seinem fetten Bauch, in dem es rumorte, als wären lauter wütende Katzen drin.

Kaum sind wir oben, bereiten wir nach dem gewohnten Prinzip alles vor. Dina läßt sich mit den Sachen vom Fenster herunter. Zum Glück wohnten wir im zweiten Stock. Dann steige ich die Treppe hinunter und gehe am Besitzer vorbei, der wartend vor sich hindöst, hinaus.

Ich sage: Ich gehe noch ein wenig an die Luft, weil ich nicht einschlafen kann. Und er: Viel Spaß dabei, Signorina! Jetzt stürzt er hinauf, denke ich. Tatsächlich sehe ich, wie er, kaum daß ich draußen bin, die Treppe hochstürmt. Daraufhin renne ich los, hole Dina ein, und wir nehmen die Sachen und sausen davon wie der Wind.

Am nächsten Tag um die Mittagszeit liefen wir verzweifelt durch die Straßen, froren, hatten Hunger und wußten nicht, wo wir hin sollten. Wir hatten es in drei Pensionen probiert, aber nirgends war was frei.

Wir kommen an einem Park vorbei. Ich sage: Setzen wir uns einen Augenblick? Sie sagt: Ja, setzen wir uns, mir tun sowieso die Füße weh. Und wir haben uns auf die Bank dort in dem nebligen Park fallen lassen und über unser Unglück geredet und über Mailand, diese verräterische Stadt, wo alle Männer mit leeren Brieftaschen herumlaufen und das ganze Geld, das es dort gibt, wer weiß wo verstecken, diese Hurensöhne!

Während wir noch so reden, kommt ein Mann um die Vierzig vorbei, gut gekleidet, mit einem ganz langen Mantel, einem weißen Schal und einem schwarzen Hut auf dem Kopf. Dina grüßt ihn, als kenne sie ihn. Der Mann ist verdutzt. Er bleibt stehen, kehrt um, setzt sich neben uns.

Er sagt: Kennen wir uns? Dina nickt. Sie konnte unglaublich schnell schalten. Ich sah sie mir an und dachte: Nicht zu fassen, diese Dina! Ich bewunderte sie für ihre Natürlichkeit und Unverfrorenheit.

Sie sagt: Erinnerst du dich nicht mehr, daß wir uns mal kennengelernt haben, damals bei deinem Freund mit dem Schnauzbart, erinnerst du dich nicht? Du hattest den gleichen Schal um, und ich hab aus Spaß daran gezogen, weißt du noch? Du hattest auch deine Frau dabei, meine ich, aber die fand ich furchtbar langweilig, und ich sah dich an und du mich, weißt du nicht mehr?

Das alles sagte sie mit einer solchen Traurigkeit in der Stimme, daß einem schier die Tränen kamen. Er schwankte, war sich unsicher, versuchte, sich zu erinnern. Er sagt: Ah, vielleicht bei Fernando. Ja, sagt Dina, genau, bei Fernando. Aber Fernando hat keinen Schnauzbart, gibt er zurück. Na ja, was willst du, wie sollte ich mich erinnern, ich interessierte mich ja nicht für ihn, für diesen Fernando, ich hatte nur Augen für dich.

Der Mann ist eitel, es genügt, daß man ihm sagt, er sei faszinierend, es genügt, daß man ihn ein wenig einseift, und schon fällt er drauf rein. Und in der Tat waren Dina und er nach ein paar Minuten intimste Freunde und hielten sich die Hände.

Ich sage: Es ist kalt hier, wohin wollen wir gehen? Einen Kaffee trinken? Dina sagt: Eigentlich haben wir ja schon gefrühstückt, aber meinetwegen, gehen wir nur.

Es war schon halb zwölf. Ich sage: Um diese Zeit wäre ein Mittagessen fast angebrachter. Gut, sagt er, gehen wir in ein Restaurant, das ich kenne, wo es Ossobuco gibt. Magst du Ossobuco?

Dina sagt: Eigentlich habe ich ja keinen Hunger, ich habe überhaupt wenig Appetit, aber ich komm mit, um dir Gesellschaft zu leisten. Immer Hand in Hand, Auge in Auge. Er war richtig gerührt.

So gehen wir in eine typisch mailändische Trattoria und essen Ossobuco mit Risotto, jede zwei Portionen. Der Typ schaut uns mit aufgerissenen Augen zu. Er sagt: Hast du nicht behauptet, du hättest kaum Appetit? Und Dina: Ich hab's mir anders überlegt. Dieser Ossobuco ist einfach so gut, daß ich nicht widerstehen kann. Dann trinken wir Rotwein, essen zwei Portionen Cremetorte, und das Mittagessen ist beendet.

An dieser Stelle sage ich: Dina, ich muß meine Tante anrufen, sie ist krank. Dina sagt: Geh nur, geh. Und ich verschwinde. Gleich danach sagt sie zu diesem Vierzigjährigen: Wartest du einen Augenblick auf mich? Ich möchte der Tante meiner Freundin kurz guten Tag sagen. Und läuft hinter mir her.

Dieser Scheißkerl jedoch hat's gerochen, denn anstatt brav zu warten, ist er hinter uns hergegangen, mißtrauisch und neugierig. Er kommt aus dem Lokal, sieht uns wegrennen und verfolgt uns.

Er rannte, rannte schnell, dieser Vierzigjährige. Blitzschnell holt er uns ein und packt uns alle beide. Ah, sagt er, so wolltet ihr mich anschmieren? Ihr habt gegessen und getrunken, und jetzt wollt ihr euch verpissen, was? Also, jetzt gebt ihr mir das Geld für das Essen zurück, oder ich zeige euch an!

Ich fühlte mich verloren. Dina dagegen, sicher wie immer, sagt zu ihm: Wenn du nicht sofort abhaust, du Scheißmailänder, laß ich dich festnehmen! Er ändert sofort seinen Ton: Was hab ich dir denn getan? fragt er. Und Dina: Du hast mich gezwungen, mit dir zu gehen, hast mich erpreßt, und ich erzähl alles der Polizei; außerdem ruf ich gleich meinen Mann, der schlägt dich windelweich!

Er murrt und flucht, aber leise. Er kam nicht gegen sie an. Als ich seine Schwäche sah, habe ich angefangen, auf ihn einzuprügeln. Ich sagte zu ihm: Da hast du's, du Trottel! Du Stockfisch! und versetzte ihm Fußtritte, Faustschläge, Ohrfeigen. Irgendwann hat es ihm gereicht und er ist gegangen.

Noch am selben Abend sind wir nach Rom zurückgefahren, mit den Einnahmen aus einer Brieftasche – zwanzigtausend Lire –, die Dina einem zwei Meter langen Lulatsch in einem vollen Kino abgeluchst hatte.

In Rom kenne ich eine gewisse Rinuccia, genannt die Spanierin. Sie war eine schöne Frau mit dunkler Haut und schwarzen Haaren und einer tiefen Stimme. Ich begegne ihr in einem Geschäft an der Via Nazionale, in der Nähe des Bahnhofs.

Sie kaufte gerade eine dreiviertellange Jacke. Carluccio hat mir von dir erzählt, sagt sie. Ah ja, sage ich. Sie sagt: Bist du immer noch mit Dina zusammen? Ich sage: Ja. Sie sagt: Hör zu, wollen wir gemeinsam nach Florenz fahren? Ich habe gehört, daß es in Florenz einen Haufen Arbeit gibt; die Brieftaschen, die man in Florenz kriegt, kriegt man sonst nirgends. Sie sind alle prallvoll mit Geld, und die Männer lassen sie halb aus der Tasche heraushängen, es wirkt, als riefen sie geradezu: Nimm mich, nimm mich! Ich sage: Ist recht, ich spreche mit Dina darüber.

Ich erzähle Dina also von diesen Brieftaschen in Florenz, die aus den Hosentaschen zu springen scheinen wie fliegende Fische. Dina stimmt sofort zu. Sie sagt: In Rom läuft ja sowieso nichts, und außerdem kennen sie uns, es ist gefährlich. So nehmen wir den Zug, zusammen mit dieser Spanierin, und fahren nach Florenz. Kaum in Florenz angekommen, lesen wir in einer Zeitung, daß ein Raubüberfall auf die Banca Commerciale verübt wurde und die gesamte Polizei auf die Stadt losgelassen ist.

Wir nehmen sofort den nächsten Zug, der uns nach Ligurien bringt. Wir landen in Nervi, am Meer. Dort steigen wir aus und machen uns auf die Suche nach einem Hotel.

Es gab zwei Hotels in diesem Nervi, eins hieß Internazionale, das andere Minerva. Sie waren beide sehr schön. Dina sagt: Welches nehmen wir? Die Spanierin sagt: Minerva. Und wieso? Weil es mich mehr anzieht, sagt sie.

Also gehen wir in dieses Minerva und geben unsere Ausweise ab.

Wir hatten noch die Tänzerinnenausweise aus der Zeit, als wir Künstlerinnen waren. Die haben wir abgegeben, und sie haben sie genommen. Die Namen in diesen Ausweisen waren falsch, es waren Künstlernamen. Dina hieß Ofelia Belfiore und ich Luisa Lori.

Unter diesem Hotel, im Keller, befand sich ein Lokal, das »La Marinella«. Es war ein Nachtlokal, wo getanzt wurde, schön eingerichtet, mit lauter Muscheln, an den Wänden aufgehängten Fischernetzen, zartgrüner Beleuchtung, man kam sich vor wie auf dem Meeresgrund.

Dann sagt Dina: Oh, heute abend will ich unbedingt tanzen gehen. Jetzt machen wir uns fein, gehen zum Friseur, lassen uns die Hände maniküren, und dann gehen wir top geschminkt und parfümiert ins Marinella und sehen mal, was passiert.

Also waschen wir uns, ziehen uns an, schminken uns und gehen in das Lokal hinunter. Dina hatte ein grünes Kleid an, ich ein schwarzes, und die Spanierin hatte sich die Haare aufgesteckt wie eine Japanerin. Sie ist eine schöne Frau, etwas größer als ich, mit sehr schwarzem Haar. Wir nennen sie die Spanierin, aber eigentlich ist sie überhaupt keine Spanierin.

Wir gehen in das Lokal hinunter und setzen uns alle drei an einen Ecktisch. In der Mitte der Tischdecke stand eine rote Kerze, daneben funkelnde Gläser. Wir bestellen uns sofort Limonade.

Nach einer Weile füllt sich das Lokal mit Rechtsanwälten, Geschäftsleuten, Leuten aller Art. Diese Herren kommen, sehen uns allein da sitzen und fordern uns zum Tanzen auf. Ich konnte nicht tanzen, machte immer nur irgendwelche Schritte.

Ich sage: Ich kann nicht tanzen. Aber die Typen drängten. Ich sage: Hören Sie, tanzen Sie mit meiner Freundin, ich habe Kopfweh. Und sie tanzten mit Dina, mit der Spanierin.

Schließlich bringt Dina einen mit an den Tisch, läßt ihn bei uns Platz nehmen und bestellt zu trinken für ihn. Sie tat so, als wäre sie auch betrunken. Noch einen Whisky, Herr Ober! rief sie. Und ich sagte zu ihr: Und wenn der dann nicht bezahlt? Wenn er kein Geld hat? Vertrau mir, den kriege ich windelweich, wie es mir paßt. Geht nur, geht ruhig schon ins Zimmer hinauf, ich komme dann nach. Der reicht für alle.

Sie hatte sich diesen Blonden mittleren Alters mit seinem dummen Gesicht geangelt. Geht nur, geht, sagt sie, ich komme nach. Er betrunken und sie scheinbar betrunken, verabschieden sie sich von uns und fangen wieder an zu tanzen.

Die Spanierin und ich gehen ins Zimmer hinauf. Wir schliefen alle drei in einem Zimmer. Es gab ein großes Bett und ein schmales Einzelbett. Wir schließen ab, ziehen uns aus und warten.

Dann sage ich: Ich muß mal aufs Klo. Ich ziehe den Mantel an und gehe hinaus. Während ich über den Flur schleiche, höre ich lautes Schnarchen. Ich sehe nach und finde eine angelehnte Tür. Da lag einer, der schlief und machte chrrr chrrr. Ich schiebe die Tür ein wenig mit der Hand auf und sehe einen massigen Körper, nur mit Unterhose und Hemd bekleidet, ganz schlaff und aufgedunsen, der auf das Bett geflegelt schläft.

Auf dem Nachttisch liegt eine Uhr, sehe ich, ein Paar goldene Manschettenknöpfe, und daneben steht eine große Ledertasche, eine von denen, wie die Ärzte sie haben.

Ich kehre sofort um und rufe die Spanierin. Ich sage: Komm, komm, da gibt's was zu holen. Sie folgt mir, betrachtet den Mann, der da bei offener Tür schläft. Sie sagt: Laß uns reingehen. Ich sage: Warte, die haben unsere Ausweise hier im Hotel. Sie sagt: Die sind doch auf falsche Namen ausgestellt. Und mein Personalausweis ist auch falsch; also los, packen wir's an!

Wir gehen hinein. Schnappen uns die goldene Uhr, die

Tasche, die Manschettenknöpfe, und nichts wie weg. Zurück im Zimmer, schließen wir ab. Dann kommt Dina dazu. Sie sagt: Ich habe ihm die Brieftasche rausgezogen, ohne daß er das geringste gemerkt hat; es sind vierzigtausend Lire drin. Und den Blonden, wo hast du den gelassen? fragt die Spanierin. Dina sagt: Den hab ich vor seinem Haus abgehängt, mit dem Gesicht auf dem Bürgersteig, sternhagelblau. Hier, teilen wir.

Wir haben inzwischen auch einen Coup gelandet, sage ich, schau her! Und wir zeigen ihr die Beute. Dina sagt: Tüchtig, tüchtig! Aber wartet ab, bis ihr die Tasche aufgemacht habt: ich wette, sie ist voller Geschäftsbriefe!

An der Tasche war jedoch ein Vorhängeschloß. Also probieren wir's mit der Schere, dem Taschenmesser, einem Schuhabsatz, und schließlich springt es auf. Zum Glück war es kein sehr widerstandsfähiges Schloß. Wir öffnen die Tasche, und was finden wir? Lauter funkelnagelneue Geldscheine, wie frisch aus der Notenpresse.

Ich sage: Teufel auch, sieh dir das an! Wir waren total platt. So einen Volltreffer hatten wir noch nie gelandet. Ich greife mir sofort ein Bündel von diesen Scheinen und stecke sie mir in den Busen.

Dina sagt: Nein, lassen wir sie da drin; erst müssen wir hier raus; wir müssen sofort aus diesem Hotel verschwinden. Und die Ausweise? sage ich. Wir können nicht ohne die Ausweise durch die Gegend laufen, wir haben doch keine anderen Papiere. Sie sagt: Das mach ich schon, ihr beiden geht mit der Tasche vor und wartet an der Ecke auf mich.

Sie ist zum Portier gegangen, hat ihm erzählt, daß die Compagnia del Gran Bazar auf uns wartet, daß wir sofort abreisen müssen, kurz, sie hat ihm einen Haufen Blödsinn vorgeflunkert, hat sich die Ausweise zurückgeben lassen, hat mit den vierzigtausend Lire gezahlt, die sie dem Blonden abgenommen hatte, und ist seelenruhig und lächelnd davongegangen.

Eine Minute später sind wir am Bahnhof. Wir nehmen

den erstbesten Zug und landen in Voghera. Da wir nicht wissen, wo wir hin sollen, gehen wir in ein Restaurant, um zu essen und uns etwas auszuruhen, obwohl es erst elf Uhr war.

Dort essen und trinken wir, dann bezahlen wir mit diesem Geld aus der Tasche. Nach einer Weile kommt der Kellner und sagt: Hören Sie, Signorina, es tut mir leid, aber dieses Geld taugt nichts. Was heißt hier, taugt nichts? sage ich, Sie taugen wohl nichts! Das sind nagelneue Geldscheine, frisch von der Bank. Genau, sagt er, sie sind nagelneu, weil sie falsch sind.

Es war tatsächlich Falschgeld. Aber ich wollte es einfach nicht glauben. Wieso falsch? sagte ich, was heißt hier falsch? Falsch sind Sie! Ich sage: Na gut, gehen wir auf die Bank: Sie kennen sich nicht aus mit Geld, was wissen Sie schon davon, gehen wir zum Fachmann. Dina lachte sich eins, sie freute sich, daß unser Diebstahl sich als Reinfall herausstellte. Je mehr sie lachte, um so wütender wurde ich und hackte auf diesem Idioten von Kellner herum.

Kurz und gut, zuletzt gehen wir auf die Bank. Der Bankangestellte schaut die Scheine an, hält sie gegen das Licht, befühlt sie, dann sagt er: Hören Sie, Signorina, ich muß diese Scheine einziehen. Wieso denn? frage ich. Weil sie falsch sind, sagt er.

Dann sagt er: Und wohin fahren Sie jetzt? Nach Rom, antworte ich. Er sagt: Na ja, wenn sich herausstellt, daß sie doch nicht falsch sind, können Sie sie in der römischen Filiale wieder abholen. Ich sage: Ja sind dann diese hier auch falsch? Und zeige ihm zwei oder drei Banknoten, die ich in der Hand hielt. Er sagt: Ich fürchte, ja.

Ich hatte noch ein Bündel davon in der Handtasche, aber die habe ich ihm nicht gegeben. Es waren insgesamt siebenhunderttausend Lire. Ich dachte: Der Kellner hat gesagt, daß sie falsch sind, und der Bankangestellte hat es bestätigt. Also sind sie wirklich falsch! Ich hatte so eine Wut bekommen, daß ich sie am liebsten zerrissen hätte, alle diese Scheine.

Dina sagt: Fahren wir nach Rom zurück; was sollen wir noch hier? Das Geld ist Falschgeld, wir haben keine Lira. Sie versuchte, uns runterzumachen. Mir passiert so was nicht, sagt sie, mir ist noch nie eine Brieftasche mit Falschgeld untergekommen, noch nie. Ich sage: Warte, vielleicht können wir trotzdem was damit anfangen.

Tatsächlich gehen wir in ein Schmuckgeschäft und kaufen ein paar Sachen aus Gold, Uhren, Halsketten, Ringe, nur so, um was auszugeben. Wir zahlen mit dem Falschgeld, und alles geht glatt. Dann probieren wir's in einem Lederwarengeschäft; wir kaufen uns Taschen, Gürtel, Koffer. Problemlos geht das Geld von Hand zu Hand. Wir waren zufrieden. Hast du gesehen? sage ich. Und Dina entgegnete nichts mehr, weil es ihr auch in den Kram paßte, Geld auszugeben und sich was zu kaufen.

Am nächsten Tag erstehen wir drei Fahrkarten und reisen ab. Hochelegant treffen wir in Rom ein, sehen aus, man hätte uns glatt für Touristinnen halten können. Neue Koffer, neue Schuhe, Ringe, Armbänder, alle sahen uns an.

Na, sagen sie, wie geht's, wie steht's? Donnerwetter, sagen sie, die Weiber haben Geld gemacht! Wir waren wie immer in der Bar Bengasi, in der Via Gioberti. Alle Diebe huldigten uns. Und auch in der Via Cartagine betrachtete man uns voll Ehrfurcht.

In der Via Cartagine gab es ein Lokal, wo eine Kapelle spielte und getanzt wurde. Es hieß »Bei Romanella« am Quadraro. Dort verkehrten lauter Diebe, wir kannten uns alle. Ich fühlte mich wohl, weil diese Diebe herzensgut waren. Wenn sie ein bißchen Geld hatten, gaben sie einen aus, wetteiferten förmlich, wer bezahlen durfte. Wenn sie keins hatten, auch gut.

Kaum waren wir in Rom, verließ uns die Spanierin, weil sie mit einem Freund verreisen mußte. Sie hatte sich in einen Piloten von der Luftwaffe verliebt. Ihm gegenüber gab sie sich als ehrbare Frau. Aber er ging nur des Geldes wegen mit ihr.

Er nahm sie aus. Luftwaffe hin oder her, der Kerl war ein Schmarotzer. Er war Unteroffizier, elegant in seiner enganliegenden Uniform, liebenswürdig, aber er hatte es nur aufs Geld abgesehen. Sie gingen ins Restaurant, ins Hotel, und immer zahlte sie.

Also sagt Dina: Dieser Freund von dir, dieser Bruno von der Luftwaffe, der ist ein Schmarotzer, glaube ich. Der will dir nur dein Geld abknöpfen, und du hast's nicht gemerkt.

Nein, sagte sie, das ist nicht wahr! Bruno ist ein anständiger Junge, er ist bei der Luftwaffe. Jaja, bei der Luftwaffe, sagt Dina, und spielt sich auf wie dein Zuhälter. Kurzum, sie stritten. Die Schmarotzerin bist du! Und du bist blöd, verliebt und blöd! Sie prügelten sich. Doch es war nichts zu machen, die Spanierin war rettungslos in diesen Kerl von der Luftwaffe verliebt, und niemand konnte ihn ihr aus dem Kopf schlagen.

Als das Geld alle war, sind wir wieder auf Brieftaschenjagd gegangen, Dina und ich. Manchmal ging alles gut, zwei, drei Brieftaschen mit Geld. Manchmal aber erwischten wir zwei Wochen hintereinander keine Lira. Dann hungerten wir.

Eines Tages begegnen wir dann einem, dem wir einige Monate zuvor die Brieftasche geklaut hatten. Wir treffen ihn zwischen der Via Gioberti und der Via Manin. Es war einer vom Land, der immer zum Schweineverkaufen nach Rom kam.

Dieser Kerl sieht uns auf der Straße, eine Blonde und eine Rothaarige, hatte uns wohl noch im Kopf wie eine Fotografie. Er packt uns und sagt: Jetzt zeig ich euch an, euch zwei mistige Diebinnen!

Dina gelingt es, sich mit einem Ruck loszureißen. Ich dagegen bleibe in seinen Klauen, er hatte mich gekrallt wie ein Geier. Er sagt: Jetzt kommst du mit aufs Revier. Ich? sage ich, ich glaube, du verwechselst mich. Ich habe dich noch nie gesehen! Du spinnst wohl! Nein, sagt er, du hast mir die Brieftasche geklaut, während du mich abgeknutscht hast. Hinterher hab ich geschaut, und da war sie nicht mehr da.

Dieser Bauer kreischte, regte sich auf. Die Leute auf der Straße hatten sich um uns versammelt. Du bist verrückt, sage ich, ich laß dich in die Irrenanstalt sperren! Ich hab dich noch nie gesehen! Wer bist du überhaupt? Was erlaubst du dir?!

Ich stritt alles ab, beschimpfte ihn, aber es stimmte, ich hatte ihm wirklich die Brieftasche geklaut; hatte sie ihm aus der Tasche gefischt, während ich sein Ohr küßte, dieses bittere, schmierige Ohr voller Brillantine.

Er war entschlossen, mich aufs Revier zu bringen. Ich fing an, mich verloren zu fühlen. Ich sah, daß Dina abgehauen war, daß die Leute mich böse anschauten. Ich wollte schon aufgeben, als ich Dina zurückkommen sah. Gott sei Dank, sagte ich mir, irgendwie wird sie mich schon aus dieser Klemme rausholen, so gut wie sie kann das keine!

Und tatsächlich ist sie auf den Mann zugegangen, hat ihm ihre Handtasche auf den Kopf gehauen und dann angefangen zu schreien, aber laut, absolut sicher: Du Dreckskerl, du Verrückter! Ich zeig dich an wegen übler Nachrede! Hast du Beweise? Hast du etwa Beweise für das, was du da behauptest? Was erlaubst du dir, widerlicher Bauernflegel, ich häng dir einen Prozeß an den Hals, ich zeige dich an! Und dabei ging sie mit Fäusten auf ihn los, versetzte ihm Fußtritte und Schläge mit der Handtasche.

Vor Verblüffung und auch wegen der Schläge lockert der Kerl den Griff. Und ich fing sofort an zu rennen. Dina hinterher. Weg waren wir, wie zwei geölte Blitze.

Wir laufen und laufen und kommen schließlich in eine Garage. Es regnete. Ich sage: Laß mich ein bißchen verschnaufen, ich kann nicht mehr. Dina lachte. Sie sagte: Hast du gesehen, was dieser Bauernlümmel für ein Gesicht gemacht hat! Ich sage: Du kannst so was; ich war schon dabei, mich unterkriegen zu lassen. Sie sagt: Man muß es immer so machen, man muß sicher auftreten und angreifen. Wenn einer schreit, schreist du noch lauter, wenn er droht, drohst du noch mehr.

Als der Regen etwas nachläßt, verlassen wir die Garage und gehen zu Fuß zur Pension Margherita, wo wir wohnten. Unterwegs treffe ich plötzlich einen aus Anzio. Er sagt: Ciao, Teresa! Ich sage: Ciao! Er sagt: Hast du die Sache mit deinem Bruder gehört?

Ich sage: Was denn? Er sagt: Dein Bruder, wie, das weißt du nicht? Es tut mir leid für dich. Na, wie auch immer, fahr nach Anzio, aber gleich, es ist dringend. Ich sage: Wieso soll ich nach Anzio fahren, was hat mein Bruder getan? Er machte mich ganz nervös mit seinen Andeutungen.

Er sagt: Fahr, fahr nach Anzio, dort wirst du alles erfahren. Ich sage: Von welchem Bruder redest du überhaupt? Er sagt: Von deinem Bruder, der aus Indien heimgekehrt ist. Libero? Ja, sagt er, Libero, genau der. Ich sage: Aber ich habe hier zu tun, ich kann nicht nach Anzio fahren.

Er sagt: Fahr lieber doch, dein Bruder Libero ist von einem Zug überfahren worden. Oh Gott, was sagst du mir da! Dina, Dina, fange ich an zu schreien, es ist etwas Schreckliches passiert, ich muß sofort nach Anzio.

Am selben Nachmittag nehmen wir den Zug nach Anzio, Dina und ich. Ich konnte während der Fahrt keine Ruhe finden. Der Sitz brannte mir unterm Hintern.

Auf einmal war die Liebe zu meinem Bruder Libero, an den ich mich kaum noch erinnerte, wieder in mir aufgeflammt. Wie mochte er gestorben sein? dachte ich, wie konnte nur so ein Unglück geschehen?

Mein Bruder Libero war sechsundzwanzig Jahre alt. Er war vor kurzem aus Indien heimgekehrt, wo er viel durchgemacht hatte. Er war sieben Jahre in Gefangenschaft gewesen, war krank gewesen, hatte Hunger gelitten.

Dann hatten sie ihn eines Tages zu einer Grube geführt, dort in Indien, ihn und drei seiner Freunde, und gesagt: Los, schaufelt, wir werden euch lebendig begraben. Sie sagten: Wir wollen euch lebendig begraben, weil ihr Faschisten seid.

Sie hatten diese Strafe beschlossen und haben die drei wirklich in die Grube gestoßen, lebendig. Sie waren schon dabei, auch meinen Bruder zu begraben, diese Engländer. Sein Körper war schon zur Hälfte mit Erde bedeckt. Da kommt ein Captain dazu und sagt: Nein, der ist ein guter Junge, laßt ihn frei.

Sie haben ihn rausgezogen und gezwungen, nackt danebenzustehen und zuzusehen, wie seine Gefährten lebendig begraben zu Tode kamen. Er war damals schon krank, hatte Nierensteine. Es gab wenig zu essen in diesem Konzentrationslager, seine Zähne waren alle kaputt. Diese Sache mit der Grube hat seinem Herzen arg zugesetzt. An all das dachte ich, während diese Schnecke von Zug dahinkroch, und sagte mir: Er hat kein Glück gehabt, dieser Bruder, er hat kein Glück gehabt!

Als ich in Anzio ankomme, sehe ich meine Brüder weinen, die Leute aus dem Ort weinen. Mein Bruder Nello kommt mir entgegen, umarmt mich. Er sagt: O Gott, Schwester, Libero ist von einem Zug überfahren worden. Ich sage: Ich weiß.

Er sagt: Aber weißt du auch, daß er sich selbst vor den Zug geworfen hat, daß er sich umgebracht hat? Ich sage: Das wußte ich nicht. Er sagt: Komm und sieh ihn dir an, unseren Bruder, sie haben ihn halbwegs zusammengeflickt, und jetzt wirkt er wieder ganz.

Der Zug hatte ihn gevierteilt. Er war völlig zerfetzt. Für das Begräbnis hatten sie ihn wieder zusammengenäht und über und über mit Binden umwickelt, er sah aus wie eine Mumie. Sein Gesicht war weiß, bescheiden, die Stirn voll schwarzer Flecken.

Ich habe ihn angesehen und mir gesagt: Wir sind zusammen großgeworden, dieser Libero und ich, er war der netteste von den Brüdern. Mit zwanzig wurde er eingezogen und mußte in den Krieg; als ich geheiratet habe, war er der einzige, der mir Geld gegeben hat, damit ich mir die Papiere ausstellen lassen konnte. Mein Vater zu Haus hat mir nicht eine Lira gegeben, aber er, Libero, ist mir mit etwas Geld entgegengekommen. Er war gutherzig, und jetzt ist er tot. Was für eine Scheißwelt.

Dina und ich haben in dieser Nacht bei Nello geschlafen, der mir gegenüber immer großzügig und gastfreundlich gewesen ist. Er sagt: Für dich ist in meinem Haus immer Platz. Er hat zwei Betten aufgestellt, eins für Dina und eins für mich. Die Kinder waren da, Lina war da, die jetzt die Hausfrau ist. Wir haben uns versöhnt. Aber nach zwei Tagen bin ich trotzdem gegangen.

Dina wollte nach Rom zurück wegen Mimì, der auf sie wartete. Und ich bin dortgeblieben, habe aber dann bei meinem Vater übernachtet, bei Doré, der Bohnenstange. Ich wollte noch in Erfahrung bringen, warum er sich vor den Zug geworfen hatte, mein Bruder Libero.

Doré, die Bohnenstange, erzählt mir: Weißt du, Teresa,

er hat sich eingeschlossen, hat nach seiner Verlobten geschickt, nach der, die er hatte, bevor er in Indien war. Ich frage: Aber wer war denn seine Verlobte? Sie sagt: Ein Mädchen von hier, aber als er aus dem Krieg gekommen ist, war sie mit einem anderen verheiratet.

Kurz und gut, er hat sie holen lassen, erzählt mir Doré, sich mit ihr eingeschlossen und zu ihr gesagt: Hier hast du deine Fotografien, du bist jetzt verheiratet, ich gebe sie dir zurück. Vielleicht hatte er eine Leidenschaft für dieses Mädchen, ich weiß nicht. Jedenfalls war er im Kopf hinüber, er konnte nicht mehr vernünftig denken.

Aber ich wußte, daß das nicht stimmte. Und bei meinen Nachforschungen habe ich die Wahrheit herausgefunden. Dieser Bruder war traurig aus Indien heimgekommen. Er hatte wieder zu arbeiten begonnen, mußte aber alles, was er verdiente, bei Doré, der Bohnenstange abliefern. Er verkaufte Fisch, und alles Geld floß in ihre Hände. So verschaffte ihm die Arbeit keinerlei Befriedigung.

Zu Haus hatten sie ihn in ein leeres, düsteres Zimmerchen ohne Möbel oder irgendwas gesteckt, nur mit einem schmalen Bett, wie im Krankenhaus. Das Haus war neu, denn das alte war bombardiert worden. Daher hatte er noch nicht einmal den Trost, wieder in den Räumen zu leben, wo er aufgewachsen war. Er brauchte so vieles, brauchte jemanden, der ihn mochte, und statt dessen hatte er Doré, die Bohnenstange, gefunden, die ihn schuften ließ, uns bei ihm anschwärzte und sagte: Siehst du, sie haben deinen Vater allein gelassen, keiner hat auf dem Feld arbeiten wollen, deine Brüder sind schuld, daß er das Land verkaufen mußte. Alle sind sie weggegangen, haben ihn allein gelassen, weil sie mich hassen, dabei habe ich ihnen nichts getan, blabla, blabla, sie machte ihn fertig mit dieser Litanei.

Dann war er zu meinem Bruder Eligio gegangen, und dieser hatte zu ihm gesagt: Dein Vater ist eine Schande, hat dieses Weibstück geheiratet und sich die Schwägerin ins Haus geholt, mit der er auch noch ins Bett geht; deine

Schwester Teresa ist davongelaufen, sitzt im Gefängnis; der andere Bruder, Orlando, sitzt ebenfalls im Gefängnis, wegen Diebstahl und Todschlag eines Deutschen; Iride hat einen Amerikaner geheiratet, es geht alles drunter und drüber.

Zu Hause beschuldigte ihn Doré, die Bohnenstange, er arbeite nicht genug. Der Vater war krank, mürrisch, halb vertrottelt, die Familie gab es nicht mehr, die Liebe der Verlobten auch nicht, so hatte Libero den Mut verloren und sich das Leben genommen.

Mein Vater war ein roher, gewalttätiger Mann, der nur Schläge und Gürtelhiebe für uns übrig hatte. Als er aber diesen toten Bruder sah, war er betroffen. Er weinte. Doré, die Bohnenstange, stand neben ihm und wußte nicht, was sie sagen sollte. Sie sah zu, wie er weinte. Ich auch, denn es war das erste Mal, daß ich Tränen in seinen Augen sah; nicht einmal um meine Mutter hatte er geweint.

Abends aß ich zusammen mit ihnen in diesem kalten Haus und blies Trübsal. Nach einigen Tagen hatte ich es satt. Ich habe mich verabschiedet und bin nach Rom zurückgefahren.

In Rom war keiner da. Dina war mit Mimì unterwegs. Die Spanierin war auch verreist. Andere befreundete Diebe, mit denen ich hätte arbeiten können, waren nicht in Sicht. Ich hatte keine Lira, konnte mir nicht mal einen Kaffee leisten. Ich sage: Was mache ich jetzt? Da fällt mir plötzlich ein, was mein Bruder Nello immer sagt: Verding dich lieber als Dienstmädchen und tu ehrliche Arbeit, als zu stehlen!

Also mache ich mich auf die Suche nach einer Stelle als Dienstmädchen. Ich finde sofort was, denn solche Hausangestellten sind sehr gefragt, besonders, wenn sie wenig kosten. Und ich, ohne Referenzen, mit dem Stempel vom Gefängnis in meinen Papieren, konnte nicht viel verlangen.

Ich lande bei einer Obsthändlerfamilie. Mann, Frau und drei Kinder. Und die Schwiegermutter wohnte auch bei ihnen. Sie gaben mir sechstausend Lire im Monat. Ich mußte immerzu mit Wasser herumplanschen.

Die Chefin war eine nette Frau. Sie war so gut wie nie zu Hause. Die Schwiegermutter führte das Regiment. Ständig wollte sie was, ließ mich nie ausgehen. Immer mußte ich waschen und putzen. Ich band mir die Schürze um und putzte den Boden, wusch Wände, Türen, Teller ab, wusch Wäsche, Leintücher, alles.

Die Fenster, jeden Tag mußte ich die Fenster putzen. Putz hier! Wasch dort! Und ich hantierte mit den Wassereimern. Mit Essen hielten sie mich knapp. Sie selbst aßen Fleisch, und mir gaben sie Suppe und Schmelzkäse.

Ich sagte: Da arbeitet die Frau als Obsthändlerin, aber hier im Haus gibt es nie irgendwelches Obst. Ich wollte mal nach Herzenslust Obst essen, wenn ich schon bei einer Obsthändlerin arbeitete. Aber Obst gab es in diesem Haus überhaupt nie, ich weiß nicht warum, vielleicht mochten sie keins. Immer nur Schmelzkäse, diese Eckchen in Silberpapier, Brot und Schmelzkäse.

Ich durfte nie ausgehen. Sie sagten: Was willst du denn draußen? Es geht dir doch gut hier! Und sie gaben mir was zu waschen, immer zu waschen. Und ich wusch und wusch. Dabei dachte ich an Dina und fragte mich: Wer weiß, was die Blondine gerade macht? Wenn es Zeit zum Essen war, setzten sie mir zwei Käseecken und ein Stück Brot vor. Ich sage: Wann wird denn hier mal richtig gegessen? Du glaubst wohl, du bist hier im Hotel? antworteten sie, und ich hielt den Mund.

Nach drei Wochen, in denen es immer so weiterging, bin ich eines Morgens, nachdem ich die letzte Käseecke verdrückt hatte, auf Nimmerwiedersehen verschwunden. Ich habe nicht einmal das Geld eingefordert, das sie mir für die drei Wochen schuldeten. Ich war ganz seekrank geworden von dem vielen Waschen.

Ich gehe in die Bar Bengasi. Treffe meine Freunde, die Abstauber, wieder. Sie bieten mir zu trinken an, Zigaretten, Kaffee, und sagen: Teresa, was machst du denn? Wo bist du gewesen. Ich sage: Ich war in Anzio, bei meinem Bruder, der gestorben ist. Sie sagen: Das tut uns aber leid, Teresa, komm, trink einen Kaffee. Sie waren herzlich, fürsorglich.

Auch Dina treffe ich in der Bar Bengasi, schön wie immer, lustig, flink. Sie sagt: Was machst du? Ich sage: Nichts, ich hab keine Lira mehr, ich hab als Dienstmädchen bei einer Obsthändlerfamilie gearbeitet, wo es nie Obst zu essen gab, sondern immer nur Brot und Schmelzkäse.

Sie sagt: Wollen wir nach Civitavecchia fahren und meine Schwester besuchen? Ich habe einen Schwager, der wird »der Fürst« genannt, er verkauft Fisch im Hafen; wir gehen zu ihm ... und lassen uns ein bißchen Geld leihen.

Ich sage: Aber was wird er denn denken, dieser Fürst, wenn er uns so abgebrannt daherkommen sieht? Sie sagt: Oh, er wird uns bestimmt freundlich empfangen, er hat ein gutes Herz. Ich sage: Aber wie kommen wir überhaupt hin, ohne Geld? Sie sagt: Wir stellen uns an die Aurelia und halten ein Auto an.

Gesagt, getan, Wir gehen los, stellen uns an die Aurelia, am Stadtrand. Ein Auto fährt vorbei, drei Autos, zwanzig Autos, nichts, keiner hält.

Wir wurden langsam müde, nachdem wir vier Stunden gewartet hatten, verloren wir allmählich die Hoffnung. Ich sage: Das war keine gute Idee, mit den Autos, hier hält doch keiner an. Sie sagt: Warte nur, es wird schon einer halten.

Gegen eins kommt schließlich ein Lieferwagen, der bremst. Der Fahrer sagt: Wo wollt ihr hin? Nach Civitavecchia. Er sagt: Ich fahre nach Livorno, nein, nach Siena. Steigt ein. Und wir steigen ein.

Der Typ erzählt uns von Siena, daß es eine wunderschöne Stadt ist, daß man dort gut lebt, er kriegt sich überhaupt nicht mehr ein mit seinem Siena. Dina sagt: Da würde ich gern mal hinfahren, ich war noch nie in Siena. Und er gibt uns seine Adresse, wir müssen ihm versprechen, daß wir ihn besuchen, falls wir je nach Siena kommen.

In Civitavecchia hält er an, wir verabschieden uns, bedanken uns und steigen aus. Dann gehen wir zu dieser Schwester von Dina. Sie war derb, verächtlich. Sie sagt: Was wollt ihr denn hier?

Der Fürst war nicht da. Dina erklärt der Schwester, daß wir völlig abgebrannt sind, daß sie uns helfen muß. Aber sie sagt, sie habe auch kein Geld. Dann sagt sie: Haut ab, geht, ich will keine Leute im Haus! Und jagt uns davon. Nicht einmal zum Abendessen hat sie uns eingeladen.

Was machen wir jetzt? frage ich. Fahren wir nach Rom zurück? Ja, fahren wir zurück, sagt Dina. Und wir stellen uns wieder an die Aurelia.

Ein Auto hält, aber es fuhr nicht nach Rom, sondern nach Siena. Ich sage: Dann fahren wir eben nach Siena und besuchen den netten Lieferwagenfahrer.

Dann fällt mir ein, daß mein Sohn dort in der Gegend in Ferien war, in Acquapendente oder Acquaviva, was weiß ich, jedenfalls in der Nähe von Siena.

Ich sage: Sollen wir meinen Sohn besuchen? Dina sagt: Und wenn uns deine Verwandten dann wegjagen? Ich sage: Mir genügt es, ihn zu sehen, ob sie mich dann wegjagen, ist mir egal.

Mein Sohn war fünfzehn Jahre alt. Er war 1951 geboren. Ich war vierunddreißig. Wer weiß, wie ich auf ihn wirke, nach so vielen Jahren! sage ich. Denn meine Schwägerinnen hatten meinen Sohn zu sich genommen, und ich durfte ihn nie sehen.

Von Siena aus sind wir fast zwei Kilometer zu Fuß gegangen, um dieses Bergdorf zu erreichen. Wir haben gefragt, wo die Familie Panella wohnt. Niemand kannte sie. Zufällig war mir der Name wieder eingefallen, es waren Verwandte der Verwandten meines Mannes.

Wir klopfen an eine Tür. Jemand öffnet. Ich sage: Kennen Sie hier jemand mit diesem Namen? Er sagt: Nein, niemand, und knallt uns die Tür vor der Nase zu. Wir klopfen an eine andere Tür. Aber diese Leute wußten auch nichts.

Ich sage: Es ist eine Familie aus Rom, sie sind hier in den Ferien mit einem Jungen, der so und so aussieht und Maceo heißt. Nein, sagen sie, hier gibt es keinen Jungen. Sie waren abweisend, mißtrauisch.

Nach unendlich vielen Türen hatten wir es satt. Dina sagt: Weißt du was, ich habe Hunger. Ich hatte auch Hunger. Ich wäre gern noch weiter herumgelaufen, aber es wurde allmählich dunkel, und wir wußten weder, wo wir schlafen sollten, noch hatten wir Geld fürs Essen. Ich sage: Ist recht, gehen wir. Und den Wunsch, meinen Sohn wiederzusehen, habe ich mir nicht erfüllen können.

Wir stellen uns wieder an die Landstraße. Ein Auto fährt vorbei, dann wieder eins, aber keines hält. Wir setzen uns auf die Erde, todmüde, mit wehen Füßen. Die Autos rasten wie Pfeile vorbei und sahen uns nicht einmal. Ich sage: Hier sind wir wie zwei Nadeln im Heuhaufen; steigen wir auf den Hügel dort.

Kaum waren wir oben auf dem Hügel, hat ein Auto angehalten. Ein Kombiwagen. Der Fahrer sagt: Wo wollt ihr hin? Ich sage: Richtung Rom. Er sagt: Ich fahre nach Livorno, wenn's euch paßt, steigt ein, sonst laßt's bleiben. Ich sage: Ist recht. Wir steigen ein und fahren los.

Während wir im Auto sitzen, schielte dieser Bauer, stocksteif, den Hut tief in die Stirn gezogen, stumm auf unsere Beine. Dina sagt: Hören Sie, Sie hätten nicht zufällig was zu essen? Wir sind nämlich ganz ausgehungert.

Ich dachte: Jetzt schmeißt er uns aus dem Auto. Ich wäre

lieber gestorben, als den Kerl so etwas zu fragen. Aber Dina schreckt vor nichts zurück, sie ist hartgesotten.

Der Bauer denkt eine Weile nach, dann sagt er: Gut, ich lade euch zum Essen ein; jetzt halten wir an einer Trattoria und gehen zum Abendessen. Er hegte die Hoffnung, was mit uns anzufangen, dieser Tölpel. Tatsächlich wird er sofort vertraulich, legt Dina seine Hand aufs Knie.

Nimm die Hand weg, sagt sie, aber ganz freundlich, darüber reden wir später. Ihre Worte sind überzeugend, vielversprechend. Und er gehorcht auch sofort.

Wir gehen in eine Fernfahrertrattoria, es waren ziemlich viele Leute da, man aß gut. Wir bestellten Spaghetti, Wiener Schnitzel, Kartoffeln, Salat, Obst, Kaffee. Wir fressen uns richtig schön voll. Derweil geht Dina ihm um den Bart und sagt: Später, später machen wir's uns gemütlich, mein Schatz!

Als wir mit essen fertig sind, sagt der Bauer: In dieser Trattoria kann man auch übernachten, sollen wir hier schlafen? Dina sagt: Ja, ja, das ist eine ausgezeichnete Idee. Und ich dachte: Wie wird sie den jetzt bloß wieder los?

Sie händigen uns die Schlüssel aus. Wir gehen hinauf. Als wir vor dem Zimmer stehen, packt Dina ihn an der Brust und sagt: Hast du etwa geglaubt, für einen Teller Spaghetti würde ich mit dir ins Bett gehen? Wenn du nicht sofort abhaust, schlag ich dir den Schädel ein. Ich ruf die Polizei und laß dich festnehmen!

Ich mußte lachen und dachte: Wie hitzig sie doch ist, diese Dina, wie hinterhältig! Wie geschickt! Der Bauer war auch schon ganz klein geworden, dieser Tölpel. Aber er probierte es immer noch. Und je mehr er drängte, um so unverschämter wurde Dina. Sie war wie ein Tiger. Und zum Schluß ist der Kerl mit eingezogenem Schwanz davongeschlichen.

Wir haben drei oder vier Stunden geschlafen. Dann sind wir, als es noch dunkel war, aufgestanden und durchs Fenster abgezischt, um nicht zu bezahlen.

Wir stellten uns wieder an die Straße. Langsam dämmerte der Tag herauf. Autos kamen keine vorbei. Um nicht zu erfrieren, fingen wir an zu laufen.

Endlich hält ein Lastwagen mit einem Anhänger, der so lang war wie ein Zug. Er läßt uns einsteigen, und los geht's. Der Lastwagenfahrer konnte vor Müdigkeit kaum die Augen offenhalten und wir genauso. Er sagt: Redet, erzählt mir was, damit ich nicht einschlafe. Und Dina und ich mußten ihm abwechselnd Witze erzählen, um ihn wachzuhalten. Es war zum Heulen. Zum Schluß sind wir alle drei eingeschlafen und wären beinahe in einem Abgrund gelandet. Vor lauter Schreck waren wir plötzlich alle hellwach und sind dann rascher vorwärtsgekommen.

Gegen Mittag erreichen wir Livorno. Wir machen uns zu Fuß auf die Suche nach einer Pension. Aber nirgends war etwas frei. Gegen zwei Uhr haben wir immer noch nichts gefunden.

Müde, durchnäßt und hungrig setzen wir uns auf die Stufen einer Kirche. Wir konnten nicht mehr laufen, so taten uns die Füße weh. Ich sage: Laß uns etwas verschnaufen, dann suchen wir weiter. Dina war stocksauer, entmutigt.

Dann sehen wir einen elegant gekleideten Herrn die Stufen heraufkommen, der sich bekreuzigt und ein Gebet murmelnd die Kirche betritt. Dina sagt: Der ist der Richtige, paß auf, wenn er rauskommt, machen wir uns an ihn ran.

Wir warten und warten, aber der Typ kam einfach nicht wieder. Wer weiß, wie viele Sünden der zu beichten hat! sagt Dina. Vielleicht hat er einen Seitenausgang benutzt, sage ich. Na gut, warten wir noch ein bißchen, meint sie.

Nach etwa einer Stunde kommt er dann heraus, das Gesicht verklärt wie ein Heiliger. Dina lächelt ihm zu, macht auf sich aufmerksam, kurzum, sie umgarnt ihn sofort. Wir haken uns bei ihm ein und führen ihn zum Grand'Italia, einem Luxuscafé, das wir schon länger ins Auge gefaßt hatten.

Ganz festlich setzen wir uns hin. Wollt ihr ein Stückchen Kuchen? fragt er. Ja, bitte, antworten wir. Aber gelassen, als läge uns gar nichts daran. So nach und nach, während wir ihn reden ließen, bestellten wir dann heiße Schokolade mit Sahne, Törtchen, Brioches, Kekse, eine Unmenge Zeug. Wir stopfen uns richtig schön voll. Bei einer solchen Gelegenheit dachten wir immer sofort an Essen. Das war unser Hauptgedanke. Ich hatte sowieso ewig Hunger.

Er sagt: Also, wir sehen uns dann später und gehen irgendwo tanzen. Dina sagt: Ich kann nicht tanzen, ich möchte lieber an einen ruhigeren Ort, wo wir unter uns sind. Das sagte sie, damit sie ihn einfacher um die Brieftasche erleichtern und ihn dann zum Teufel schicken konnte. Er sagt: Wie du willst, meine Hübsche.

Er war ein blonder Typ mit hellen Augen und einer dikken Brille, er sah kaum weiter als bis zu seiner Nasenspitze, und die Haare klebten ihm in fettigen Locken am Kopf. Ein Körper wie ein Kartoffelsack, von einem eng geschnallten Gürtel in zwei Hälften geteilt. Und er roch nach altem Hering. Ich sage: Bei dem könnte ich nicht mal so tun, als würde ich ihn umarmen, ich könnte ihn nicht mal mit dem kleinen Finger anrühren. Dina dagegen war ganz ruhig, sie ließ sich nie vom Ekel überwältigen.

Zuletzt landen wir im Kino. Wie Dina es wollte. Das Kino hieß Fulgor oder so ähnlich und lag an einem Platz. Wir bleiben im Eingang stehen, und er sagt: Dieser Film soll wirklich scheußlich sein, gehen wir woanders hin, zum Tanzen.

Dina sagt: Nein, gehen wir ruhig rein, der Film ist doch egal, Hauptsache, wir sind allein. Ich brauche ein bißchen Ruhe und Zerstreuung. Wenn der Film häßlich ist, werden schon trotzdem ein paar lustige Bilder dabei sein!

Er sagt: Aber es ist ein Western, langweiliges Zeug. Und sie: Na wenn schon, dann lachen wir eben ein bißchen über die Hampeleien und vergnügen uns auf unsere Art. Also gehen wir hinein. Dieser Typ war ein gutmütiger Schwätzer.

Drinnen, die übliche Geschichte: Dina setzt sich neben ihn und ich an ihre Seite. Er sagt: Wollen wir deine Freundin in die Mitte nehmen? Nein, nein, sagt Dina, meine Freundin setzt sich hier neben mich. Sie tat glatt so, als wäre sie eifersüchtig! Kurzum, wir setzen uns und schauen den Film an, der wirklich so häßlich war, wie er es gesagt hatte.

Nach einer Weile fängt Dina an, ihn zu berühren, und dabei tastete sie ihn ab. Sie wühlte und wühlte und fand nichts. Irgendwann sagt sie zu mir: Wo hat er denn bloß die Brieftasche hingesteckt?

Hast du ihn an der Kasse nicht beobachtet? frage ich. Beim Bezahlen an der Kasse hat er das Geld aus der Hosentasche gezogen und nicht die Brieftasche gezückt, sagt sie. Versuch's noch mal, er wird sie versteckt haben, sage ich.

Und sie fängt wieder an zu tasten, zu wühlen. Der Kerl schnurrte wie ein Kater, war begeistert, wollte ihr an den Busen fassen. Sie sagte ganz hingebungsvoll: Nein, faß mich nicht an, ich könnte sonst vor Lust ohnmächtig werden, das gehört sich nicht hier mitten im Kino; laß, ich will dich berühren. Und der ließ sie machen, war selig, schauderte.

Endlich findet Dina diese Brieftasche. Sie schwitzte vor Anstrengung. Sie gibt mir ein Zeichen. Ich nehme das Ding und stehe auf. Ich gehe mal kurz aufs Klo, sage ich und verdufte. Draußen vor dem Kino warte ich auf sie.

Nach einer Weile sehe ich sie daherkommen. Sofort rennen wir los, so schnell wir können. Dann hocken wir uns hinter einen Brunnen und machen diese Brieftasche auf. Sie war leer. Nur die Papiere waren drin, sonst nichts, gar nichts. Dina sagt: Schön blöd! So viel Zeit haben wir mit diesem Idioten vertan!

Ich sage: Und du behauptest, du irrst dich nie? Sie sagt: Ich bin immer noch sicher, daß der Kerl reich ist, er sah nach Fünftausenderscheinen aus. Dabei ist er ein Hungerleider, sage ich. Vielleicht habe ich die falsche Tasche erwischt, sagt sie. Er wird sein Geld in irgendeiner Geheimtasche versteckt haben.

So stritten wir hin und her, als ein Freund von uns vorbeikommt, ein Dieb aus Rom. Er sagt: Was macht ihr? Wie geht's? War gut aufgelegt. Ich sage: Schlecht geht's, wir haben keine Lira und sind verzweifelt.

Er sagt: Kommt mit mir nach Florenz; ich weiß dort eine Pension mit einer sehr netten Wirtin. Sie kennt alle Diebe, alle Prostituierten und ist sehr gutmütig. Sie gibt euch Kredit, und wenn ihr einen Coup gelandet habt, bezahlt ihr sie dann. Dina sagt: Fahren wir nach Florenz, dieses Livorno kotzt mich an!

Also sind wir mit dem Dieb, unserem Freund, abgereist. In Florenz führt er uns zu dieser Pension, ein Diebesmilieu, lauter Bekannte dort. Wir bekommen ein Zimmer und legen uns schlafen.

Am nächsten Morgen stehen wir auf, machen uns frisch und ziehen los. Einen ganzen Tag lang haben wir nichts aufgetrieben, immer nur Nieten.

Abends kommen wir in die Pension zurück und treffen zwei Taschendiebe, zwei Freunde aus der Bar Bengasi. Ich sage: Könnt ihr uns was leihen, wir sitzen ganz schön in der Tinte. Sie sagen: Uns geht's genauso, wir sind total pleite.

Wir gehen auf unser Zimmer, legen uns ohne Essen und Trinken ins Bett, der einzige Platz, der uns blieb, war das Bett. Ich sage: Recht geschieht's uns! Warum sind wir überhaupt auf die Scheißidee gekommen, Rom zu verlassen, verdammt noch mal!

Dina sagt: Hast du die Truhe auf dem Flur gesehen, wo die Signora die Wäsche verwahrt? Ich sage: Ja, und? Sie sagt: Wir schnappen uns zwei, drei schöne Laken, die aus Leinen, und verkaufen sie. Aber wo denn? sage ich. Wir fragen diese Taschendiebe, die wissen bestimmt einen Hehler, sagt sie.

Wir nehmen also tatsächlich drei Leintücher, mit Spitzenbesatz, feinste Qualität, bestickt. Dann lassen wir uns die Adresse eines Hehlers geben und ziehen los.

Er wohnte in einer schmutzigen Gasse, im ersten Stock. Er öffnet uns, sieht sich die Leintücher an, sagt: Sind die geklaut? Ja, sagt Dina, geklaut, was gibst du uns dafür? Die kann ich nicht brauchen, sagt er, mit solchem Zeug handle ich nicht. Dina läßt nicht locker. Zum Schluß drückt er uns ein paar Tausend Lire in die Hand und schickt uns fort.

Damit haben wir die Pensionswirtin bezahlt, die inzwischen schon ganz aufgeregt war wegen des Diebstahls. Mit all den Dieben im Haus wußte sie nicht, wem sie die Schuld geben sollte. Aber sie protestierte nicht allzu laut, weil sie sich nicht mit ihnen verkrachen wollte. Sie kaufte selbst gelegentlich zu Spottpreisen Goldschmuck, von dem keiner wußte, wo er dann hinkam.

Am nächsten Abend haben wir gut gearbeitet. Dina hat eine dicke Brieftasche erwischt; vierzigtausend Lire auf einmal. Er war ein junger Kerl, der Beklaute, gutaussehend, fröhlich, der mit einem Alfa Romeo durch die Gegend fuhr. Er hat uns mit dem Auto ins Kino gefahren.

Unterwegs habe ich ihm ein Paar neue pelzgefütterte Handschuhe aus Wildschweinleder geklaut. Sie paßten mir wie angegossen.

Mit dem Geld haben wir zwei Fahrkarten nach Rom gekauft und sind nach Hause gefahren. Ab und zu mußten wir heim, weil Dina Sehnsucht nach ihrem Typen, diesem Domenico, bekam. Ich hatte niemanden. Ich fuhr mit ihr nach Rom zurück, um ihr Gesellschaft zu leisten. Aber Rom oder eine andere Stadt, das war mir gleich.

Morgen fahren wir nach Pisa, sagte Dina, in Pisa waren wir noch nie, es heißt, daß dort ganz dicke Brieftaschen herumlaufen! Am nächsten Tag fuhren wir jedoch nicht. Denn am Abend zuvor hatten wir in der Gegend des Bahnhofs einen gar nicht üblen Fang gemacht.

Jetzt brauchen wir ein paar Tage nicht zu arbeiten, sagt sie. Und wir machten uns mit dem Geld ein schönes Leben. Sie im Bett mit ihrem Domenico, ich unterwegs, auf der Rolle, in der Bar Bengasi mit den Freunden.

Als das Geld zu Ende war, sagte ich: Also, was ist? Fahren wir jetzt nach Pisa oder nicht? Und sie: Ja, morgen fahren wir. Aber wir fuhren nie.

Eines Abends lande ich mit einigen Abstauberfreunden in einem Lokal, bei »Occhipinti« in der Via Palermo. Ich tanze nicht, weil ich nicht tanzen kann. Ich sitze da, trinke und sehe den anderen zu, wie sie sich amüsieren.

Die Musik war gut, die Stimmung ausgelassen. Aber ich hatte Kopfschmerzen und saß so ein bißchen gedankenverloren herum. Direkt vor mir tanzte einer und blinzelte mir dabei immer zu. Er war hübsch, groß, schlank. Er lachte und tanzte.

Er schaute und schaute, hatte ein Auge auf mich geworfen. Und ich schaute zurück. Wir sahen uns an. Er tanzte sehr gut. Wirbelte herum, stellte sich auf die Zehenspitzen, verneigte sich, drehte sich wie ein Kreisel. Es schien jedoch, als tanzte er nur für mich. Seine Partnerin würdigte er keines Blickes. Er vollführte eine Pirouette nach der anderen und hielt das Gesicht immer mir zugewandt.

Irgendwann hört er zu tanzen auf, kommt zu mir und sagt: Wollen wir tanzen? Ich sage: Ich kann nicht tanzen. Er sagt: Das macht nichts, ich führe Sie. Nein, sage ich, setzen Sie sich zu mir, solange die anderen alle tanzen und Platz ist; reden wir ein bißchen.

Und tatsächlich unterhalten wir uns. Ich hatte mich sofort in ihn verguckt. Und er sich in mich. Kurzum, wir verabreden uns für den nächsten Abend in der Bar Genio in der Via Merulana und verabschieden uns.

Am nächsten Tag gehe ich zu dem Rendezvous in diese Bar Genio. Er war schon da, im dunklen Anzug. Wollen wir zusammen essen gehen? sagt er. Ich sage: Ja, gern. Er war mir sympathisch, sehr sogar, aber ich tat ganz gleichmütig, ließ es nicht durchblicken.

Ich wollte mich nicht schwach zeigen, im Kopf war ich jedoch schon Feuer und Flamme für ihn. Ich frage ihn, wie alt er ist. Er sagt: Sechsundzwanzig, und du? Ich war fast zehn Jahre älter als er, habe es ihm aber nicht gesagt. Um nicht zu lügen, habe ich das Thema gewechselt, und er hat nicht nachgehakt.

Während wir aßen, hat er mir erzählt, daß er mit seinem Bruder und der Schwägerin zusammenwohne, daß er im Ministerium angestellt sei, als Fahrer für die Minister.

Noch am selben Abend machten wir Liebe, in seinem Auto, das er bei den Anlagen vor der Kirche San Giovanni geparkt hatte. Er war ein zärtlicher Mann, mit sanftem Mund, sanften Händen. Ich weiß noch, daß ich, während ich ihn küßte, die weißen Statuen auf dem Kirchendach betrachtete und dachte: Wie süß dieser Junge ist!

Sofort verliebe ich mich in ihn. Ihm gefiel ich, aber er war nicht sehr verliebt. Ich liebte ihn mehr als er mich. Es war das erstemal, daß ich mich ernsthaft verliebte, denn in meinen Mann war ich nicht wirklich verliebt gewesen.

Nach diesem Tonio Santità war ich ganz verrückt. Für ihn hätte ich die größten Dummheiten gemacht, und ich machte sie auch.

Wir sahen uns jeden Abend. Wir verabredeten uns in der Bar Genio. Von dort gingen wir ins Kino, dann essen, und dann ins Hotel. Ich bezahlte immer, weil er kein Geld hatte.

Alles, was er verdiente, mußte er seiner Schwester und seiner Mutter abliefern, weil sie sonst niemand hatten, der für sie sorgte. Außerdem mußte er seiner Schwägerin das Zimmer bezahlen, in dem er schlief. Kurz und gut, er hatte nie Geld und ging gern mit mir aus, weil ich immer zahlte.

Er sah das viele Geld, das ich hatte, und fragte: Sag mal, wie machst du das? Woher hast du dieses ganze Geld? Na ja, ich denke was Bestimmtes, ob was dran ist oder nicht, weiß ich ja nicht, aber ich habe so meinen Verdacht.

Ich sagte zu ihm: Du denkst, daß ich für Geld mit Männern gehe. Du irrst dich. Ich habe Geld auf der hohen Kante, ich hab's verdient und gespart. Mach dir jedenfalls keine Sorgen, wenn du kein Geld hast, es ist egal, dann zahle eben ich.

Er sah, daß ich mit den Füntausenderscheinen nur so um mich warf, und fühlte sich geschmeichelt. Wir gingen essen, ins Hotel, immer blechte ich. Außerdem machte ich ihm Geschenke.

Ich habe ihm eine Uhr geschenkt, die sechzigtausend Lire gekostet hat, massiv Gold, mit goldenem Armband. Ich habe ihm Hemden geschenkt, Schuhe, Manschettenknöpfe. Ein Paar besonders schöne Manschettenknöpfe, ich bin einen ganzen Nachmittag rumgelaufen, um sie auszusuchen, sie waren aus Silber, mit einem Korallenzweiglein, das von vier kleinen Goldringen gehalten wurde, und auf dem Knopf auf der anderen Seite, auch aus Gold, war die Kuppel des Petersdoms eingraviert.

Kaum hatte ich ein bißchen Geld, machte ich ihm Geschenke. Er hat mir in seinem ganzen Leben nur ein Fläschchen französischen Likör geschenkt, als er mit den Ministern nach Frankreich gefahren ist wegen des Atlantikpakts.

Eine Woche ist er in Frankreich gewesen, und dann kam er mit diesem Fläschchen Likör zurück. Ich sage: Danke! Er sagt: Das ist was ganz Feines, Likör aus

Frankreich, ein Luxus! Aber ich habe ihn nie getrunken, sondern habe das Fläschchen jahrelang als Andenken an ihn mit mir rumgeschleppt, bis ich es eines Tages verloren habe.

Ich ging für ihn stehlen, riskierte was. Um bloß Geld zu haben, um vor ihm gut dazustehen, hätte ich jede Schandtat begangen. Mit Dina klaute ich Brieftaschen, mit einer gewissen Gianna, genannt La Boccona, und ihrem Freund, genannt Lo Svociato, stahlen wir in Geschäften. Mit wieder anderen Freundinnen beging ich Handtaschendiebstähle.

Sie zeigten mir, wie es geht. Sie sagten: Im Bus mußt du dich neben uns stellen; mußt den Leuten starr ins Gesicht sehen, während du die Handtaschen aufschneidest oder ihnen mit den Händen in die Taschen fährst. Wenn du der ausgewählten Person unverwandt ins Gesicht starrst, merkt sie nicht, daß du an ihr herumfummelst. Kurz und gut, ich ging bei ihnen in die Lehre. Und lernte sofort; ich war tüchtig geworden.

Da mir das Geld aber nicht reichte, konnte ich mich nicht mit einer einzigen Arbeit begnügen. Nie habe ich so geackert und geschuftet wie damals. Ich ging Öl verkaufen, Zigaretten; alles, war mir angeboten wurde, machte ich, auch die gefährlichsten Sachen, ich war immer die erste. Um ja immer Geld in der Hand zu haben.

Abends ging ich in die Bar Genio und traf mich mit Tonino. Er war pünktlich, präzise, kam im dunkelblauen Anzug mit Silberkrawatte. Er sah gut aus, und alle drehten sich nach ihm um. Er hatte sehr dunkle Augenbrauen, blasse, glatte Wangen, volle, eigenwillige Lippen, kleine weiße Zähne.

Wir gingen zum Tanzen. Ich hatte mir sogar ein Abendkleid aus orangefarbenem Samt gekauft. Sowie ich konnte, ging ich zum Friseur und ließ mir die Haare machen, bei einem Schwulen, einem gewissen Ilario. Dieser Ilario hatte seinen Salon in der Nähe von Cinecittà. Er verstand sein Handwerk, kämmte mich, schminkte mich, sagte: Schau nur, wie gut du aussiehst! Da wird sich Tonino aber freuen! Er wußte nämlich, daß ich mich für Tonino schönmachte, er kannte ihn, ich hatte ihn ihm vorgestellt. Mit seinen zarten Händen gab er mir den letzten Schliff, betrachtete mich und küßte mich auf die Stirn. Und ich gab ihm aus Dankbarkeit ein schönes dickes Trinkgeld.

Tonino legte großen Wert auf Eleganz; es gefiel ihm, daß ich auch gepflegt aussah, eine gute Figur abgab. Er führte mich an Orte, an denen ich noch nie gewesen war, und ich glaubte, ich hätte wer weiß was entdeckt! Wir gingen auf den Jahrmarkt, zum Scheibenschießen, ins Kino. Ich war verrückt nach ihm, nach diesem Tonino Santità.

Manchmal wurde er jedoch ärgerlich. Los, gehen wir, sagte er und zerrte mich eilig weg. Er wollte nämlich nicht von Kollegen aus dem Ministerium mit mir gesehen werden, weil er kapiert hatte, daß ich eine Diebin war, und Angst hatte.

Im August sind seine Verwandten verreist und die Wohnung war frei. Er wohnte in der Via de Polis. Gehen wir zu dir nach Haus? fragte ich, denn ich war zu der Zeit vom Pech verfolgt und trieb keine Lira auf. Aber ihm gegenüber tat ich, als ob nichts sei. Ich lieh mir Geld, gegen Zinsen in Höhe von fünfzig Prozent.

Er sagt: Nein, nicht zu mir nach Hause. Man könnte uns sehen. Wer denn? frage ich. Die Nachbarn, sagt er. Er hatte Angst vor den Nachbarn. Er hatte vor allem Angst, war argwöhnisch, achtete sehr auf seinen guten Ruf. In der Tat war er ein angesehener, anständiger junger Mann, immer sauber, freundlich, ehrerbietig und süß wie Honig.

Eines Abends beschließt er dann doch, mich mit nach Hause zu nehmen. Heimlich hat er mir eine Tür geöffnet, mich in ein Zimmer eingeschlossen, und stand jede Minute auf, um nachzusehen, ob jemand kommt. Wir haben auch kein Licht gemacht, um nicht aufzufallen.

Morgens um halb sechs hat er mich dann geweckt, denn er wollte, daß ich gehe, bevor der Portier aufsteht.

Er selber hat weitergeschlafen. Und ich stand ohne Geld auf der Straße und mußte zu Fuß nach Hause gehen.

Ich war schon seit einigen Tagen blank. Nicht einmal mein Bett in der Pension, wo ich wohnte, hatte ich bezahlt. Diebstähle waren keine in Aussicht. Meine Freundinnen waren verschwunden, als sie die Gefahr spürten. Es gibt Phasen, in denen alles stagniert und die Diebe untertauchen, weil sie merken, daß die Polizei auf der Lauer liegt.

Also mußte ich nachts in Hauseingängen schlafen, in irgendwelchen Treppenhäusern. Ich suchte mir ein Haus ohne Portier aus, wartete, bis es spät war, und drückte dann auf alle Klingeln. Irgend jemand öffnete. Ich drückte die Tür auf und schob einen Fuß dazwischen, damit sie nicht zufiel. Dann wartete ich draußen, bis die Leute nachgesehen hatten, wer da war. Manchmal gingen sie bis vor an die Treppe, aber wenn sie niemand sahen, gingen sie wieder hinein.

Danach stieg ich in den obersten Stock hinauf, legte mich vor die Tür, die zur Terrasse führt, wo nie jemand hingeht, und schlief dort, in meinen Mantel gewickelt.

Morgens ging ich ins Cobianchi-Bad, um mich zu waschen. Manchmal auch zu Dina. Sie lebte in einem winzigen Zimmer mit diesem Domenico, genannt Mimì, in einem Riesendurcheinander von Betten, Tellern, Decken und schmutzigen Kleidern.

Sie machte mir einen Kaffee, gab mir ein bißchen Milch dazu und sagte, ich sei blöd, ich sei völlig verblödet wegen einem, der es nur aufs Geld abgesehen hätte und sonst nichts. Ich ging selten zu ihr, eben um mir nicht diese Sachen anhören zu müssen. Wenn ich nicht wußte, wo ich hin sollte, schlüpfte ich in eine Kirche, wie damals, als ich mit achtzehn von zu Hause weggelaufen war. Sie hielten mich für eine Betschwester, eine Bigotte. Ich dagegen ging nur hin, um mich etwas aufzuwärmen, um mich hinzusetzen und auszuruhen nach all dem sinnlosen Herumlaufen.

Ich war wirklich elend dran und verzweifelt. Zu Tonino ging ich auch nicht, weil ich kein Abendessen und kein

Hotel bezahlen konnte. Ich wußte, daß er ein schiefes Gesicht gezogen hätte; ich kannte diesen Ausdruck gut. Er sagte nichts, schnitt nur diese Grimasse, und das hieß, daß er unzufrieden war. Dann machte er alles lustlos, war niedergeschlagen und gelangweilt. Nicht, daß er mir Vorwürfe machte. Er war zu fein, um mir vorzuwerfen, daß ich kein Geld hatte.

Er stand dann dort in der Bar Genio vor seinem Espresso und sagte: Und, was machen wir jetzt? Ich sage: Wir können im Auto Liebe machen, wie beim ersten Mal. Und er schnitt diese Grimasse. Ich bekam Bauchweh, wenn ich ihn dieses schiefe Gesicht ziehen sah. Ich wußte schon, was er antwortete: Ja, damit wir die neuen Bezüge schmutzig machen!

Wenn einer dagewesen wäre, der zu mir gesagt hätte: Komm, wir machen einen Raubüberfall, es muß einer umgelegt werden, ich hätte es sofort getan. Und statt dessen schleppte ich mich durch die Straßen auf der Suche nach einer Gelegenheit, die nicht kam. Alle meine Freunde waren im Gefängnis oder untergetaucht oder verreist.

Es war für alle ein unguter Moment, ein gefährlicher Moment. Die Polizei, der Polizeipräsident mußten aus wer weiß welchen politischen Gründen ihre Schlagkraft beweisen und verhafteten freudestrahlend alle und jeden, ob schuldig oder nicht.

Ich hatte nicht einmal Geld fürs Essen. Aus der Pension war ich ausgezogen, um zu sparen. Ich schlief in Hauseingängen, am Bahnhof, wie es gerade kam.

Eines Abends war ich mit einer Freundin zusammen, einer gewissen Giulia. Diese Giulia sagt zu mir: Ich bin absolut pleite. Ich sage: Ich auch. Sie sagt: Komm, wir schauen mal, was sich machen läßt. Ich sage: Wo? Sie sagt: Ach, wir ziehen einfach los.

Also streifen wir ein wenig durch die Gegend um die Piazza Vittorio. Nach einer halben Stunde etwa begegnet uns ein Betrunkener. Giulia gibt mir einen Klaps auf den Arm und sagt: Der ist völlig hinüber vom Wein; haken wir ihn unter, als ob wir ihm helfen wollten, und sehen wir mal, ob wir ihn etwas erleichtern können.

Und so haben wir es gemacht. Eine rechts, eine links, haben wir ihn uns aufgeladen. Wie geht's, Alter, sage ich, sollen wir dich wohin bringen, wo's einen Kaffee gibt?

Der Kerl lachte, redete, aber man verstand nichts, weil er wirklich stockbesoffen war. Unterdessen sah ich nach, ob er Armbänder, Halsketten, Uhren trug, die man ihm abnehmen konnte. Giulia betastete seinen Hintern, um herauszufinden, wo er die Brieftasche stecken hatte.

Irgendwann macht sie mir ein Zeichen; sie hatte die Brieftasche gefunden, in der Hosentasche versteckt. Daraufhin tue ich so, als verlöre ich das Gleichgewicht, falle beinahe auf ihn, und inzwischen fischt Giulia die Brieftasche heraus, während sie vorgibt, ihn zu stützen.

Ich sage: Gehen wir! Hauen wir ab! und wir wollen losrennen. Aber dieser Besoffene, dem der Wein schon zu den Ohren rauskam, packt mich am Arm und nagelt mich fest. Giulia verduftet mit der Brieftasche. Und ich bleibe hängen.

Ich wehre mich mit Händen und Füßen, aber er hielt mich eisern fest, lockerte den Griff nicht. Und dabei fängt er an zu schreien: Haltet den Dieb! Haltet den Dieb!

Zwei Polizisten kommen daher, nehmen mich fest und bringen mich aufs Revier. Dort durchsuchen sie mich, finden aber nichts. Sie lochen mich aber trotzdem ein, wegen meiner »Fähigkeit«.

Was bedeutet »Fähigkeit«? frage ich. Es bedeutet, sagen sie, daß du fähig währest, die Tat zu begehen, auch wenn du sie nicht begangen hast. Die Polizei fängt an, über mich Bescheid zu wissen, denke ich, schöne Scheiße!

So bin ich wieder im Gefängnis Le Mantellate gelandet. Und Tonino hat mich sofort verlassen. Er ist versetzt worden oder hat um Versetzung gebeten, ich weiß es nicht. Er war wie vom Erdboden verschluckt.

Ich habe ihn von Dina suchen lassen, von Giulia, ich habe ihm ausrichten lassen, er solle mir schreiben. Nichts.

Er hat das Gerücht ausgestreut, er sei versetzt worden, man wußte nicht, wohin, aber weit weg, und es war nicht möglich, die Adresse zu erfahren.

Ich dumme Gans wartete immer auf diesen Brief von Tonino. Ich verbrachte die Tage damit, auf dieses Zeichen von ihm zu warten. Kurzum, ich war verknallt, ich war tödlich verknallt. Er war ein schöner Mann, groß, rotbraune Haare, helle Augen.

Ich dachte immerzu an ihn, erwähnte ihn hundertmal am Tag. Ich zählte die Minuten bis zu meiner Entlassung, um mich auf die Suche nach ihm zu machen. Er stammte aus Venetien, dieser Tonino. Ich dachte: Vielleicht ist er nach Venetien gegangen. Sowie ich hier rauskomme, fahre ich nach Venetien. Ich schmiedete schon tausend Pläne, wie ich ihn wiederfinden könnte. Ich wartete auf einen Brief, jeden Tag wartete ich.

Die Nonne kam mit der Post vorbei. Ich sagte: Ist nichts für mich dabei? Sie antwortete mir gar nicht, ging einfach weiter. Ich sage: Nur Geduld, bestimmt kommt er morgen. Am nächsten Tag die gleiche Geschichte. So hielt ich mich aufrecht.

Nach einigen Monaten bin ich dann rausgekommen, weil es keine Beweise gab und sie mich nicht verurteilen konnten.

Kaum bin ich frei, gehe ich zu Tonino nach Hause, in die Via de Polis. Keiner da, nicht einmal die Schwägerin. Ich rufe im Ministerium an, laufe herum, suche ihn überall. Nichts. Er war verschwunden. Hatte Angst bekommen.

Ich gehe zu Dina und sage: Dieser Santità ist verschwunden; was mache ich jetzt? Sie sagt: Sei bloß froh, daß du den Kerl los bist. Ich sage: Aber so einen zärtlichen Mann finde ich nie wieder. Sie sagt: Hör auf mit der Gefühlsduselei, der hatte es nur aufs Geld abgesehen. Aber wenn du Lust hast, können wir ab morgen wieder auf Brieftaschenjagd gehen. Ist recht, sage ich, ich habe keine Lira.

Am nächsten Tag um vier Uhr gehen wir in ein Geschäft in der Via Due Macelli. Es war voll. Dina macht mich auf eine Handtasche aufmerksam, die unbeaufsichtigt auf einer Glasplatte steht. Ich greife mir die Tasche und schlüpfe still hinaus.

Während ich die Straße überquere, höre ich eine schrille Stimme, die schreit: Meine Handtasche! Haltet sie! Und aus dem Geschäft stürzt eine Herde wildgewordener Weiber, die hinter mir herjagen.

Ich schaffe es nicht mal bis zur Ecke, da haben sie mich schon zu fünft gepackt. Es waren zu viele Leute auf der Straße, und man konnte nicht frei laufen; sonst hätten sie mich bestimmt nicht geschnappt, diese Furien. Dina ist abgehauen, und damit sie keine Scherereien kriegt, habe ich so getan, als kenne ich sie nicht.

Also bin ich wieder im Knast gelandet, wegen des Diebstahls dieser Handtasche. Kaum haben sie mich festgenommen, nehmen sie mir alles ab, die fünfzigtausend Lire, die Handtasche, alles. Und verurteilen mich zu acht Monaten Gefängnis.

Im Gefängnis kam mich niemand besuchen, niemand schickte mir was. Dina hatte mich vergessen, weil sie anderes zu tun hatte. Sie ging mit anderen Freundinnen auf Brieftaschenjagd. Mich klinkte sie sofort aus. Solange ich um sie herum war, gut; doch kaum entfernte ich mich, suchte sie sich neue Freunde, neue Gesellschaft.

Dann hat diese Dina einen Herrn kennengelernt, der sich in sie verliebt hat; einen aus Catania, einen ganz reichen. Entweder, sie hat sich auch verliebt oder es war Berechnung, ich weiß es nicht. Jedenfalls ist sie mit ihm nach Catania gegangen und besitzt jetzt ein Hotel.

Sie hat Domenico, genannt Mimì, der bis über beide Ohren in sie verliebt war, aber klaute wie ein Rabe, verlassen. Sie ist nie im Gefängnis gelandet. Sie hat so viele Brieftaschen gestohlen, daß sie selbst nicht mehr weiß, wie viele, wurde aber nie eingebuchtet. Ich dagegen habe immer Pech. Mich erwischen sie immer, nehmen mich fest und lochen mich ein.

Im Gefängnis Le Mantellate saß ich mit den Taschendiebinnen aus Trastevere zusammen. Sie waren lustig, fürchteten sich vor nichts. Ab und zu bekamen sie ein Paket, sahen, daß ich arm dran war, und gaben mir ein Stück Brot, eine Zigarette. Wenn nicht, schlug ich mich mit der Brühe, diesem Blechnapf voll dreckigem Wasser, und den zwei Stück Brot durch, die pro Tag verteilt wurden.

Es gab welche, denen es gut ging, die Milch, Kaffee, Zucker und Fleisch bekamen. Aber gegen Bezahlung, alles gegen Bezahlung. Ich hatte kein Geld und mußte essen, was es gab. Für eine Zigarette verrichtete ich manchmal kleine Dienstleistungen: Ich kehrte eine Zelle, stopfte einen Strumpf, nagelte einen Schuh.

Früher habe ich nicht geraucht; Dina hatte mir beigebracht, am Rauchen Geschmack zu finden. Und im Knast war es das, was mir am meisten fehlte. Also half ich mir, so gut ich konnte. Ich trocknete ein paar Kartoffelschalen, mischte etwas Roßhaar dazu, das ich aus der Matratze zupfte, und schnitt alles ganz fein. Dann drehte ich Röllchen aus Zeitungspapier, füllte sie mit diesem Zeug und rauchte sie. Sie hinterließen einen bitteren, ekligen Geschmack im Mund, aber ich hatte die Illusion, eine Zigarette zu rauchen.

Das, worauf alle immer am meisten warteten, war die Entlassung einer Mitgefangenen. Denn die hinterließ dann Zigaretten, Strickjacken, ein paar Stück Brot, was sie eben so an Vorräten übrig hatte. Es war ein Augenblick der Euphorie, und die Glückliche spielte die große Dame.

Gewöhnlich wurden diese Sachen unter den Ärmsten verteilt, unter denen, die nie Pakete bekamen und kein Geld hatten, um sich was zu kaufen. Wenn die, die entlassen wurde, jedoch eine Gefährtin hatte, also eine Braut, denn dort drinnen gab es Ehen wie im bürgerlichen Leben, dann hinterließ sie alles der, und gute Nacht.

Die »verheirateten« Paare waren eifersüchtig, bissig. Sie konnten ruhig und gelassen leben, solange niemand sie störte. Aber angenommen, eine andere verliebte sich in eine von diesen Vergebenen, dann war der Teufel los. Dann zogen sie die Messer, gingen aufeinander los.

Ich blieb immer allein. Auch während der Enthaltsamkeit im Gefängnis habe ich mich nie mit einer Frau zusammengetan, weil ich einfach nur Männer mag.

Ich kann auch ein ganzes Jahr lang ohne Mann auskommen. Es genügt, daß ich einen im Kopf habe. Ich stelle mir seinen Körper vor, seine Schönheit, seine Zärtlichkeit, und arrangiere mich allein.

In dem Jahr ging es mir schlecht, wegen Tonino, weil er mich verlassen hatte. Auf ihn hätte ich sogar zwei Jahre gewartet. Ich dachte an ihn. Sang die Schlager, die er mochte. Acht Monate rumorte er mir im Kopf herum.

Dann ruft mich eines Tages der Direktor zu sich. Ich

denke: Bestimmt wird er mir Vorwürfe machen, weil ich aufsässig bin und der Schwester patzig geantwortet habe. Ich gehe also in die Direktion und erwarte mir einen Verweis. Schon dachte ich: Jetzt wird der Kerl mir auch noch das bißchen Essen streichen, das ich habe, wird meine Strafe um zwei Monate verlängern.

Während ich so denke, sagt er überaus freundlich zu mir: Wie geht's, Teresa? Ich sage: Gut, Herr Direktor. Er fängt im Guten an, dachte ich, und das dicke Ende kommt nach.

Und er: Du kennst alle deine Mitgefangenen, stimmt's? Ich sage: Ja, sind alle meine Freundinnen. Er sagt: Du bekommst nie Pakete von zu Hause, stimmt's? Ich sage: Nein, leider nicht. Er sagt: Würdest du gern öfter mal was zum Essen bekommen? Schon, aber woher? sage ich. Und er: Mach dir keine Sorgen, du mußt nur ab und zu herkommen und mir erzählen, was deine Mitgefangenen so aushecken.

Dieser Mistkerl, wollte mich mit ein bißchen Essen kaufen. Ich sage: Aber Herr Direktor, da gibt es nichts zu erzählen, was soll schon in einem Gefängnis groß passieren!

Er sagt: Da passiert ziemlich viel. Vor einigen Monaten ist zum Beispiel eine Zigeunerin ausgebrochen, und ich bin sicher, daß du was davon wußtest. Weißt du, wer Schuld ist, wenn eine aus dem Gefängnis ausbricht? Immer der Direktor, auch wenn der überhaupt nichts damit zu tun hat, weil die Wachen bestochen worden sind und nicht ihre Pflicht tun.

Ich sage: Ich weiß nichts; die Zigeunerinnen, das wissen Sie ja selbst, die machen den Mund nicht einmal zum Gähnen auf. Er sagt: Aber die anderen schon, die anderen reden, im Gefängnis erfährt man alles, und der Direktor muß es wissen, er darf nicht im dunkeln bleiben.

Ich sage: Da sind Sie an die falsche Adresse geraten, Herr Direktor, ich weiß nichts. Mir erzählt nie jemand was. Ich bin umgänglich, schließe schnell Freundschaft, alle mögen mich, aber sagen tun sie mir nichts. Jeder für sich.

Er sagt: Du bist eine aufsässige Lügnerin, du wirst noch ein schlimmes Ende nehmen. Ich sage: Schlimmer als so, Herr Direktor!

Dabei erzählten sie mir alles. Der Direktor wußte es. Und deshalb hatte er mich ausgewählt, und auch, weil ich Hunger hatte, besonderen Hunger, wahnsinnigen Hunger. Ich bekam nie Pakete, und er wollte mich mit einem Freßpaket zum Spitzel machen.

Aber ich bin nicht zum Spitzel geboren. Selbst wenn ich es wollte, ich würde mich verhaspeln, würde durcheinanderkommen, alle würden es sofort merken. Zum Schluß würde ich noch jemanden verprügeln und immer den Kürzeren ziehen. Ich bin nicht gleichmütig genug, um als Spitzel zu taugen.

Ich wußte auch von der Zigeunerin, die abgehauen ist. Nicht, weil sie es mir gesagt hatte, sondern eine andere, eine Freundin. Im Gefängnis erfährt man alles.

Diese Zigeunerin war ziemlich hübsch, hatte sehr lange Beine und einen sehr roten Mund. Es gab eine, die ihr schöne Augen machte, eine gewisse Rosa. Diese Rosa war eine Alte, aber anmaßend, kommandierte alle herum, machte in der Wäscherei und in der Küche die Chefin.

Der Zigeunerin gab sie von allem die doppelte Portion; doppelt so viel Kartoffeln, doppelt so viel Fleisch, doppelt so viel Nudeln. Die Zigeunerin aß und sagte nichts. Sie bedankte sich nicht, redete nicht. Und Rosa beschützte sie ständig, ohne eine Gegenleistung zu verlangen.

Doch alle beide wußten, daß die Sache eines Tages geregelt werden mußte; die Zigeunerin mußte die Vergünstigungen irgendwie mit Liebe vergelten. Aber die Dinge zogen sich in die Länge, weil die Zigeunerin die Sache hinausschob und die andere wartete.

Dann kam der Abend der Abrechnung. Ich weiß nicht, wie, aber Rosa hat ihr zu verstehen gegeben, daß der Augenblick gekommen war. Und wenn sie nicht mit ihr ginge, wäre sie fähig, sie umzubringen.

Die Zigeunerin sagte nie etwas. Auch an jenem Abend

hat sie nichts gesagt. Sie hat alles aufgegessen, hat mit dem Brot den Teller ausgewischt, gelassen, wie immer. Dann ist sie zu Bett gegangen.

In der Zelle, in der sie schlief, war just an diesem Abend ihre Zellengenossin, die Vincenzina, auch Zigeunerin, nicht aufgetaucht. Statt ihrer kommt Rosa daher, herausgeputzt, mit einem neuen Kleid, Halskette, frisch gewaschenen und gefärbten Haaren, Make-up und Lippenstift.

Die Zigeunerin hat aber, anstatt ihr zu öffnen, die Tür zugemacht und das Bett davorgeschoben, so daß die andere nicht herein konnte. Rosa ist stark, sie stemmte sich dagegen, aber die andere hatte die Tür von innen verbarrikadiert. Obwohl sie wußten, was vor sich ging, waren alle anderen Gefangenen verschwunden. Sie hatten die beiden allein gelassen.

An diesem Punkt kam die Schwester an, und Rosa mußte in ihre Zelle zurückkehren und auf einen passenden Augenblick warten, um wieder zum Angriff überzugehen. Die Zigeunerin hat darum gebeten, in die Wäscherei hinuntergehn zu dürfen, weil sie ihren Ehering auf dem Wannenrand liegengelassen hatte. Die Schwester hat es ihr erlaubt, denn sie vertraute ihr. Und die Zigeunerin ist nicht mehr zurückgekommen.

Es ist an jenem Abend passiert, weil das die Gelegenheit war, aber es hätte auch früher oder später passieren können. Die Zigeunerin wußte, daß der Tag kommen mußte, und hatte die Flucht vorbereitet.

Rosa war die einzige im ganzen Gefängnis, die nichts davon wußte. Die anderen kannten den Plan, wenn auch nicht in allen Einzelheiten. Sie hatte Nägel in die Einfriedungsmauer geschlagen, diese Zigeunerin, ohne daß es jemand gemerkt hatte, und mit Hilfe dieser Nägel ist sie hinaufgeklettert und auf der anderen Seite runtergesprungen. Es geht zehn Meter runter, ich weiß nicht, wie sie es gemacht hat, daß sie sich nichts gebrochen hat. Sie war biegsam wie eine Katze.

Am nächsten Tag schauten alle Rosa an, um sich über sie lustig zu machen. Aber sie zeigte keinerlei Bedauern. Sie aß zufrieden und gutgelaunt wie immer, sogar zufriedener als sonst. Wir haben schon fast geglaubt, daß sie der Zigeunerin zur Flucht verholfen hätte.

Sie redete und lachte, hantierte in der Küche mit den Töpfen. Alle erwarteten sich einen Wutausbruch, einen Schrei. Statt dessen nichts. Sie war ruhig und freundlich. Sie hat sogar ganz frech angefangen, einer Neuen den Hof zu machen, einem zweiundzwanzigjährigen Mädchen, das wegen Rauschgift eingelocht worden war.

Drei Tage lang spielte Rosa diese Komödie. Dann hat sie es nicht mehr ausgehalten. Eines Morgens hören wir aus ihrer Zelle Schreie, als würde ein Kind geboren.

Alle stürzen hin. Es war Rosa, die weinte, sich erbrach, mit dem Kopf gegen die Wand rannte. Dann kommt die Schwester. Sie sagt: Was hast du, Rosa? Ich sterbe, sagt Rosa, ich habe was gegessen, was mich vergiftet hat, ich sterbe, Schwester, ich kann nicht mehr. Und die Tränen liefen ihr herunter wie Regen.

Sie war eine so gute Schauspielerin, daß alle die Lüge mit dem vergifteten Essen geglaubt haben. Dabei war es das Gift der Liebe, ich habe es gleich verstanden. Es wirkte mit Verspätung, wie ein Sturm, und dieser Sturm hat sie umgehauen, acht Tage lag sie in einem Bett in der Krankenstation, als wäre sie tot. Der Doktor sagte, sie hätte nichts, aber sie lag fast im Sterben: Sie war leichenblaß und bekam keine Luft.

Ein andermal hätte mich eine um ein Haar mit dem Messer erwischt. Denn im Gefängnis sind Eifersucht und Neid stärker als draußen und jeder Stohhalm wird zu einem Balken.

Es gab da zwei Frauen, die waren ein glückliches Paar. Die eine saß wegen Mordes, und die andere ebenso. Eine hatte den Vater umgebracht wegen Verführung, die andere ihren Schwager wegen Geld.

Es waren zwei sanfte Geschöpfe, niemand hörte sie je

laut werden. Maria und Venerina, so hießen sie. Sie waren etwa gleich alt, achtundzwanzig.

Diese beiden, Maria und Venerina, aßen zusammen, schliefen zusammen, machten den Hofgang zusammen, arbeiteten zusammen. Sie waren wie Zwillinge. Sie sprachen wenig, stritten nie. Sie waren still, friedlich.

Eines Tages, ich weiß nicht wie, kommt Venerina zu mir und bietet mir eine Zigarette an. Willst du rauchen? sagt sie. Ich sage: Danke, gern, hast du ein Paket bekommen? Sie sagt: Maria hat eins bekommen, von ihrer Mutter. Ich sage: Was, sie hat ihren Vater umgebracht, und die Mutter schickt ihr Pakete? Sie sagt: Die Mutter ist froh darüber, daß sie den Vater beseitigt hat, sie war sich mit der Tochter einig.

Ich rauche also diese Zigarette. An Maria dachte ich gar nicht. Ich glaubte, sie sei nicht zum Hofgang heruntergekommen, weil sie sich nicht wohl fühlte. Es war mir nicht weiter aufgefallen, daß die beiden getrennt waren, was sonst nie, aber auch nie vorkam.

Venerina, die grüne Schlangenaugen hatte, saugt sich mit diesen Augen geradezu an meinem Gesicht fest und redet und redet. Sie kam mir ein wenig aufgeregt vor, aber ich beachtete es nicht. Sie sagt: Weißt du, wie ich meinen Schwager umgebracht habe? Ich sage: Nein. Es wundert mich ein wenig, denn es ist ungewöhnlich, daß im Gefängnis jemand von seinem Verbrechen spricht.

Sie sagt: Ich habe den Immer-ärger genommen, und während er sich runtergebeugt hat, um das Wasser aus dem Brunnen heraufzuziehen, hab ich ihn ihm über den Kopf gehauen. Ich sage: Was ist denn ein Immer-ärger? Sie sagt: Ein Pickel aus Eisen, auf der einen Seite ist er arg und auf der anderen noch ärger, die Maurer benutzen ihn, um Mauern einzureißen, und mein Schwager war ja Maurer.

Ich sage: Und warum hast du deinen Schwager mit diesem Immer-ärger umgebracht? Sie sagt: Weil er mir zwei Millionen weggenommen hat, um meine Schwester zu heiraten. Ich sage: Und woher hattest du zwei Millionen? Sie sagt: Ich habe gearbeitet, Wäsche gewaschen gegen Bezahlung. Ich habe in meinem Leben mehr Wäsche gewaschen als eine elektrische Waschmaschine. Manchmal arbeitete ich bis zu vierzehn Stunden am Tag. Und alles, was ich verdiente, gab ich diesem Schwager, damit er meine Schwester heiraten konnte, weil sie von ihm schwanger war und die beiden ohne Geld nicht heiraten konnten.

Ich sage: Wie lange hast du gebraucht, bis du das Geld für ihre Hochzeit zusammenhattest? Sie sagt: Zwei Jahre. Meine Schwester hat das Kind gekriegt, dann hat sie es abgestillt und dann haben sie geheiratet, mit diesem Kind, das schon abgestillt war. Die Abmachung mit meinem Schwager war jedoch, daß er mir nach der Heirat das Geld nach und nach von seinem Arbeitslohn zurückzahlen sollte.

Aber er gab mir nichts. Im Gegenteil, er verlangte, daß ich für ihn, meine Schwester und das Kind weiter die Wohnung bezahlte. Und sagt zu mir, wenn ich meine Schwester liebhabe, muß ich ihr helfen, weil er sie nicht ernähren kann.

Derweil hatte ich erfahren, daß er einen Tag zur Arbeit ging, einen nicht, daß er herumerzählte, er lebe vom Geld seiner Schwägerin, daß er sich eine andere Frau gesucht hatte, die Ehefrau eines Maurers, mit dem er befreundet war, und mit der mein Geld durchbrachte.

Ich habe mir nichts anmerken lassen, weil ich die Wahrheit überprüfen wollte. Also habe ich angefangen, ihm nachzugehen. Und ich habe ihn gesehen, ihn und diese Frau, wie sie nachts auf die Baustelle gingen, um Liebe zu machen.

Ich habe nichts gesagt, nicht einmal meiner Schwester, um ihr keinen Schaden zuzufügen. Diese Schwester von mir ist nämlich wie ein Kind, sie spielt mit ihrem Sohn wie mit einer Puppe, und von ihrem Mann und der Welt hat sie keine Ahnung.

Sie geht nur gern ins Kaufhaus, schaut sich alles an, stöbert in allem herum, faßt alles an, Spielzeugautos, Gewehre, Teddybären, Puppen, unechte Ringe, unechte Ketten und Armreifen. Zum Schluß kauft sie eine Tafel Schokolade und geht wieder nach Hause. Einmal hat sie ihr Kind am Bett festgebunden, um ins Kaufhaus zu gehen, und es wäre beinahe erstickt.

Also habe ich mich vergewissert, daß mein Schwager sie wirklich betrog, und dann habe ich ihm eines Morgens, während er Wasser aus dem Brunnen heraufzog, den Immer-ärger auf den Kopf gehauen. Ich habe ihm den Schädel gespalten, daß ihm das Gehirn herausgespritzt ist.

Dann habe ich das Haus abgeschlossen, damit meine Schwester ihn, wenn sie vom Einkaufen zurückkommt, nicht sieht. Ich habe alles verriegelt und vernagelt und bin zur Polizei gegangen, um mich zu stellen.

Ich sage: Und von was lebt deine Schwester jetzt? Sie sagt: Von meinem Geld; ich arbeite doch auch hier drinnen. Alles, was ich verdiene, schicke ich ihr. Ich sage: Kann deine Schwester denn nicht selber arbeiten? Sie sagt: Nein, sie hat den Verstand einer Fünfjährigen. Wie könnte ein fünfjähriges kleines Mädchen arbeiten?

Während sie mir diese Dinge erzählte, hat die andere, Maria, offenbar vom Fenster aus zugesehen. Danach haben sie es mir gesagt, aber in der Situation merkte ich es nicht. Plötzlich kommt diese Maria herunter, tritt von hinten an mich heran und will mir ein Messer in den Rücken stoßen.

Venerina hatte sie kommen sehen, aber nichts gesagt. Sie hatte sie absichtlich provoziert, um sie eifersüchtig zu machen, und jetzt wartete sie auf das Messer, mit dem Maria zustechen sollte, als Liebesbeweis. Und ich hörte mir ahnungslos die Geschichte von diesem Schwager an!

Zum Glück standen in der Nähe zwei Freundinnen von mir, zwei Stadtstreicherinnen, die die dramatische Szene verfolgt hatten. Und als Maria sich mit dem Messer auf mich stürzt, packen sie sie und halten sie fest.

Daraufhin ist ein wahnsinniger Streit ausgebrochen, die Frauen gingen mit Fäusten und Fußtritten aufeinander los. Maria war außer sich und wollte jemanden umbringen. Venerina verprügelte eine, weil die auf Maria einschlug.

Kurz und gut, peng zack bum, es gab allgemeinen Zoff. Ich selber schlug auch zu, denn als ich kapierte, in welcher Gefahr ich geschwebt hatte, wurde ich wütend und wollte Venerina zusammenschlagen. Zu dritt hielten sie mich zurück.

Die Wachen kommen, die Schwestern kommen. Sie erwischen alle, trennen uns und schicken zwei in die Strafzelle, ausgerechnet zwei, die überhaupt nichts damit zu tun hatten. Maria und Venerina lassen sie ungeschoren.

Kaum sind sie weg, geht die Prügelei wieder los. Also kommen die Wachen zurück und kapieren endlich, daß diese Zwillinge, die nie den Mund aufmachten, an allem schuld waren. Daraufhin haben sie sie getrennt.

Venerina haben sie nach Perugia verlegt und Maria nach Pozzuoli. Später habe ich erfahren, daß diese Venerina sich umgebracht hat, ich weiß nicht wie, jedenfalls ist sie gestorben.

Ärmer denn je komme ich aus dem Knast raus, habe nicht einmal Schuhe an den Füßen. Also gehe ich zu Dina, aber mir wird gesagt, sie sei nicht da, sei verreist.

Ich gehe in die Bar Bengasi und treffe ein paar befreundete Diebe. Wie geht's, Teresa, fragen sie. Schlecht, sage ich, ich komme gerade aus dem Gefängnis und weiß nicht, wo ich hin soll. Trink einen Kaffee, Teresa, sagen sie, und sei froh! Hauptsache, du bist frei, irgendwie geht das Leben dann schon weiter.

Ich besuche Giacoma, eine, die ich im Gefängnis kennengelernt hatte und die kurz vor mir entlassen worden war. Sowie sie mich sieht, fällt sie mir um den Hals, bietet mir Kuchen an, Cognac, Sekt. Ich versuche herauszufinden, ob ich die Nacht bei ihr verbringen kann. Mir war, als hätte ich noch ein Bett gesehen außer dem, in dem sie mit ihrem Mann schlief. Aber dann kommt die Mutter und ich begreife, daß ich gehen muß. Sie sagt: Komm wieder, komm morgen wieder! Sie war sehr freundlich.

An dem Abend habe ich in einem Hauseingang geschlafen. Drei Nächte habe ich wie ein streunender Hund verbracht, da und dort geschlafen, am Bahnhof, in einem Autowrack.

Dann gehe ich wieder zu dieser Giacoma mit ihrem Kuchen. Sie umarmt mich, küßt mich, bietet mir ein Glas Strega-Likör an. Sie erzählt mir, daß ihr Mann gerade dabei ist, einen Coup mit gestohlenen Autos zu landen. Ich sage: Warum fragst du deinen Mann nicht, ob ich mitarbeiten kann? Sie sagt: Mal sehen.

Zufällig war die Mutter dieser Giacoma genau an diesem Morgen wegen Beihilfe festgenommen worden. Und so konnte ich einige Nächte im Bett der Mutter schlafen.

Den Mann sah man nie. Zum Schluß dachte ich schon, sie hätte diesen Mann erfunden.

Eines Morgens auf dem Weg zur Bar Bengasi kriege ich Schmerzen. So geht's, wenn man nichts gewöhnt ist, sage ich mir. Diese Giacoma gab mir dauernd Cognac, Strega, Malvasia, und ich war nicht dran gewöhnt. Ich hatte solche Schmerzen im Unterleib, daß ich irgendwann nicht mehr konnte und der Länge nach auf den Boden fiel.

Jemand hat mich aufgehoben und ins Krankenhaus gebracht. Sie sagten mir, ich hätte eine Bauchfellentzündung, eine Becken- und Bauchfellentzündung. Kurzum, sie bringen mich ins San-Giovanni-Krankenhaus und legen mich dort in ein Bett.

Im Bett nebenan lag die Spanierin. Sie sagt: Was machst du denn hier? Ich sage: Ich weiß nicht, sie haben mich von der Straße aufgelesen, es ging mir schlecht. Sie sagt: Mich haben sie an den Eierstöcken operiert.

Es war ein Glück für mich, daß ich diese Gesellschaft hatte. Wir haben einige lustige Tage verbracht, indem wir uns alle unsere Geschichten erzählten. Ich hatte mich inzwischen etwas erholt, es ging mir besser.

Eines Morgens sagt die Spanierin zu mir: Wollen wir unterschreiben, daß wir auf eigene Verantwortung nach Hause gehen? Ich sage: Aber wohin? Sie sagt: Draußen wartet mein Mann, ein Amerikaner, den ich geheiratet habe, während du im Knast warst.

Sie läßt mich glauben, sie wäre verheiratet. Dabei war es gar nicht ihr Mann, sondern einer, den sie auf der Straße kennengelernt hatte. Ich sage: Hast du wirklich geheiratet? Wann denn? Sie sagt: Vor einem Monat, diesen Ami, der sehr nett ist. Dann laß uns nur gehen! sage ich.

Wir unterschreiben und gehen. Doch diesen Mann gab es gar nicht und die Wohnung auch nicht. Daraufhin sage ich: Wozu hast du mich bloß da rausgelockt? Dort hatten wir wenigstens ein Dach über dem Kopf, wo sollen wir jetzt hin? Sie sagt: Wir gehen zu meiner Schwester. Und wir gehen zu dieser Schwester, Nerina.

Sie wohnte in der Nähe der Batteria Nomentana, war groß wie die Spanierin und auch dunkelhaarig, aber häßlich. Sie hatte eine Nase wie ein Hund und einen großen Mund mit vorstehenden Zähnen. Diese Nerina läßt uns eine Nacht bei sich schlafen. Aber am nächsten Tag warf sie uns raus, weil ihr Mann von einer Geschäftsreise heimkommen sollte und kein Platz mehr war.

Ich sage zur Spanierin: Du redest und redest, aber hier gibt's weder die Schwester noch den Mann; du liegst ja genauso auf der Straße wie ich. Sie sagt: Wer weiß, wo sich mein Mann verkrochen hat, aber ich schwöre dir, ich hab einen, er muß irgendwo untergetaucht sein, über kurz oder lang finde ich ihn schon wieder. Die Schwester hat sich verändert, denn früher war sie netter, seit sie den Handlungsreisenden geheiratet hat, ist sie nicht mehr sie selbst. Ich sage: Gut, aber was machen wir jetzt? Sie sagt: Wir fahren nach Anzio. Du hast so viele Brüder dort, einer wird uns schon helfen.

So landen wir in Anzio. Kaum sieht mein Vater mich, schmeißt er mich raus; Doré, die Bohnenstange, war zu der Zeit auf alle sauer, giftig wie eine Schlange.

Ich gehe zu Nello, aber er konnte mich auch nicht aufnehmen, weil er gerade das Haus umbaute. Ich sage: Hier ist nichts drin; was machen wir jetzt? Sie sagt: Fahren wir zurück nach Rom.

Wir machen uns auf der Landstraße auf den Weg. Wenn wir vom Gehen müde waren, lehnten wir uns am Straßenrand an die Böschung, um auszuruhen. Wir haben zu trampen versucht, aber niemand hielt an. Kaum sahen sie uns so zerlumpt und abgerissen da stehen, drehten sie den Kopf weg.

Endlich hält einer mit einem Fiat 600. Ein Student, hellblond, bildschön, der Zuckermandeln aus einer Papiertüte aß. Er sagt: Steigt ein! Ganz zuvorkommend hält er uns die Türe auf. Dann fängt er mit der Fragerei an. Was verdient ihr pro Tag? sagt er. Wie oft macht ihr's? Kommt euch nie mal ein Perverser unter?

Der hatte uns für zwei Nutten gehalten, und wir konnten es ihm nicht ausreden. Er glaubte, wir schämten uns, und bot uns Zuckermandeln an, rosa Zuckermandeln, wie sie bei der Taufe eines Mädchens verteilt werden, um uns weichzukriegen.

Vor uns hin knabbernd sind wir nach Rom gekommen. Wir lassen uns in der Gegend von Santa Maria Maggiore absetzen und gehen eine Freundin besuchen, Gianna la Boccona.

Sie wohnte in einer Pension in der Via Panisperna. Sie hatte ein winziges Zimmer, das über einer Garage lag. Wenn man reden wollte, mußte man schreien, weil der Lärm schrecklich war.

Wir haben alle drei in diesem Zimmer geschlafen, zwei im Bett und eine auf dem Boden, auf der Decke.

Am nächsten Morgen gehen wir auf Brieftaschenjagd. Aber die Spanierin war nicht Dina, sie verstand sich nicht darauf. Ich auch nicht. Ich war etwas aus der Übung. Ein paar Brieftaschen haben wir zwar erwischt, aber leere. Zweimal sind sie uns draufgekommen, und beinahe wären wir wieder im Knast gelandet.

Die Spanierin sagt: Weißt du was, diese Arbeit ist zu gefährlich; das Risiko bei den Brieftaschen ist mir zu groß. Weißt du was? Ich reiß mir ein paar Männer auf, das ist die einzige Art, sich durchzuschlagen, ohne daß man hinter Gitter kommt.

Tatsächlich donnert sie sich auf und geht an den Bahnhof. Sie treibt einen lahmen Ochsen auf und vernascht ihn. Und am Abend haben wir endlich gegessen, alle drei. Wir haben auf dem klapprigen Bett ein Stück Zeitung ausgebreitet, uns darum herumgesetzt wie auf einer Wiese und Brot, Mortadella, frittierten Fisch und Orangen gegessen.

Ich ging allein auf die Suche nach Brieftaschen und Handtaschen, und sie ging auf den Strich. Abends trafen wir uns im Zimmer von Gianna la Boccona wieder zum Essen. Doch manchmal gab es nichts, weil kein Geld da war. Die Spanierin war darauf spezialisiert, an zweifelhafte, heruntergekommene Typen zu geraten, die sie hinter einen Busch zerrten und dann nicht bezahlten. Ich hatte auch eine Pechsträhne, ums Verrecken wollte mir keine Brieftasche ins Netz gehen.

Eines Tages kommt die Spanierin und sagt zu mir, sie habe ihren Mann wiedergetroffen, den Amerikaner. Ich sage: Zeig her. Sie sagt: Komm heute abend mit, dann stell ich ihn dir vor, und wir gehen zusammen essen.

Tatsächlich kommt er am Abend. Ein älterer Mann, ein Ingenieur. Aber er war keineswegs Amerikaner, er war zwei Jahre in Argentinien gewesen und hatte dort Geld gemacht, aber Amerikaner war er nicht, er war Italiener wie ich und die Spanierin.

Dieser Argentinier führt uns in eine Luxustrattoria zum Essen: Ossobuco, Schweinekotelett, Tortellini, Maronendessert und Kaffee. Während wir reinhauten, tat die Spanierin ihm schön, hielt mit ihm Händchen, streichelte ihm den Rücken.

Er war ein großer älterer Mann mit schwarzgefärbten Haaren, eine gute Figur. Er trug ein strahlend weißes Gebiß. Nur daß es schlecht saß, und jedesmal, wenn er lachte oder redete, bewegten sich diese Zähne auf und ab, und es sah aus, als würden sie jeden Augenblick in den Teller fallen.

Dieser Alte gab der Spanierin Geld, aber immer nur wenig auf einmal, ein paar tausend Lire. Wenn sie etwas wollte, mußte sie mit ihm zusammen in den Laden gehen.

Er hat ihr ein fünf Zentimeter breites Armband gekauft, ganz aus Gold, mit chinesischen Schriftzeichen drauf. Bargeld gab er ihr jedoch nicht. Er wollte alles in der Hand haben.

Die Spanierin bat ihn um Geld für eine Wohnung. Aber auf dem Ohr war er taub. Er sagt: Wenn du ein Zuhause willst, zieh bei mir ein. Und tatsächlich ging sie oft zu ihm in die Wohnung, wo auch seine alte neunzigjährige Mutter mit dem jüngeren Sohn lebte.

Aber wenn sie dort war, mußte sie diesen Bruder versorgen, der mongoloid war, und nach einer Weile bekam sie es immer satt. Sie hoffte, daß er sie heiratete, aber jedesmal, wenn sie darauf zu sprechen kam, antwortete er: Glaubst du etwa, ich heirate eine Hure? Ich setze mir eine Hure ins Haus? Und sie mußte den Mund halten.

Ich sage: Was willst du bloß mit diesem Alten mit den Klapperzähnen? Vertust deine ganze Zeit mit ihm, in diesem muffigen Haus, mit dem schwachsinnigen Bruder: ja siehst du denn nicht, wie geizig er ist? Doch, sagt sie, aber mir ist ein Alter lieber, der ist mit wenig zufrieden, und außerdem kauft er mir alles, was ich will.

Aber Bargeld gibt er dir keins in die Hand, sage ich. Nein, sagt sie, aber im Grund ist er ein guter Kerl, weißt du, seinen Bruder hat er sehr lieb, pflegt ihn mit seinen eigenen Händen, und auch an der Mutter hängt er sehr, und an mir auch.

Ich sage: Ja, er hängt so sehr an dir, daß er dich um keinen Preis heiraten will und dich, sowie er kann, als Kindermädchen für diesen blöden Bruder einsetzt!

Ich sage: Weißt du, was wir machen? Wir klauen ihm sein ganzes Geld und hauen ab! Sie sagt: Nein, ich hab Angst. Ich sage: Mach dir keine Sorgen, wir helfen dir, Gianna la Boccona und ich. Sie sagt: Und die Mutter? Ich sage: Die ist alt, was kann sie schon tun?

So organisieren Gianna la Boccona, die Spanierin und ich diesen Diebstahl, der perfekt sein sollte und es auch tatsächlich war. Eines Abends geht die Spanierin über Nacht zu diesem Amerikaner und läßt die Haustür offen. Dann zieht sie sich mit ihm zurück, nachdem sie die alte Mutter in ihrem Zimmer eingeschlossen und den mongoloiden Bruder zu Bett gebracht hat.

Gegen drei Uhr nachts schleichen die Boccona und ich uns ins Haus. Wir öffnen die Tür zum Schlafzimmer. Der Alte schlief. Die Spanierin stand im Nachthemd da, barfuß, und schaute uns entsetzt an. Leise, leise! flüsterte sie und zitterte vor Angst. Mit einem Auge blickte sie auf ihn, mit dem anderen auf uns. Hoffentlich hat sie ihm das

Schlafmittel gegeben, dachte ich, aber ich sagte nichts, um keinen Lärm zu machen.

Die Boccona geht zum Schrank, um den Pelzmantel der alten Mutter rauszuholen, ich öffne die Schublade, wo der Alte, wie ich wußte, sein Geld aufbewahrte. Ich finde zwei Bündel Zehntausendlirescheine und nehme sie an mich. Dann ziehe ich noch die Brieftasche aus der Jackentasche, und schon sind wir fertig.

Auf Zehenspitzen sind wir danach alle drei auf und davon. Die Spanierin hat vor Schreck ihre Handtasche mit allen – allerdings falschen – Papieren drin stehenlassen. Aber trotzdem, wir haben das Ding gedreht und sind nie geschnappt worden.

Mit dem Geld sind wir beinahe drei Wochen ausgekommen. Im Zimmer von Gianna la Boccona veranstalteten wir große Festgelage mit Wein, russischem Salat, Pilzen, Braten und Omeletts.

Dann kamen wieder magere Zeiten. Die Spanierin ging wieder auf den Strich. Sie drängte mich, es ihr gleichzutun. Ich kenne einen, der dich sofort nähme, sagte sie zu mir, er hat einen Haufen Geld.

Ich sage: Hör zu, wenn's was zu stehlen gibt, bin ich sofort dabei; aber mit diesen Dreckskerlen Liebe zu machen, das widert mich an, es ekelt mich einfach zu sehr; laß mich damit zufrieden, sonst haue ich dir am Ende noch eine runter.

Sie sagt: Machen wir's so, ich stell dir einen mit Geld vor, du tust so, als ob er dir gefiele, machst ein bißchen mit ihm rum, und dann, zum Schluß, gehe ich mit ihm. Das Geld teilen wir uns. Ich sage: Das können wir versuchen. Und zwei oder dreimal ist es tatsächlich vorgekommen. Wenn jemand kam, der mich wollte, spielte ich meine Rolle, so als würde ich mitgehen, und im letzten Augenblick legte ich ihm meine Freundin ins Bett, die mußte ihn abfertigen.

Einmal haben wir großes Glück gehabt. Wir haben mehr als hunderttausend Lire erbeutet. Es war einer von der Vatikanischen Botschaft, ganz schwarz angezogen, schwarze Strümpfe, schwarze Krawatte, sogar die Unterhose war schwarz.

Ich sage: Wer ist denn bei dir daheim gestorben? Er sagt: Wieso? Er hatte ein fettes, friedliches Gesicht mit lauter grauen Löckchen im Nacken. Mir wurde ganz schlecht, wenn ich ihn nur ansah. Aber um der Spanierin einen Gefallen zu tun, mache ich den ganzen Abend mit ihm rum. Als es dann Zeit ist, ins Bett zu gehen, sage ich: Laß uns in die Via Capo le Case gehen, da kenne ich ein Hotel. Dort brauchte man nämlich keine Papiere. Jaja, ist recht, sagt er.

Im Hotel, als wir gerade ins Bett steigen wollen, sage ich: Du, mir ist nicht gut, ich schick dir eine Freundin an meiner Stelle, ein schönes Mädchen. Und er sagt: Aber ich hab mich jetzt auf dich eingestellt, mit der anderen hab ich vielleicht gar keine Lust. Ich sage: Denk an uns, uns geht es ständig so, daß wir auf einen eingestellt sind und mit einem anderen gehen müssen.

Er sagt: Ihr macht's ja fürs Geld, euch ist das egal. Ich sage: Ist es deiner Ansicht nach egal, ob man statt des einen den anderen umarmt? Er sagt: Für euch schon, was seid ihr denn sonst für Nutten?

Ich sage: Hör zu, mach keine Geschichten, meine Freundin gefällt dir bestimmt, sie ist auch hübscher als ich, und außerdem geht's mir schlecht; du wirst doch nicht mit einer schlafen wollen, die sich nicht wohl fühlt? Er sagt: Wenn's keine Geschlechtskrankheit ist, ist mir's egal. Ich sage: Mir nicht.

Ich gehe hinaus und rufe die Spanierin, die an der Ecke wartete. Als ich mit ihr zurückkomme, war der Kerl ganz nackt, mit schwarzen Socken, und betrachtete sich im Spiegel. Seine Kleider hatte er ordentlich gefaltet auf den Stuhl gelegt. Er trug ein kiloschweres Goldkreuz um den Hals und hatte eine sehr weiße Haut, ohne Behaarung. Ich sage: Darf ich dir Ofelia, meine Freundin, vorstellen? Und er sagt: Angenehm.

Die Spanierin zieht sich sofort aus und löscht das Licht.

Er sagt: Bleib doch da, bleibt alle beide, ich zahle euch das Doppelte. Ich sage: Nein, ich hab dir doch gesagt, daß ich mich nicht wohl fühle. Er sagt: Das macht doch nichts.

Ich sage: Du nimmst jetzt Ofelia, und später komme ich und tröste dich. Er sagt: Wann kommst du wieder? Bald, sage ich und ziehe währenddessen im Dunkeln seine Brieftasche aus der Hosentasche. Danach gehe ich hinaus.

Die Spanierin vögelt mit ihm, schmatzt ihn ordentlich ab, dann läßt sie ihn schlafend dort liegen und kommt nach. Wir rennen los, so schnell uns die Beine tragen. In der Brieftasche steckten hundertfünfzehntausend Lire.

Ein andermal hätte nicht viel gefehlt, und die Spanierin hätte mich drangehängt. Mit ihrer Unsicherheit, mit ihrem verschreckten Gesicht. Einer, mit dem wir das gleiche Spiel getrieben hatten, merkte was und wollte uns anzeigen. Um Haaresbreite sind wir aus der Sache rausgekommen.

Also sage ich zu ihr: Hör zu, Spanierin, ich habe den Eindruck, wenn ich weiter mit dir arbeite, lande ich demnächst wieder im Knast, denn du taugst zu gar nichts und bringst mich nur in die Klemme. Stehlen war einfach nicht ihre Sache, sie konnte es nicht.

Die Spanierin war nur im Bett gut. Das war ihre Arbeit: Einer ging mit ihr, und dann zahlte er. Sie nannte ihren Preis, der Kerl klappte die Brieftasche auf und zog die Tausenderscheine raus. Zu mehr war sie nicht fähig.

Schließlich hat sie einen Mann gefunden. Sie hat geheiratet und wohnt jetzt in Triest. Es geht ihr gut, sie hat ein wunderschönes Haus, liebt ihren Mann, ist eine gute Ehefrau.

Die beiden schreiben mir immer Postkarten: Wir warten auf dich, komm uns besuchen. Sie besitzt einen Kühlschrank, einen Heißwasserboiler, eine Waschmaschine und ein Himmelbett. Der Mann arbeitet, und sie bleibt zu Hause.

Eines Tages, während ich einem nachlief, dessen Brieftasche gut sichtbar in der Hosentasche steckte, bekomme ich einen neuen Anfall von Bauchfellentzündung.

Ich war hinter einem her, so einem Halbstarken, der kurz am Kiosk an der Piazza Vittorio stehengeblieben war. Aus seiner Hosentasche sah die pralle Brieftasche hervor. Ich sage: Dem folge ich jetzt, mal sehen, was er macht! Doch während ich so hinter ihm hergehe, kriege ich plötzlich diesen Anfall und falle kraftlos auf den Gehsteig.

Ich krümmte mich, konnte nicht mehr aufstehen. Der mit der Brieftasche hat sich umgedreht, ist zu mir hingelaufen und hat mir geholfen, mich aufzurichten. Er sagt: Was haben Sie denn? Ich sage: Es geht mir schlecht, ich hab solche Schmerzen!

Wenn er jetzt noch näher kommt, beklaue ich ihn, dachte ich. Diese Brieftasche tanzte mir vor den Augen. An einem bestimmten Punkt war sie tatsächlich in Reichweite, weil er sich gebückt hatte, um meine Tasche aufzuheben. Ich sage mir: Jetzt, jetzt hab ich sie! Aber mein Arm gehorchte mir nicht. Ich wollte ihn heben, und er fiel wieder herunter. Kurz und gut, ich werde ohnmächtig.

Als ich wieder aufwache, liege ich in einem Bett. Ich erkenne das San-Giovanni-Krankenhaus. Die Betten waren jedoch seit dem letzten Mal mehr geworden. Meines stand direkt neben der Tür, und jeder, der hereinkam, stieß dagegen. Vor Schmerz konnte ich kaum atmen.

Abends haben sie mir die Schamhaare abrasiert, mich auf eine Tragbahre gelegt und in den Operationssaal gebracht. Während sie mich für die Operation fertigmachten, kommt ein Professor, Professor Matteacci, Matteotti, oder so ähnlich.

Er kommt mit einem Schirm an, ich weiß es noch genau, weil es draußen regnete. Er kommt, sieht mich an und sagt: Laßt sie gehen; sowie ihr die aufschneidet, bleibt sie euch unterm Messer, laßt sie in Ruhe!

Und so haben sie mich, das Geschlecht schon rasiert, den Bauch mit Jod eingepinselt, halb betäubt wieder ins Krankenzimmer zurückgebracht.

Der Doktor, immer noch mit Schirm, sagt: Versucht es mit Vereisen. Wenn wir sie operieren, bleibt sie auf jeden Fall unterm Messer, vereist sie, vereist sie, dann stirbt sie wenigstens ganz!

Und tatsächlich haben sie mir das Bauchfell vereist. Die ganze Nacht Spritzen. Es kam eine kleine Schwester, ich erinnere mich genau an sie, mit einer Riesennadel, die mir schier das Fleisch zerriß. Sie war klein und hübsch, diese Krankenschwester, aber sie hatte Muskeln aus Stahl. Mit eiskalten Händen packte sie meine Pobacke, stach die Nadel hinein, sie war wie ein Soldat. Dann kam der Eisbeutel; jedesmal, wenn er geschmolzen war, legte sie mir einen neuen auf.

Die Bauchfellentzündung ist durch das Eis zurückgegangen. Ich hörte, wie sie sagten: Die arme Kleine, so zu sterben! Und sie haben mir das Bauchfell vereist, wodurch es sich zum Glück beruhigt hat.

Zusammen mit dem Bauchfell haben sie mir jedoch auch die Eierstöcke vereist, ich weiß nicht, jedenfalls konnte ich danach keine Kinder mehr kriegen und bin seitdem unfruchtbar.

Ganz langsam wurde ich gesund, es kam wieder Leben in mich. Jeden Tag gab diese hübsche, stahlharte Krankenschwester mir meine Spritze. Ich nahm zu, die Schmerzen waren vorbei, und nach vierzehn Tagen haben sie mich entlassen.

Als erstes gehe ich in die Bar Bengasi. Alle meine Freunde waren da. Sie begrüßen mich herzlich, bieten mir einen Kaffee an. Aber sonst geht jeder seinen eigenen Weg. Zu arbeiten gab es nichts. Ich unterhalte mich etwas mit einer gewissen Lucia, einer aus Velletri, und sie sagt zu mir: Ich helfe dir. Ich sage: Wie denn?

Diese Lucia ging auf den Strich. Sie war klein, hatte pechschwarze Haare, einen schönen Busen. Sie trug gerne Hüte, immer wieder andere, aus Atlas, aus Samt, aus Tuch, die ihren Kopf doppelt so groß machten, als er wirklich war.

Sie lädt mich zu sich nach Hause ein. Sie war nett. Lebte allein in einem Zimmer ohne fließend Wasser. Aber sie hatte ein schönes, großes, weiches Bett. Sie lädt mich ein, bei ihr zu schlafen, und füttert mich auch durch. Ich sage: Später, sowie ich etwas Geld verdiene, geb ich's dir zurück. Sie sagt: Mach dir keine Sorgen. Sie war freundlich und großzügig.

Tagsüber schliefen wir. Abends ging sie Männer aufreißen, und ich hörte mich nach Arbeit um. Aber es gab fast nie was. Ich hatte zu jener Zeit ständig Pech.

Einmal sollte ich mit einem Schmuggler zusammen eine Ladung Zigaretten verscherbeln, aber im letzten Augenblick hat er sich einen anderen Kompagnon genommen. Ich sollte bei einem Einbruch in einer Wohnung mitmachen, aber dann haben sie mich draußen gelassen, weil sie meinten, ich sei noch zu schwach und könne nicht gut rennen.

Eines Morgens sagt Lucia zu mir: Heute abend stelle ich dich einem Typen vor, einem Schneider, der dich einmal gesehen hat und dich kennenlernen will. Ich sage: Wie ist er? Sie sagt: Stinkreich, er hat diese Schneiderei, kann dir umsonst Kleider machen, und besitzt jede Menge Ländereien, Häuser, kurz, ein Vermögen.

Abends kommt also dieser Schneider. Kaum sehe ich ihn, fange ich an zu lachen: Er war klein gewachsen, mit einem großen, runden Kopf, sah aus wie ein belegtes Brötchen. Außerdem hatte er ein Auge, das immer zur Seite glitt, unabhängig vom anderen, und stärker glänzte. Daher hatte er auch seinen Spitznamen, *Occhi Lustri*, Glanzauge. Er gefiel mir nicht, dieser Schneider, es ekelte mich, wenn ich ihn nur sah.

Wir setzen uns zu Tisch, essen fröhlich. Der Schneider schaut mich ununterbrochen an. Immerzu hängt sein Glanzauge an meinem Gesicht. Er war gesellig, aß gern, lachte, berührte meinen Fuß mit seinem Schuh.

Lucia überhäufte ihn mit Komplimenten, behandelte ihn wie einen großen Herrn: Noch Wein? Noch Wasser? Einen kleinen Likör? Er sagte niemals nein, sein Auge wurde immer glänzender, immer verrückter.

Kurz und gut, dieses Glanzauge fängt an, mir einen Haufen Geschenke zu machen. Er kam zu jeder Tageszeit und brachte mir Geschenke: Taschen, Handschuhe, Taschentücher. Er war großzügig. Lucia sagte zu mir: Geh nur ein einziges Mal mit ihm, dann bist du eine gemachte Frau und kannst wie eine große Dame leben.

Ich sage: Er ist häßlich, ich kann ihn kaum anschauen. Sie sagt: Das kann dir doch völlig egal sein, ob er häßlich ist! Geh halt einmal mit ihm, so knöpfst du ihm ein bißchen Geld ab, einmal! Aber ich konnte mich nicht dazu entschließen. Ich ließ mir Sachen schenken und zögerte es immer raus.

Eines Abends verabredet er sich mit mir in einem Hotel. Ich hatte die Sache zu oft verschoben, und zuletzt hatte er mir ein Paar Schuhe aus Krokodilleder geschenkt. Ich konnte nicht mehr ausweichen.

Er hatte in diesem Hotel ein Zimmer bestellt. Heute abend gibt es keine Ausreden mehr, Teresa, sagt er, entweder kommst du, oder ich gebe dir nichts mehr. Gut, sage ich, heute abend komme ich, du kannst dich drauf verlassen.

Ich gehe also zu dieser Verabredung. Ich sehe ihn ganz vornehm daherkommen, im dunklen Anzug, mit einem Bündel unter dem Arm. Was hast du in diesem Bündel? frage ich. Er sagt: Meinen Schlafanzug. Gleich kannst du was erleben, von wegen Schlafanzug! denke ich bei mir.

Wir machen uns auf den Weg in das Hotel in der Via Merulana, in der Gegend von San Giovanni. Ich ging langsam, mit schleppenden Schritten, weil ich keine Lust hatte, einfach keine Lust hatte und eine Möglichkeit suchte, davonzulaufen. Aber es war schwierig. Weil dieses Glanzauge mir so viele Geschenke gemacht, mich von Kopf bis Fuß eingekleidet und sich noch dazu verliebt hatte.

Während wir in diesem Hotel in einem endlosen gelben Flur stehen, sehe ich von weitem einen, der mir Tonino zu sein scheint. Ich sage: Entschuldige einen Augenblick, ich habe einen Verwandten von mir gesehen, ich komme gleich wieder.

Ich laufe dem anderen bis zur Treppe hinterher, sehe ihn mir genau an und erkenne, daß es nicht Tonino ist. Aber der Gedanke an ihn ist so übermächtig wiedergekommen, daß mir das Herz weh tat.

Glanzauge wartete noch dort vor der Tür auf mich. Ich sage: Warte nur, warte, mich siehst du nicht mehr! Ich habe Anlauf genommen und bin davongelaufen. Habe ihn mit seinem Schlafanzug dort stehenlassen.

In der Nacht bin ich nicht zu Lucia zurückgegangen, aus Angst vor ihm. Tatsächlich habe ich später erfahren, daß Glanzauge vom Hotel aus direkt zu Lucia gestürzt ist. Er hat zu ihr gesagt: Weißt du, daß deine Freundin sich einen schlechten Scherz mit mir erlaubt hat? Sie hat mich das Zimmer vorbestellen lassen, ich habe sogar im voraus bezahlt, ich bin am Tag vorher hingegangen, um das Zimmer zu bezahlen, und dann ist sie weggelaufen und hat mich dort stehenlassen mit meinem in die Zeitung gewickelten Schlafanzug.

Lucia sagt: Ach ja? Die kriegt von mir was zu hören, wenn sie wieder auftaucht! So geht man nicht mit Menschen um! Ich hau ihr eine runter, sagt sie, ich trete ihr eine rein! Und er sagte: Jaja, wir treten ihr eine rein.

Er gab jedoch nicht auf, dieses Glanzauge. Er ist zu Lucia gegangen und hat zu ihr gesagt, daß er um jeden Preis mit mir zusammensein wollte und daß sie ein neues Treffen arrangieren sollte, sonst gäbe es Ärger.

Einige Tage bin ich nicht zu Lucia zurückgekehrt. Dann haben mich Hunger und Kälte wieder zu ihr getrieben. Ich komme herein, und wer sitzt da: er. Sofort habe ich ihm ein Märchen aufgetischt und gesagt: Entschuldige wegen letztesmal, aber plötzlich stand mein Bruder vor mir und ich mußte mit ihm mitgehen. Er sagt: Wo war dein Bruder? Ich habe dich allein rausgehen sehen. Ich sage: Du irrst dich, ich war mit meinem Bruder zusammen und mußte mit ihm mitgehen, damit er keinen Verdacht schöpft. Kurz und gut, ich hab's auf die Familie geschoben, und er hat es geschluckt.

Er hat wieder angefangen, mir Geschenke zu machen, Kleider, Halsketten, Schuhe, Taschen. Dann hat er eines Abends mit Lucia was ausgemacht. Er sagte: Ich verabrede mich mit Teresa, aber diesmal mußt du auch dabeisein; ich will eine Garantie, daß sie nicht abhaut.

So sind sie übereingekommen, daß Lucia in einem schmalen Bett vor der Tür schlafen sollte und im großen Bett wir zwei, Glanzauge und ich. Sie hatten mich wirklich festgenagelt. Er sagt: So schmiert sie mich nicht noch einmal an, diese Teresa!

Zu mir sagte er: Warum warst du nur so gemein zu mir? Du weißt, daß ich das nicht verdiene; ich bin nicht schlecht; ich schenke dir, was immer du brauchst, alles, was du willst. Du hast ja gesehen, wie viele Geschenke ich dir gemacht habe! Du kannst nicht immer nur nehmen und nichts geben. Du mußt mir etwas geben.

Der festgesetzte Abend kommt. Erst essen wir alle drei reichlich. Dann gehen wir in dieses Zimmer. Glanzauge schließt ab und übergibt Lucia den Schlüssel.

Er fängt an, sich auszuziehen. Und sagt: Zieh dich auch aus. Mit der Langsamkeit einer Schnecke ziehe ich mir das Kleid aus, den Unterrock. Dann, als ich beim Schlüpfer angekommen bin, sage ich: O Gott, ich habe meine Tage gekriegt! Es tut mir leid, aber ich kann nicht mit dir Liebe machen, wenn ich meine Periode habe, tut mir immer alles weh, und ich blute stark. Wir müssen es verschieben.

Er sagt: Und wie lang dauerte deine Periode? Ich sage: Morgen, übermorgen bin ich wieder in Ordnung. Er sagt:

Gut, dann verschieben wir's auf übermorgen, aber bist du auch sicher? Zeig mal das Blut.

Ich sage: Nein, ich schäme mich, das ist nichts für Männer; es ist schon viel, daß ich mit dir darüber gesprochen habe. Hab Geduld mit mir, in zwei Tagen tun wir's auf jeden Fall, ich schwöre es dir. Er sagt: Jetzt können wir gar nichts machen?

Ich sage: Wenn du willst, legen wir uns nebeneinander und schlafen hier; aber faß mich nicht an, denn wenn ich meine Tage habe, bin ich nervös, und es geht mir schlecht. Er sagt: Du hast recht, entschuldige.

Er hat mich jedoch nicht gehen lassen, und ich mußte dort in dem Bett neben ihm schlafen, unter einer Decke. Lucia schnarchte in dem Bett vor der Tür, und dieses Glanzauge hat die ganze Nacht damit verbracht, mich anzuschauen.

Am folgenden Tag habe ich mir einen Mantel und zwei Paar Seidenstrümpfe schenken lassen. Dann, während wir in einer Bar standen, habe ich die Goldkette mit der Madonna, die er um den Hals trug, genommen und gesagt: Darf ich die mal umlegen? Und er: Jaja, mach nur.

Kaum hat er mir die Kette in die Hand gegeben, habe ich Anlauf genommen und bin abgehauen. Hab ihn dort stehenlassen, mit der Kaffeetasse in der Hand und geöffnetem Hemdkragen.

Lucia lachte, als wir uns wiedersahen: Donnerwetter! Das Glanzauge hast du aber ganz schön angeschmiert! Der sucht dich überall. Ich sage: Ach ja, sucht er mich? Wenn ich ihm begegne poliere ich ihm auch noch das andere Auge! Sie lachte und sagte: Laß dich lieber eine Weile nicht blicken, sonst geht er mit dem Messer auf dich los.

Ich bin in die Bar Bengasi gegangen und habe einen getroffen, der mir gefiel, einen gewissen Alfio. Wir sind mit einer ganzen Gruppe bis nachts um drei Uhr tanzen gegangen. Wir haben Karten gespielt, gesungen, getanzt, es war einer dabei, der spielte Ziehharmonika, ein anderer spielte Gitarre. Ich war unter Freunden, lauter Diebe, lustige Leute.

Dann sagt dieser Alfio zu mir: Gehen wir zusammen ins Bett? Ich sage: Ja, gehen wir. Er gefiel mir, war mein Typ, groß, gutaussehend, schlank. Er mußte jedoch um fünf Uhr zum Dienst, er arbeitete bei den Verkehrsbetrieben. Er sagt: Macht nichts. Dann schlafe ich eben heute nacht überhaupt nicht. Ich sage: Laß nur, wir haben ja keine Eile; wir machen's am Sonntag, wenn du frei hast.

Im Lauf der Woche erfahre ich, daß dieser Alfio eine Liebschaft mit einer Freundin von mir hat. Da hat er mir nicht mehr gefallen. Ich vertraute ihm nicht mehr. Er zog mich an, war ja ein gutaussehender Mann mit einem schönen vollen Mund. Aber ich habe entdeckt, daß er mit einer gewissen Teresa ins Bett ging, einer, die Schuhe verkaufte und ihren Stand an der Piazza Vittorio hatte.

Diese Teresa war meine Freundin. Ich sage: Womöglich erfährt sie es dann hinterher und ist sauer, oder es kommt noch soweit, daß wir uns prügeln. Und außerdem paßt es mir nicht, zu nehmen, was die übrigläßt. Es paßt mir überhaupt nicht, zu nehmen, was irgendeine übrigläßt. Einen Mann will ich ganz für mich allein oder gar nicht.

Ich war elegant, mit den Sachen von Glanzauge. Ich trug ein neues Kleid, einen neuen Mantel. Wenn ich jetzt Tonino begegnete, dachte ich, wer weiß, wie ich auf ihn wirken würde. Und ich dachte dauernd an ihn, während ich durch die Straßen ging, hoffte immer, ich würde ihn irgendwo treffen.

Dieses Leben ohne Klauen hat einen Monat gedauert, dann mußte ich den Mantel und die Schuhe aus Krokodilleder verkaufen. Ich ging zu Lucia zurück, um mal in einem Bett zu schlafen, denn seit einiger Zeit schlief ich immer am Bahnhof.

Als ich eintrete, sagt sie zu mir: Paß auf, das Glanzauge ist hinter dir her, er sagt, wenn er dich sieht, geht er mit dem Messer auf dich los. Ich sage: Soll er doch! Wenn er sich's wenigstens traute! Soll er doch kommen mit seinem

Messer! Ich steche ihm zehn Messer in den Bauch! Messer sind ja sozusagen mein täglich Brot!

Ich tat draufgängerisch, aber ich hatte Angst. Ich wußte, daß der Kerl wirklich böse Absichten hatte.

Und dann treffe ich ihn eines Morgens vor dem Haus. Ich war mit einer Freundin zusammen, einer gewissen Olga. Sie sagt zu mir: Du, der hat ein Messer in der Tasche, sieh dich vor!

Kaum habe ich ihn gesehen, habe ich kehrtgemacht und bin davongerannt. Zufällig ist mir ein Freund mit seinem Auto begegnet. Nimm mich mit, schnell, schnell! sage ich. Er sagt: Was ist denn los? Und ich: Ein Verrückter ist hinter mir her. Insgeheim dachte ich: Es wird besser sein, wenn ich nicht mehr zu Lucia gehe. Und tatsächlich bin ich nicht mehr hingegangen.

Mit dieser Olga haben wir etwas Geld verdient, indem wir Schmuggelzigaretten verkauften. Man konnte damals dreihundert, vierhundert Päckchen auf Pump nehmen und sie nach und nach verkaufen. Hatte man sie losgeschlagen, bezahlte man.

Jetzt geht das nicht mehr. Wenn du nicht im voraus zahlst, geben sie dir nichts. Und wenn einer im Zigarettenschmuggel arbeiten will, muß er schon vorher reich sein. Wenn du nicht genug Geld hast, geht gar nichts.

Endlich hatte ich ein bißchen verdient und beschließe, mir eine Wohnung zu nehmen. Ich sah diese Olga, die in einer schönen neuen Wohnung lebte, und sagte mir: So eine will ich auch!

Sie sagt: Hör zu, ich gebe dir die Adresse von einer Wohnung, die zu vermieten ist. Geh in die Via Enea, da gibt's ein schönes Zimmer mit Küche für zwölfhundert Lire. Du mußt aber schnell machen!

Ich gehe also in die Via Enea, in der Nähe des Tuskolaner Bahnhofs, und miete die Wohnung sofort an. Man brauchte jedoch zwanzigtausend Lire Kaution dafür. Ohne mich um die Gefahr zu kümmern, fange ich an, auch nachts Zigaretten zu verkaufen, bis ich die zwanzigtausend Lire zusammenhabe.

Ich sage: Und was stelle ich dann in die Wohnung rein? Sie sagt: Ich habe einen alten Schrank von meiner Schwester, ein Bett habe ich auch, es ist verrostet, aber noch gut. Mit der Zeit kaufst du dir dann noch ein paar andere Sachen.

So habe ich es gemacht. Ich habe dieses Zimmer mit Küche genommen. Habe eine Matratze aus zweiter Hand gekauft. Olga hat mir ein Leintuch geschenkt, geflickt, aber noch gut. Dann habe ich neue Sachen angeschafft, auf Raten.

Ich habe Wechsel unterschrieben. Das hatte ich noch nie getan. Und ich mußte sie einlösen. Ich war eine Ratenzahlerin geworden. Und wie ich zahlte! Aus Angst, wegen der Wechsel ins Gefängnis zu kommen. Jetzt dagegen zahle ich überhaupt nichts mehr. Ich unterschreibe Stöße von Wechseln. Und zahle nicht mehr.

Es war das erstemal in meinem Leben, daß ich eine Wohnung ganz für mich hatte. Mit über fünfunddreißig Jahren. Ich fühlte mich wie eine Königin. Ich sage: Ah, endlich besitze ich ein Bett ganz für mich allein, ein Zimmer für mich allein, kann tun und lassen, was ich will. Ich schlafe mich mal richtig aus, stehe auf, wann es mir paßt.

Tatsächlich schlief ich den ganzen Tag. Ich war richtig schlafsüchtig. Ich stand nur auf, um in die Bar Bengasi zu gehen oder um mit meiner Freundin Olga ab und zu eine Ladung Zigaretten zu verkaufen.

Kaum hatte ich die Wohnung, das Bett, und konnte schlafen, soviel ich wollte, bekam ich Nierenschmerzen. Ich stand mit diesen Schmerzen auf, konnte kaum noch aufrecht gehen. Da sagt Olga zu mir: Ich kenne einen Arzt, der wenig kostet. Laß dich doch von dem untersuchen.

Ich gehe zu diesem Doktor, er läßt mich zwei geschlagene Stunden warten, dann empfängt er mich endlich und sagt, ich hätte eine Annexitis. Eine Annexitis, die auf die Nieren geht. Er sagt: Du mußt dir diese Spritzen machen lassen. Ich sage: Von wem denn? Er sagt: Ich stelle dir einen vor, der sie dir geben kann, er nimmt nicht viel dafür.

Er macht mich also mit einem Krankenpfleger bekannt, einem aufgeweckten, schlagfertigen Typen. Der Doktor sagt: Der arbeitet im San-Giovanni-Krankenhaus. Er kommt auch zu dir nach Hause und verlangt nur zweihundert Lire. Ist recht, sage ich.

Unterdessen hatte ich meine Wohnung gut ausgestattet: Ich hatte Möbel gekauft, Stühle, hatte einen roten Vorhang vors Fenster gehängt. Der Krankenpfleger war der erste Fremde, den ich in der Wohnung empfing.

Als er kommt, gebe ich ihm sofort einen neuen Stuhl, die Beine waren noch gar nicht ausgepackt. Ich biete ihm ein Glas Kümmel und ein paar Kekse an. Und sehe, daß er sich zufrieden umschaut. Er sagt: Klein, aber fein! Hübsch hast du's hier, mit Vorhängen, Möbeln, eine richtige süße Puppenstube! Und sauber, sehr sauber. Ich trinke gern ein Gläschen bei dir, weil du alles sauber hältst. Und trank den ganzen Kümmel auf einen Zug.

Jedesmal, wenn er kam, bot ich ihm einen Likör an. Er gab mir die Spritze, dann setzte er sich, und wir unterhielten uns. Ich habe ihm erzählt, daß ich im Knast gesessen und eine Menge durchgemacht hatte.

Daraufhin sagte er: Ich habe einen Schwager, der wegen Diebstahl und Körperverletzung sitzt; ich möchte ihn dir vorstellen. Und er redete immer von diesem Schwager. Ich hörte nicht hin, es interessierte mich nicht. Ich sagte mir: Warum erzählt er mir bloß immer von diesem Schwager? Das verstehe ich nicht.

Er spielte immer wieder auf diesen Schwager an und schwärmte von ihm. Er ist schön, er ist kräftig, er ist gescheit, er ist gut, sagte er, wenn er rauskommt, mache ich dich mit ihm bekannt. Ich hörte ihm gar nicht zu. Ich hatte immer noch Tonino im Sinn. Aus Freundlichkeit sagte ich ja, ja, aber dieser Schwager interessierte mich kein bißchen, im Gegenteil, er war mir unsympathisch geworden, weil ich mir dauernd dieses Zeug über ihn anhören mußte.

Nach einem Monat habe ich mit den Injektionen aufgehört, und der Krankenpfleger ist nicht mehr zu mir gekommen. Doch eines Morgens, als ich noch im Bett liege, klingelt es heftig an der Tür. Es war der Krankenpfleger, der rief: Teresa! Teresa! Mach auf! Weißt du, wen ich mitgebracht habe?

Ich öffne die Tür und sehe drei Leute vor mir stehen: den Krankenpfleger, eine Frau und einen Mann. Er sagt:

Das ist meine Frau, Alba, und das ist mein Schwager, Ercoletto, der, von dem ich dir erzählt habe.

Ah, sage ich, sehr angenehm, setzt euch! Ich war im Morgenrock, noch nicht angezogen. Ich ging in die Küche, um mich etwas zu kämmen. Dann habe ich ihnen ein Gläschen Kümmel angeboten.

Ich sage: Möchtet ihr lieber Mandarinenlikör? Oder Anisette? Er sagt: Ja, Anisette. Dieser Schwager trank und sah sich um. Er gefiel mir nicht. Er kam mir vor wie ein Bauernlümmel. Häßlich war er nicht, aber er wirkte ungeschliffen, wirklich wie einer vom Land. Ich ging auf die Sechsunddreißig zu, er war dreißig. Aber er sah jünger aus, wie sechsundzwanzig.

Wir haben angefangen zu reden. Ich erzähle von meinem Bruder Orlando, der erst in Procida im Gefängnis war und dann nach Soriano del Cimino verlegt worden ist, weil er einen Stuhl auf dem Kopf eines Wärters entzweigeschlagen hatte. Er sagt: Und wieso hat er das gemacht? Ich sage: Weil mein Bruder dort in Procida herausgefunden hatte, daß ein gewisser Pesciolini, mit dem Einverständnis der Nonnen, die guten Sachen beiseite schaffte und den Häftlingen das verdorbene Zeug daließ.

Ja, sagt dieser Schwager, im Gefängnis passieren die unglaublichsten Sachen. Ich sage: Genau, und deshalb hat mein Bruder Orlando diesen Pesciolini angezeigt, wegen Verkaufs verfaulter Eßwaren, aber sie haben ihm geantwortet, verfault wäre er. Da ist er wütend geworden und hat den Nonnen die Haube heruntergerissen und geschrien: »Das werden wir ja sehen, wer hier verfault ist!« Daraufhin haben sie ihn gepackt und einen Monat ans Bett gefesselt, das hat mir ein Freund in einem Brief geschrieben.

Dieser Schwager sagt: Ich kenne Carla Capponi. Wenn du Hilfe brauchst wegen deinem Bruder, sagt er zu mir, kümmere ich mich drum. Oder besser noch, ich komme dich gleich morgen abholen, und wir gehen zusammen zur Capponi.

Daß er sich für meinen Bruder einsetzen wollte, machte

ihn mir etwas sympathischer, doch gefiel er mir weiterhin nicht, weil er mir immer noch wie ein Bauerntölpel vorkam. Und dann sagte ich mir: Wer weiß, ob es stimmt, daß er diese Abgeordnete kennt, wer weiß!

Am nächsten Tag kommt er und sagt: Hier bin ich; gehen wir zu Paola Capponi! Wir machen uns zur Via Marconi auf den Weg, wo diese Politikerin wohnt. Unterwegs redete er kaum, aber er war liebenswürdig und zuvorkommend.

Wir kommen zu dem Haus, gehen die Treppe hinauf, klingeln. Das Dienstmädchen sagt uns, daß die Abgeordnete verreist sei. Und wann kommt sie zurück? fragt er. In zwei Tagen, antwortet das Mädchen.

Also gehen wir wieder. Er sagt: Dann müssen wir's halt noch mal probieren, am besten am Samstag. Und wir verabreden uns für Samstag.

Das mit der Capponi war aber nur ein Vorwand, das habe ich später erfahren. Er wußte, daß die Abgeordnete nicht in Rom war, er hatte sich vorher informiert. Er hatte ein Auge auf mich geworfen und wollte mir schöntun, das war alles.

Aber mir paßte er nicht. Er war nicht häßlich, hatte einen gestutzten Schnurrbart und ein nettes Lächeln. Er gab sich sentimental; das gefiel mir, er redete schmachtend daher, war liebevoll. Aber ich hielt ihn für zu ungehobelt, wie er sich kleidete, gefiel mir nicht, mit diesen Stoffstiefeln und der Barchentjacke, wirklich wie einer vom Land.

Ich dagegen gefiel ihm. Und er kam dauernd bei mir vorbei, am Tag, am Abend, in der Nacht, wenn ich schlief. Es klingelte. Wer ist da? Und er: Ich bin's, Ercoletto, ich muß dir was sagen. Ich sage: Was denn? Er sagt: Du mußt bei einer Taufe die Patenschaft übernehmen. Ich sage: Und da kommst du um diese Zeit, um mir das mitzuteilen? Er sagt: Mach auf, ich muß mit dir reden.

Ich öffne. Er kommt herein, trinkt einen Kümmel und sagt: Du mußt wissen, daß ich einem Dienstmächen ein Kind gemacht habe. Ich hätte sie sogar geheiratet, aber nachdem sie mit meinen Freunden gegangen ist, während ich im Knast saß, ist es für mich aus.

Ich sage: Mich interessiert nicht, was du machst und was du gemacht hast. Und er: Na ja, ich sag's dir nur der Ehrlichkeit halber. Dann fährt er fort: Morgen muß ich zur Taufe meiner Nichte, bei der ich Pate bin; willst du mitkommen und ihre Patin werden? Es bleibt dir sowieso nichts anderes übrig, weil ich schon gesagt habe, daß du einverstanden bist.

Also bin ich zur Taufe seines Patenkinds gegangen. Ein hübsches, rundliches Baby. Anschließend gab es bei dem Krankenpfleger vom San Giovanni zu Hause ein Fest.

Ercolettos Vater war da, ein Alter mit einem großen, gelben Schnauzbart, Freunde und Freundinnen waren da. Und alle trinken fröhlich, bis sie besoffen sind, es wurde gesungen und getanzt, Kuchen und Konfekt gereicht.

An diesem Abend macht Ercoletto mir einen Antrag. Er sagt mir offen, daß ich ihm gefalle, daß ich die Frau für ihn bin, sein Typ, daß wir ein Paar werden müssen. Er sagt: Ich werde dich auf Händen tragen und es dir an nichts fehlen lassen! Ich gehe arbeiten, und du bleibst zu Haus, wir richten uns eine schöne Wohnung ein usw. usw. Ich hörte gar nicht hin. Ich hatte keine Lust darauf.

Er bedrängte mich weiter. Ich verabredete mich immer wieder mit ihm und ging dann im letzten Augenblick nicht hin. Er zog mich nicht an. Aber er gab nicht auf. Er kam bei mir vorbei, führte mich zum Essen aus, ins Kino. Er versuchte, mich rumzukriegen. Aber ich bin stur. Ich ließ mich nicht rumkriegen.

Eines Tages sagt dieser Krankenpfleger zu mir, daß ich zusammen mit ihm und seinem Schwager zu einem Abendessen auf dem Land eingeladen bin. Er sagt: Weißt du, daß Ercoletto Arbeit gefunden hat?

Wo denn? frage ich. Er arbeitet beim Grafen Tolentino, sagt er, in Pantano Borghese, als Verwalter. Er hat sich ein schönes Huhn geschnappt und im Wildpark einen Damhirsch gemopst, den braten wir. Du mußt unbedingt mitkommen, sonst verdirbst du Ercoletto den ganzen Abend. So sagt dieser Krankenpfleger zu mir, dieser Kuppler. Und ich lasse mich überreden.

Sie haben mich abgeholt und zu diesem Pantano Borghese mitgenommen. Ercoletto logierte im Verwalterhaus, hatte ein Bett, eine Küche und einen großen Wald in der Nähe.

Wir essen eine Menge Fleisch, trinken viel Wein, zum Schluß war ich sogar etwas betrunken. Als ich so richtig müde und halb hinüber bin, legen sie mich zu Ercoletto ins Bett.

Im ersten Augenblick war ich stinksauer und wollte gehen. Dann bin ich, teils aus Müdigkeit, teils, weil ich auf diesen Mann neugierig geworden war, doch geblieben. Und das war gut so, weil er mir gefallen hat und immer noch gefällt.

Morgens wache ich auf, es war schon spät, gehe ans Fenster und sehe ihn die Pferde im Hof herumführen. Er ging kerzengerade, und ich dachte: Na ja, so häßlich ist er ja gar nicht! Er hat eine gute Haltung. Und ich fange an, mich zu verlieben.

Die Arbeit in Pantano Borghese war mühsam. Eben Landarbeit. Ercoletto mußte früh um fünf Uhr aufstehen. Er versorgte die Kühe, die Hühner, die Pferde. Lud Heu, Hafer, Kleie auf, ständig lud er irgendwelche Säcke auf.

Mit geflickten Hosen und einer haarigen Mütze auf dem Kopf versah er seine Verwalterarbeit. An Essen mangelte es nie, aber es gab viel zu tun, dauernd mußte man sich um irgendwelche Tiere kümmern, die fressen, Junge kriegen, schlafen, kacken mußten, alles nacheinander.

Während nun Ercoletto dort wohnte, kam immer wieder eine Frau und legte sich mit ihm an, drohte ihm, schlug ihn. Es war die, die das Kind von ihm hatte, Cesira. Ständig kam sie und reizte ihn. Und er konnte sie nicht loswerden. Es gelang ihm nicht.

Ich sagte zu ihm: Du schaffst es nicht, sie wegzujagen, du bist nicht dazu fähig; jetzt rede ich mal mit dieser Cesira.

Und er: Nein, nein, das muß ich selber machen, ich muß sie entmutigen, sie ist eine gute Frau, sie ist nicht böse, mit der Zeit wird die Sache schon in Ordnung kommen.

Sie war wirklich nicht böse, aber weinerlich und erpresserisch. Ab und zu kam sie und machte ihm mit dem Kind auf dem Arm eine Szene, in aller Öffentlichkeit. Sie sagte: Das ist dein Sohn, jetzt mußt du mich heiraten! So daß nach einer Weile auch die anderen Bauern dort anfangen zu sagen, es sei ungehörig, daß diese Geschichte mit Cesira immer so weitergehe.

Daraufhin sagt Ercoletto eines Tages zu mir: Weißt du, was ich dir sage? Ich gebe die Arbeit hier auf, um diese Cesira loszuwerden; dann sieht sie mich nicht mehr und gibt Ruhe.

Und tatsächlich ist er nicht mehr zur Arbeit zurückgekehrt. Er hat Pantano Borghese verlassen. Fünf Monate war er dort angestellt, sie zahlten ihn gut, gaben ihm Gemüse, Hühner, Wein. Aber damit war es nun vorbei.

Einer, der mit ihm zusammenarbeitete, hat ihn sogar bei mir zu Hause aufgesucht. Ercoletto, hat er gesagt, wieso kommst du nicht mehr? Die Prinzessin Tolentino hat gesagt, sie will unbedingt mit dir reden.

Aber Ercoletto ist nicht hingegangen. Er hat nicht mit der Prinzessin geredet. Und so hat er die Stelle verloren. Wegen dieser Cesira, mit der er ein Kind gemacht hatte.

Danach sind wir unter die Bergsteiger gegangen und haben angefangen, in den Wäldern von Fragonella Pilze zu suchen. Wir sammelten körbeweise Pilze und brachten sie den Gemüsehändlern, die sie gut bezahlten, denn es waren die ersten Pilze im Jahr. Man muß dabei sehr aufpassen, denn es gibt eßbare Pilze und solche, die genauso aussehen, aber ungenießbar sind.

Wenn du einen fleischigen, hellbraunen, glänzenden Pilz findest, steht daneben bestimmt sofort der Doppelgänger, fleischig, hellbraun, glänzend und giftig.

Wenn du den ißt, stirbst du mit aufgetriebenem Leib, und die Eingeweide quellen dir zum Mund raus.

Man mußte noch gerissener sein als diese Doppelgängerpilze, und die fleischigen rosa Adern erkennen, die sie unter dem Hut tragen wie zarte kleine Muskeln. An denen erkennt man die Gefahr, in diesen kleinen Muskeln sitzt der Tod.

Ercoletto hatte einen guten Blick für Pilze. Wir fuhren nach Fragonella in die Wälder hinauf, mit einem Auto, das wir kurz zuvor aus zweiter, nein, sogar aus dritter Hand gekauft hatten, einem weißen, schrottreifen Kombiwagen. Ab und zu blieb er stehen, und Ercoletto legte sich drunter, flickte die Teile mit Draht zusammen, klebte sie irgendwie, und weiter ging's.

Dieses Auto soff Öl wie ein Verdurstender. Wir mußten immer einige Dosen Öl dabeihaben. Es war schon gebrauchtes Öl, das wenig kostete und stank wie Aas. Einmal haben wir aus Versehen Olivenöl hineingefüllt, und das Auto hat angefangen zu brutzeln. Abends kehrten wir nach Hause zurück, aßen Pilze und Kartoffeln, Pilze und Broccoli, Nudeln mit Pilzen. Dazu tranken wir reichlich Wein, dann gingen wir zufrieden ins Bett.

Es war die schönste Zeit meines Lebens. Morgens standen wir früh auf, tranken einen Kaffee und liefen dann durch den Wald, Pilze suchen. Wir verbrachten den Tag unter Bäumen. Mittags setzten wir uns ins Gras und zogen ein Stück Brot und Salami hervor. Wenn es dunkel wurde, legten wir die Pilze ins Auto und fuhren wieder heim.

Dann ging die Pilzzeit zu Ende. In den Wäldern war es nun sumpfig, man rutschte aus, versank, ein Saustall. Es gab nichts mehr zu holen. Daraufhin hat Ercoletto sich umgetan und eine Arbeit als Maurer gefunden. Ich blieb zu Hause, und er ging mit Backsteinen, Kalk und Mörtel hantierten, die Hände immer im Nassen. Nach kurzem war die Haut an den Händen ganz rauh und rissig. Ich habe aus Essig, Mehl und Mandelöl eine Salbe für ihn hergestellt, aber er wollte sie nicht auftragen.

Eines Abends ist er dann mit seinen Freunden zum Saufen gegangen. Er ist von einer Mauer gefallen und hat sich ein Bein gebrochen. Da er ewig nicht zurückkam, bin ich ihn suchen gegangen und habe ihn gefunden, wie er auf der Erde herumkroch und jammerte: O Gott, helft mir, helft mir, ich kann nicht mehr!

Ich habe ihn ins Krankenhaus gebracht, wo sie ihm das Bein eingegipst und ihn in ein Bett gelegt haben. Er hatte hohes Fieber bekommen. Ich besuchte ihn jeden Tag, brachte ihm überbackene Nudelgerichte, Filet, Mandelkuchen. Denn dort im Krankenhaus war das Essen schlechter als im Gefängnis. Mit der Ausrede, daß die Leute krank sind, speisen sie sie mit wässrigen Süppchen und Hühnerflügelchen ab, von denen nicht mal ein Kind satt würde.

Endlich, nach über einem Monat, war das Bein geheilt. Ich hatte kein Geld mehr, um für uns zu sorgen. Ich hatte einen Schrank verkauft, den ich in einem glücklicheren Augenblick angeschafft hatte. Ich hatte das Radio verkauft, ein großes Radio mit Mahagonigehäuse, mit dem man alle Sender der Welt empfangen konnte. Ich hatte einen gestohlenen Lederkoffer verkauft und sogar die Uhr, die Ercoletto mir zum Geburtstag geschenkt hatte. Sie haben sein Bein wieder in Ordnung gebracht, ihm jedoch gesagt, er müsse beim Gehen eine Einlage im Schuh tragen, weil dieses gebrochene Bein einige Zentimeter kürzer geworden war.

Ich sage: Wie kommt denn das? Er sagt: Das weiß man nicht, beim Zusammenwachsen wird sich der Knochen verkürzt haben. Aber mir sah es sehr nach Pfusch aus. Wie auch immer, Hauptsache, du kannst wieder gehen, sage ich und nahm ihn mit nach Hause.

Einige Zeit haben wir von Brot und Nudeln gelebt. Wir hatten nicht mal mehr Geld für ein bißchen Kaffee. Die Vermieterin war uns auf den Fersen, weil sie ihr Geld wollte. Wir hatten seit fünf Monaten keine Miete mehr bezahlt.

Dann haben wir eines Tages alles verkauft und sind zu Alba gezogen, der Schwester, die mit dem Krankenpfleger verheiratet war. Der Vermieterin haben wir nichts mitgeteilt, und als sie kam, war die Wohnung leer und die Mieter ausgeflogen. Sie wußte nicht, wie sie uns ausfindig machen sollte, weg waren wir, auf Nimmerwiedersehen.

Albas Wohnung war geräumig, in der Nähe von Cinecittà, schön, zwei Schlafzimmer, Wohnzimmer, Bad und Küche. Ercoletto und ich schliefen in einem Zimmer, Alba und ihr Mann im anderen.

Schicksal, immer mit diesen Schwestern. Ich bin dazu verdammt, immer mit Schwestern zu tun zu haben. Erst mein Mann, ohne Mutter und mit diesen beiden Giftschlangen von Schwestern, dann dieser andere, ebenfalls ohne Mutter und mit Schwester.

Morgens gingen Ercoletto und ich aus und versuchten, etwas zu verdienen. Der Krankenpfleger ging ins Krankenhaus; Alba blieb daheim. Sie war eine Frau, die gern aß und trank, das heißt, hauptsächlich trank sie gern. Es gefiel ihr, daheim zu sein, sie lachte immer, erzdumm war sie.

Sie lachte auch, wenn es gar nichts zu lachen gab. Wenn es eigentlich zum Weinen war, dann lachte sie. Anstatt zu weinen, mußte sie lachen, wenn sie von einem Unglück hörte. Wenn sie jemand sah, der sich weh tat, lachte sie sich schief.

Einmal gehen wir einem Toten die letzte Ehre erweisen, Ercoletto, sie und ich. Der arme Kerl hatte einen Bauch, so riesig wie ein Haus. Er war nach dem Tod aufgetrieben und voller Luft.

Wir gehen also hinein. Ich sehe sie an, sie sieht den Toten an und bricht in schallendes Gelächter aus.

Ich nehme sie am Arm und ziehe sie hinaus. Die Leute drehten sich nach uns um. Sie sind gekommen, um dem Toten die letzte Ehre zu erweisen, und lachen, sagten sie. Denn Albas Lachen hatte mich angesteckt; wir lachten wie verrückt. Als wir diese Trommel sahen, mußten wir lachen und konnten uns nicht mehr einkriegen, auch auf der Straße nicht.

Inzwischen ist diese Schwester gestorben. Vor einigen Monaten. Ercoletto hing sehr an ihr. Sie stritten, aber sie mochten sich. Die Leute munkelten sogar, sie hätten was miteinander. Sie sagten: Siehst du nicht, daß Ercoletto an seiner Schwester hängt wie an einer Ehefrau? Aber das sind alles Lügen, der reine Neid. Eben weil sie sich gegenseitig halfen. Sie waren gut aufeinander eingespielt, so ähnlich wie ich und mein Bruder Orlando. Zu Anfang hungerten wir bei dieser Schwester, weil wir nichts zu verdienen fanden. Dann hat Ercoletto seinen Sinn fürs Kaufmännische entdeckt, und wir fingen an, mit Öl und Wäsche zu handeln.

Das Öl holten wir in einer Ölmühle, bei einem gewissen Bolloni. Es stand zwar »Olivenöl« drauf, es war aber Sonnenblumenöl mit ein bißchen Olivengeschmack. Wir kauften es für dreihundert Lire pro Liter und verkauften es für fünfhundert weiter. Die besten Kunden waren die Trattorien auf dem Land. Sie kauften fünfzig, hundert Liter auf einmal, und so kamen wir zu etwas Geld.

Dann gab es einen gewissen Peppino, der uns Wäsche brachte. Dieser Peppino arbeitete bei einem Grossisten, dem klaute er die Pakete und gab sie uns zum Weiterverkaufen. Den Erlös teilten wir uns.

Aber er konnte nicht zuviel auf einmal stehlen, um seinen Arbeitsplatz nicht zu verlieren. Manchmal kam er ein bis zwei Wochen überhaupt nicht. Dann tauchte er wieder auf. Ich sage: Peppino, was bringst du Schönes? Er sagt: Bettwäsche. Ich sage: Was ist sie wert? Er sagt: Jedes Paket hundertfünfzigtausend Lire. Ich sage: Wir werden ja sehen, was wir dafür kriegen.

Wir nahmen das Paket so, wie es war, ganz neu, und brachten es zu bestimmten Händlern, die wir kannten. Sie bezahlten die Hälfte, ein Drittel des eigentlichen Werts, manchmal sogar ein Viertel oder ein Fünftel, wenn es eilig war und möglicherweise Gefahr durch die Polizei drohte.

Wir hatten auch Privatkunden, zum Beispiel eine Signora, die im Stadtviertel Parioli wohnte. Sie nahm uns das ganze gestohlene Zeug für wenig Geld ab und verkaufte es dann zu Höchstpreisen von Tür zu Tür.

Diese Frau aus Parioli gefiel mir nicht sonderlich. Ich

wandte mich erst an sie, wenn gar nichts anderes mehr ging. Denn sie behandelte uns wie räudige Hunde, und manchmal hielt sie uns sogar eine Moralpredigt. Sie sagte: Da sind sie wieder, die Diebe, das Unglück der Menschheit, warum geht ihr eigentlich nicht arbeiten? Habt wohl keine Lust, ihr Faulpelze!

Wenn sich bei diesen Fahrten die Gelegenheit bot, ließen wir auch hier und da etwas mitgehen. Ercoletto war dazu nicht fähig. Ich schon. Also sagte ich zu ihm: Halt an, hier gibt's was zu holen. Ich sah ein unbewachtes Haus, ein offenes Fenster und husch, war ich drin. Nahm, was es gab, und trug es weg.

Einmal habe ich mir ein schönes neues Rennrad geklaut, ein funkelnagelneues Legnano. Wir haben es auf dem Autodach festgebunden, und alle drehten sich nach diesem wunderbaren Fahrrad um.

Es tat uns leid, es zu verkaufen. Wir haben es zu einem Hehler gebracht, einem gewissen Massimo, der in Quadraro wohnt. Er hat uns fünfzehntausend Lire geboten. Ich sage: Nein, gehen wir woanders hin, das ist mehr wert.

Also haben wir uns an jemand anders gewandt, an einen gewissen Giorgio, genannt der Wurm, weil er den Bauch voller Würmer hat und ständig irgendwelche Kuren macht, aber nie gesund wird. Die Würmer kriechen ihm aus dem Hintern, ab und zu zieht er einen heraus und legt ihn in Öl ein.

Dieser Wurm, ich weiß nicht, ob es die Würmer sind oder was sonst, jedenfalls ist er ein Mordskerl, stark und robust, mit aufgedunsenem Gesicht, mit großen Händen, dicken Beinen, feistem Nacken. Ihm tun die Würmer offenbar gut, denn er ist schon fast achtzig und gesundheitlich besser dran als ich. Er hat uns zwanzigtausend Lire geboten, und wir haben's ihm dagelassen.

Mit Alba verstanden wir uns recht gut. Ihr genügte es, wenn wir ihr Wein mitbrachten und gelegentlich ein paar Kilo Fleisch. Am liebsten mochte sie Innereien: Leber, Niere, Kutteln, Herz, Hirn, auch mal eine Haxe. Sie aß gern Fleisch, am meisten jedoch liebte sie den Wein. Wenn wir ihr Wein mitbrachten, war sie immer sehr zufrieden. Die Miete bezahlten wir ihr manchmal, manchmal auch nicht. Aber sie beschwerte sich nie.

Ihr Mann arbeitet im Krankenhaus, als Krankenträger, als Pfleger, je nachdem. Aber er kommt im Krankenhaus auf seine Kosten. Er erledigt Besorgungen, betätigt sich als Kuppler, dies und das. Findet Frauen für alle Männer des Krankenhauses, die Ärzte, die Krankenträger, die Pfleger.

Er geht zu all diesen Prostitutierten, wenn sie Injektionen brauchen, er kennt sie alle, die guten wie die bösen. Er kennt auch verheiratete Frauen, Fräulein aus guter Familie, alleinstehende Witwen, alle.

Er geht zu ihnen, gibt ihnen die Spritze, dann redet er mit ihnen, ist freundlich, liebenswürdig, plaudert, macht Andeutungen, sondiert, erkundigt sich und läßt dann irgendwann seinen Vorschlag einfließen. Er sagt: Da ist einer, der denkt nur noch an Sie, er liebt Sie über alles. Dann macht er ein Rendezvous aus und kassiert.

Dieser Krankenträger ist häßlich wie die Pest. Einmal wollte er sich sogar an mir vergreifen. Wurde zudringlich, grapschte an mir herum. Ich sage: Paß auf, wenn du nicht aufhörst, sag ich's Ercoletto!

Aber ihm war das egal. Heimlich, wenn seine Frau es nicht merkte, betatschte er mich immer weiter. Langte mir an den Busen, streichelte mir die Beine.

Eines Tages reichte es mir, und ich sagte zu ihm: Hör zu, du widerst mich an, du bist häßlich und gefällst mir nicht. Wenn du besser aussehen würdest, wer weiß; aber du bist häßlich und dumm, und ich habe jetzt die Schnauze voll.

Da packt er mich, drängt mich gegen die Anrichte und preßt seinen Mund auf meinen. Küß mich! sagt er. Und ich sage: Scher dich bloß weg! Du hast Mundgeruch, faule Zähne, stinkst wie eine Kloake!

Seine Zähne waren nämlich ganz schwarz verkrustet, mit gelben Halbmonden unter dem Zahnfleisch. Und für mich sind die Zähne das allerwichtigste. Man kann sagen, daß ich mich in Ercoletto wegen seiner Zähne verliebt habe. Er hat saubere, weiße, gesunde Zähne.

Kurzum, ich sehe diesen schwarzen Mund und sage: Selbst wenn du mir eine Million dafür zahlst, geb ich dir keinen Kuß! Du ekelst mich an! Wenn ich dich küsse, kommt mir das Kotzen. Und er hat mir vor Wut eine runtergehauen.

Abends habe ich es Ercoletto erzählt. Ich sage: Ja findest du es etwa schön, daß dein Schwager dauernd an mir rummacht und mir nachstellt?

Ercoletto ist wütend geworden, hat mit dem Krankenträger Streit angefangen. Der sagte: Ich habe doch nur Spaß gemacht! Ich wollte sehen, wie sie reagiert! Ich wollte ihre Treue dir gegenüber auf die Probe stellen! Ercoletto sagt: Halt dich bloß raus, um ihre Treue kümmere ich mich selber.

Alba war auch dabei und fing an zu lachen. Sie tat, als glaubte sie die Geschichte nicht. Später habe ich sie jedoch im Bett streiten gehört.

Am nächsten Tag sah mich diese Schwester schief an. Daraufhin sage ich zu ihr: Wenn du auf mich eifersüchtig bist, dann irrst du dich, denn ich, ich sehe deinen Mann nicht einmal. Dein Mann treibt's mit dieser und jener, er geht zu all diesen Huren, um ihnen Spritzen zu geben, dabei entblößt er sie, tastet sie ab, und oft schläft er auch mit ihnen. Und du bist ausgerechnet auf mich eifersüchtig! Schau, sage ich, dein Mann hat mir nachgestellt, und zwar nicht nur einmal, sondern immer wieder, und wenn ich anders wäre, hätte ich längst was mit ihm anfangen können. Aber das wollte ich nie, vor allem aus Achtung vor dir und Ercoletto, und außerdem, weil er mich anwidert. Entschuldige, wenn ich es dir sage, aber ich finde deinen Mann wirklich zum Kotzen. Ich sage: Du bist eine Heldin, daß du ihn genommen hast!

Aber sie hörte nicht auf mich. Sie war auf alle eifersüchtig. Solange sie nichts sah, machte es ihr nichts aus; aber wenn sie etwas mitbekam, regte sie sich auf. Sie hatte keine Phantasie. Nur wenn sich etwas direkt vor ihrer Nase abspielte, merkte sie es. Sonst, selbst wenn der Kerl todmüde mit Lippenstift und Puderspuren am Kragen heimkam, ließ sie fünf gerade sein.

Und die beiden stritten immer weiter wegen dieser Sache mit mir. So daß ich mich so wenig wie möglich zu Hause aufhielt. Eines Tages sagt er dann zu mir: Stell dich doch nicht so an, eine die im Knast war, ist doch eh nichts mehr wert!

Du Mistkerl! sage ich, was hast du denn all die Jahre dort im Krankenhaus gemacht? Ich bin ein anständiger Mensch! sagt er. Von wegen anständig, sage ich, du klaust, betrügst, hast seit jeher überall deine Pfoten drin, das nennst du anständig? Nur weil es immer glattgegangen ist! Mich erwischen sie, wenn ich nur die Hand ausstrecke, aber du hast mehr auf dem Kerbholz als ich, sage ich, und dazu betätigst du dich auch noch als Kuppler.

Und wie geschickt er im Abstauben war! Einmal habe ich es selbst erlebt, bei der Spanierin, als sie uns zu sich nach Haus aufs Land eingeladen hatte, nach Mentana. Sie hatte ein Häuschen mitten in einem Weinberg gemietet, meine Freundin, für das sie fünfzehntausend Lire im Monat bezahlte.

Es war ein Neubau, wunderschön, mit Bad, Klo, jedem Komfort. Und rundum Land, mit einem schönen Gemüsegarten, einer Wiese und Obstbäumen.

Auf der Wiese hielt die Spanierin Hühner. Und in dem Häuschen lebte sie mit einem gewissen Nardo.

Sie lädt uns also an einem Samstag zum Mittagessen ein, und wir fahren hin, Ercoletto, Alba, der Krankenträger und ich. Die Spanierin hatte gesagt: Ich schlachte ein Huhn, wenn ihr kommt, ich schlachte drei Hühnchen, und wir feiern. Sie ist so ein Typ, liebt die Geselligkeit, Essen und Trinken und Singen.

Wir kommen nach Mentana, eine prächtige, grüne Gegend. Die Spanierin empfängt uns glücklich und selig. Sie trug Hosen, sah aus wie ein Reiter, groß und stattlich.

Sie zeigt uns ihren Garten mit den Kohlköpfen, den Saubohnen und den Zwiebeln und die Hühner in einem Gehege aus Maschendraht. Dann sagt sie: Hört zu, diese Hühner sind zu schön, und es tut mir leid, sie zu schlachten, zum Essen habe ich Kalbsschnitzel gekauft, macht es euch was aus, wenn wir uns die Schnitzel braten?

Während sie nun im Garten war, um einen Salat zu holen, habe ich gesehen, wie der Krankenträger ganz leise zum Hühnerstall schlich, aber ich habe nicht weiter drauf geachtet. Ich wollte gerade die Teller auf den Tisch stellen. Plötzlich – peng! – trifft mich was im Rücken. Ich sage: Verflucht, was ist das?

Ich drehe mich um und sehe lauter Blut auf dem Boden. Er hatte mir ein Huhn mit einem halb abgerissenen Flügel nachgeschmissen. Sogar das Kleid hatte er mir dreckig gemacht. Ich will gerade losschreien, da macht er: Pst! Still! Gib mir das Bündel da! Ich sage: Welches Bündel? Die Spanierin ist doch nicht blöd, die merkt das doch, und dann bekomme ich deinetwegen noch Krach mit ihr!

Er antwortet mir nicht einmal. Blitzartig nimmt er das verletzte Huhn, dreht ihm wie ein Dieb den Hals um und läßt es in seinem Bündel verschwinden.

Aber ich habe es der Spanierin gesagt. Ich habe gesagt: Dieser Hurensohn hat dir ein Huhn gestohlen. Allerdings erst einige Zeit später, als sie uns einmal besuchte. Sie sagte: Ach deswegen hat plötzlich eins gefehlt!

Noch ein andermal habe ich ihn mit eigenen Augen stehen sehen, als wir Ercolettos Vater in San Gentile besucht haben, in der Gegend von Zagarolo.

Wir fahren zu diesem Bauernhof, wo Ercolettos und Albas Vater wohnte. Er war ein schöner, weißhaariger alter Mann mit Schnauzbart, ein Garibaldiner mit versteinerten Augen, streng und würdevoll. Wir treten in die rauchgeschwärzte Küche, ich zünde ein Feuer im Kamin an, und Ercoletto geht hinter dem Haus Holzhacken.

Wir kochen Nudeln und eine Soße mit Zwiebeln und Tomaten. Danach gibt es Zicklein mit Zichoriengemüse. Es war ein schönes Mittagessen, wir aßen und tranken nach Herzenslust.

Nach dem Essen sagt Ercoletto: Sollen wir Tante Crescentina besuchen? Wir lassen uns zwei Flaschen Wein geben und nutzen die Gelegenheit, um ihr guten Tag zu sagen. Diese Tante wohnte etwas weiter oben, in einem Haus am Weinberg. Sie war sehr alt, fast schon hundert. Ich sage: Gehen wir. Und wir machen uns auf den Weg.

Sie freute sich sehr über unseren Besuch, diese Alte, denn sie sah fast nie jemanden, war immer allein. Sofort tischt sie uns Krüge voll Wein auf, den neuen, prickelnden, der noch nach Schwefel schmeckt, und wir bechern alle lustig, denn er trank sich wie Wasser.

Dann fängt der Krankenträger an zu singen: »Melancholie, du verläßt mich nie ...«, und wir singen alle mit. Der Krankenträger sagt: Wollen wir tanzen? Und während er ein schnelleres Lied anstimmt, nimmt er diese Greisin und tanzt mit ihr. Sie war hundert Jahre alt, aber sie wirkte wie ein junges Mädchen: Sie lief und sprang und surrte herum wie eine Wespe.

Alba war betrunken. Ich war auch ziemlich angeheitert; kurz, wir hatten alle einen sitzen. Die Alte war nun aufgedrehter als wir. Sie sah, daß wir beim Tanzen die Röcke hoben und hob ihrerseits den Rock. Der Träger ließ sie gewähren, spornte sie an, sang, grölte und schlug auf einem Topf den Takt.

Meine Augen waren vom Wein getrübt, aber ich sah, daß die Alte untendrunter nackt war. Wenn sie den Rock hob, sah man etwas Weißes, glatt wie eine Hand, ohne ein einziges Härchen. Diese Alte, mit nichts drunter, trallali, trallala, tanzte und hüpfte, und wir lachten alle. Es ging zu wie in einem Freudenhaus.

Auf einmal wird der Alten schlecht, und sie fällt auf den Boden. Wir nehmen sie, einer am rechten Bein, einer am linken, um sie aufs Bett zu heben. Aber das Bett war eins von diesen altmodischen, mit Strohsäcken, zwei Meter hoch, man brauchte eine Leiter, um raufzukommen.

Kurz und gut, wir haben zu viert angepackt, und schließlich haben wir sie mit vereinten Kräften hinaufbefördert und oben auf die Decke gelegt. Ich sage: Kochen wir ihr einen Kamillentee! Die anderen sagen: Nein, Bikarbonat muß her! Wo ist das Bikarbonat? Während wir das Bikarbonat suchen, fängt der Krankenträger sofort an, mit dieser Ausrede in allen Schubladen zu wühlen. Er suchte nach dem Geld der Alten.

Und tatsächlich findet er ein paar Tausendlirescheine und schnappt sie sich, findet goldene Ohrringe mit Korallenanhänger und steckt sie ein, findet ein Goldkettchen und läßt es verschwinden.

Alles hat er der Tante Crescentina genommen. Ich sage: Also hör mal, wir sind hier, um uns zu amüsieren, singen und tanzen hier in einem fremden Haus, und du wühlst in den Schubladen herum! Und er: Was habe ich denn schon genommen? Nichts, nur wertloses Zeug. Und du, sage ich, behauptest, du bist ein anständiger Mensch!

Der Krankenträger hat immer haarige Finger gehabt. Wenn er in einer Wohnung etwas sieht, das ihm gefällt, hält er ein Auge drauf. Dann kommt er, und beim ersten Mal, beim zweiten Mal rührt er es nicht an. Aber beim dritten Mal verschwindet das Ding.

Immer hat er es so gemacht. Er nimmt auf niemanden Rücksicht. Wenn ihm etwas gefällt, steckt er es ein und verdünnisiert sich. Ercoletto hat ihn immer ertragen wegen seiner Schwester, aber er kann ihn nicht ausstehen. Ercoletto würde nie bei Verwandten im Haus etwas stehlen, noch dazu bei einer armen alleinstehenden alten Frau.

Außerdem sind dieser Krankenträger und Alba gar nicht verheiratet. Sie leben seit zwanzig Jahren zusammen. Aber er hat irgendwo noch eine andere Ehefrau und auch Kinder. Mit Alba hat er dann noch fünf Kinder gekriegt, eine Tochter ist sogar schon verheiratet.

Die erste Frau, sagt er, hat er verlassen, weil sie, als er aus Afrika zurückkam, eine Krankheit hatte, die ihr andere Männer angehängt haben. Er hat sie im San-Gallicano-Krankenhaus entdeckt, in der Abteilung für Geschlechtskrankheiten. Dort lag sie, als er aus dem Krieg kam, und da hat er sie nicht mehr gewollt.

In diesem Krankenhaus hat er dann Alba kennengelernt, die dort ihre Mutter besuchte. Sie haben sich zusammengetan, haben fünf Kinder gekriegt und sind zusammengeblieben, bis Alba gestorben ist.

Von den Töchtern hat eine dieses Jahr geheiratet. Aber sie ist etwas sonderbar, voller Phantasien. Sie hat einen arbeitslosen jungen Mann geheiratet. Sie ist bockig, wollte unbedingt diesen jungen Mann ohne Arbeit. Sie sagt sich: Ist doch egal, Papa zahlt ja! Das Geld für die Miete kriegen wir schon irgendwie zusammen, zwanzigtausend Lire kann man immer auftreiben.

Sie heirateten ohne alles. Der Vater des Jungen hat den beiden ein Schlafzimmer, einen Schrank und zwei Matratzen geschenkt, für alles andere hat der Krankenträger gesorgt.

Er, dieser Ehemann, ist ein Herumtreiber, ein ganz dummer Junge. Er trägt lange Haare, Bart, Schnurrbart; tut, als wäre er ein Heiliger. Dabei ist er dumm und hat von nichts 'ne Ahnung. Er schneidet immer Grimassen, als würde alles, was die anderen sagen, ihm auf die Nerven gehen. Was er sagt, gefällt ihm, was die anderen sagen, macht ihn krank.

Eine andere Tochter des Krankenträgers arbeitet im Kaufhaus als Verkäuferin. Die übrigen sind noch klein, eine ist zwölf, die andere zehn; aber es sind brave Mädchen, die fleißig lernen. Nur die Älteste ist ein liederliches Weib, sie ähnelt dem Vater. Im Charakter und im Aussehen. Sie ist unangenehm, eingebildet. Außerdem geht sie ganz krumm.

Sie wäre eigentlich nicht häßlich, aber sie ist einfach unausstehlich. Sie hat eine hochmütige Art. Sie schminkt sich, hat nie etwas gesehen, weiß nichts, klatscht sich zwei Kilo grünen Lidschatten auf die Augen, malt sich rot und gelb an wie ein Papagei.

Eines Tages luden Ercoletto und ich gerade Ölkanister aus und begegnen dabei dem Glanzauge. Der geht sofort auf mich los und sagt: Diesen Bauernlümmel hast du genommen, diesen Trampel, und mir hast du so übel mitgespielt!

Ich sage: Bauernlümmel oder nicht, mir gefällt er, und du widerst mich an, in den Bauernlümmel habe ich mich verliebt, über dich kann ich nur lachen, was willst du von mir?

Er sagt: Diesen Saukerl hast du einem wie mir vorgezogen, der arbeitet und verdient und dir ein feines Leben geboten hätte! Ich sage: Ercoletto läuft rum wie ein Bauer, aber er ist ein Mann, nicht so wie du. Du bist zwar jung, wirkst aber wie ein Tattergreis. Und ohne Kleider ist Ercoletto eine Schönheit!

Daraufhin sagt er: Ihr zwei, ihr habt euch gesucht und gefunden, zwei Verbrecher, die ins Kittchen gehören, dreckiges Bauernpack! Ihr habt euch zusammengetan, weil ihr gleich seid, Aufwiegler und Diebe, wie sie im Buche stehn!

An diesem Punkt wurde es Ercoletto zu bunt. Er stürzte sich auf Glanzauge, aber der war vorbereitet, hatte drei Männer in einem Auto versteckt. Als Ercoletto gerade zuschlagen will, ruft er die drei Freunde, die auf uns losgehen.

Wir standen vor der Trattoria von Annibale, in der Nähe der Oper. Ercoletto war allein gegen drei. Sie verprügelten ihn nach Strich und Faden. Da hat er, als er sah, daß er wirklich übel dran war, das Messer gezogen und einen von diesen, Golasecca, einen Freund vom Glanzauge, erwischt.

Aber auch der Schneider selbst wurde verletzt. Er hat einen Messerstich in den Arm abbekommen. Danach sind sie abgehauen, haben sich aber gerächt, indem sie uns angezeigt haben.

Also sind Ercoletto und ich untergetaucht. Ein Jahr lang waren wir auf der Flucht, ohne nach Hause zu können, weil sie uns sonst verhaftet hätten. Wir haben in den Höhlen unterhalb von Frascati gelebt.

Dort sind Löcher im Felsen, auf der Seite der Pineta, auf dem Tuscolo. Wir haben uns eine große, breite Höhle ausgesucht und uns darin eingerichtet.

Ercoletto besorgte Holz, wir machten ein Feuer auf der Erde zwischen den Steinen. Ich kochte Nudeln, Suppe. Und wir aßen direkt aus dem Topf. Wir besaßen nichts, weder Teller noch Besteck. Wir mußten mit einem Topf auskommen, und wenn wir Wasser brauchten, mußten wir es vier Kilometer weiter am öffentlichen Brunnen holen.

Morgens fuhren wir nach Frascati zum Einkaufen, mit dem Auto, einem hellblauen 1100er; die Türen waren festgebunden, sonst wären sie abgefallen, die Bremsen waren kaputt, die Gangschaltung funktionierte nicht, ich weiß nicht, wie dieses Auto fuhr, aber es fuhr. Wir gingen ins Dorf, kauften etwas auf dem Markt. Dann fuhren wir herum und verkauften Öl.

Wir hatten den Ölhandel wiederaufgenommen, verkauften Kanister, aber nur die kleineren, um nicht aufzufallen. Ein wenig half uns auch Ercolettos Schwester. Telefonisch verabredeten wir uns mit ihr an einem abgelegenen Ort, und sie brachte uns etwas Geld. Dann kauften wir Sachen auf Raten und gingen damit hausieren. Wir schlugen uns auf alle möglichen Arten durch.

Nachts schliefen wir im Auto, weil die Höhle feucht und voller Schlangen war. Wir besaßen zwei Decken, eine völlig zerrissene Steppdecke, die ich in einem Haus gestohlen hatte, und damit deckten wir uns zu.

Manchmal gab es Gewitter mit Blitz und Donner. Unter dem Auto bildeten sich Schlammpfützen, der Boden weichte auf, und es kamen Ratten heraus, schwarze Ratten, so groß wie Hunde. Aber das Auto hat allem standgehalten. Es war sogar eine bessere Behausung als die Baracken in den Vorstädten von Rom.

Ein ganzes Jahr haben wir so gelebt. Dann haben sie uns eines Tages im Auto gesehen und angehalten. Ercoletto wurde gesucht, sie haben uns erkannt und eingelocht.

Ihn haben sie behalten, mich ließen sie wieder frei, weil die Anzeige ihn betraf und nicht mich, er hatte ja mit dem Messer zugestochen. So landete er im Gefängnis Regina Coeli.

Ich fing an, einen Rechtsanwalt zu suchen, mich umzutun. Das Auto war beschlagnahmt worden, deshalb ging ich zu Fuß. Außerdem kann ich sowieso nicht Auto fahren. Manchmal nahm ich bei den vielen Laufereien auch den Bus oder die Trambahn, aber meistens ging ich zu Fuß. Zum Glück habe ich kräftige Beine.

Ich brachte Ercoletto Pakete ins Gefängnis. Am Anfang wollten sie mich nicht zu ihm lassen. Sie sagten: Wer bist du denn? Ich sagte: Seine Frau. Sie sagen: Hier steht davon nichts. Ich sagte: Was muß ich tun? Sie sagten: Du mußt eine Anerkennung der Lebensgemeinschaft beibringen, sonst ist nichts drin mit Besuchen und Paketen.

Ich bin zum Richter gegangen, habe um die Anerkennung der Lebensgemeinschaft nachgesucht. Es hat tage-, wochenlang gedauert. Dann haben sie mir endlich diese Bescheinigung ausgestellt, und ich bekam eine Besuchserlaubnis, durfte ihn sehen. Ich habe ihm ein Paket mit Zigaretten, Mortadella und Kaffee mitgebracht.

Beim Prozeß haben sie ihm acht Monate aufgebrummt. Um den Rechtsanwalt zu bezahlen, habe ich eine Wollmatratze im Wert von fünfzigtausend Lire verkauft. Aber das reichte nicht. Da habe ich das gesamte Schlafzimmer verkauft, die Kommode, den Schrank, die Nachttische und einen Sessel mit Kunstlederbezug.

Als das Geld alle war, habe ich wieder mit Taschendiebstahl angefangen. Ich bin in die Bar Bengasi zurückgekehrt und habe meine Freundinnen, die Taschendiebinnen, getroffen. Sie sagten: Komm mit uns, wir sahnen zur Zeit in der Trambahn ab. Ich sage: Gut. Und wir ziehen los.

Beim ersten Mal geht alles gut, beim zweiten auch. Aber wir ernteten wenig: zehn-, fünfzehntausend Lire. Die mußten wir uns zu dritt teilen. Ich kaufte Sachen für Ercoletto, besuchte ihn. Beim dritten Mal passiert's. Wir steigen in die Zwölf ein, eine gewisse Peppina und ich. Wir mischen uns unter die Menge und tun so, als würden wir uns gar nicht kennen.

Ich sehe, daß meine Freundin sich einem gutgekleideten Herrn mit tief in die Stirn gezogenem Hut gegenüber postiert, einem mit kurzen Armen, der Mühe hatte, überhaupt die Haltegriffe zu erreichen.

Sie starrt ihn mit großen Augen an, und während sie ihn so fixiert, streckt sie eine Hand nach seiner Hosentasche aus, wo die Brieftasche steckte. Ich sah zu und schwitzte. Ich hatte eine böse Ähnung. Das Gesicht dieses Kerls gefiel mir nicht, er hatte Augen wie ein kranker Wolf, und ich fühlte, daß er jeden Augenblick zubeißen würde.

Tatsächlich, kaum hat meine Freundin sich der Brieftasche bemächtigt und sie an mich weitergegeben, genau in dem Augenblick, als ich sie in die Hand genommen habe, ist dieser Wolf aufgewacht. Er hat angefangen zu schreien. Hat die Trambahn anhalten lassen.

Was ist passiert? sagen die Leute. Man hat mir die Brieftasche gestohlen, antwortet er und sah sich mit den bösen Augen einer wildgewordenen Bestie um. Wer war es denn? fragen die Leute.

Der Wolf hat eins seiner fetten Ärmchen runtergenommen und auf mich gezeigt. Die war's, sagt er. Ich hatte die Brieftasche fallengelassen, aber sie hatte sich in meinem Mantel verfangen. So haben sie mich festgenommen und eingelocht.

Ich sah, wie meine Freundin ganz erschrocken still und heimlich aus der Trambahn ausstieg. Sie war darauf gefaßt, daß ich sie mit reinziehen würde, um die Schuld auf sie abzuwälzen. Aber das habe ich nicht getan. Ich habe die ganze Verantwortung auf mich genommen, und fertig. Was bringt's, wenn man zu zweit in der Klemme sitzt? sage ich.

Kaum bin ich im Gefängnis gelandet, wird mir gesagt: Den Prozeß machen wir dir sofort, im Schnellverfahren. Und ich denke: Wenn sie mir ein Schnellverfahren anhängen, verurteilen sie mich bestimmt; ich habe keinen Rechtsanwalt, ich habe gar nichts, was soll ich tun?

Da sagt eine gewisse Pina dort im Knast zu mir: Weißt du, was du machen mußt? Trink ein bißchen Tee mit Zitrone, nimm die Zitronenschale in den Mund, zerkau sie ganz klein, und dann, wenn die Schwester kommt, tust du so, als müßtest du dich übergeben.

So mache ich es. Ich trinke etwas Tee mit Zitrone, dann fange ich an zu schreien: Aua, aua! Oh, ist mir schlecht! Oh, tut das weh! Pina ruft die Schwester und sagt: Schwester, der ist nicht gut.

Lella degli Angeli, die Schwester aus der Krankenabteilung, kommt und fragt: Wo hast du Schmerzen? Oh, sage ich, hier, hier sticht's, es tut wahnsinnig weh. Und ganz plötzlich – ich hatte ja noch diese in Tee zermatschte Zitrone im Mund – tue ich so, als müßte ich erbrechen. Und die Schwester läßt mich sofort ins Krankenhaus einliefern.

Ich lande wie immer im San Giovanni. Und dort operieren sie mich am Blinddarm. Die anderen Male, als mir wirklich etwas fehlte, haben sie mich nicht operiert, diesmal, als ich gar nichts hatte, haben sie mich massakriert.

Sie haben mir einen handbreiten Schnitt verpaßt. Ich frage mich: Heilige Mutter Gottes, was wird jetzt passieren, wenn sie merken, daß ich gar keinen Blinddarm habe? Ich wußte überhaupt nicht, was das ist, dieser Blinddarm, ich dachte, es wäre so eine Art Bäumchen, das dir im Bauch wächst, wenn du krank bist. Aber wenn man gesund ist, dachte ich, kann das Bäumchen ja gar nicht dasein. Aber offenbar war es doch da, und sie haben es mir rausgeschnitten.

In diesen Tagen sollte eine Amnestie erlassen werden, alle warteten darauf wie aufs Himmelreich. Aber damit war's nichts. Trotz der Operation wurde ich zu zwei Jahren verknackt. Die Amnestie kam zwar, aber in meinem Fall hat sie nichts gebracht.

So sitze ich wieder in Rebibbia mit den alten Freundinnen: Tina, Giulia, Marisa, den Zigeunerinnen. Einige waren entlassen worden. Andere waren raus- und dann wieder reingekommen, wie ich. Einige Neue waren auch da, vor allem junge Mädchen, wegen Rauschgift, und Prostituierte. Aber die Rauschgiftsüchtigen blieben unter sich, mit uns rückfälligen Diebinnen wollten sie nichts zu tun haben.

Eine gab es, die wegen Rauschgift drin war, eine bildschöne Blonde. Sie war vielleicht neunzehn, zwanzig Jahre alt und schloß sich immer in ihrer Zelle ein, weil sie Angst hatte, die anderen könnten über sie herfallen. Tatsächlich hatten sie sie gleich am ersten Abend, als sie ankam, zu fünft angegriffen. Eine Schwester hatte sie befreit und in eine leere Zelle eingeschlossen. Die Älteren machten ihr Avancen, lockten sie mit Essen. Aber sie war reich, brauchte niemanden. Alle Tage erhielt sie Pakete, Sachen, Briefe. Und die Schwestern behandelten sie wie eine Dame, begegneten ihr mit Hochachtung.

Sie brachten ihr Mineralwasser, Sirup, Pfefferminzplätzchen, weil sie behauptete, sie hätte Halsweh. Sie ließ ihre Mutter draußen anrufen, und diese Mutter kam dann und brachte der Schwester eine Platte mit Cremetörtchen.

Schwester Isabella, genannt Isabellona, ist eine, die sehr gern Kuchen ißt. Sie liebt den süßen Geschmack im Mund, aber sie selbst ist bitter. Sie hat bitterböse Hände und teilt ständig Ohrfeigen aus. Ein Widerwort genügt, und sie schlägt zu. Mich hat sie bestimmt tausendmal geschlagen.

Ercoletto war im Gefängnis, mein Bruder Orlando ebenfalls. Niemand schickte mir was. Ich hatte nicht mal genug Geld, um mir eine Zigarette zu kaufen. Zum Glück war ich mit all diesen Alteingesessenen gut Freund, die wurden reichlich mit Essen versorgt. Ich brachte sie zum Lachen, erzählte Geschichten, und im Tausch dafür gab's hier und da einen Happen Fleisch, ein Stück Brot oder auch mal eine halbe Zigarette.

Wenn Orlando draußen war, half er mir. Aber wie's der Teufel will, jedesmal, wenn ich eingelocht werde, sitzt er auch gerade. Wir sind alle beide im Knast und können uns nicht helfen.

Wir zwei wurden immer erwischt. Immer, schon als Kinder, vom Vater, der uns mit dem Gürtel verdrosch, von den größeren Geschwistern, von der Großmutter.

Mir hat es nie was ausgemacht, auf dem Boden zu schlafen, in Höhlen, im Regen. Ich sage mir immer: Ich bin doch stark! Aber die Kraft läßt eben auch nach. Jetzt habe ich wegen all der Feuchtigkeit, der ich ausgesetzt war, Arthritis an den Nieren bekommen.

Auch die Leber ist nicht mehr, was sie mal war. Die Eierstöcke haben sie mir vereist. Ein Zahn fehlt. Kurz und gut, ich bin nicht mehr dieselbe wie früher. Orlando ist auch krank. Sein Herz tut's nicht mehr richtig. Er sagte, in den Knast wolle er um nichts auf der Welt zurück. Er hatte sich mit dieser Frau zusammengetan, einer halbblinden Zwergin. Dann hat er sich beim verbotenen Fischfang erwischen lassen und wurde wieder eingebuchtet.

Nachdem ich fünf Monate abgesessen hatte, gab es eine zweite Amnestie, und ich kam raus. Ercoletto saß immer noch. Wohnung hatte ich keine mehr. Also bin ich eine Zeitlang zu Vanda gezogen, einer Freundin aus der Bar Bengasi.

Die ersten Tage konnte ich gar nichts tun. Ich lag im Bett, schlief, aß, trank, rauchte, und fertig. Vanda war gutmütig, sie sagte nichts. Aber ich wußte, daß es nicht so weitergehen konnte. Sie hatte ihre Arbeit, ihre Männer, und früher oder später mußte ich entweder gehen oder etwas zu den Unkosten beitragen. Warte, bis ich wieder auf die Beine komme, sagte ich zu ihr, im Augenblick bin ich noch platter als ein getrockneter Hering. Sie antwortete: Mach dir keine Sorgen, ruh dich nur aus. Ich habe etwas zugenommen, mich ausgeschlafen, nach Herzenslust geraucht. Eines Morgens stehe ich auf und gehe wieder in die Bar Bengasi, wo ich einige Freunde treffe. Ich sage: Wo ist Gianni? Sie sagen: Im Knast. Und Gino? Auch im Knast. Viele von den Männern saßen drin. Die Frauen dagegen nicht, sie arbeiteten.

Also tue ich mich mit diesen Frauen zusammen, vor allem mit zweien, die mich mochten, Ines und Violetta, genannt das Engelshändchen, weil sie eine sehr geschickte Hand beim Klauen hatte.

Wir gingen auf Taschendiebstahl. Ich und Ines standen Schmiere, leisteten Hilfestellung, und das Engelshändchen tastete sich ran und stibitzte. Sie war unglaublich gut. Sie konnte einem die Socken in den Schuhen ausziehen, ohne daß er es merkte. Sie war fast so gut wie Dina.

Kurz, mit diesen beiden gehen wir los, klauen in der Trambahn, im Bus, im Kaufhaus. Wenn viele Leute da sind, ist es leicht. Ines, die ein schnelleres Auge hat, gibt mir ein Zeichen. Das bedeutet, daß sie eine mit einer leicht zugänglichen Handtasche gesehen hat. Dann gehe ich hin, schau sie mir genau an, folge ihr Schritt für Schritt, mache eine Probe, indem ich sie anremple. So erkenne ich, ob sie zerstreut ist, mißtrauisch, in Eile.

Wenn ich meine, daß was geht, mach ich dem Engelshändchen ein Zeichen. Sie nähert sich, und ich ziehe mich soweit zurück, daß ich die Frau und die Verkäuferin im Auge behalte. Ines überwacht inzwischen von der Treppe her die Lage im gesamten Geschäft.

Das Engelshändchen öffnet mit der Gelassenheit einer großen Dame die Handtasche der Frau, zieht mit zwei Fingern das Portemonnaie heraus und macht sogar die Handtasche wieder zu. Dann entfernt sie sich gemächlich, in aller Ruhe, und ich hinterher. Draußen geht jede für sich zum vereinbarten Treffpunkt. Dort öffnen wir das Portemonnaie und teilen.

Einen Monat lang haben wir riesiges Glück gehabt. Jeden Tag erwischten wir ein einträgliches Portemonnaie. Es war nie sehr viel, immer so um die zehn-, fünfzehntausend Lire. Aber es war eine Genugtuung. Und ich bin bei Vanda ausgezogen und habe mir ein eigenes Zimmer genommen, habe es eingerichtet, und alles war in Ordnung.

Im nächsten Monat kam eine Pechsträhne. Das Engelshändchen stibitzte drei, vier Portemonnaies am Tag, und alle waren leer. Tausend, zweitausend Lire, oft nicht einmal die. Was gab es da noch zu teilen? Wir waren zu dritt und fingen an, Hunger zu haben.

Da sagt das Engelshändchen: Weißt du, was wir heute machen? Wir klauen 'ne schöne Mortadella; ich habe Lust auf Mortadella; wir fressen uns mal so richtig voll, denn ich ernähre mich schon seit vier Tagen nur von Wasser und Brot.

Wir gehen in ein großes Lebensmittelgeschäft in der Nähe der Casilina. Das Engelshändchen sagt: Hier mußt du aber ran, Teresa, hier geht's nicht um Portemonnaies, sondern darum, zuzupacken und mit der Mortadella unterm Arm wegzurennen. Ich sage: Ist gebongt, mach ich. Und wir verteilen uns alle drei in diesem Geschäft.

Das Engelshändchen nimmt den Verkäufer beiseite und fragt: Was kostet denn diese Mortadella? Viertausend Lire, antwortet er. Gut, sagt sie, aber Sie werden mir doch etwas Rabatt geben, oder? Ich hab nicht viel Geld, und wenn Sie mir entgegenkommen, schicke ich Ihnen auch meine Mutter her, die hier in der Gegend wohnt, so haben Sie zwei neue Kundinnen gewonnen.

Kurz und gut, sie schwätzte auf ihn ein, und der Junge hörte sich brav alles an, wurde verlegen. Sie sagt: Und was verlangen Sie für diesen Schinken hier? Kommt er auch wirklich aus dem Gebirge? Ist er sehr salzig? Nein, nein, sagt der Junge, das ist ein ganz milder Schinken, das garantiere ich Ihnen. Er war nicht sehr aufgeweckt, und sein Handwerk verstand er auch nicht.

Während das Engelshändchen ihn vollquasselt, packe ich, als der Laden einen Augenblick leer ist, eine Mortadella und renne davon. Der Junge sieht es sofort und rennt hinter mir her. Unterdessen verlassen das Engelshändchen und Ines seelenruhig das Geschäft, als ob sie das gar nichts anginge, und machen sich auf den Heimweg.

Wenn ich richtig renne, bin ich schneller als der Wind, und den Jungen habe ich in kürzester Zeit abgeschüttelt. Eine halbe Stunde später treffen wir uns auf der Prenestina, meine Freundinnen und ich. Engelshändchen bringt einen Freund mit, einen gewissen Pasquale, der ein Auto besaß, einen 600er. Da quetschen wir uns alle rein und fahren aufs Land.

Bei einer ganz verdorrten, mit Abfällen übersäten Wiese halten wir an. Ich sage: Ja müssen wir ausgerechnet hier haltmachen, hier stinkt's, fahren wir weiter. Nein, sagt er, hier ist's genau richtig, ich kenne den Platz, hier kommen oft welche und wühlen in den Abfällen, da ist es keinem verdächtig, wenn er hier jemand essen sieht.

Mitten in diesem halbverkohlten Müll, wo der fette

Rauch unter den Scherben hervorkam, haben wir uns im Kreis auf den Boden gesetzt. Pasquale hat das Messer rausgezogen und angefangen, die Mortadella aufzuschneiden. Es war eine große Mortadella, fast einen halben Meter lang, die ungefähr zwei Kilo wog.

Pasquale teilt die Stücke aus. Das Engelshändchen stopft sich den Mund voll. Die ist beim Essen noch schlimmer als ich, sie brachte sie kaum hinunter vor Gier. Wir essen eine Scheibe pro Kopf, dann noch eine Scheibe, dann noch eine und noch eine. Ich konnte nicht mehr. So ohne Brot, ohne Wein war sie widerlich, diese Mortadella, obwohl von feinster Qualität.

Das Engelshändchen aß mehr als alle anderen; ganz allein hat sie sich fast die halbe Wurst reingewürgt. Sie sagt: Ist das schön, sich den Bauch mal so richtig mit Mortadella vollzuschlagen! Weißt du, wie lang ich davon schon träume? Jede Nacht im Gefängnis kam mir diese Mortadella in den Sinn, und immer sagte ich mir: Sowie ich rauskomme, esse ich so viel Mortadella, bis ich platze. Na und jetzt habe ich endlich mein Ziel erreicht!

Schließlich war jedoch auch sie satt. Wir hatten mehr als genug. Sie sagt: Was machen wir jetzt mit dieser Mortadella. Ich sage: Heben wir sie für später auf. Doch Pasquale, der vierzig Jahre alt war wie ich, aber wie ein Junge wirkte, der zu Streichen aufgelegt ist, nimmt ein Stück von dieser Mortadella und schmeißt es mir an den Kopf.

Also nehme ich auch ein Stück Mortadella und werfe es ihm ins Gesicht. Das Engelshändchen macht es genauso. Wir veranstalten eine richtige Mortadellaschlacht. Mit fettigen Händen, fettigem Gesicht, fettigen Haaren, schlimmer als Kinder, die aus der Schule abgehauen sind. Wir amüsierten uns köstlich und konnten gar nicht mehr aufhören zu lachen, während die Mortadellastücke hin und her flogen wie Bälle.

Am selben Tag, als ich zur Piazza Vittorio zurückkomme, begegne ich einer Freundin von mir, einer gewissen Nicolina. Hör zu, Teresa, sagt sie zu mir, du mußt mir einen

Gefallen tun. Ich sage: Was für einen Gefallen? Und sie: Ich hab einen Mann gehabt, der mir das Blut ausgesaugt hat; ich muß dir alles gestehen, ich hab sogar im Freudenhaus gearbeitet für diesen Mann, bin in Mailand und in Turin in verschiedenen Bordellen anschaffen gegangen. Bis zu hunderttausend Lire pro Tag habe ich verdient, aber neunzig davon mußte ich an ihn abgeben; er ließ mir gerade so viel, daß ich davon leben konnte, aber schlecht. Daraufhin habe ich ihn mir vorgeknöpft und gesagt: Lieber Natalino, so kann's nicht weitergehen; ich arbeite, und du steckst die Kohle ein.

Und er hat mich zum Trost mit seinem roten Jaguar in ein Luxusrestaurant zum Essen ausgeführt. Den Freunden hat er mich als seine Verlobte vorgestellt. Und ich war zufrieden. Aber dann hat er wieder genauso weitergemacht wie vorher. Er trampelte auf mir rum und nahm mir neunzig Prozent meines Verdienstes ab.

Aber dafür hat er dich doch beschützt, Nicolina! sage ich. Er hat mich beschützt, sagt sie, aber es kam mich teuer zu stehen; manchmal hatte ich nicht mal genug Geld, um mir neue Strümpfe zu kaufen, und lief mit Löchern in den Strümpfen herum.

Also was für einen Gefallen soll ich dir tun? frage ich. Warte, sagt sie, ich muß dir fertigerzählen. Ich hatte ihn gern, sagt sie, ich ertrug ihn, obwohl er böse war. Eines Tages aber habe ich ihn mit einer anderen gesehen, mit einem neuen Mädchen, und vor Eifersucht habe ich ihn angezeigt. Ich habe ihn angezeigt wegen Ausbeutung.

Du bist wohl wahnsinnig! sage ich. Was werden die Leute sagen, Schweigen ist doch bei uns das oberste Gebot! Weißt du etwa nicht, daß man niemand anzeigen darf? Jetzt giltst du als gemeine Verräterin! Sie sagt: Es hat mir ja auch leid getan, nachdem ich's gemacht hatte. Aber vor allem tut es mir für Natalinos Vater leid, er ist ein alter Mann und kommt ständig und heult mir was vor wegen diesem Sohn; er jammert, daß jetzt bald Weihnachten ist, daß die Mutter ihren Sohn wiedersehen will, daß es dem

Jungen im Knast schlechtgeht, er sagt, vor allem für einen, der noch nie gesessen hat, ist der Knast etwas Schreckliches, Unerträgliches. Kurz und gut, er bittet mich, die Anzeige zurückzuziehen.

Ja, mach das doch, sage ich, wenn du's nicht machst, bist du hinterher überall als gemeine Verräterin verschrien, sie spucken dir ins Gesicht und stoßen dich aus; außerdem wird in unseren Kreisen Rache großgeschrieben, du kannst nicht mehr ruhig auf der Straße gehen. Sie sagt: Ich nehm die Anzeige zurück, ich bin dazu bereit, aber ich will das Geld wiederhaben, das ich für das Verfahren geblecht habe, für den Rechtsanwalt Ammazzavacca.

Und was habe ich damit zu tun? frage ich. Weißt du, was du tun sollst? sagt sie, du sollst diesem Alten, seinem Vater, der auf dem Markt am Strand Nummer zwölf arbeitet, was bestellen. Du gehst hin und sagst zu ihm: Nicolina will dich sehen, sie will mit dir reden.

Ist recht, sage ich, wenn es nur darum geht, tu ich dir den Gefallen. Aber danach mußt du allein mit ihm fertig werden, ich will mit dieser Sache nichts zu tun haben.

Kurz und gut, ich mache die Vermittlerin. Ich gehe zu dem Alten und richte ihm Nicolinas Botschaft aus. Schaut, daß ihr die Sache gütlich beilegt, sage ich, denn es scheint, daß sie bereit ist, die Anzeige zurückzuziehen. Sie will aber, daß ihr ihr das Geld wiedergebt, das sie für den Rechtsanwalt Ammazzavacca hinlegen mußte, für das Verfahren, sie will diese halbe Million, und dann nimmt sie alles zurück.

Der Alte sagt zu mir: Die halbe Million gebe ich ihr, Hauptsache, sie zieht die Anzeige wegen Ausbeutung gegen meinen Sohn zurück. Du kommst als Zeugin mit, unterschreibst zusammen mit ihr das Papier, und dann ist alles geregelt.

Also verabreden wir uns mit diesem Vater für den nächsten Tag in einer Bar, es war ein Donnerstag. Ich hole Nicolina ab, und zusammen gehen wir zu der ausgemachten Bar, um das Geld in Empfang zu nehmen und das Papier zu unterschreiben, in dem Nicolina die Anzeige zurücknimmt. Ich sollte es bezeugen.

Dieser Balocca kommt in die Bar. Er war ein schöner alter Mann, würdevoll. Darf ich euch etwas anbieten? fragt er, einen Kaffee? Nein, nein, sage ich, einigt euch, damit wir's hinter uns haben. Er sagt: Die halbe Million habe ich hier, aber erst muß Nicolina mir dieses Papier unterschreiben.

Er zieht ein Blatt mit amtlichem Stempel heraus, auf dem steht: Ich, die unterzeichnete Nicolina Gasperoni, erkläre hiermit, daß ich Balocco Natalino nur aus Eifersucht angezeigt habe. Ich erkläre, daß es nicht wahr ist, daß er mich ausgebeutet hat, sondern daß ich es aus Eifersucht getan habe.

Dann sagt er: Hier, Teresa, du unterschreibst hier unten, um zu bezeugen, daß ich ihr die halbe Million gegeben habe. Wo ist eigentlich die halbe Million? fragt Nicolina. Bis jetzt habe ich noch nichts gesehen. Der Alte zieht einen Packen Geld aus der Tasche. Hier ist sie, sagt er; unterschreib, dann kriegst du sie. Daraufhin unterschreibt sie, und darunter unterschreibe ich.

Auf einmal, kaum daß wir unterschrieben haben, geht peng peng die Türe auf, und die Polizei kommt herein. Balocca geht mit der unterschriebenen Erklärung und dem Geld. Und wir werden festgenommen.

Sie bringen uns aufs Polizeipräsidium. Ich habe nichts getan, sage ich, ich war nur als Zeugin dabei. Und ich erzähle, wie die Geschichte gelaufen ist. Aber die Präsidiumsbeamten scherten sich nicht darum. Sie hörten mir nicht einmal zu.

Auf dem Präsidium war ich jedoch ganz ruhig, weil ich dachte: Sie lassen mich sowieso wieder frei, ich habe ja nichts damit zu tun, etwas zu bezeugen ist kein Verbrechen.

Aber sie lochen uns alle beide ein wegen Erpressung. Und mit Erpressung ist nicht zu spaßen; dafür kriegt man mir nichts, dir nichts fünf, sechs Jahre. Aber ich hatte keinerlei Erpressung versucht. Ich war nur als Zeugin dabeigewesen. Das konnte ich einfach nicht einsehen. Weil ich als unschuldige Zeugin eine Unterschrift geleistet hatte, sollte ich zu sechs Jahren verknackt werden!

Ercoletto stand kurz vor der Entlassung. Ich sagte mir: Jetzt hört er, daß ich wieder sitze, und verläßt mich; bestimmt sucht er sich eine andere. Meine Wohnung wird auch flötengehen. Immer, wenn ich eingelocht werde, ist die Wohnung hinterher beim Teufel, und ich muß wieder von vorne anfangen.

Ich sage mir: Diese Wohnungen bringen mir Unglück, besser, ich nehme mir gar keine mehr. Kaum richtete ich mir eine Wohnung ein, kamen die neidischen Freundinnen an: Ah, wie schön! Oh, wie reizend! Wo hast du das her? Was für ein schönes Schlafzimmer, wo hast du das gekauft? Ihre Mißgunst, ihr Neid verdarben mir alles.

Und sowie ich im Knast landete, stürzten sie in diese Wohnung und schleppten alles weg, putzten alles weg, so daß ich, wenn ich wieder rauskam, nicht mal eine Stecknadel wiederfand.

Dort im Knast fühlte ich mich absolut verloren. Ich sage: Wieso bin ich hier eingeschlossen? Ich saß schon sechs Monate, und sie hatten sich immer noch nicht entschieden, mir den Prozeß zu machen.

Zum erstenmal konnte ich mich einfach nicht damit abfinden. Ich sah einfach nicht ein, warum ich eingesperrt war. Ich stritt die ganze Zeit mit der einen oder anderen, prügelte mich.

Legte mich mit diesem Unglücksraben von Nicolina an. Ich sagte: Schau nur, was diese dumme Gans mir eingebrockt hat! Geh wenigstens zum Richter, du dämliches Weib, und sag ihm, daß ich nichts damit zu tun habe!

Sie sagt: Ich habe selber nichts damit zu tun, ich bin genauso unschuldig. Ich habe dir einen Gefallen getan, sage ich, und nichts dafür verlangt. Habe ich dafür was von dir verlangt? Nein, sagt sie. Siehst du! sage ich. Du hast mir nichts gegeben, ich wollte auch gar nichts, ich habe dir nur geholfen. Und jetzt hocke ich deinetwegen im Knast.

Schwester Carmina mit den harten Händen kam daher. Sei still, Teresa, ermahnte sie mich mit ihrer unangenehmen lauten Stimme. Ich möchte Sie mal an meiner Stelle sehen! sage ich. Wenn ich für etwas eingesperrt werde, was ich getan habe, finde ich mich damit ab, sage ich, aber für etwas zu sitzen, was ich nicht getan habe, nein. Still, du Verbrecherin! sagt sie. Sie glaubte nicht, daß ich nichts getan hatte.

Es waren sechs grausame Monate. Ich aß nicht, sprach nicht. Ich lag auf dem Bett und dachte nach. Und je länger ich nachdachte, um so wütender wurde ich. Ich dachte an Ercoletto, der inzwischen entlassen war, und was er wohl machte.

Pakete schickte er mir keine und Briefe auch nicht. Er hatte mich im Stich gelassen. Orlando saß noch, und ich wußte nicht einmal, wo. Ich war entmutigt. Die Schwestern kamen, rissen das Fenster auf. Teresa, steh auf, sagten sie, tu nicht so, als wärst du krank, das glaubt dir sowieso keiner! Aber ich war nicht krank, ich war verbittert. Ich hatte das Leben satt.

Die Gefährtinnen verstanden mich. Manchmal kamen sie herauf, um mir eine Zigarette zu bringen. Auch Nicolina kam, aber ich jagte sie fort, wollte sie nicht sehen, obwohl ich wußte, daß sie genauso hereingelegt worden war wie ich.

Ich lag dort mit geschlossenen Augen, aber ich schlief nicht. Nicht einmal nachts konnte ich schlafen. Ich war niedergeschlagen, wie betäubt, und hatte zu nichts Lust. Zum Essen stand ich auf, würgte einen Löffel Suppe hinunter und ging wieder ins Bett. Die Schwester höhnte: Sechs Jahre wirst du kriegen, und es geschieht dir recht, wer weiß, was ihr ausgefressen habt, du und diese Nutte von Nicolina!

Ich sitze hier drin keine sechs Jahre ab für etwas, das ich gar nicht getan habe, sage ich, eher bringe ich mich um. Tatsächlich nehme ich eines Morgens ein Laken, ziehe es lang, drehe es zu einem Seil, mache eine Schlinge hinein, knote es am Fenstergitter fest und hänge mich auf.

In dem Augenblick geht Anna Bordoni vorbei, eine, die von den Schwestern auf Händen getragen wurde. Ich hatte berechnet, daß um diese Zeit niemand vorbeikäme, weil sie alle beim Hofgang waren. Diese Anna dagegen kommt vorbei, weil sie aufs Klo will, sie mußte plötzlich mal. Sie wirft einen Blick in meine Zelle, die Augen klettern höher, und sie sieht mich, wie ich da mit raushängender Zunge baumele.

Sie hat angefangen zu schreien, hat Leute gerufen. Die Nonne ist gekommen, sie haben mich runtergeholt, die Schlinge gelöst, mir Spritzen gegeben.

Ich bekam nichts mit. Ich war so gut wie tot. Aber sie

haben mich ins Leben zurückgeholt. Sie wollten mich retten. Am Hals war ich ganz schwarz. Er tat mir weh, ich konnte nicht mal meinen Speichel schlucken. Mein Gesicht war über und über fleckig. Ich weiß nicht, wie sie mich gerettet haben. Offenbar bin ich wirklich schwer totzukriegen.

Von da an bewachten sie mich ständig. Sie ließen mich nie allein. Ich lag in der Krankenabteilung bei Lella degli Angeli, die keine Sekunde die Augen von mir abwandte.

Dort habe ich mich mit einem Mädchen angefreundet, die wegen versuchter Abtreibung im Knast gelandet war. Sie hatte sich eine Stricknadel in den Darm gebohrt, um das Kind loszuwerden, das von ihrem Onkel war.

Als sie sie reinbrachten, blutete sie wie ein abgestochenes Schaf. Sie haben sie wieder zusammengeflickt. Sie hatte sich den Darm durchstochen, aber das Kind war dabei nicht abgegangen. So mußte sie es behalten.

Der Onkel hat dann alles abgestritten. Ihre Mutter und ihr Vater haben dem Onkel geglaubt und kamen sie nicht einmal besuchen, weil sie sagten, die Tochter sei eine gewissenlose Mörderin, die die Ehre der Familie geschändet habe.

Mit dieser Pinuccia spielten wir Karten. Sie gewann immer. Sie war sympathisch. Schüchtern. Später habe ich erfahren, daß sie ein verkrüppeltes Kind zur Welt gebracht hat. Aber sie hat es behalten, und wo sie jetzt ist, weiß ich nicht. Ich glaube, sie hat eine Stelle als Dienstmädchen; das habe ich gehört.

Nach acht Monaten kommt eines Morgens Schwester Innocenza zu mir und sagt: Teresa, du bist entlassen! Sie haben anerkannt, daß du unschuldig bist. Nach acht Monaten.

Wenn es acht Jahre gewesen wären, hätte es für mich auch keinen Unterschied gemacht, sage ich, und da ich arm bin, ist der Knast für mich doppelt schlimm. Und eine ungerechte Bestrafung ist nicht zum Aushalten, Schwester, auch nicht, wenn man voller Sünden ist wie ich.

Sie sagt: Du kannst jetzt gehen, du bist entlassen. Ich sage: Wirklich? Ist es kein Vorwand, um mich woandershin zu verlegen? Wenn ich's dir sage, kannst du sicher sein! sagt sie.

Alles Blut sank mir in die Füße hinab. Wenn Sie es sagen, ist es bestimmt wahr, sage ich, was muß ich jetzt machen? Nimm deine Sachen, sagt sie, und geh. Nachdem ich nichts hatte, habe ich nichts genommen und bin gegangen.

Wie kommt es, daß sie mich entlassen? frage ich. Sie sagt: Du bist wegen Nichtvorhandensein der Straftat freigesprochen worden: Der Richter Dell'Alba hatte einen juristischen Fehler gemacht. Das habe ich ja gleich gewußt, daß es ein Fehler war! sage ich. Eine Erpressung macht man heimlich, mit vorgehaltener Pistole, nicht in einer Bar mit gestempeltem Papier und Zeugen und allem.

So bin ich rausgekommen, nachdem alle gesagt haben, daß sowohl die Polizei als auch die Richter einen juristischen Fehler begangen hatten. Ein anderer Richter, ein gewisser Giustiniani, hat dann den Irrtum erkannt. Er hat ein zweites Verfahren eingeleitet und den Fehler herausgefunden. Deshalb haben sie mich nach acht Monaten Haft freigelassen. Auch Nicoletta wurde freigelassen.

Als ich draußen bin, mache ich mich sofort auf die Suche nach Ercoletto. Wer weiß, wie oft er mich betrogen hat, dieser unselige Kerl! sage ich. Er wußte nicht, daß ich so schnell rauskommen würde, ich wußte es ja selber nicht. Er wohnte inzwischen wieder bei seiner Schwester.

Als ich das von den Freundinnen hörte, gehe ich sofort zu Alba, aber der Portier teilt mir mit, daß sie nicht mehr dort im Haus wohnt. Ich sage: Wo wohnen sie jetzt? Er sagt: Weiß ich nicht, ich glaube, auf dem Land, aber wo, kann ich Ihnen nicht sagen. Also nehme ich ein Taxi, fahre nach Quarto Miglio zu Ercolettos Bruder. Biagio, sage ich, weißt du nicht zufällig, wo Ercoletto ist? Wo er wohnt? Wo er lebt? Er ist gerade eben mit der Lambretta weggefahren, sagt er. Wohin denn? Er sagt: Zu Alba. Ich sage: Und wo wohnt Alba jetzt? Da unten in der Batteria Nomentana, sagt er und erklärt mir, wo es ist.

Ich gehe die Treppe hinunter und an der Haustür begegnet mir Annuccia, Ercolettos Nichte. Komm, sage ich zu ihr, ich kaufe dir ein Eis. Diese Annuccia ist dreizehn Jahre alt. Wie dünn bist du, Tante, sagt sie. Wohin gehen wir zum Eisessen?

Ich führe sie in eine schöne Konditorei und kaufe ihr ein dickes Eis für hundert Lire. Dann sage ich zu ihr: Hör mal, hat Onkel Ercoletto eigentlich noch mit dieser Cesira zu tun, der mit dem Kind? Sie sagt: Vorgestern abend ist er mit ihr ins Kino gegangen, aber wo sie danach waren, weiß ich nicht.

Als ich das hörte, sah ich rot. Ich war stinksauer, richtig giftig. Also ciao, sage ich. Und sie: Kaufst du mir noch ein Eis, Tante? Ich hab dir doch gesagt, was du wissen wolltest, oder? Du bist zu schlau, Annuccia, sage ich, genau wie dein Vater.

Ich nehme einen Bus zur Batteria Nomentana. Als ich ankomme, ist es schon Nacht. Es war Winter, Dezember, nach Weihnachten. Ich laufe herum und suche die Straße. Endlich entdecke ich das Haus, gehe hinein und bleibe auf dem Treppenabsatz vor der Wohnungstür stehen. Gerade will ich klopfen, da höre ich die Stimmen von Alba und Ercoletto, die über mich und Orlando reden.

Dieser Orlando behauptet, die Sachen seiner Schwester gehörten ihm, sagt Alba, das Auto gehört ihm, die Wohnung gehört ihm, alles gehört ihm. Du mußt ihm auf die Finger schauen, sagt sie zu ihrem Bruder, sonst nimmt er dir alles weg. Die Sachen gehören doch auch dir, stachelte sie den Bruder an, ihr habt sie ja zusammen angeschafft, du und Teresa.

Ja, sagt Ercoletto, wenn Orlando nicht aufhört, kriegt er demnächst eine drauf. Und Alba: Teresa muß ja auch überall mitmischen, dauernd pfuscht sie rum, läßt sich erwischen, läßt sich einlochen; wer hat ihr denn gesagt, daß sie da als Zeugin mitgehen soll? Sie hat einfach nichts im Kopf, diese Teresa, nichts im Kopf.

Eine Weile habe ich zugehört, dann wurde es mir zu bunt, und ich habe angefangen zu klopfen, pum, pum, pum, denn Klingel gab's keine. Sie sagen: Wer ist da? Freunde, sage ich. Freunde, wer? fragen sie. Ich bin's, Teresa! sage ich. Ich war völlig mit den Nerven fertig, weil ich schon eine halbe Stunde lang zuhörte, wie sie über mich herzogen.

Sie öffnen. Ich trete ein. Na, so was! sagen sie. Ah, sage ich, seid ihr fertig mit Reden! Seit einer Stunde höre ich euch schon zu. Jetzt weiß ich Bescheid.

Bist du mir etwa böse? fragt Ercoletto und umarmt mich. Ich sage: Was, du hast den Mut, mich zu umarmen, nach allem, was ihr bis jetzt geredet habt? Hast wohl geglaubt, ich bin taub? Ich habe alles gehört, und jetzt gehe ich, hier ist kein Platz für mich.

Ich öffne die Tür und will gehen, aber Ercoletto hält mich fest. Wo gehst du hin? sagt er, spinnst du? Wo willst du denn mitten in der Nacht bei dieser Kälte hin? Und hat die Tür wieder zugemacht und abgeschlossen. Komm, sagt er, gehen wir schlafen!

Die ganze Nacht haben wir gestritten. Ich wollte nicht mit ihm Liebe machen. Mit dir nicht mehr, sage ich, ich teile meinen Mann mit niemandem. Und ich tat, als wollte ich weggehen. Aber wo sollte ich hin? Über die Dächer?

Tagelang habe ich mich geweigert, mit ihm zu schlafen. Denn ich war sicher, daß er es wieder mit Cesira getrieben hatte. Und er: Du weißt doch, daß ich nur dich liebhabe! Ich sage: Verrecke, du Mistkerl! Hau doch ab und geh zu ihr! Ich hab genug von dir und von ihr und von allem! Einen Ehemann hatte ich ja schon, und deinen Namen brauch ich nicht! Diesen Dienstbotennamen! Er sagt: Aber ich hätte dich geheiratet; wenn du nicht verheiratet wärst, würde ich dich auch jetzt noch sofort heiraten.

Inzwischen ist mein Mann gestorben, und Ercoletto würde mich tatsächlich gern heiraten. Aber ich will nicht.

Werde ich vielleicht Königin, wenn ich mich mit dir verheirate? sage ich zu ihm, was schert mich dein Name!

In Wirklichkeit will ich nicht wieder heiraten, weil ich immer noch hoffe, daß ich von der Bahn die Rente meines Mannes Sisto kriege, der gestorben ist. Inzwischen bin ich alt, was soll mir schon an einer Hochzeit liegen!

Dennoch gibt's welche, die auch im Alter noch heiraten. Meine Vermieterin, die gut über achtzig und häßlich wie der Hunger ist, sagt, daß sie bald heiratet, daß sie einen Mann gefunden hat. Ich hab ihr die Zunge rausgestreckt und wir mußten beide lachen.

Kurz und gut, nachdem Ercoletto mich lange genug gedrängt und angefleht hat, habe ich wieder mit ihm geschlafen und war froh, denn er ist mein Mann und gefällt mir sehr. Die andere, sagt er, Cesira, bedeutet mir überhaupt nichts, ich schwör's dir; sonst hätte ich sie doch längst geheiratet, oder?

In seiner sanften Art, mit seinem liebevollen Lächeln tut und redet er so lange herum, daß ich mich schließlich überzeugen lasse, wir schließen Frieden und sind wieder ein Herz und eine Seele.

Später habe ich erfahren, daß er sie auch weiterhin sah, diese Cesira, wegen dem Kind, und er hat mir diesen Sohn sogar ins Haus gebracht. Inzwischen ist er groß geworden, voriges Jahr hat er seinen Militärdienst gemacht, ich hab noch ein Foto von ihm als Soldat.

Er ist ein hübscher Junge. Ein richtiger Gauner, will immer nur Kohle, immer nur Kohle. Er ißt viel, lacht ständig, ist ein bißchen daneben. Lacht, hänselt alle. Er ist ein abartiger Typ.

Er arbeitete als Maler, dann hat er als Kellner in einem Restaurant angefangen, wo er ein bißchen herumhampelte, bis sie ihn rausgeschmissen haben. Danach hat er in einer Werkstatt gearbeitet, wo kleine Figuren aus Korallen, aus Jade hergestellt wurden. Es ist ihm gelungen, sich auch dort rausschmeißen zu lassen.

Er kriegt überall Krach, wo er auch hinkommt. Sie hatten ihm sogar eine Stelle im Krankenhaus verschafft; er sollte Besorgungen erledigen, den Kranken Kaffee und Getränke bringen. Aber auch dort hat er Ärger gekriegt. Er lacht, hänselt alle und fängt dann plötzlich zu streiten an. Da er alle Leute auf den Arm nimmt, begehrt immer wieder mal jemand auf, dann ist er beleidigt, und es endet mit einer Prügelei.

Die Mutter, diese Cesira, ist klein und hinkt, eine Dienstmagd, die mit jedem geht, verhungerter als ich. Heruntergekommen, zwei, drei Jahre jünger als ich. Und eine Schönheit ist sie auch nicht. Sie tut einem direkt leid. Als ich sie das erste Mal gesehen habe, habe ich zu Ercoletto gesagt: Donnerwetter, was für ein Geschmack! Er sagte: Was willst du, ich lebte auf dem Land, und die hat sich zu mir ins Bett gelegt; und so ging's halt dahin, was willst du machen, da wurde dieses Kind geboren; wenn sie sich anständig benommen hätte, hätte ich sie geheiratet; natürlich nicht ihretwegen, vor ihr graust mir, sondern wegen meinem Sohn.

Jetzt verachtest du sie, sage ich, aber vorher hast du sie nicht verachtet! Die Männer verachten immer alle, im Verachten sind sie groß. Zuerst hat sie dir gefallen, sage ich, jetzt machst du sie runter. Aber du bist mit dem Alter auch nicht schöner geworden, weißt du.

So richtig häßlich ist sie letztendlich gar nicht, diese Cesira. Schlecht beisammen, das schon. Aber ihm gefällt sie, ich weiß, daß sie ihm gefällt, und während ich saß, hat er mit ihr geschlafen, das ist sicher.

Sie hat ihn dann sogar betrogen. Und einen Abgang hatte sie auch. Damals stritt sie ab, daß sie ihn betrogen hatte, sie schwor es und heulte. Sie ist eine Meineidige. Aber als Ercoletto erfuhr, daß in der Poliklinik eine Abtreibung an ihr vorgenommen worden war, ist er hingegangen und hat nachgefragt. Sie haben es ihm bestätigt, und danach hat er sie fallengelassen, hat sie gehaßt, ihr nicht mehr geglaubt.

Sie war in die Poliklinik eingeliefert worden, weil sie

starke Blutungen bekommen hatte. Sie haben eine Ausschabung gemacht und ihr die Eierstöcke herausgenommen. Deshalb konnte sie keine Kinder mehr kriegen. Wer weiß, ob ich nicht sonst bei meiner Entlassung noch ein weiteres Kind von Ercoletto vorgefunden hätte.

Sie wollte noch ein Kind. Sie hätte ihren Arm geopfert, um noch ein Kind mit ihm zu machen. Und Ercoletto wollte es auch. Er mag Kinder, wenn es nach ihm gegangen wäre, hätte er jede Menge Kinder.

Er hätte auch gern ein Kind mit mir gehabt. Ich auch, aber wegen dieser Entzündung, dieser Bauchfellentzündung, bei der sie mir die Eierstöcke vereist haben, kann ich keine Kinder mehr kriegen. Für sein Leben gern hätte er ein Kind mit mir gehabt.

Wir haben dann den Handel mit Öl und Wäsche wiederaufgenommen. Wir kauften und verkauften. Der Verdienst war mäßig, aber regelmäßig. Wir mieteten sogar eine Wohnung an der Via Tuscolana. Sie kostete fünfzehntausend Lire im Monat, wir hatten eine Loggia, sie war hübsch, diese Wohnung.

Wir arbeiteten zu viert, Luigino, ich, Giulietto und Lalla, zwei Freunde aus der Bar Bengasi. Wir hatten ein Auto gekauft, einen gebrauchten blauen 1100er, der schon über dreihunderttausend Kilometer drauf hatte, aber er lief noch einwandfrei. Der einzige Fehler war, daß er viel Benzin schluckte. Er war ein Säufer, dieser 1100er.

Eines Tages wollen wir mit den beiden Freunden nach Littoria. Wir fahren in Nettuno vorbei, um ein Paket Wäsche und Geld abzuholen, treffen aber den entsprechenden Mann nicht an. Der Botenjunge sagt: Er kommt später wieder, jetzt ist er nicht da.

Wir suchten den, der uns immer die Pakete gab, einen Neapolitaner, der im Großhandel einkaufte und auch Schmuggel trieb. Ich sage: Sehen wir uns etwas in Nettuno um? Und die anderen: Ja, los.

Also drehen wir eine Runde, alles war wie ausgestorben, sogar die Hunde hatten sich bei der Kälte verkrochen. Wir trinken einen Kaffee und kehren zu dem Lager zurück. Es war nur der Verkäufer da. Er sagt: Er ist noch nicht zurück.

Wir ziehen noch einmal los, fahren die Straße zum Meer hinunter. Wir halten, und ich sage: Ich steige aus, ich will mir ein wenig die Beine vertreten. Die anderen sagen: Geh nur, wir bleiben sitzen. Es ist zu kalt. Es war Januar.

Ich gehe zum Meer hinunter. Es war grün, aufgewühlt,

lauter Schaumkronen auf den Wellen. Es war das Meer, das ich gut kannte, das Meer meiner Kindheit in Anzio. Verträumt betrachte ich dieses dunkle, stürmische Meer. Dann höre ich rufen: Teresa! Teresa! Ich drehe mich um. Es war Giulietto, der mir winkte, ich solle wieder heraufkommen.

Ich gehe zurück und versinke im eisigen Sand. Ich hatte kalte Ohren, kalte Füße, kalte Hände. Wieso bin ich bloß hier runtergestiegen, frage ich mich.

Während ich so nachdenklich, die Augen am Boden, dahinging, sehe ich etwas Weißes aus einem Gebüsch hervorragen, eine Art Bündel. Ich sehe genauer hin. Und erkenne zwei nackte Beine. O Gott, sage ich, wirst sehen, daß da einer gestorben ist. Ich nähere mich und sehe einen alten Mann und eine alte Frau, beide um die achtzig, ganz nackt und weiß, einer auf dem anderen, einer im anderen. Vor lauter Eifer bemerken sie mich gar nicht. Ich denke: Nicht zu fassen, wie häßlich die sind! und klettere im Laufschritt die restlichen Dünen hinauf.

Als ich wieder im Auto sitze, erzähle ich, was ich gesehen habe. Die anderen sagen: Echt? Warum gehen wir nicht alle zusammen noch mal runter und spielen ihnen einen Streich, stellen sie bloß!

Ercoletto sagt: Laßt sie doch zufrieden! Wenn sie bei der Kälte am Strand vögeln, dann haben sie sich wirklich gern. Giulietto drängt: Los, wir gehen runter, klauen ihnen die Kleider und verdünnisieren uns! Lalla fängt zu lachen an. Au ja, sagt sie, gehen wir! Ich sage: Es ist spät, laßt uns weiterfahren.

Zuletzt hat die Kälte gesiegt, und wir sind im Auto geblieben. Nachdem wir noch zwei Zigaretten geraucht haben, fahren wir weiter scherzend und plaudernd nach Nettuno zu dem Typ mit den Paketen zurück.

Aber er war nicht da. Und der Verkäufer wußte auch nichts. Später haben wir dann herausgefunden, daß er mit der Kasse abgehauen war, zwei Millionen sechshunderttausend Lire hatte er seinen Teilhabern geklaut.

Es ist spät, was machen wir jetzt? sagt Giulietto. Wir haben nicht einmal genug Geld, um uns ein Brötchen zu kaufen. Wieviel hast du noch? fragt er. Ich besaß dreihundert Lire, der andere fünfhundert und Lalla sechshundert. Wir haben ein paar Liter Benzin getankt und sind losgefahren.

Fünfzig Lire waren noch übrig. Als wir nach Littoria kommen, sage ich: Ich habe solchen Hunger, halt doch an einer Trattoria an, dann lassen wir uns für die fünfzig Lire etwas Brot geben. Daher fuhren wir langsam, auf der Suche nach einer Kneipe, einem Imbißstand.

Wir finden ein ländliches Lokal mit Pergola, die Stühle darunter schwarz vom Regen, die Tische verrottet. Die Tür stand offen. Ich gehe hinein und sage: Signora! Ist da jemand? Es war gegen halb vier. Sie werden ihren Mittagsschlaf halten, denke ich und rufe noch einmal: Signora! Signora! Aber niemand taucht auf.

Dort mitten in der kleinen Trattoria stand ein riesiger Kühlschrank mit rostiger Tür. Ich öffne ihn und stecke den Kopf hinein. Drinnen stand ein Teller mit einer Languste drauf und daneben ein gekochtes Huhn mit Zichorie. Ich schnappe mir die Languste und das Huhn und verdufte wie der Blitz.

Ich steige ins Auto und sage: Fahr, fahr zu, schnell! Die anderen sagen: Was ist denn passiert? Sie dachten, ich hätte Geld genommen. Als sie statt dessen dieses Huhn sahen, waren sie enttäuscht. Was sollen wir mit einem Huhn anfangen? sagen sie. Wie? sage ich. Essen natürlich!

Und während wir mit dem Auto auf Rom zuflitzen, reißen wir das Huhn auseinander, teilen es in vier Stücke, für jeden eins. Voller Gier schlangen wir es runter. Wir hatten seit ein Uhr am Tag zuvor nichts mehr gegessen. Dieses Huhn hat unsere Lebensgeister wieder ein bißchen geweckt.

Dann haben wir die Languste geknackt. Sie war gekocht, ganz weiß innen, prächtig. Wir haben sie ebenfalls in vier gleiche Teile geteilt. Gib mir ein Bein zum Aussaugen! sagt Giulietto. Und Lalla: Mir auch! Das behalte ich selber! sage ich. Kurz und gut, wir fangen an, uns diese Beine aus den Händen zu reißen, die – krack! – mit einem Knall zerbrachen.

Wir lachten und aßen. Während das Auto so dahinfuhr, sagt Ercoletto: Jetzt würde ich gern das Gesicht der Wirtin sehen, wenn sie den leeren Kühlschrank aufmacht. Sie wird sagen: Ja, wo ist denn das Huhn hingekommen? Das Huhn ist ausgeflogen! Und die Languste? Die wird sich in einem Teich verkrochen haben. Und wir lachten. Wir konnten kaum noch essen vor lauter Lachen.

Als das Gelächter am lautesten war, macht das Auto blub, blub und bleibt stehen. Das Benzin war zu Ende. Inzwischen war es Nacht geworden. Wir schoben es auf einen Feldweg und setzten uns zum Schlafen hinein. Aber zu viert, bei der Wärme, der Enge, konnte man kaum ein Auge zutun.

Kaum geht die Sonne auf, sage ich: Um den Preis, daß ich geschnappt werde, aber ich gehe jetzt was aufreißen. Hier muß Geld für's Benzin her!

Ercoletto sagt: Ich komm mit. Ich sage: Nein, du kannst nicht so schnell rennen wie ich. Er sagt: Wie du willst. In Wirklichkeit versteht Ercoletto nichts vom Stehlen, er ist zu langsam, zu ehrlich.

Ich gehe und gehe und komme schließlich zu einem Bauernhof. Ist da jemand? frage ich. Eine krumme Alte taucht auf und macht mir mit den Fingern ein Zeichen. Ich sage: Mir ist das Wasser im Auto ausgegangen. Ich sitze mitten auf der Straße fest. Können Sie mir eine Flasche Wasser geben?

Die Alte starrt mich an und antwortet nicht. Ich sage: Signora?, aber sie kehrt mir den Rücken und geht. Da habe ich begriffen, daß sie taub war.

Derweil schaue ich mich um. Ich sehe Heugabeln, Stroh, Hacken, Gummischläuche, aber nichts zum Klauen. Keine Hühner, keine Schweine, nichts. Da kommt mir ein Junge entgegen, etwa sieben Jahre alt, klein, fett und angezogen wie ein Mann.

Was wollen Sie? sagt er zu mir. Ich frage: Ist deine Großmutter taub? Ja, sagt er, sie ist taub. Ich sage: Ich bräuchte eine Flasche Wasser für den Kühler, er ist leer. Er sagt: Augenblick, und geht in den Hof, um eine Flasche zu füllen.

Er hatte die Verhaltensweisen eines Erwachsenen, war weniger als einen Meter groß und bewegte sich wie ein Alter. Ich betrachtete ihn und dachte: Ob er wohl ein Zwerg ist? Dann sage ich mir: Wenn ich hier nicht sofort was zu fassen kriege, ist's zu spät! Ich wühle mit den Händen in einer Schublade der Anrichte, die Alte hört mich ja nicht, und der Junge ist draußen, ich beobachtete ihn aus dem Augenwinkel. Aber in der Schublade war nichts. Nur Papier, Briefe und Briefmarken. Ich sehe in einem Schrank nach und finde einige Würste. Ich schnappe mir zwei und schiebe sie in den Mantel.

Gerade noch rechtzeitig. Dann kommt der Bub ganz geschniegelt zurück, mit ordentlich sitzender Krawatte, Jackett, Männerschuhen und ernstem Gesicht.

Ich frage: Wo ist denn dein Vater? Er sagt: Der ist tot. Und deine Mutter? Bei der Arbeit. Ich sage: Und wo gehst du so geleckt angezogen hin? Er sagt: Ich hole meine Mutter von der Arbeit ab.

Kann denn deine Mutter nicht allein nach Hause gehen? frage ich. Was willst du, sagt er, sie ist eine Frau, und wenn du auf die Frauen nicht ständig ein Auge hast, entehren sie dich in null Komma nichts. Ich sage: Und deshalb mußt du auf deine Mutter aufpassen? Er sagt: Ich bin der Mann in der Familie. Ich sage: Wie alt bist du denn? Zwölf, antwortet er. Dann sehe ich, wie er sich in der Küche vor einen Spiegel stellt, sich betrachtet, die Haare glattstreicht, die Lippen kräuselt.

Ich sage: Also dann, danke, ciao! Und gehe mit der Flasche Wasser und den beiden Würsten unter dem Mantel los. Kaum bin ich ein Stück weit weg, höre ich den Jungen herumschreien. Wirst sehen, daß er den Diebstahl entdeckt hat, sage ich mir. Ich war schon bereit, mich zu prügeln.

Aber nein. Er brüllte mit seiner Großmutter herum. Hure! Hure! schrie er. Sie war wimmernd aus dem Haus getreten, er hinterher. Dann sehe ich, wie er sie an den Haaren packt und ihr die Knie in den Rücken stößt. Er versetzt ihr Fußtritte, Faustschläge.

Ich sage: Bloß weg hier, der spinnt! und laufe schnell davon. Als ich zum Auto komme, bin ich ganz verschwitzt. Ich erzähle, wie es gegangen ist, und ziehe die beiden Würste hervor. Mit diesen beiden Würsten haben wir das Benzin bis nach Rom bezahlt.

Einige Tage später sagt Ercoletto dann zu mir: Ich fahre nach Sant'Agata, in mein Dorf, und bringe einen Grabstein für meinen Vater hin. Wir haben etwas Geld verdient, und ich muß jetzt ein Versprechen einlösen, das ich bei seinem Tod gemacht habe.

Ist recht, sage ich, wann kommst du zurück? Er sagt: In zwei, höchstens drei Tagen. Fährst du mit dem Zug? frage ich. Nein, sagt er, ich nehme das Auto und fahre mit zwei Freunden, Nino und Ciapparelli. Ich sage: Gut, ciao.

Sie fahren tatsächlich los, er und die beiden Freunde, und nehmen den Grabstein aus Marmor für den Vater mit. Am Friedhof angekommen, stellen sie den Grabstein auf und machen sich dann wieder auf den Heimweg.

Unterwegs, kurz hinter Sant'Agata, halten sie an, um eine Kleinigkeit zu essen. Dort in diesem kleinen Ort sehen sie ein Stoffgeschäft, in dem nur die Besitzerin steht, um die Ware zu bewachen. Es war die tote Zeit, so gegen zwei Uhr.

Da fällt ihnen ein, sie könnten einen Coup landen. Nino geht in den Laden, fängt an, die Besitzerin zu bequatschen, wickelt sie ein, flirtet mir ihr. Schließlich gelingt es ihm, sie zu überreden, draußen hinter dem Laden eine Zigarette mit ihm zu rauchen.

Während sie mit Nino dort stand, luden Ercoletto und

Ciapparelli in aller Eile vier, fünf Stoffballen ins Auto und warteten dann abfahrbereit, bis er zurückkam.

Die Frau hat es jedoch gemerkt. Sie hat einen Papierfetzen genommen, um die Autonummer zu notieren. Als die beiden das sahen, ist Ciapparelli ausgestiegen und hat ihr das Papier aus den Händen gerissen.

So jedenfalls haben sie es mir erzählt. Sie sagten: Kein Grund zur Aufregung, wir sind aus dem Schneider, denn dieser Bauerntrampel hat die Nummer nicht aufschreiben können, wir haben ihr sofort das Papier weggerissen.

Dabei hatte sich die Frau die Nummer auf den Handteller geschrieben. Das habe ich aber erst später erfahren. Vorerst glaubte ich, daß Ercoletto auf dem Friedhof von Sant'Agata in den Abruzzen einen Grabstein für seinen Vater aufgestellt hatte. Ich weiß nicht einmal, ob er ihn wirklich hingebracht hat. Er behauptet es jedenfalls.

Wenn sie mir gleich alles erzählt hätten, wäre ich zur Polizei gegangen, hätte das Auto als gestohlen gemeldet und mir viele Scherereien erspart. Es lief nämlich auf meinen Namen. Aber Ercoletto hat aus Angst geschwiegen. So hat er mich mit hineingezogen.

Später habe ich erfahren, daß diese Dummköpfe sogar noch einmal zurückgefahren sind. Scheibchenweise ist die Wahrheit rausgekommen. Sie sind noch mal umgekehrt, weil ihnen der Verdacht gekommen war, die Frau könnte sich die Nummer auswendig gemerkt haben.

Sie haben ihr alles zurückgegeben und sich sogar entschuldigt. Sie haben sie angefleht: Signora, der Kerl ist ein Verrückter, er war schon im Irrenhaus, er hat die Manie, alles ins Auto zu laden, er ist kleptomanisch. Sie taten, als sei Ercoletto verrückt, um sich zu entschuldigen. Und gaben ihr die Stoffballen bis zum letzten zurück.

Die Ladenbesitzerin war wütend. Außer den Ballen wollte sie auch noch Schadensersatz! Dieser Bauerntrampel! Sie haben gesagt: Geld haben wir doch gar keins genommen. Und sie: Mir fehlen aber achttausend Lire. Kurz und gut, damit sie den Mund hält, haben sie ihr die achttausend Lire gegeben. Sie wollten sie reinlegen und sind selber reingelegt worden!

Denn kaum waren sie weg, hat die Frau Anzeige erstattet. Die Polizei hat nach mir gesucht. Da ich mich jedoch nicht umgemeldet hatte, haben sie mich nicht gefunden. Sonst hätten sie mich sofort festgenommen, weil das Auto auf meinen Namen lief.

Ercoletto haben sie nach ein paar Wochen erwischt. Durch mich sind sie auf ihn gekommen und haben ihn bei seiner Schwester geschnappt. Der Bauerntrampel aus den Abruzzen hat ihn wiedererkannt, und so haben sie ihm sechs Monate aufgebrummt.

Ich versuchte herauszukriegen, wohin es meinen Bruder Orlando verschlagen hatte. Der letzte Brief kam aus Soriano del Cimino. Also habe ich den Zug genommen und bin in dieses Soriano gefahren. Doch dort wurde mir gesagt, sie hätten keinen Orlando Numa.

Ich sage: Wohin ist er denn verlegt worden? Wissen wir nicht, bekam ich zur Antwort, wenden Sie sich ans Ministerium. Ich gehe zum Ministerium, dort wußten sie auch nichts und sagten: Gehen sie zur Polizei. Dort schicken sie mich erst von einem Büro ins andere und jagen mich zuletzt davon.

Genau an dem Tag bekomme ich einen Brief von ihm. Mir ist das Herz aufgegangen, als ich den Umschlag mit seiner krakeligen Schrift sah. Aber den Brief zu lesen war todtraurig.

»Teure, geliebte Schwester, aus Soriano del Cimino bin ich in das Gefängnis von Palliano verlegt worden, aber auch dort habe ich es nicht lange ausgehalten, weil ich mich wegen dem ungenießbaren Essen mit dem Maresciallo La Cosa angelegt habe, der mich dafür ans Bett fesseln ließ. Acht Tage haben sie mich so liegen lassen, festgebunden und halb verrückt vor Raserei, da kannst du dir meinen Schmerz vorstellen. Als sie mich endlich losbanden, waren meine Arme steif, mein Hintern wundgelegen und meine Gelenke aufgescheuert von den Riemen. Außerdem war ich so schwach, daß ich nicht einmal stehen konnte. Daraufhin schafften sie mich in den Hof in die Sonne, und irgend jemand, der Mitleid hatte, gab mir etwas Fleisch aus der Dose. Dort im Hof fand ich eine Katze, die gerade Junge gekriegt hatte. Ich nahm mir ein schwarzes Kätzchen und zog es auf, durch einen glücklichen Zufall konnte ich es bis jetzt behalten. Doch da dieser Maresciallo La Cosa mich nicht in Ruhe ließ und auch ich ihn nicht in Ruhe ließ wegen dem Essen, das schlechter war als Schweinefutter, befahl er, mich wieder festzubinden. Nach zwei Tagen gelang es mir jedoch, mich loszumachen, ich nahm in der Küche ein Messer und flüchtete auf die Dächer. Der Wachtmeister und ein Lebenslänglicher kletterten mir nach, um mich herunterzuholen, es gab einen erbitterten Kampf, ich versetzte dem Häftling einen Messerstich in die Brust und verletzte den Wachtmeister am linken Arm. Nach etwa anderthalb Stunden wurde ich überwältigt und sieben Tage lang in eine Gummizelle gesteckt; danach verlegten sie mich nach Porto Azzurro. So bin ich jetzt hier in diesem Porto Azzurro, wo ich mit einem gewissen Ezio Nardini Freundschaft geschlossen habe. Es vergehen keine zwanzig Tage, und ich bekomme Streit mit einem gewissen Rebecchini, einem gewissen Ciccotti und zwei Lebenslänglichen, weil sie meinem Kätzchen einen Fußtritt gegeben hatten: zwei Wochen Strafzelle bei Wasser und Brot. In dieser Zeit kam Ezios Gefährte an der Zelle vorbei, und da er einige Tomaten hatte, gab er mir zwei davon. Der Wärter bemerkte es und wollte sie mir abnehmen, aber ich aß sie rasch auf. Es war sehr kalt, ich saß auf der Pritsche, und der Wärter, erbost wegen der Geschichte mit den Tomaten, schüttete einen Krug Wasser auf mich (der Wärter hieß Panetti). Ich warte einen Nachmittag lang, tue so, als wäre mir schlecht. Dann ließ ich den Panetti in die Zelle kommen und schüttete ihm einen Kübel voll Kot gemischt mit Urin ins Gesicht: Zehn Minuten später kamen seine Kollegen und schlugen mich zusammen, und nach vier Tagen ließ mich der Direktor zur Abmahnung rufen. Im Vorzimmer traf ich den Banditen La Parca, zweimal zu lebenslänglich und dreimal zu dreißig Jahren verurteilt; ich hatte eine aus Papier gedrehte Zigarette dabei, und als ich ihn um Feuer bat, haute er mir wortlos mit aller Kraft eine runter. Ich wurde als erster zum Direktor hineingeschickt und gleich danach in die Zelle zurückgebracht, in der schon zwei Neapolitaner saßen. Meine Backe war noch ganz gerötet. Ich bat einen Küchenjungen (der aus Albano Laziale stammte) um ein Messer, weil ich ein bißchen Tabak und Zigarettenpapier in meinem Absatz verstecken wollte. Aber nach wenigen Minuten kam auch der La Parca herein, und als er das Messer in meiner Hand sah, dachte er, es sei für ihn bestimmt, und sagte, ich sei ein Feigling, nahm eine Glasscherbe und stürzte sich auf mich: Wir rangen miteinander, bis ich ihm drei Messerstiche in die Brust gab und er zu Boden fiel. Die anderen riefen die Wärter, die den La Parca sofort ins Krankenhaus brachten, wo er jetzt mit Schnittwunden liegt. Ich hoffe, er bleibt noch lange dort. Wie geht es Ercoletto, und wie geht es dir, meine geliebte Schwester. Ich werde Mittel und Wege finden, dir das Kätzchen zukommen zu lassen, weil ich weiß, daß es hier früher oder später in der Pfanne landet, und sei es nur, um mich zu ärgern, denn ich bin nicht sehr beliebt. Ich hoffe, dich bald zu sehen. Komm mich besuchen, und bring mir was mit, denn hier mangelt es mir an allem, und ich bin sehr herunter. Viele Küsse, dein Bruder Orlando.«

So endete Orlandos Brief, und ich bin sofort losgelaufen, um Geld aufzutreiben, habe einen großen Pappkoffer gekauft und Reis, Kekse, Salami, getrockneten Fisch, Zucker, Öl, Wein, Eier und Orangen hineingepackt. Damit bin ich nach Porto Azzurro gefahren.

Als ich ankam, war er zur Strafe in der Polveriera angekettet, einem Verließ unter dem Meeresspiegel, immer feucht und salzig. Sie waren zu zweit dort eingesperrt, er und sein Kamerad. An der Pforte wurde mir das mitgeteilt, daß er in der Strafzelle sei und nicht herausdürfe. Aber ich komme aus Rom, ich bin seine Schwester, sage ich, laßt mich doch einen Augenblick zu ihm!

Sie sagen: Heute geht's nicht, kommen Sie morgen früh um acht, und fragen Sie den Direktor um Erlaubnis. Und wo soll ich jetzt hingehen, sage ich, mit diesem zentnerschweren Koffer? Sie haben mir nicht einmal geantwortet, sondern mir die Tür vor der Nase zugeschlagen.

Ich hatte kein Geld, um ins Hotel zu gehen. Zum Glück habe ich Bauern gefunden, die mir für ein paar Lire ein Bett gegeben haben; ein großes Bett mit einer Matratze, die von der Pisse mehrerer Generationen durchtränkt gewesen sein muß, denn der Gestank, der von ihr ausging, war unbeschreiblich und uralt.

Am nächsten Morgen begebe ich mich in aller Frühe zu dieser Festung von Porto Azzurro, die eigentlich das alte Portolongone ist, genannt »das Grab der Lebendigen«.

Ich warte und warte, und gegen Mittag empfängt mich endlich der Direktor. Was wollen Sie? fragt er. Ich bin gekommen, um meinen Bruder Orlando Numa zu besuchen, sage ich. Dieser Verbrecher, sagt er, von dem will ich nicht einmal reden hören, weg, weg, machen Sie, daß Sie wegkommen!

Da habe ich gedacht: Hier muß ich ein bißchen Theater machen, sonst schickt der mich samt meinem Koffer nach Rom zurück. Ich habe mich auf die Knie geworfen, habe geweint, gefleht, mir die Haare gerauft.

Zuletzt sagt dieser Direktor, um mich loszuwerden oder aus Mitleid, ich weiß nicht: Also gut, jetzt lasse ich den Häftling rufen, aber machen Sie schnell, und dann will ich nichts mehr davon hören. Ich sage: Danke, Herr Direktor, zu gütig! Aber ich muß es ein wenig unernst gesagt haben, denn er hat mich mit einem Fußtritt hinausbefördert.

Wie auch immer, endlich darf ich meinen unglücklichen Bruder sehen. Er war abgemagert bis auf die Knochen, die Haut ging in Fetzen zusammen mit dem Unterhemd ab, wenn man ihn nur berührte, sein Kopf war kahlgeschoren und voller Grinde.

Ich sage: Wie geht's dir? Schlecht, antwortet er. Ich sage: Kriegst du denn zu essen? Ja, sagt er, Kartoffeln. Fleisch nie? frage ich. Doch, sagt er, zweimal in der Woche. Na, sage ich, sie behandeln euch hier besser als in den Mantellate. Ja, sagt er, aber du weißt nicht, wie dieses Fleisch ist, es kommt aus Argentinien, ist tiefgefroren, aufgeschwemmt, ich weiß nicht, es schmeckt nach Medizin, ist grau und faserig.

Ich sage: Und wie geht's dir in dieser Poveriera? Er sagt: Halbnackt müssen wir in dieser salzigen Gruft sitzen, und wenn wir uns beschweren, schütten sie uns kübelweise kaltes Wasser drüber. Aber hier gibt's keinen Aufstand, die sind alle wie tot; sie haben Angst vor dem Direktor, denn dieser Direktor, er heißt De Martis, merk dir das, der ist der größte Folterknecht der Geschichte! Ich sage: Ja, das habe ich schon gemerkt, er wollte mich nicht zu dir lassen, ich mußte eine Szene machen, mußte mich vor ihm hinknien, erst dann hat er sich erbarmt. Er sagt: Der hat mit niemandem Erbarmen; er hat's dir aus Langeweile erlaubt, oder weil du ihm das Gefühl gegeben hast, er sei wichtig. Er kann auch Gnade walten lassen, wie ein König, aber du mußt kuschen, im Staub kriechen. Sobald du nur ein ganz klein wenig den Kopf hebst, bist du verloren. Deshalb laufen hier alle geduckt herum und buckeln, aus Angst.

So sprachen wir miteinander, als die Wache kam, ihn wortlos an der Schulter packte und abführte. Er hat sich aber nicht gewehrt, weil er selig war, daß er mich gesehen hatte, und auch wenn er wieder in die Polveriera gesteckt wurde, hatte er jetzt doch wenigstens diese nahrhaften Lebensmittel dabei.

Ich mußte vierzehn Kilometer bis Portoferraio zu Fuß gehen. Dort habe ich die Fähre genommen und bin nach Rom zurückgekehrt.

In Rom habe ich ein Telegramm vorgefunden, daß mein Vater im Sterben lag, und bin sofort nach Anzio gerast.

Als ich ankam, war er schon tot. Doré, die Bohnenstange, war total herausgeputzt, hart, sie spielte die trauernde Witwe. Wie ist er gestorben? frage ich. Er hatte Arthritis, sagt sie, die Krankheit eurer Familie; er war eine Weile bettlägerig, dann hat er eine Thrombose bekommen.

Kurzum, sie hatten ihn fertiggemacht, sie und dieses andere Weib aus dem Friaul, ihre Schwester. Und er, weil er nicht um Rat bitten wollte, weil er zu stolz war, hatte sich von diesen beiden Giftschlangen einwickeln lassen, hatte alles verkauft, war zum Schluß arm wie eine Kirchenmaus.

Als ich hereinkam, war das Haus schon ausgeräumt, es war nichts mehr übrig, nicht einmal ein Stuhl. Mitten in dem heißen Zimmer, wo man vor Hitze schier umkam, stand das Bett, und auf dem Bett lag mein Vater, und auf meinem Vater saßen die Fliegen.

Sie hatten ihn gewaschen, angezogen, gekämmt. Ganz klein war er geworden. Glänzende, schwere neue Schuhe hatten sie ihm angezogen. Ich sage: Glaubt ihr etwa, er geht zu Fuß ins Jenseits? Habt ihr ihn auf dieser Erde nicht genug herumgejagt?

Ich schaute ihn mir an, meinen Vater, der wild, hart, stolz wie der Teufel gewesen war. Ich versuchte, mich an all die Male zu erinnern, die er mich mit dem Gürtel, mit dem Stock, mit Fäusten und Fußtritten drangsaliert hatte, aber es gelang mir nicht.

Vor mir lag ein bleicher, schüchterner, sauberer Mann mit gütigem Gesicht, der einen Rosenkranz mit blauen Perlen in den abgearbeiteten Händen hielt. Ein leichter, abgemagerter Körper, dessen Füße in schweren Wanderschuhen steckten.

Ich sage: Papa, dich haben sie auch sauber reingelegt! Mit all deiner Kraft, deinem Geschrei, deinen Gürtelhieben hast du's nicht geschafft, wie ein Löwe zu sterben; du kommst mir vor wie ein gerupftes Hähnchen; und diese beiden Henkersweiber haben dir den Hals umgedreht, ruhe in Frieden, amen.

Doré sah mich an. Mit aufgekrempelten Ärmeln wischte sie den Fußboden. Jetzt fällt es euch ein, euren Vater zu ehren, sagt sie, jetzt, wo er tot ist, fällt es euch ein, dir und deinen übrigen Geschwistern! Als er noch lebte, hat sich keiner von euch um euren Vater geschert, ihr habt ihn einfach links liegengelassen; jetzt, wo er tot ist, weint ihr und macht betroffene Gesichter!

Was heißt hier Vater ehren, dumme Kuh! Ich habe von

meinem Vater nichts bekommen, nur Gürtelhiebe und Fußtritte; meine Brüder, ja, die haben's zu was gebracht, sind reich geworden, feine Herren; aber ich bin so arm wie eh und je, deshalb konnte ich ihm gar nicht helfen, angenommen, ich hätte ihm helfen wollen, diesem Vater, der mich aus dem Haus gejagt und auf die Straße gesetzt hat. So einem Vater hätte ich vielleicht überhaupt nicht geholfen, auch wenn ich reich gewesen wäre. Oder vielleicht hätte ich's doch getan, aus lauter Größe, ich weiß es nicht. Jedenfalls habe ich mit dir nichts zu schaffen, denn du bist weder meine Mutter noch meine Schwester.

Kurz und gut, wir streiten uns, und um ein Haar hätten wir uns vor dem Toten geprügelt. Zum Glück sind Leute gekommen, und diese Klatschbase hat den Mund gehalten. Alle meine Brüder waren da, in schwarzen Anzügen, mit Trauermiene, samt ihren Frauen, die fett, aufgeblasen und glanzlos geworden waren.

Mich sahen sie kaum an, machten einen Bogen um mich, als wäre ich eine Aussätzige. Ich sage: Ihr seid wahrhaftig feine Kerle! Eingeschlossen in euren Reichtum, habt ihr nicht einmal mehr Augen für eure Geschwister! Mich und Orlando habt ihr im Knast verfaulen lassen, habt eure Hände in Unschuld gewaschen, und jetzt habt ihr Angst, euch zu beschmutzen; wirklich fein und vornehm seid ihr!

Sie sagen: Du, Schwester, hast alle Gesetze gebrochen, deshalb gehörst du für uns nicht mehr zur Familie. Ich sage: Lieber die Gesetze brechen als verblöden und sie befolgen, wie ihr.

Während der Beerdigung in der Kirche wollten sie mich beiseite drängen, mich übergehen. Irgendwann hatte ich die Nase voll, habe meine Sachen gepackt und bin nach Rom zurückgefahren.

In der Bar Bengasi freunde ich mich mit einer gewissen Zina Teta an, die, so sagte man mir, mit *Reiseschecks* handelte. Und eines Tages, als ich verzweifelt und ohne Arbeit war, gehe ich zu ihr und sage: Ich habe gehört, daß du mit diesem Amizeug, diesen Schecks, arbeitest, gäb's da für mich auch was zu tun? Sie sagt: Ja, natürlich, ich war sowieso gerade auf der Suche nach jemandem, der mir hilft.

Diese Zina kaufte die *Reiseschecks* von den Taschendieben für zwanzig Prozent und setzte sie dann in Geschäften gegen gute Ware ab.

Aber wie geht das denn mit dem Einwechseln, sage ich, da braucht man doch die amerikanische Unterschrift? Sie sagt: Das bringe ich dir schon bei. Und tatsächlich zeigt sie mir, wie man die falsche Unterschrift macht, indem man die echte kopiert. Man legt den Reisescheck auf eine Glasplatte, stellt ein schönes helles Licht drunter und zieht den Namen mit seinen Schnörkeln und allem nach, genau gleich.

Sie konnte es unheimlich gut, hatte eine geübte Hand. Aber ich lerne auch schnell, bin gewandt, auch wenn ich etwas zittrige Finger habe. Jedenfalls gibt diese Zina mir Unterricht, bringt mir alles bei und nimmt mich dann zum Arbeiten mit.

Außer uns war noch ein gewisser Pippo beteiligt. Dieser Pippo fuhr uns mit seinem Auto durch die Gegend. Er hielt am Ende einer Straße und sagte: Du gehst jetzt in den Juwelierladen dort, in das Schuhgeschäft. Und ich ging. Manchmal kam Zina mit, manchmal nicht.

Ich sage: Wirst du eigentlich selber nie aktiv, Pippo? Er sagt: Mich kennen sie inzwischen, mir ist der Boden unter den Füßen zu heiß geworden, du bist neu im Geschäft; du gehst rein, läßt dir alles zeigen, kaufst etwas und zahlst mit Scheck. Und so machte ich es.

Diese Zina half mir, mich vornehm anzuziehen. Ein schöner rosa Mantel, eine Krokodillederne Tasche, eine goldene Uhr, ein Ring mit Rubin, alles unecht natürlich, um den Leuten Sand in die Augen zu streuen. Parfümiert und elegant, wie ich war, sah ich aus wie eine Modepuppe.

So hergerichtet gehe ich die Straße entlang, bleibe vor der Auslage stehen, betrachte sie, schließe halb die Augen und tue so, als würde ich über die Ausgabe nachdenken. Dann gehe ich rein. Hören Sie, ich würde gern das Armband mit den Brillanten kaufen, sage ich, aber das italienische Geld reicht mir nicht, ich hätte allerdings noch ausländisches Geld.

Was für Geld? fragt der Ladenbesitzer. Dollars, sage ich, amerikanische Dollars, nehmen Sie die? Er sagt: Dollars, ja, die nehmen wir schon. Daraufhin ziehe ich das Scheckbuch heraus. Er sagt: Sind das Reiseschecks? Ich sage: Ja, das sind ja auch Dollars.

Ich sehe, daß er etwas zögert. Also sage ich mit Unschuldsmiene und naiver Stimme: Meine Schwester hat sie mir gegeben, sie ist gerade aus Amerika gekommen; ein paar habe ich eingewechselt, die anderen habe ich noch in Dollar gelassen, in Schecks, meine ich. Er sagt: Einen Augenblick, ich frage mal meine Frau.

Er geht, kommt zurück und sagt: Gut, können wir machen. Sind sie auch unterschrieben? Natürlich, sage ich, sehen sie her, die Unterschrift stimmt genau. Und mit sicherer Geste halte ich ihm den Scheck unter die Nase, zerstreut wie eine, die gewohnt ist, immer mit Schecks umzugehen. Dann sage ich: Ah, wenn ich schon dabei bin, nehme ich auch noch diese Perlenkette; was kostet sie?

Da sie die Schecks annahmen, wollte ich es ausnützen. Und tatsächlich lasse ich mir zu dem brillantbesetzten Armband noch die Perlenkette einpacken, die allein dreihunderttausend Lire wert war, und sie geben mir auch noch den Rest von zehntausend Lire in bar heraus.

Danke, sage ich, gud-bei, und indem ich mir die Glacéhandschuhe überstreife, gehe ich ohne Hast ganz langsam zur Tür, sicher und gelassen wie eine Königin.

Als ich draußen bin, sage ich mir: Donnerwetter, bin ich gut geworden! Ich habe schnell gelernt! Die Gelassenheit hatte ich mir von Dina abgeschaut, während unserer Brieftaschenzeit. Je ruhiger man auftritt, um so weniger schöpft der andere Verdacht. Du könntest ihm auch die Unterhose ausziehen, wenn du immer lächelst und gelassen bleibst, merkt er es nicht einmal.

Zina war zufrieden. Weiter so, Teresa, sagt sie, ich sehe, du kannst es. Ich freute mich. Das Gold brachten wir dann zu einem Hehler. Und den Erlös teilten wir durch drei, Zina, Pippo und ich.

Fast immer ging es gut, die Geschäftsleute bissen an. Manchmal wollten sie die Schecks nicht nehmen, dann ging ich wieder, ruhig und gelassen, aber ein wenig verärgert, beleidigt wie eine große Dame. Ich verzog nur ganz leicht den Mund, als wollte ich sagen: Da schau sich einer diese geizigen Bauerntölpel an, die mir nicht vertrauen! Dann war es ihnen oft peinlich. In der Erinnerung versuchte ich, mit dieser Grimasse Toninos Ausdruck nachzuahmen, es war eine kunstvolle Grimasse, überzeugend.

Manchmal nahm ich Gegenstände, die dreihunderttausend Lire kosteten, eine halbe Million. Aber mit weniger teuren Sachen, für fünfzig, dreißigtausend Lire, war es einfacher. Von diesen kleinen Schecks wechselten wir bis zu vier am Tag.

Dann liefen wir zum Hehler. Zum Wurm, oder zu dem anderen, der Kolumbus genannt wurde, weil er behauptete, er hätte Amerika entdeckt. Ich weiß ja nicht, welches Amerika er meinte. Vielleicht das Amerika des Geldes.

Er machte einen Haufen Geld mit den gestohlenen Gegenständen. Aber er war mißtrauisch, und wenn er uns zu oft daherkommen sah, jagte er uns fort.

Ein anderer, den wir manchmal aufsuchten, war der

Südtiroler, so genannt, weil er von dort oben stammte. Er wohnt seit vierzig Jahren in Rom, spricht aber immer noch mit Südtiroler Akzent. Ein kleiner Blonder mit geröteten Augen.

Manchmal nahmen die Hehler die Sachen nicht an. Dann gingen wir ins Pfandhaus, versetzten die Gegenstände und verkauften die Pfandscheine. Um nur ja regelmäßig jeden Tag dieses Geld reinzukriegen, auch wenn es wenig war, machten wir alles mögliche.

Ich habe einen schönen Beruf gefunden! sagte ich mir. Die Arbeit ist leicht, ich amüsiere mich sogar dabei und verdiene ohne Mühe. Man mußte ein wenig Köpfchen haben, das schon, mußte intelligent sein und es schlau einfädeln und reden können, sich aus der Affäre zu ziehen wissen, wenn ein ungünstiger Wind wehte.

Unterdessen brachte ich Ercoletto immer Pakete, ich vergaß ihn nie. Denn ich weiß, wie schlimm es ist, vergessen und verlassen im Knast zu sitzen. Auch wenn ich wenig Geld hatte, packte ich Birnen, etwas Käse und Nudeln in eine Schachtel und brachte sie ihm.

Eines Tages gehe ich also wieder ins Regina Coeli, und man sagt mir: Wir können das Paket nicht annehmen, der Häftling ist nicht da. Wo ist er denn? frage ich. Und bekomme zur Antwort: Das wissen wir nicht.

Nach Tagen und Tagen erfahre ich endlich, daß er nach Isarenas Ardus auf Sardinien verlegt worden ist. Daraufhin setze ich mich in den Zug, fahre nach Civitavecchia und nehme die Fähre nach Sardinien. Es war Ende August und sehr heiß. Noch dazu war das Meer stürmisch.

In Cagliari gehe ich an Land und frage, wo die Strafkolonie ist. Sie müssen da und da hin, wird mir gesagt, aber der Bus hält drei Kilometer vom Gefängnis entfernt. Na gut, sage ich, dann nehme ich eben ein Taxi. Ich habe zwar nicht viel Geld, aber ich kann nicht mit dem Rucksack auf der Schulter und einem Koffer in der Hand drei Kilometer zu Fuß gehen.

Also nehme ich ein Taxi. Der Fahrer fährt und fährt und

hält plötzlich irgendwo mitten auf dem Land. Wo sind wir denn hier? frage ich. Weiter kann ich nicht fahren, sagt er, weil die Straße zu schlecht ist und die Reifen kaputtmacht. Und wie weit ist es noch bis zur Strafkolonie? frage ich. Ein Kilometer, sagt er, anderthalb.

Ich mußte ihn bezahlen und aussteigen. Mit meinem Rucksack und dem Koffer habe ich mich in der Mittagssonne auf den Weg zum Gefängnis gemacht. Nachdem ich eine Weile dahinmarschiert war, geht mein einer Schuh kaputt. Also versuche ich, mit einem Schuh weiterzulaufen, aber es geht nicht, und ich muß den heilen Schuh auch noch ausziehen.

So komme ich barfuß, mit wunden Füßen, dem Rucksack, der mir eine Schulter aufgescheuert, und dem Koffer, der mir fast den Arm ausgerissen hat, klatschnaß geschwitzt bei der Strafkolonie von Isarenas Ardus an, die auch »das Tal der Aussätzigen« genannt wird.

Vor Anstrengung und Hitze brachte ich kein Wort heraus. Ercoletto war rührend: Er hat mir den Schweiß getrocknet, hat einen Eimer Wasser geholt und mir die Füße gewaschen, hat mich umarmt. Er freute sich, mich zu sehen. Er hat alle Sachen, die ich ihm mitgebracht hatte, genommen, hat mich umarmt und sich bedankt.

Dann ist der Wärter gekommen. Er wollte mich sofort wegschicken, aber Ercoletto hat zu ihm gesagt: Bitte, laß sie, siehst du nicht, daß sie völlig erledigt ist, sie hat diese ganze Reise doch für mich gemacht. Aber der Wärter bestand darauf, wollte mich wegjagen.

Daraufhin hat Ercoletto ihn beschimpft. Und wegen dieser Beleidigungen ist er zur Strafe nach Portolongone zu den Lebenslänglichen gekommen.

Und dann hat er nicht einmal Orlando dort getroffen, weil der inzwischen nach Rebibbia versetzt worden war.

Kaum bin ich zurück in Rom, steige ich wieder ins Scheckgeschäft mit Zina und Pippo ein. Wir kauften und kauften, und es ging fast immer glatt. Es war ein leichtes Leben.

Eines Tages sagt Pippo zu mir: Ich weiß ein Elektrogeschäft, wo sie Dollars nehmen, da fahren wir heute hin. Du gehst rein, kaufst eine Menge Geräte, wir laden alles ins Auto eines Freundes und zischen ab. Ist recht, sage ich.

Wir fahren zu diesem Laden in der Via Nazionale. Ich gehe rein, angezogen wie eine Dame, ich trug einen neuen Mantel mit Goldknöpfen, eine Brosche am Revers, Armreifen, Ringe. Ich war mit Schmuck behängt wie eine Madonna.

Ich kaufe einen Kühlschrank, einen Fernsehapparat, ein Transistorradio, eine Lampe mit eingebautem Plattenspieler, einen Mixer und einen Fön. Dann sage ich mit der sichersten Miene der Welt: Ich habe aber nur amerikanisches Geld bei mir. Der Verkäufer sagt: Dollars? Ja, sage ich, aber in Reiseschecks. Er sagt: Jaja, die Reiseschecks sind ja wie Dollars, sind gutes Geld. Also ziehe ich einen Packen von diesen Schecks heraus und bezahle. Dann, während ich noch auf das Restgeld warte, lasse ich mir vom Lehrling die Sachen in das Auto laden, das draußen wartet.

In dem Augenblick sehe ich jedoch, wie der Ladenbesitzer zum Telefonhörer greift und eine Nummer wählt. O Gott, denke ich, hoffentlich ruft er nicht die Bank an. Und vor Eile gehe ich, ohne das Restgeld von vierzigtausend Lire mitzunehmen.

Diese Sachen hat der Wurm uns für hunderttausend Lire abgenommen. Ihr Gesamtwert betrug sechshunderttausend Lire. Jetzt, sagt Pippo, gehen wir groß zum Essen aus. Und wir suchen uns ein Luxusrestaurant aus, mit Springbrunnen im Eingang, wo grünes und rosa Wasser sprudelte. Ein Lokal für reiche Leute, mit Kellnern, die Französisch sprechen, roten Tischdecken, auf dem Boden Teppiche, die jeden Laut schlucken, alles so abgedunkelt, daß man nicht mal erkennt, was man auf dem Teller hat. Ein wundervolles Lokal.

Wir essen eine Vorspeise aus Meeresfrüchten, getrüffelten Fasan, Brasse in Aspik, Spinatbällchen, Pommes frites,

Erdbeereis mit Sahne, Kaffee. Was für ein herrliches Essen, sage ich, das Geld ist wirklich gut angelegt!

Aber nein, sagt Pippo, das Geld sparen wir, hier beißen sie bestimmt an, wir zahlen mit Scheck. Ich sage: Nein, wir haben doch Geld, warum sollen wir auf so dumme Art was riskieren? Er sagt: Das Geld behalten wir, zieh die Schecks raus! Ich bin nicht einverstanden, sage ich. Aber sie verbünden sich zu zweit gegen mich, er und Zina, und natürlich behalten sie die Oberhand.

Als der Kellner die Rechnung bringt, sagt Pippo zu ihm: Hören Sie, nehmen Sie auch Dollars? Der Kellner antwortet: Aber selbstverständlich. Daraufhin sagt Pippo: Warten Sie, wir sind noch nicht ganz fertig. Und zu Zina gewandt: Was möchtest du noch, Schatz?

Zina hatte sich vollgefressen, wie ich, und war kurz vorm Kotzen. Nichts, sagt sie, ich bin satt. Doch er drängt: Trinken wir noch etwas, ja? Und sagt zum Kellner: Haben sie einen süßen Likör oder einen Verdauungsschnaps? Der kommt sofort mit einem Sambuca an. Pippo wirft einen Blick drauf, verzieht den Mund und sagt: Nein, der ist zu gewöhnlich, bringen sie was Seltenes, was Ausländisches, Starkes.

Wir trinken einen grünen Likör, der wie Feuer brennt. Dann einen anderen, durchsichtigen, aber den habe ich ausgespuckt, weil er salzig schmeckte. Pippo sagte, nein, er sei ausgezeichnet, aber ich fand ihn salzig.

Zum Schluß haben wir mit Schecks bezahlt und auch noch den Rest eingesteckt. Kommt, sage ich, machen wir, daß wir wegkommen, bevor sie uns entdecken.

Aber Pippo ließ sich Zeit. Kaufen wir noch eine Flasche von dem Likör für zu Hause, sagte er, nehmen wir noch eine Eistorte mit! Und er zog neue Reiseschecks heraus, bezahlte, brummte etwas, er war halb betrunken.

Ich dachte: Jetzt schnappen sie uns, jetzt schnappen sie uns und lochen uns ein. Aber es ist alles gutgegangen. Sie haben uns sogar noch mit dem Schirm bis ans Auto begleitet.

Ein schwarzes Unwetter tobte, man sah kaum die Hand vor den Augen. Der Kellner folgte uns bis ans Auto. Wir geben ihm ein schönes Trinkgeld, und er sagt: Danke, die Herrschaften, kommen Sie bald wieder!

Nicht einmal meine Schuhspitze ist naß geworden. Ich war sportlich angezogen, mit Schultertasche, hellblauer Bluse, dunkelblauem Kostüm, ich sah wirklich aus wie eine Stewardeß vom Himmel.

Wir stiegen ins Auto und prusteten los. Wir machten den Typen nach, der den Schirm gehalten hatte. Er sprach schleppend und lispelte. Ich ahmte ihn nach, indem ich die Zunge zwischen die Zähne schob. Wir haben uns halbtot gelacht. Zina sagt: O Gott, hört auf, sonst muß ich mich noch übergeben. Beim Rülpsen war ihr ein Stück schwarzer Trüffel hochgekommen und am Kinn hängengeblieben.

Als wir weit vom Restaurant entfernt sind, sagt Pippo: Wohin fahren wir jetzt? Ich sage: Bringt mich zu meiner Pension, ich möchte ein bißchen schlafen. Nein, sagt er, zuerst fahren wir bei dem Elektrogeschäft vorbei und holen die vierzigtausend Lire ab, die du vergessen hast.

Nein, sage ich, das lassen wir lieber. Er sagt: Doch, wir müssen. Ich sage: Gut, dann geh selber rein. Er sagt: Nein, du gehst, du bist eine Frau und erregst weniger Verdacht.

Mir paßte es überhaupt nicht, aber Pippo bestand darauf. Er sagte: Du willst nicht, weil du dich nicht traust, du Angsthase! Und teils, weil es mich allmählich aufregte, teils, um ihm das Maul zu stopfen, sage ich: Also gut, fahren wir!

An der Straßenecke hält Pippo an. Ich steige aus und gehe los. Dann merke ich, daß ich die Handtasche im Auto gelassen habe, und kehre noch einmal um, weil ich denke: Man weiß ja nie, womöglich klauen sie mir noch mein Geld!

Ich betrete den Laden. Schweren Herzens, weil ich keine Lust dazu hatte, mein Instinkt riet mir, nicht hineinzugehen. Tatsächlich erwarteten sie mich schon. Kaum machte ich die Tür auf, wurde ich verhaftet.

Einer von der Kripo, ein Polizeimeister mir roten Haaren, sagt zu mir: Kommen Sie mit aufs Präsidium, gnädige Frau!

Zina und Pippo saßen im Auto am Ende der Straße und haben alles mit angesehen. Sie haben gesehen, daß sie mich gefaßt haben, daß sie mich im Streifenwagen abtransportierten. Ich bin direkt an ihnen vorbeigekommen, habe ihnen aber kein Zeichen gegeben, nicht einmal mit den Augen. Und so bin ich wieder einmal im Knast gelandet.

Zwei Tage verbringe ich im Dunkeln in einer Zelle, dann werde ich zum Verhör geholt. Der Polizist fragt: Woher hast du diese Reiseschecks?

Ich sage: Ich bin mit Amerikanern gegangen, die haben sie mir gegeben, ich habe mich mit ihnen prostituiert.

Ja so ein Zufall, sagt er, alle diese Amerikaner, mit denen du gegangen bist, haben dich angezeigt, wie das? Woher soll ich das wissen? sage ich. Und mit Frauen hast du's auch getrieben? fragt er. Was für Frauen? sage ich. Amerikanische Frauen, sagt er, bist du auch mit Frauen gegangen?

Na ja, sage ich, das werden die Schwestern von denen sein, mit denen ich gegangen bin. Jaja, sagt er, die Schwestern! Stell dich dort an die Wand, wir rufen jetzt die Bestohlenen aus den Geschäften herein zur Gegenüberstellung.

Sie stoßen mich auf einen Flur hinaus. Hinten sehe ich eine Reihe von Leuten auf den Bänken. Es waren die aus den Geschäften, die mich identifizieren sollten. Ich schaue hinüber und sehe, daß sie mich mustern, die Hälse recken, um was zu erkennen, mit grimmigen Gesichtern. Ach ja! denke ich, euch werd ich's zeigen!

Ich rufe den Polizeimeister und sage: Bitte, lassen Sie mich aufs Klo, ich muß dringend austreten. Auf dem Klo nehme ich Anlauf und haue meinen Kopf gegen die Türkante, daß das Blut nur so spritzt. Es lief in Strömen herunter, hat mir das Auge verklebt, mein Gesicht schwoll an wie ein Fußball.

Danach gehe ich wieder raus. Was ist denn passiert? fragt er.

Ich bin gestolpert, sage ich. Sie mußten mich ins Krankenhaus bringen. Vorher haben sie mich jedoch an diesen Idioten vorbeigehen lassen, die glotzten, daß ihnen fast die Augen rausfielen. Aber sie konnten nicht sagen, ob ich es war oder nicht.

Ich wäre ungeschoren davongekommen, wenn sie nicht drei Tage später diesen Trottel von Pippo geschnappt hätten, der auf Anhieb ausgepackt hat. Er war ein Angsthase, ein ehemaliger Polizist.

Er hat alles erzählt, über mich, über Zina, über die Reiseschecks und die Geschäfte, wo wir gewesen waren. Dieser Schwachkopf! Verbrecher! Verräter!

Als er dann in Regina Coeli saß, haben die Freunde offenbar zu ihm gesagt: Wie, die, 'ne Frau, hat dichtgehalten, hat alles abgestritten, und du, als Mann, hast bei der Polizei gesungen! Bei denen, die was auf Ehre und Verschwiegenheit geben, bist du untendurch, giltst als widerlicher Verräter, mit dir will kein Mensch mehr zu tun haben. Wenn du jetzt dem Richter vorgeführt wirst, haben sie gesagt, versuch, die Sache anders aufzuziehen, nimm zurück, was du bei der Polizei ausgesagt hast, und behaupte, es sei nicht wahr. Streit's ab, streite alles ab!

Und so hat er es gemacht. Als er vor den Richter kam, hat er gesagt, daß er alles widerruft. Die erste Aussage hat jedoch einen gewissen Wert. Sie ist glaubwürdiger als die, die man vor dem Richter macht. Ich überleg's mir nie hinterher anders, weil ich keine Scherereien will; ich halte mich immer an die erste Aussage vor der Polizei, ändere nie was. Ich leugne alles ab und bleibe dabei.

Ich werde also wegen dieser Reiseschecks eingebuchtet, und kaum komme ich an, begegne ich einer Schlange. Diese Schlange hatte Zoff mit meinem Bruder Orlando gehabt, als er in Soriano del Cimino war. Dann hatte man Orlando nach Palliano verlegt, und diese Schlange, die wirklich so heißt, Maresciallo Manilo Serpente, war nach Rebibbia versetzt worden.

Serpente, die Schlange, hatte mit meinem Bruder Krach gehabt, weil Orlando Kommunist war und er Faschist. Orlando führte kommunistische Reden: Wenn wir erst an die Macht kommen, stecken wir euch Schergen alle in den Knast! und dergleichen.

Dann band er sich ein rotes Tuch um den Hals, um den Maresciallo zu ärgern, diese Schlange. Er hatte mir geschrieben: »Liebe Schwester, schick mir ein rotes Tuch«. Also habe ich ihm eins geschickt, und er hat es sich umgebunden. Und während sie in Reih und Glied zur Messe gingen, sang er: »Bandiera rossa trionferà!« Der Maresciallo hatte ihn ständig im Visier, piesackte ihn, steckte ihn in die Strafzelle. Eines Tages hat Orlando vor Wut den Strohsack angezündet. Es fehlte nicht viel, und er wäre erstickt. Der Maresciallo hat ihn rausgeholt, zusammengeschlagen und ins Gefängnis von Palliano verlegen lassen.

Kurz und gut, ich lande in Rebibbia bei diesem Maresciallo Serpente. Kaum sieht er mich, sagt er: Ah, du bist die Schwester von Orlando Numa, jetzt kannst du was erleben! Und er ließ mich nicht aus den Augen. Sowie ich mich danebenbenahm, ließ er mich an der Pritsche festschnallen. Auch wenn ich recht hatte, ganz gleich, was ich sagte, er war immer gegen mich, weil er so einen Haß auf meinen Bruder hatte.

Sie hatten mich mit einer gewissen Rita, einer ausgekochten Lesbierin, in eine Zelle gesteckt. Sie war unsympathisch, tat nach außen puritanisch und langte dann hintenrum allen unter die Röcke. Anmaßend war sie, gewalttätig.

Ich sage: Ich will mit dieser Rita nicht die Zelle teilen! Kaum hat der Maresciallo, diese Schlange, das erfahren, schickt er mir noch eine in die Zelle, eine Freundin von dieser Rita, eine gewisse Mungelbino.

Diese Mungelbino und Rita knutschten den ganzen Tag herum. Rita gab Befehle, die andere führte sie aus. Sie putzte ihr die Schuhe, kochte für sie, wusch ihr die Wäsche, massierte sie, kurz, sie war ihr Dienstmädchen.

Rita schickte sie mit dem Maresciallo ins Bett, um ein paar Vergünstigungen zu erlangen. Hielt sie an, sich von den älteren Frauen betatschen zu lassen, um etwas Geld zu bekommen. Sie war eine Blutsaugerin, eine Zuhälterin.

Diese Mungelbino wurde Prinzessin genannt, aber in Wirklichkeit war sie mehr ein Küchenmädchen als etwas anderes. Ich weiß nicht, warum sie so genannt wurde, vielleicht wegen ihrer langen Nase.

Ich sage also zu dieser Prinzessin: Du bist echt blöd! Siehst du nicht, daß die dich ausnützt? Sie schickt dich zu den Alten, sie schickt dich zum Maresciallo, wie ein Paket schickt sie dich hin und her! Du bist wahrhaftig blöd!

Zunächst hat die Mungelbino nichts gesagt, aber dann hat sie alles Rita erzählt, und Rita hat sich beim Maresciallo beschwert. Die Schlange ist zum Direktor gegangen und hat gesagt: diese Numa ist noch schlimmer als der Bruder, sie ist aufsässig, eine gesetzlose Verbrecherin, es liegt in der Familie.

Der Direktor läßt mich holen. Ist es wahr, daß du die Gefangenen aufwiegelst, fragt er, daß du sie gegen die Obrigkeit aufhetzt? Nein, Herr Direktor, sage ich, das stimmt nicht. Es hat nämlich Beschwerden gegeben, sagt er, ich sage es dir zu deinem Besten, du mußt aufhören, zu revoltieren, sonst geht's dir schlecht. Ich sage: Jawohl, Herr Direktor.

Ich dachte, damit sei es erledigt. Er hat mir eine Predigt gehalten, das war's, dachte ich. Aber weit gefehlt. Als ich schon an der Tür bin, sagt er: Das sind sechs Tage Pritsche. Verfluchte Schlange! denke ich. Denn es war alles das Werk dieses Kriechtiers, das mir dauernd vorbetete: Genau wie der Bruder, identisch, zwei Stück Scheiße!

Er sagt es mir einmal, er sagt es mir noch einmal, und beim dritten Mal, als er wieder davon anfängt, wird es mir zu bunt: Du gehst mir auf die Eier mit diesem Bruder, sage ich, es ist Zeit, daß du aufhörst, ständig von meinem Bruder zu reden. Wenn du ein Mann bist, dann geh raus, schnapp dir meinen Bruder von Angesicht zu Angesicht, los, zieh deine Polizistenuniform aus und versuch, ihn zu verprügeln! Dauernd beleidigst du mich wegen diesem Bruder, sage ich, was hab ich mit meinem Bruder zu schaffen! Wenn du mich nicht in Frieden läßt, haue ich dir eins in die Fresse, und dann kannst du wirklich sagen, daß ich genauso bin wie mein Bruder!

Als er das hörte, schickte er mich sofort in die Strafzelle. Drei Tage in einem Raum, der so groß ist wie ein Klo im Zug, eine Pritsche zum Schlafen, ohne Decken, ohne alles. Es war kalt. Ich hatte auch Nierenschmerzen. Die ganze Nacht habe ich mit den Füßen gegen die Mauer getreten, um mich aufzuwärmen, bis ich in der Eiseskälte des Morgengrauens erschöpft einschlief.

Kaum komme ich aus der Strafzelle raus, wird mir gesagt: Mach dich fertig, du wirst verlegt. Wohin? frage ich. Weiß man nicht. Drin erfährt man nie was. Alles wird geheimgehalten. Sie lassen mich also in die grüne Minna einsteigen, machen alles dicht, und los geht's. Nach zwei Stunden sind wir da, sie machen die Autotür auf, holen mich raus. Wir waren bei einem anderen Gefängnis gelandet. Wo sind wir? frage ich und bekomme zur Antwort: In Montepulciano.

Nicht einmal eine Ameise gab es in diesem Gefängnis,

ich war mutterseelenallein. Es war nachts. Ich sehe mich um, der Bau wirkte wie eine verfallene Burg, lauter Schutt auf der Erde, verrostete Leitungen, die die Wände entlangliefen, die Fußbodenkacheln alle zerbrochen, die Mauern voller Unebenheiten, abgebröckelt, dreckig, zerkratzt. Ich stand in dieser Finsternis und fragte mich: Wo haben diese Schweine mich hingeschickt?

Sie werfen mich in ein winziges Kämmerchen mit einem Fenster, das ein Loch in der Decke war. Ein kaltes, mickriges Licht fiel herein, es war, als säße man in einem Grab.

Ich fange an zu klopfen, zu schreien: Laßt mich raus! Laßt mich hier raus! Ich war gewohnt, Trubel um mich zu haben, mit meinen Freundinnen zusammen zu sein. Diese Einsamkeit bedrückte mich. Signora! sage ich, Signora, mir ist schlecht! Ich habe Herzstechen! Ich kriege keine Luft! Dadrin eingeschlossen mit einem Fenster, das nur eine schmale Luke war. O Gott! Mamma! sage ich. O Gott, wo haben sie mich hinverschleppt! Ich habe doch niemand umgebracht, schrie ich, ich bin keine Mörderin, die man von allen absondern muß! Laßt mich raus! Laßt mich raus!

Die Signora hinter der Tür meinte: Nun, nun, du wirst schon rauskommen, wenn es Zeit ist! Bete zu Gott, daß er dir Gesellschaft schickt!

Ich soll zu Gott beten, sage ich, daß er jemand ins Gefängnis schickt, um mir Gesellschaft zu leisten? Eher bete ich zu Gott, daß er euch alle sterben läßt, bevor wieder jemand kommt!

Ich war wütend, rasend, außer mir. Wer war das nur, sage ich, wer wollte mich so einsperren? Und ich erfahre, daß es die verfluchte Schlange gewesen ist, daß er beantragt hatte, man solle mich allein in diesem Loch hier einsperren, aus Rache. Ich wußte es ja sowieso schon, daß er es gewesen war, ich wußte es und verfluchte ihn.

Ich verbrachte die Tage damit, zu schreien: Herr Direktor! Herr Direktor! Ich will hier raus! Laßt mich raus! Ich will den Direktor sprechen! Ruft den Direktor!

Der Direktor war ein Sarde und war auf Urlaub nach Sardinien gefahren, der Mistkerl. Er war nicht da. Der Maresciallo, ein gewisser Andirivieni, sagt zu mir: Wenn der Direktor zurück ist, trägst du ihm alles vor; sei brav, dann verlegen sie dich bestimmt.

Aber wann? fragte ich. Sowie die Richter aus dem Urlaub zurückkommen, jetzt sind sie alle zu Hause wegen Weihnachten, sagt er. Tatsächlich war keine Menschenseele in diesem Gefängnis, es war leer.

Und ich soll warten, bis die Richter schön Weihnachten gefeiert haben? sage ich. Seid ihr verrückt geworden? Ich bleibe nicht hier. Er sagt: Sie sind in Urlaub, sie können nicht kommen. Und wann treten sie wieder an? frage ich. Vielleicht in einer Woche, sagt er, vielleicht später.

Unterdessen versuchte ich, mir was einfallen zu lassen, um dort herauszukommen. Wenigstens, sage ich mir, sollen sie mich in ein anderes Gefängnis verlegen, wo es Leute gibt, ein paar Menschen, mit denen ich reden kann.

Auch Andirivieni ließ sich nie blicken. Ich frage: Was macht er? und bekomme zur Antwort: Er packt Päckchen für seine Familie. Er war also auch ein Weihnachtsheini, blieb zu Hause, um die Geschenke vorzubereiten.

Signora, sage ich, ich halte es nicht mehr aus hier, eingesperrt wie eine Ratte. Hab Geduld, sagt sie. Was heißt hier Geduld! Ich platze vor Wut! Ich bin doch kein Tier, das ihr in einen Käfig einsperren könnt, und gute Nacht!

Um mich bei Laune zu halten, sagte die Wärterin zu mir: Du wirst schon sehen, daß sie jemand festnehmen, wirst schon sehen, daß jemand kommt und dir Gesellschaft leistet. Hier gibt es auch Verbrecherinnen; sobald eine eingeliefert wird, lege ich sie zu dir in die Zelle, dann kannst du mit ihr reden, hast Gesellschaft.

Ich bete darum, daß du krepierst, du und alle anderen Wärter, sagte ich, weil ihr mich quält ohne jeden Grund! Ich hoffe nicht, daß über Weihnachten jemand verhaftet wird, um mir Gesellschaft zu leisten, ich bin nicht so zynisch wie ihr! Ich will hier raus und basta!

Unterdessen vergingen die Tage, seit meiner Ankunft war schon fast ein Monat vergangen. Ich hielt es nicht mehr aus. Bekam Platzangst. Da habe ich mich entschlossen. Jetzt jage ich ihnen Angst ein, sagte ich mir, ich tu so, als wollte ich mich umbringen, dann sind sie gezwungen, mich woandershin zu verlegen.

Jeden Tag schickten sie mich eine Stunde in einen Hof voller Kakerlaken mit aufgerissenem, schlammbedecktem Pflaster hinunter, wo ich auf und ab ging wie ein Löwe im Käfig.

Ich zählte die Ziegel, eins, zwei, drei, vier, um nicht so allein zu sein. Ich zählte laut, um eine menschliche Stimme zu hören. Die Wärterin stand oben und beaufsichtigte mich vom Fenster aus. Komm her, Teresa, sagte sie, erzähl mir was! Mit dir rede ich nicht, sagte ich, ich habe nichts zu erzählen.

Ich hatte keine Lust, mit ihr zu reden, weil sie ein gemeines, feiges Gesicht hatte. Sie versuchte es im guten mit mir, legte mir Köder aus, aber ich hörte gar nicht hin. Ich redete lieber mit mir selber als mit ihr.

In diesem Hof gab es ein niedriges Fensterchen, ein Loch, halb verrottet, mit einem Stück Glas, das aus dem Rahmen hervorstand. Ich habe mich daneben gesetzt und diese Glasscherbe in einem unbeobachteten Moment herausgezogen. Sie war spitz wie ein Messer. Jetzt zeig ich's euch, dachte ich, jetzt müßt ihr mich fortschaffen! Ich nahm die Scherbe und brachte mir zwei, drei Schnittwunden am Arm bei.

Ich habe mich nur wenig geschnitten, gerade genug, daß das Blut herausquoll. Ich wußte, daß die Signora immer dort am Fenster stand und mich beobachtete.

Also habe ich mich geschnitten und dann die Glasscherbe demonstrativ versteckt. Die Wärterin hat es gesehen und ist sofort heruntergekommen, ist in den kleinen Hof heruntergestürzt wie ein Rabe.

Was versteckst du da? fragt sie. Dann hat sie mich durchsucht und die Scherbe gefunden. Genau das wollte ich. Sie hat die Glasscherbe genommen und beschlagnahmt. Peng, peng, hat sie mir zwei Ohrfeigen verpaßt und mich mit dem zerschnittenen Arm allein gelassen.

Dann kommt der Kommandant Andirivieni und sagt: Numa, warum wolltest du dich umbringen? Das darfst du nicht, du mußt brav sein, wir haben dich gern. Ich sage: Ich will hier raus, bringt mich ins Krankenhaus!

Morgen früh, sagt er, schicken wir dich woanders hin, Ehrenwort. Einstweilen, sage ich, legt mich auf die Krankenstation, seht ihr nicht, daß ich blute? Nichts zu machen, die Wärterin kommt, verbindet mich ganz fest und wirft mich wieder in die Zelle.

HANDSCHELLEN, ZUG, WÄRTER. Wo fahren wir hin? frage ich. Sie antworten nicht. Einem Häftling wird nie geantwortet, weil er nichts wissen darf. Er darf sein Schicksal nicht vorher erfahren, immer erst hinterher, wenn er schon bis zum Hals drinsteckt. Der Häftling ist wie ein Koffer, ein Paket, das hierhin und dorthin geschickt wird. Sagt man etwa einem Paket, wo es landen wird?

Wir kommen an, steigen aus. Ich sehe ein Eisenschild, auf dem steht: Pozzuoli. Wenn das Pozzuoli ist, sage ich mir, dann ist hier die Irrenanstalt für Strafgefangene. Und so war es.

Sie bringen mich in diese zerbombte, fleckige Irrenanstalt, mit dicken Mauern drumrum, vollgestopft mit Frauen. Aber hierher gehören die Verrückten, sage ich, ich bin doch nicht verrückt! Hier sitzen die Mörderinnen, solche, die ihre Kinder mit Rasierklingen umgebracht, ihren Mann in einem Topf gekocht, die Eltern mit einem Strumpf erwürgt haben. Das sind die Anordnungen, sagt der Wärter, und Schluß, aus.

Sie legen mich mit einer gewissen Astor zusammen, einer, die ihr Kind ganz mit Gold angestrichen und es in eine Schachtel getan hatte, um es dem Papst zu schicken.

Die sah mich scheel an, ich gefiel ihr nicht, sie schnitt mir Grimassen, pißte mir aufs Bett. Wenn du nicht aufhörst, sage ich, schlag ich dich zusammen. Ob du verrückt bist oder nicht, schert mich wenig.

Sie hat sich sofort in ihr Bett verzogen, hatte Angst. Offenbar war sie Prügel gewohnt. Aber wenn ich ihr den Rükken zukehrte, zeigte sie mit den Fingern die Hörner, das habe ich sofort bemerkt. Was rege ich mich auf, sagte ich mir, die ist verrückt; die ist noch unglücklicher dran als ich.

Danach habe ich sie in Ruhe gelassen, auch wenn sie mir drohte und Fratzen schnitt. Nur wenn sie auf mein Bett pinkeln wollte, sagte ich: Paß auf, Astor, du fängst eine, und sie haute ab. Diese Prügelsprache verstand sie ausgezeichnet.

In der ersten Nacht konnte ich nicht schlafen. Ich betrachtete diese Astor, die im Schlaf lachte und mit den Beinen zuckte, und fühlte mich verloren. Wenn ich hier länger mit diesen Verrückten zusammenbleibe, dachte ich, werde ich noch selber verrückt.

Ich schloß die Augen, schlief ein wenig ein, dann schreckte ich unvermittelt wieder hoch, mein Herz raste, bum, bum, und wieder sah ich diese Verrückte, die mit dem Kopf am Fußende lag und schnarchte wie ein Schwein. Madonna mia, wo hat es mich bloß hinverschlagen! dachte ich.

Am Morgen hatte ich schrecklichen Hunger. Wir mußten uns anziehen. Das Waschen fiel aus, weil es kein Wasser gab. Seit sechs Tagen hatten sie kein Wasser. Tatsächlich stank es nach Scheiße, daß man schier erstickte.

Diese Verrückten kackten überallhin, und dann blieben sie den ganzen Tag so dreckig, mit der Scheiße und der Pisse, die an ihnen klebte, und wenn sie sich beschwerten, bekamen sie eine Pille in den Mund gesteckt und waren bis zum Abend völlig belämmert.

Wir werden in einen großen Raum mit langen schmalen Tischen geführt. Dort setzen wir uns hin und kriegen Malzkaffee. Manche mußten gefüttert werden. Ich sehe, daß sie sie an den Stühlen festbinden, und wenn sie mit den Armen fuchteln, kriegen sie einen Eimer kaltes Wasser über den Kopf.

Neben mir saß ein schönes Mädchen, etwa neunzehn Jahre alt. Ihr klebte die Scheiße sogar in den Haaren. Ich konnte bei diesem Gestank nicht mal einen Schluck Kaffee runterkriegen. Ich rutsche auf der Bank etwas von ihr ab und hoffe, daß es sie nicht kränkt. Aber sie merkt es nicht einmal.

Ich nähere mich einer kleinen, buckligen Frau, der sie die Arme hinter dem Rücken festgebunden haben. Sie sagt: Hilfst du mir, mein Brot zu essen? Ich helfe ihr, und um ein Haar beißt sie mir einen Finger ab. Paß auf! sage ich. Und sie: Ich bin die Frau des Obersts, morgen gehe ich zum Oberst und erzähle ihm alles! Ich frage: Welcher Oberst? Sie sagt: Gib mir zu essen, du Hure! Im Hof sehe ich, daß sie sie alle in die Kälte rausschmeißen wie Lumpen, manche sind an einen Stuhl gefesselt, der unten ein Loch hat, andere sitzen auf der Erde oder lehnen an der Mauer. Und mit wem rede ich jetzt? frage ich mich. Die sind ja alle verrückt hier, und womöglich rede ich mit einer, und die spuckt mich an.

Astor hockte am Ende des Hofs und sah mich scheel an. Sie behielt mich immer im Auge. Bis ich sie besser kenne, denke ich, rede ich hier lieber mit niemandem.

Ich setze mich und fange an, über Ercoletto nachzudenken. Ich hatte von Zina erfahren, daß er raus- und einen Monat später wegen Betrugs wieder reingekommen war. Aber in dem einen Monat hatte er mich verlassen. Auch das hatte Zina mich wissen lassen. Alba, seine Schwester, hatte ihm eine andere ins Bett gelegt, eine gewisse Bruna. Diese Bruna war ein schönes Mädchen, fünfundzwanzig Jahre alt, und Ercoletto wollte sie heiraten.

Später, Jahre später, hat er mir gesagt, daß er sie heiraten wollte, um mich zu vergessen, weil sie ihm hinterbracht hatten, daß ich ihm mit einem gewissen Rocco Hörner aufsetzte. Aber das war eine Ausrede. Die Wahrheit ist, daß ich zwei Jahre absitzen mußte und er keinen Bock hatte, die ganze Zeit ohne Frau zu leben. Und so hatte er sich eine andere genommen, ganz einfach. Ich dagegen hatte ihn nie betrogen, wenn er im Knast saß. Ich war nach Sardinien gefahren, um ihn zu besuchen, hatte sogar einen Kilometer zu Fuß zurückgelegt, ohne Schuhe, einen Rucksack auf dem Rücken und einen Koffer in der Hand, klatschnaß geschwitzt in der Augustsonne. Das ist jetzt der Dank! sagte ich mir.

Kurzum, der Gedanke an Ercoletto ging mir nicht aus dem Kopf. Ich war so vertieft, daß ich nicht einmal bemerkt hatte, daß mir vor Kälte die Nase lief. Plötzlich spürte ich den Schleim am Hals. O Gott, dachte ich, ein halber Tag hat gereicht, und ich werde schon so dreckig wie alle hier, dreckig und verrückt.

Mittags werden wir wieder in den großen feuchten Raum geführt, in dem einem die Zugluft in die Beine schnitt. Setzt euch und eßt! wurde uns gesagt, und wir bekamen einen Aluminiumnapf mit kalten, bitteren Nudeln.

Ich schaue mich um und sehe einen Behälter, so groß wie eine Badewanne, in dem die Nudeln für alle diese Kranken waren. Zu zweit trugen sie diese Wanne herum. Die Gefangenen steckten ihre scheiße- und pisseverschmierten Hände hinein.

Ich esse nichts! sage ich mir, aber genau in dem Moment sehe ich, wie eine mir gegenüber gepackt und mit Gewalt gefüttert wird. Sie hatte sich auch geweigert zu essen. Da habe ich mir gesagt: Ich halte lieber den Mund, sonst zwingen sie mich noch, diesen Dreck zu essen.

Ich habe so getan, als äße ich, und dann, kaum schauten die Wärterinnen mal weg, habe ich die Nudeln in den Abfall gekippt. Ich habe so getan, als holte ich mir ein Glas Wasser, habe den Napf in den Mülleimer geleert, habe ein Stück Papier draufgelegt und bin an meinen Platz zurückgegangen.

Gegen fünf Uhr fühlte ich eine große Leere im Magen. Was mache ich jetzt? dachte ich. Der Hunger war nicht zum Aushalten. Ich halte eine Wärterin an und sage: Ich habe Hunger, könnte man ein Stück Brot bekommen? Sie sagt: Kannst du zahlen? Ich sage: Nein. Sie sagt: Was willst du dann?

Ich habe den Hunger aushalten müssen, die Krämpfe und alles. Überall suchte ich nach etwas Eßbarem. Ich fand ein paar Brösel und habe sie runtergeschlungen, im Hof fand ich ein paar Kleebüschel und habe sie aufgegessen.

Am Abend gab es eine ekelhafte dunkle Brühe, in der

zermatschte Kartoffelstücke schwammen. Ich habe sie mir löffelweise reingeschüttet, trotzdem sie nach Scheiße stank und bitter schmeckte. Mir war alles egal.

Am nächsten Morgen wurde mir die Anstaltskleidung ausgehändigt: zwei Paar völlig verfleckte Unterhosen, die einem vom Staat gestellt wurden, mit einem Schlitz in der Mitte; ein Wollunterhemd mit zwei Schweißflecken, die bis zur Brust reichten, ein bleigrauer wollener Kittel, ein Paar weiße, ganz hart gewordene Strümpfe und ein Paar ausgelatschte, schon tausendmal geflickte Stoffschuhe.

Dieses Zeug ziehe ich nicht an, sage ich, das ekelt mich an! Du ziehst es an, sagen sie, oder wir helfen mit Gewalt nach. Also mußte ich es anziehen. Diese dreckige, blut- und urinverfleckte Wäsche. Ich drehte sie hin und her und konnte mich nicht entschließen, sie wirklich anzuziehen.

Aber ich habe ein Paar eigene Unterhosen, sage ich, kann ich nicht die anziehen? Nein, bekomme ich zur Antwort, hier wird das Staatszeug getragen. Dann gebt mir wenigstens ein Paar neue! sage ich.

Aber die neuen Unterhosen schlossen die Nonnen weg, nur sie wußten, wo sie sie versteckten. Den Kranken geben sie dieses gebrauchte, hartgewordene, zerrissene Zeug. Die merken's ja sowieso nicht, sagen sie.

Ich merkte es aber sehr wohl. Zunächst mußte ich diese Unterhosen überstreifen, aber dann habe ich sie wieder ausgezogen. Ich ging lieber nackt, als dieses von anderen verschissene Zeug am Leib zu haben. Dann fand ich meine eigene Unterhose wieder und trug die.

Doch es handelte sich um ein Nylonhöschen, und nach zwei Monaten war es vom vielen Tragen nur noch ein Fetzen. Büstenhalter trug ich keinen, aber es geht ja auch ohne. Das grobe Wollunterhemd habe ich wegen der großen Kälte anbehalten.

Abends fand ich mich neben dieser verrückten Astor wieder. Ich sah nach, ob sie in mein Bett gepinkelt hatte. Aber das machte sie nicht mehr. Dafür entdeckte ich oft, daß sie hineingespuckt hatte. Mitten auf dem Laken war ein großer, gelber Batzen Spucke.

Jetzt schlag ich dich zusammen, häßliche Megäre! sagte ich. Sie erschrak, fing an zu schreien. Die Schwester kam an. Ich sage: Mit der hier kann ich nicht die Zelle teilen. Sie sagt: Warum denn? Ich sage: Darum, weil sie verrückt ist.

Du bist ja auch verrückt, sagt sie. Ich bin nicht verrückt, sage ich, das wissen Sie besser als ich. Sie sagt: Wenn du unverschämt wirst, binde ich dich am Bett fest! Und so mußte ich den Mund halten. Ich wendete das Laken, legte mich schlafen und zog mir die Decke über den Kopf, um nichts zu hören und nichts zu sehen.

Eines Morgens stehe ich auf, gehe zur Schwester und sage: Gibt es wieder Wasser, Schwester? Ja, sagt sie, aber jetzt stell dich an wie die anderen und sei still. Die Schlange war etwa zehn Meter lang. Ich stellte mich hinten an.

Ich warte und warte, auf der Hälfte der Schlange geht das heiße Wasser aus. Ich hörte, wie diese Verrückten schrien und kreischten. Was ist denn los? frage ich. Das heiße Wasser ist aus, antwortet eine, und jetzt halten sie sie unter die eiskalte Dusche, deswegen kreischen sie. Das ist ja klar, sage ich, und wo wasche ich mich jetzt? Sie sagt: Wenn du nicht auch drunter landen willst, schleich dich weg. Und so habe ich es gemacht.

Aber während ich mich gerade verdrücken will, fühle ich, wie mich jemand am Arm packt und sagt: Los, hilf mir! Es war ein kräftiges, schwarzhaariges Mädchen mit hartem Blick. Sie sagt: Pack an!

Sie meinte eine fette Alte, die wie am Spieß schrie und sich nicht waschen lassen wollte. An ihrem Hintern und an den Schenkeln klebte angetrocknete Scheiße. Mich ekelte, und ich wich einen Schritt zurück.

Daraufhin schlägt diese kleine Schwarzhaarige mir mit der flachen Hand auf den Mund, daß es mich fast umhaut. Ja spinnst du? sage ich. Sie sagt: Greif dir die Alte und halte sie fest, sonst fällt sie um.

So habe ich es gemacht. Ich habe die Kranke am Hals

gepackt und teils mit den Knien, teils mit den Armen unter dem kalten Wasser festgehalten, während die kleine Schwarze sie wusch.

Später habe ich mich mit dieser kleinen Schwarzen angefreundet. Sie hieß Sarabella, war Sizilianerin. Sie war nicht verrückt, hatte aber auf unzurechnungsfähig gemacht, um weniger Jahre zu kriegen. Sie war jung und saß wegen Ladendiebstahls, war immer wieder rückfällig geworden. Schließlich hatten sie ihr die verminderte Zurechnungsfähigkeit anerkannt, und deshalb saß sie in Pozzuoli.

Dort drinnen führte sie das Regiment. Da die Nonnen wußten, daß sie keineswegs geistesgestört war, betrauten sie sie mit allen widerlichsten Arbeiten, etwa die Kranken saubermachen, waschen, anbinden. Als Gegenleistung bekam sie die doppelte Essensration. Sie hatte freien Eintritt in die Küche. Raffte Brot, Kartoffeln, Bohnen zusammen.

Sie war genauso arm und verlassen wie ich. Niemand kam sie je besuchen, niemand schickte ihr Pakete. Aber sie war da drinnen ein As und kommandierte alle herum.

Als sie mich sah, hat sie sofort kapiert, daß ich genauso wenig verrückt war wie sie, und von dem Tag an hat sie mich immer gerufen, um ihr zu helfen. Dafür gab sie mir etwas mehr zu essen.

Wir waren von morgens bis abends zusammen. Ich habe entdeckt, daß sie geizig war. Wenn sie arbeitete und etwas verdiente, gab sie das Geld nicht aus, sondern sparte es Lira für Lira für die Zeit nach ihrer Entlassung.

Ich wäre dazu nicht fähig, wenn ich Geld habe, gebe ich es bis zum letzten Centesimo aus, ich habe diesen Fehler, immer alles auszugeben. Sie nicht, sie war anders. Sie ließ sich nicht in Versuchung führen vom guten Öl, von der Butter, vom Wein, lauter Sachen, die es drinnen zu kaufen gab, und nicht einmal von Zigaretten. Sie hortete das Geld, versteckte es unter ihrem Rock. Sie war eine Hamsterin.

Eines Tages bekam eine dieser Alten, die wir unter die kalte Dusche stießen, eine doppelseitige Lungenentzündung. Und wer ist jetzt daran schuld? sage ich. Ich war erschrocken. Mach dir keine Sorgen, sagt sie, wenn sie stirbt, sind die Nonnen froh; wieder eine weniger, um die sie sich kümmern müssen. Diese Alten will doch sowieso keiner.

Tatsächlich ist die Alte gestorben und kam ohne Begräbnis unter die Erde. Niemand erschien zu ihrem letzten Geleit, nicht einmal ihre Enkel, von denen sie angeblich insgesamt über achtzehn hatte.

Auch die anderen Gefangenen bemerkten diesen Todesfall nicht. Sie saßen zusammengepfercht im Aufenthaltsraum, im gewohnten Gestank nach Scheiße, weil sehr viele unter sich machen, und soviel du auch wäschst und schrubbst, es bleibt doch immer ein bißchen Scheiße am Kittel, am Stuhl, an den Beinen, an den Schuhen hängen. Sie tragen den Gestank den ganzen Tag mit sich herum.

Sie saßen zusammen in dem großen Raum, manche angebunden, manche mit Beruhigungsmitteln vollgepumpt, eine Ansammlung von Fleischklumpen. Sie können sich nicht wehren, sie können nicht antworten, sie können nicht sprechen. Einige sind fröhlich wie kleine Mädchen, aber wenn sie zu laut werden, kriegen sie sofort eine Dosis Dämpfungsmittel verpaßt, dann sind sie wieder ruhig und still und machen keinen Ärger.

Es gab noch andere, die bei Verstand waren, wie Sarabella. Sie waren zur Strafe dort hingeschickt worden, wie ich. Sie kamen aus den Gefängnissen von ganz Italien.

Wenn eine aufmüpfig ist, revoltiert, den Nonnen herausgibt, wird sie geschnappt und nach Pozzuoli zu den Verrückten gesteckt. Die Nonnen in Pozzuoli waren hartherzig, pervers. Die Wärterinnen waren milder, mußten aber tun, was die Nonnen ihnen auftrugen, denn die hatten das Sagen. Mit den Wärterinnen konnten wir uns unterhalten, wir verstanden uns. Mit den Nonnen nicht. Mit den Nonnen mußt du Politik machen, mußt ihnen die Schuhe putzen und ihnen auch noch die Füße lecken, wenn du was erreichen willst.

In der ersten Zeit ging es mir wirklich schlecht. Ich befand mich unter lauter Irren, jungen und alten, die ans Bett gebunden waren, die reine Folterkammer. O weh, wo bin ich gelandet! dachte ich, Madonna, gib mir die Kraft, es auszuhalten! Ich versuchte, stark zu sein, aber mein Herz war so klein geworden wie ein Knopf.

Hier drin kannst du sterben, sagte ich mir, und keiner sieht's. Tatsächlich starben viele. Sie schüttelten ihnen eimerweise kaltes Wasser drüber, trockneten sie dann nicht ab, sondern zogen sie um, wann es ihnen in den Kram paßte, ließen sie in ihren Exkrementen liegen, mit wunden Stellen am Hintern.

Wie soll ich unter all diesen Irren überleben? fragte ich mich. Die Nonnen hier hören mir nicht zu, sie sind giftig, haben ein durch die Gewohnheit versteinertes Herz, sind zynisch. An wen soll ich mich wenden? Was soll ich tun?

Eines Tages kriege ich zum Mittagessen eine Kohlsuppe voller Erde vorgesetzt. Ich stecke ein Stück Kohl in den Mund und höre Steinchen zwischen meinen Zähnen knirschen. Also spucke ich alles aus. Schwester Blutendes Herz Jesu sieht mich, packt meinen Teller voller Suppe und klatscht ihn mir ins Gesicht.

Meine erste Regung war, sie halbtot zu prügeln. Ich konnte mich aber noch rechtzeitig bremsen, weil ich dachte: Wenn ich mich wehre, läßt sie mich festbinden! Und festgebunden zu werden bedeutet, verloren zu sein. Dann sind sie fähig, dich vierzehn Tage gefesselt zu lassen. Also habe ich den Mund gehalten.

Ein andermal, im Hof, sah ich den Arbeitern zu, die die Dachziegel ausbesserten. Während ich noch schaue, kriege ich plötzlich, peng, einen Schlag auf den Kopf. Schwester Blutendes Herz Jesu packt mich am Arm und stößt mich gegen die Mauer. Was machst du da? sagt sie. Ich schaue den Arbeitern zu, sage ich. Nein, sagt sie, du hast mit den Männern geredet. Nein, sage ich, ich habe zugeschaut. Peng! kriege ich noch einen Schlag, der mir die Lippe gespalten hat.

Die Hand saß ihr locker, dieser Schwester Blutendes Herz. Eine kräftige Person. Wenn sie dir eine runterhaute, blieb der Abdruck aller fünf Finger zurück. Sie war grob, wild. Sie ertrug keine Widerworte. Sobald man sich danebenbenahm, schlug sie zu. Ich hatte Lust, sie zu erwürgen, aber ich hielt mich immer zurück. Bleib ruhig, Teresa, sagte ich mir, hier drin machen sie mit dir, was sie wollen, und wenn du erst einmal angebunden bist, kommst du nicht mehr raus. Ich wollte nicht wie diese Verrückten enden, die mit Riemen ans Bett gefesselt waren und sich Tage und Nächte in ihrer Scheiße wälzten.

Es ging das Gerücht um, daß der Direktor ein freundlicher, verständnisvoller Mensch sei. Daher gehe ich eines Tages zu Schwester Blutendes Herz und sage: Schwester, ich möchte mit dem Direktor sprechen. Füll dieses Formular aus, sagt sie, dann werden wir sehen.

Um das Formular auszufüllen, brauchte man einen Stift, und dadrinnen hatte niemand einen, und Schwester Blutendes Herz wollte mir keinen geben. So konnte ich meinen Antrag nicht schreiben. Ich wollte schon aufgeben, da hat Sarabella mir einen Bleistiftstummel besorgt.

Ich habe der Schwester meinen Antrag ausgehändigt, habe zwei Tage gewartet, drei Tage, dann endlich wurde ich zum Direktor gerufen. Ich war so aufgeregt, daß mir die Beine zitterten.

Ich klopfe und höre die Stimme des Direktors, die sagt: Herein! Ich gehe rein und bleibe unsicher an der Türe stehen. Er saß an seinem Schreibtisch, hob nicht den Kopf, gab keinen Laut von sich, nichts.

Ich warte geduldig, während er weiter in seinen Papieren liest, den Kopf über den Schreibtisch gebeugt. Schließlich, da ich dachte, er hätte mich vielleicht vergessen, sage ich: Herr Direktor, darf ich was sagen? Er sagt: Nur zu!, sieht mich einen Augenblick mit rauhem Gesicht an und liest weiter.

Also fange ich an: Herr Direktor, hören Sie, finden Sie es eigentlich gerecht, daß ich, die ich ganz normal bin, hier zwischen all diesen Verrückten leben muß, die nicht mal reden können? Ich bin zur Strafe hier, und es geschieht mir recht, ich habe ja mit Gewalt hergewollt. Ich war allein in einem Gefängnis, es ging mir schlecht, also habe ich versucht, dort wegzukommen. Ich habe eine Glasscherbe genommen und mich geschnitten, ich habe es extra gemacht, damit sie mich wegschicken, weil ich es allein nicht mehr aushielt. Dafür bin ich bestraft worden, und das ist ganz richtig. Aber ich dachte, ich würde in ein anderes Gefängnis verlegt, nicht in ein Irrenhaus. Ich bin nicht verrückt, Herr Direktor. Ich will diese Anstalt nicht schlechtmachen, Herr Direktor, sie ist in Ordnung, wirklich ein ordentliches Gefängnis, aber was habe ich damit zu tun? Außerdem, sage ich, ging es mir in Montepulciano schlecht, aber wenigstens gab es zu essen. Hier bekommt man nichts zu essen. Ich habe hier Verrückte, Schwachsinnige, Normale zur Gesellschaft, aber zu essen gibt es nichts.

Ohne den Kopf zu heben, sagt dieser Direktor, während er weiterschreibt: Geh, geh, Mädchen. Ich sage: Haben Sie überhaupt gehört, was ich gesagt habe? Er sagt: Geh! Und ich mußte hinaus. Ich habe nicht weiter darauf beharrt, weil ich fürchtete, er könnte mich für verrückt halten, sondern nur gesagt: Gut, Herr Direktor, auf Wiedersehen. Und bin gegangen.

Es war Mittagessenszeit. Ich setze mich auf meinen Platz und fange an, die gallebittere Suppe zu essen. Ich schlucke einen Löffel voll runter, da muß ich mich übergeben.

Aber wieso ist diese Suppe bloß so bitter? frage ich. Sie ist bitter, wird mir gesagt, weil sie Brom reintun, deshalb ist sie bitter. Ich sage: Aber ich will kein Brom! Die andere sagt: Red nicht so laut, das Herz schaut dich an, und wenn sie dich erwischt, geht's dir schlecht! Also habe ich so getan, als würde ich die Suppe essen, und habe alles auf den Boden geschüttet.

Einmal in der Woche bekamen wir ein Stück Fleisch, aber es war noch zäher als das Fleisch in Rebibbia. Ich sehnte mich sogar nach Rebibbia zurück, als wäre ich dort zu Hause. In Pozzuoli kaute und kaute ich auf dem Fleisch herum und konnte es nicht kleinkriegen. Ich mußte es ganz hinunterschlucken.

Ich dachte, meine Rede an den Direktor sei ein Reinfall gewesen und sagte mir: Teufel auch, was wir doch für einen freundlichen Direktor haben, er hört einem nicht einmal zu! Für ihn ist es wie das Summen einer Fliege, wenn du mit ihm redest.

Aber ich irrte mich, denn die Rede hat gewirkt: Nach

zwei Tagen kam die Anordnung, daß wir Normalen alle zusammen in einem Raum weit weg von den Verrückten schlafen sollten.

Wir waren zwölf, und sie haben uns alle zwölf in ein Zimmer im oberen Stockwerk verlegt. Es war eng, aber wenigstens sauber, es stank nicht nach Scheiße, und unter uns konnten wir reden, hörten nachts kein Schreien und Stöhnen.

Kaum hatte ich mich in dem neuen Bett eingerichtet, bekam ich wieder Nierenschmerzen. Ich wachte nachts mit diesen Schmerzen auf und konnte nicht mehr schlafen. Die Kälte war mir auf die Nieren gegangen, die Kälte im Hof, die Kälte in den Räumen, die Kälte der kalten Duschen. Denn ich wusch mich immer, ich ertrage es nicht, schmutzig zu sein, auch wenn das Wasser kalt ist, muß ich mich waschen und bin dann hinterher ganz durchgefroren.

Der Doktor hat mir Vitamin-B-Spritzen verordnet. Ich habe um heiße Packungen gebeten, aber sie wurden mir nicht genehmigt. Ich habe etwa zwanzig Spritzen bekommen, danach fühlte ich mich etwas besser.

Nachts wickelte ich mir das Wollunterhemd um den Kopf, das Handtuch um die Hüften, zog die zwei Paar Wollstrümpfe an, die ich besaß, legte mir das Kopfkissen unter die Nieren, um mich vor der Kälte zu schützen. So schlief ich und sah dabei aus wie ein Lumpenbündel, nicht wie ein Mensch.

Tagsüber half ich Sarabella im Tausch gegen eine warme Suppe, in der keine Erde war. Zuletzt war noch eine, eine gewisse Palmira, zu uns gestoßen, eine, die schon lange drin saß, aber normal war. Sie war fett, hatte einen Bauch wie ein Wursthändler und ein lustiges Gesicht. Daß wir Normalen hier mitten unter lauter Verrückten gelandet sind, ist doch der Wahnsinn! sage ich. Man müßte ein Foto machen, sagt sie, wir drei hier zwischen diesen Elendsgestalten, um später über uns selber zu lachen.

Ich und diese Palmira und Sarabella trösteten uns mit

Gesprächen. Wir erzählten uns unsere Geschichten. Palmira kam vom Land, sie stammte aus der Toskana. Sie hatte einen Lastwagen voll Melonen gestohlen und dafür drei Jahre gekriegt. Sie war jedoch eine unruhige Person, führte sich auf wie der Teufel, gab den Schwestern freche Antworten, verprügelte die Mitgefangenen, versuchte auszubrechen. Nach dem dritten Fluchtversuch haben sie sie genommen und in die Strafzelle gesteckt.

Aber Palmira ist noch schlimmer als ich, eingesperrt zu sein hielt sie nicht aus, deshalb hat sie alles kurz und klein geschlagen, mit einer Riesenkraft hat sie die Pritsche kaputtgehauen, das Fenster zertrümmert, sogar ein Stück Mauer zum Einstürzen gebracht. Da haben sie sie genommen und schnellstens nach Pozzuoli verfrachtet. Und dort ist sie geblieben.

Wir redeten und redeten. Zum Schluß sagte Sarabella: Gehen wir zum Direktor, der ist in Ordnung, laßt uns versuchen, hier rauszukommen, sonst sind wir erledigt. Ich sage: Du hast leicht reden, du mußt ja sowieso demnächst nach Rom zur Berufung. Was ist, wenn der Direktor sich aufregt?

Sie sagt: Es stimmt, ich komme bald weg, aber ihr müßt auch versuchen, hier rauszukommen. Geht und redet mit dem Direktor, er ist in Ordnung. So gab Sarabella mir Ratschläge, wie ich mich verhalten sollte, denn sie wußte besser Bescheid als ich.

Also bin ich erneut zum Direktor gegangen, ganz unterwürfig, still und sanft, weil ich fürchtete, sonst für verrückt gehalten zu werden. Herr Direktor, ich habe hier niemanden, sage ich, mein Bruder sitzt wieder, und mein Mann, ich meine, mein Lebensgefährte, ist ebenfalls im Gefängnis. Lassen Sie mich arbeiten, sonst vergiftet mich dieses Essen voller Brom noch, ich brauche wirklich kein Brom; lassen sie mich arbeiten, denn ich kann so nicht leben, und mein Magen knurrt immerzu vor Hunger.

Der Direktor, wie immer in seine Papiere vertieft, sieht mich nicht an, lächelt nicht. Er war ein Rätsel, dieser Direktor. Ich dachte: Ob er mich wohl gehört hat? Und stand dort und wartete. Nachdem er noch weitere Papiere durchgeblättert hat, einen ganzen Stoß Papiere, macht er mir ein Zeichen mit der Hand. Dann sagt er: Geh nur, geh.

Auch diesmal dachte ich, es sei ein Schlag ins Wasser gewesen. Doch nach drei Tagen werde ich zum Arbeiten in die Wäscherei geschickt. Sie drücken mir ein Bügeleisen voller Holzkohle in die Hand und lassen mich Wäsche bügeln. Es gab die Wäscherei und den Bügelraum. Gebügelt wird allerdings nur das Zeug der Aufseherinnen. Die Sachen der Kranken werden in diese Dampfmaschinen geworfen, die alles durcheinanderwirbeln, und dann hart und stinkend wieder rausgeholt.

Ich bekam fünftausend Lire im Monat. Also versuchte ich, so gut zu bügeln, wie ich nur konnte. Aber ich war wohl nicht gut genug, Schwester Fiordaliso war nicht zufrieden, sie sagte, meine Bügelfalten wären schief. Kurz und gut, nach ein paar Tagen wurde ich zum Nähen versetzt.

Dort wurden nur die Sachen der Kranken geflickt. Ich nähte langsam, um nicht durcheinanderzukommen. Aber wenn mir bestimmte Staatsunterhosen und Hemden in die Hand fielen, an denen noch das Blut klebte, mußte ich spucken.

Ich hatte die Spuckerei gekriegt. Heimlich wandte ich, wenn die Schwester gerade nicht hinsah, den Kopf ab und spuckte, umgeben von dieser Wäsche, diesem Staub und Gestank.

Eines Tages merkte Fiordaliso, daß ich spuckte, und sagte zu mir: Hör zu, wenn es dich ekelt, wenn diese Wäsche dich ankotzt, dann komm gefälligst nicht mehr. Ich habe geantwortet: Nein, nein, ich spucke nicht, weil es mich ekelt, sondern weil mir der Bauch weh tut, deswegen muß ich ab und zu ausspucken.

Aber dort in der Näherei gab es eine Arschkriecherin, eine Speichelleckerin, die immer zuhörte und alles den Oberen weitersagte. Und an dem Abend ist sie zu Fiordaliso gegangen und hat zu ihr gesagt, es sei nicht wahr, daß ich wegen meines Bauchwehs spuckte, sondern weil ich mich so ekelte, das hätte ich sogar offen gesagt, ich beklagte mich ja ständig über das widerliche Zeug, das wir ausbessern mußten.

Einen Tag lang hat die Nonne nichts zu mir gesagt. Am nächsten Tag schnauzt sie mich plötzlich an: Jetzt hast du genug gespuckt! Hau ab, ab jetzt bekommst du keine Arbeit mehr! Und so ist es gewesen. Ich mußte wieder untätig und hungrig herumsitzen wie zuvor.

Als ich nun eines Tages besonders Hunger hatte, murmelte ich vor mich hin: Wenn ich wenigstens eine Zigarette hätte! Rauchen betäubt den Hunger, mildert die Magenkrämpfe.

In dem Augenblick sehe ich eine dick verbundene Hand, die mir eine halbe Zigarette hinhält. Ich drehe mich um, es war ein Mädchen, die schon seit zehn Jahren drin saß, eine gewisse Marina, genannt Christus, weil sie Wundmale hatte. Alle wußten, daß sie sich die Wunden an den Handflächen heimlich mit den Fingernägeln und einem Stück Nagel immer wieder aufkratzte. Aber niemand kümmerte sich darum. Sie nannten sie Christus, wie sie es wollte.

Diese Christus war ein neunundzwanzigjähriges Mädchen, nicht sehr groß, hübsch, mit schwarzen Haaren und grünen Augen. Sie saß im Knast, weil sie ihren Vater und ihre Mutter umgebracht hatte. Sie verbanden ihr immer die Hände wegen der offenen Wunden, aber je mehr sie sie mit Binden umwickelten, um so mehr brachte sie ihre Wunden zum Bluten. Sie waren ihr sehr wichtig, diese Wundmale, sie war stolz darauf.

Ich sage: Danke! und nehme die Zigarette. Mit der anderen, ebenfalls verbundenen Hand, hält das Mädchen mir ein brennendes Zündholz hin. Ich nehme einen tiefen Zug und sage: Ah, ist das schön! Dann ziehe ich noch mal und noch mal. Ich hielt diese Zigarette zwischen den Fingern wie einen Brillanten. Ich genoß sie.

Und während ich begeistert daran saugte, sehe ich aus

dem Augenwinkel, wie sich Christus' verbundene Hand auf mein Bein legt. Ich sage: Christus, was tust du?

Christus antwortet nicht. Ich sehe jedoch, wie ihre Hand mit gieriger Langsamkeit auf meine Schenkel zustrebt, meine Röcke ganz durcheinanderbringt. Höher und höher klettert sie hinauf, wie eine in Mullbinden gewickelte Maus.

Als die Hand bis zum Rand meiner Unterhose vorgedrungen war, bin ich aufgesprungen und habe den Zigarettenstummel auf den Boden geworfen. Hast du etwa geglaubt, du könntest mich für eine halbe Zigarette kaufen? habe ich sie angeschrien und bin gegangen.

Christus hat sich vor Wut den Verband abgerissen und mit Zähnen und Fingernägeln wie rasend in ihren Wunden herumgebohrt, bis das Blut floß. Da ist das Herz gekommen, hat sie verprügelt und ihre Hände wieder bis zu den Ellbogen eingewickelt.

Ich habe es Sarabella erzählt, und die fing an zu lachen. Ja weißt du denn nicht, hat sie gesagt, daß hier drin die Mösen für einen Zug an der Zigarette verkauft werden? Ich sage: Mag sein, aber ohne mich; ich verkaufe mich nicht einmal für eine Million! Sie sagt: Ja, weil du sexuell kalt bist. Was heißt hier kalt? sage ich. Und sie: Du kannst es vier Monate, sechs Monate, ein ganzes Jahr aushalten, ohne Liebe zu machen, dir genügt der Gedanke an Ercoletto. Andere dagegen sind ständig heiß, die kann kein Gedanke an irgendeinen Mann zurückhalten, sie brauchen es, und dann machen sie's eben so gut es geht, mit ihren Freundinnen.

Später habe ich entdeckt, daß sie auch heiß war. Deswegen redete sie so. Statt mit Geld bezahlte sie mit Vergünstigungen. Sie hatte Macht und nutzte sie. Sie warf ein Auge auf eine Hübsche, bevorzugte sie beim Essen und beim Duschen, und die wurde ganz weich und dankbar.

Dann schloß sie sie eines Tages in die Speisekammer ein und machte sich über sie her. Das hat mir eine gewisse Carmela erzählt, die für ein paar gekochte Kartoffeln mit ihr in der Speisekammer gewesen war. Sie hat sie genommen, sagt sie, und so fest gedrückt, daß sie dachte, sie würde zermalmt. Sie hat sie gebissen, gekniffen, und am Schluß hatte sie überall blaue Flecken.

Von allen Gefangenen hatten etwa zehn, so wie ich, kaltes Blut. Die anderen waren alle entweder verheiratet oder hatten Geliebte oder irgendwelche Abenteuer, sie dachten an nichts anderes. Auch die Schwerstkranken hatten einen Schwarm, und manchmal kriegten sie sich täglich in die Haare wegen ihrer Liebesgeschichten.

Die Nonnen taten, als begriffen sie nichts. Solange sie keinen Ärger damit hatten, war es ihnen egal, was die Kranken untereinander anstellten. Nur wenn heftiger Streit ausbrach, trennten sie sie, bestraften sie. Aber oft, wenn sie sie weinen oder zanken hörten, lachten sie nur.

Viele verkauften sich für Essen. Für einen Apfel, ein Stück Käse, etwas Kaffee, eine Zigarette. Die, die Pakete bekamen, liebevollere Freunde oder Verwandte hatten, waren beliebt und umschwärmt. Alle rissen sich um sie. Diese Glücklichen konnten kaufen, wen sie wollten, auch die Nonnen, auch die Wärterinnen. Dann gab es noch die, die arbeiteten und alles für die Geliebte ausgaben.

Die Nonnen hatten auch ihre Schützlinge. Sie gingen aber kaum mit ihnen ins Bett. Sie waren puritanisch, diese Nonnen. Trotzdem hatten auch sie ihre Liebesgeschichten, und wenn eine zum Schützling avancierte, konnte sie machen, was sie wollte. Es genügte, daß sie sich scheinheilig und fügsam zeigte und dauernd in die Kirche rannte.

Die Nonne kam dann abends bei ihr vorbei, um ihr gute Nacht zu sagen, bevor sie sich zurückzog, brachte ihr eine Tasse heißen Kamillentee, schenkte ihr eine Eukalyptuspastille mehr. Sie umsorgte sie.

Für mich hatten sie nie viel übrig, weil ich mir nichts gefallen ließ, nicht betete, mich prügelte und mit lauter Stimme protestierte. Ich war den Nonnen ein Dorn im Auge. Dabei war ich dort sehr viel geduldiger als gewöhnlich, weil ich mehr Angst hatte. Aber mein Wesen ließ sich nicht verleugnen.

Zum Glück gab es Sarabella, die mich verteidigte. Und Sarabella war schlau, mit den Nonnen sprang sie um, wie es ihr paßte. Und die ließen sie machen, weil sie geschickt mit den Kranken umzugehen verstand. Auch den Wärterinnen gegenüber setzte sie sich durch, sie war ja selbst so etwas wie eine Wärterin. Sie arbeitete, legte Geld auf die hohe Kante, sie war eine Löwin.

Eines Tages kriege ich eine Karte von Ercoletto. Als ich sie sah, wurde mir ganz heiß. O Gott, sage ich, Ercoletto hat sich an mich erinnert! Doch als ich näher hinschaute, stellte sich die Karte als Gemeinheit heraus.

Auf der glänzenden Vorderseite sah man ein liegendes Paar, zwei, die sich küßten, er jung und schön, mit einem Herz in der Hand, sie jung und schön, mit einem Pfeil, der dieses Herz durchbohrte. Auf der Rückseite stand geschrieben: »Denk an deinen Rocco, Grüße, Ercoletto.«

Immer noch dieser Rocco! sagte ich. Dabei wußte Ercoletto genau, daß Rocco schwul war. Jetzt schreibe ich ihm einen Brief, der sich gewaschen hat! dachte ich. Zum Glück hatte ich den Bleistiftsfummel aufgehoben, den Sarabella mir gegeben hatte. Damit habe ich einen Brief an Ercoletto geschrieben.

»Lieber Ercoletto, abgesehen davon, daß ich, hätte ich einen anderen Mann gewollt, mir einen ganzen Mann genommen hätte und keinen halben, denn Rocco ist nur ein halber Mann, solltest du doch längst wissen, wie ich zu diesen Dingen stehe. Ich meine, selbst wenn es mir den Kopf verdrehte, würde ich dir kein Unrecht antun, denn du bist mein Mann. Und wenn ich es doch täte, dann mit einem echten Mann, einem vom Typ Tonino, auch wenn sich Tonino zum Schluß nicht wie ein Mann benommen hat. Jedenfalls ist dein Getue eine Ausrede, um mich zu verlassen und dich mit der zusammenzutun, die deine Schwester, diese Kupplerin, für dich gefunden hat. Wisse, daß es mir hier unter diesen herzlosen Irren echt schlecht geht, daß ich nicht einmal genug Geld habe, um mir eine Zigarette zu kaufen, und Unterhosen trage, die ich mit Schnur festbinde, weil sie völlig in Fetzen sind. Komm mich besuchen, wenn du kannst, oder schick mir etwas in Erinnerung an all die Pakete, die ich dir geschickt habe, als du im Knast warst. Ciao, deine Teresa.«

Später habe ich erfahren, daß Ercoletto für dieses Mädchen Betrügereien im Wert von zwölf Millionen begangen hat. Zusammen mit einem Freund, die Millionen haben sie sich dann geteilt, er sechs und der andere sechs. Er hat seine sechs Millionen bis auf den letzten Centesimo mit dieser Bruna verjubelt. Und ich bettelte um eine Zigarette!

Ich wandte mich an die, die in festen Beziehungen lebten, wo keine Gefahr bestand, und sagte: Läßt du mich mal ziehen? Na gut, hier, antworteten sie, aber laß dich nicht wieder blicken. Ich sagte: Danke, laß mich noch mal ziehen.

Und sie: Nein, jetzt reicht's, bleib mir vom Leib. Das war sehr demütigend! Ich machte mir Mut, lachte, aber diese Demütigungen waren schlimmer als ein Messerstich.

Ab und zu schrieb mir Orlando aus dem Gefängnis. Wir schrieben uns, ein Unglücksrabe dem anderen. Ich konnte ihm nichts schicken und er mir nichts. Ihm ging es auch schlecht, weil seine Frau ihn wegen eines anderen verlassen hatte, wegen eines Straßenkehrers, von dem sie dann sogar ein Kind kriegte, das sie Elio nannte.

Eines Tages raffe ich mich auf und schreibe an die Spanierin. Ich sage mir: Sie wird mir sowieso nicht antworten, aber probieren schadet nicht. Also schreibe ich: »Liebe Marisa, ich bin nur noch Haut und Knochen; ich habe nicht mal mehr ein Stück Seife, um mich zu waschen, kein Geld für eine Zigarette. Ich schreibe dir das nicht, um als erbarmungswürdiger Fall dazustehen, ich will nicht tragisch tun, aber leider ist es die Wahrheit. Sie haben mich zu den Irren gesteckt, und ohne daß ich irgendeine Verrücktheit begangen hätte, befinde ich mich hier unter den hirnlosen Kriminellen. Der Hunger frißt mich auf, Ehre und Gesundheit sind dahin. Ich bin so weit, daß ich um Almosen bitte. Tu ein Werk der Freundschaft und schicke mir etwas, und wenn's auch nur ein Paar Unterhosen sind. Unterzeichnet: Teresa Numa.«

Ich habe den Brief abgeschickt, aber ohne viel Hoffnung. Um die Briefmarke kaufen zu können, mußte ich drei Paar Schuhe nähen. Ich sagte mir: Sie wird niemals antworten. Aber trotzdem wartete ich natürlich, und je mehr Tage vergingen, um so trauriger wurde ich.

Eines Morgens lassen sie mich rufen. Was wollen diese Henker? frage ich mich. Ich glaubte, sie wollten mir wieder einen Verweis erteilen. Also gehe ich langsam, mit schleppenden Schritten ins Büro hinunter, lustlos und träge.

Statt dessen stand dort die Spanierin mit einem Koffer voller Sachen. Vor Rührung war ich ganz starr, konnte kein Wort herausbringen. Sie sah mich so dastehen, mit bleigrauem Kittel und blassem gelbem Gesicht, wie eine Tote, die gerade aus dem Grab auferstanden ist, und sagte: Wieso bist du bloß hier bei den Irren gelandet? Und wieso bist du so heruntergekommen? Ich sage: Wie meinst du das, heruntergekommen? Und sie: Du siehst zum Fürchten schlecht aus!

Ich sage: Das kommt vom Hunger, ich habe keine Lira; weißt du, daß ich manchmal sogar die Mandarinenschalen aufsammle, die die Nonnen wegwerfen, und sie esse, ja verschlinge; ich wühle im Abfall wie ein Hund.

Sie sagt: Gibt es denn niemand, der dir hilft? Ich sage: Doch, eine, Sarabella, der bin ich sympathisch, wir sind befreundet. Aber sie ist etwas sprunghaft, wenn sie einen neuen Schwarm hat, vergißt sie mich und gibt mir nichts mehr zu essen.

Ich habe den Koffer geöffnet. Er enthielt sechs Päckchen Zigaretten, einen Unterrock, Flanellunterhosen, zwei Paar Wollstrümpfe. Lauter Sachen, die an den Ständen auf der Piazza Vittorio gekauft waren, aber in dem Augenblick kamen sie mir wie der reine Luxus vor. Außerdem war noch Fleisch dabei, Käse, Kaffee und Kekse.

Einige Tage war ich ganz erleichtert. Ich habe gegessen, die frische Unterwäsche angezogen. Ich habe auch Sarabella von dem Essen abgegeben. Ich habe mich sattgeraucht. Ich fühlte mich wie eine Königin. Ich gönnte mir sogar die Genugtuung, diesen Scheißweibern, die mich wie eine Bettlerin behandelt hatten, die Geschenke zurückzugeben.

Dann hungerte ich wieder wie zuvor. Das einzige Glück war, daß der Winter verging und es nicht mehr so kalt war. Die Sonne wärmte sogar schon ein bißchen, und wenn ich im Hof an der Mauer lehnte, fühlte ich mich wohl, wie erlöst. Meine Nierenschmerzen waren vergangen, auch dank der warmen, enganliegenden neuen Unterhosen.

Ich konnte allerdings nie in aller Ruhe für mich sein und nachdenken. Immer kam irgendeine Verrückte und störte. Eines Tages merkte ich, wie eine stinksauer auf mich zukommt und sagt: Du hast mir mein Ei gestohlen!

Ich sage: Welches Ei? Sie sagt: Es stand dort auf dem Tisch, und du hast's mir gestohlen! Ich hatte schon viele Eier gestohlen, aber dieses hier hatte ich wirklich nie gesehen. Ich sage: Hör zu, laß mich in Ruhe, weil ich nervös bin, dein Ei habe ich noch nie gesehen und weiß nichts davon.

Da fängt sie an zu schreien, daß ich eine Diebin bin, daß ich ihr ihr Ei gestohlen habe, daß sie mich anzeigt. Ich wollte sie schon packen und ihr eine auf den Mund hauen.

Da kommt zum Glück gerade Milena daher, eine starke junge Diebin, und beschimpft sie: Geh doch zum Teufel mit deinem Scheißei! Und hau ab hier, du blöde, belämmerte Irre!

Daraufhin läßt sie mich stehen und geht Milena an. Sie fängt an zu sagen, daß Milena ihr Ei gestohlen hat. Dann packt sie sie an den Haaren und schleudert sie auf den Boden.

Im ersten Moment hat Milena vor lauter Überraschung nicht reagiert, aber dann ist sie aufgestanden, hat sich auf sie gestürzt, hat ihren Hals umklammert und wollte sie erwürgen. Um sich zu befreien, hat die andere ihr ins Ohr gebissen, und zwar so fest, daß sie ein Stück Fleisch im Mund behalten hat.

Ich habe mich auch eingemischt, um Milena zu verteidigen. Aber die Verrücktheit verleiht teuflische Kräfte. Zu zweit konnten wir nichts ausrichten gegen diese Rasende, die uns um jeden Preis mit den Zähnen zerfleischen wollte.

Schwester Blutendes Herz und Schwester Fiordaliso sind dazugekommen. Kaum habe ich sie gesehen, habe ich das Weite gesucht vor lauter Angst, sie könnten mich anbinden. Milena und die andere wurden an den Haaren weggezerrt, bewegungsunfähig gemacht und ans Bett gefesselt. Und da sie keine Ruhe gaben, haben sie ihnen dann eine Spritze gegeben, von der die Zunge anschwillt, so daß du weder sprechen noch atmen kannst.

An einem anderen Tag saß ich auch dort in der Sonne, da sehe ich eine, die auf allen Vieren daherkommt. Ich tue so, als wäre nichts, denn man läßt die Irren am besten in Ruhe, und sage mir: Wahrscheinlich hält sie sich für einen Hund!

So war es. Nur daß dieser Hund gerade jemanden suchte, den er beißen konnte. Ganz ruhig kam sie näher und kauerte sich neben mich. Was willst du? sage ich, und schnapp!, anstatt zu antworten, hat sie mir in die Schulter gebissen. Da ich saß, war meine Schulter genau auf der Höhe ihres Mundes. Sie hat so fest zugebissen, daß man heute noch die Spuren ihrer Zähne sieht.

Ich habe mich jedoch nicht geprügelt. Ich habe sie laufen lassen. Ich verhielt mich ganz ruhig, weil ich raus wollte. Ich kannte eine dort drinnen, eine gewisse Andreini, die zur Strafe dorthin gekommen war wie ich, sie war völlig normal und sogar intelligent, aber sie ließ sich nie was gefallen, schrie, fluchte, beschimpfte die Nonnen als Kupplerinnen. Und der haben sie, als ihre Strafe abgelaufen war, weitere sechs Monate aufgebrummt. Dann noch mal sechs, insgesamt war sie schließlich drei Jahre da.

Nach fünf Monaten und acht Tagen werde ich von Pozzuoli nach Rom verlegt. Und so finde ich mich in Rebibbia wieder. Ich war froh, denn dort gab es wenigstens anständiges Essen, und ich saß nicht den ganzen Tag in der Scheiße. Ich lachte mit meinen Freundinnen, spielte, handelte mit ihnen. Im Vergleich zu Pozzuoli war es ein herrliches Leben.

Dann wurde ich entlassen, weil meine Strafe abgelaufen war. Als ich draußen war, bin ich sofort zur Spanierin gegangen. Das heißt, sie hat mich sogar zusammen mit einem Alten, der sie aushielt, einem gewissen Italo, mit dem Auto abgeholt. Sie hat mich mit nach Hause genommen, hat mir zu essen und ein Bett angeboten.

Sie hat mich richtig aufgepäppelt. Am ersten Abend hat sie Schnitzel gemacht, und als sie mich essen sah, war sie so gerührt, daß sie zu weinen anfing. Zwei Jahre lang hatte ich kein so zartes Fleisch mehr gekostet.

Daraufhin stellt sie die Platte mit dem Fleisch vor mich hin und sagt: Iß, Teresa, ich hab keinen Appetit. Und ich habe mir ihr Schnitzel genommen und dann auch noch das von dem Alten, ich habe alles weggeputzt.

Ich aß, und die beiden sahen mir zu. Ich hob die Augen nicht vom Teller. Da sagt die Spanierin zu mir: Du bist wirklich lange nicht satt geworden! Hier, trink einen Schluck Wein, nimm dir Brot. Und ich habe getrunken, habe alles verschlungen. Hinterher habe ich gekotzt, denn wenn der Magen an karges Essen gewöhnt ist, verträgt er keinen plötzlichen Überfluß. Die Spanierin sagte: Iß nur, iß, damit du wieder auf die Beine kommst, hier bei mir soll es dir an nichts fehlen.

Aber ich hatte die Absicht, Ercoletto wiederzufinden. Ich

suchte ihn, und es ging mir schlecht, weil ich ihn nicht sah. Die Spanierin wollte nichts davon hören. Vergiß diesen Ercoletto, sagte sie, denn ich kann ihn nicht ausstehen, diesen schauderhaften Kerl, der dich zwei Jahre in Gefängnissen und Irrenhäusern deinem Schicksal überlassen hat.

Aber ich hänge an ihm, sage ich. Das weiß ich doch, sagt sie, wenn du nicht an ihm hängen würdest, wärst du ja nicht bis nach Sardinien gereist und zwei Kilometer mit blutigen Füßen durch die Gegend gelaufen, um ihn zu besuchen; du hast ihm immer Pakete gebracht, und dieser Mann hat dich ohne jede Hilfe im Knast sitzen lassen.

Ja, sage ich, einerseits hasse ich ihn. Aber ich war so viele Jahre mit ihm zusammen, daß ich ihn nicht vergessen kann, es waren zu viele Jahre, er ist mir zur Gewohnheit geworden. Außerdem, sage ich, möchte ich ihn sehen, damit er mir sagt, warum er mich verlassen hat, dann kann er was erleben! Ich schieße ihn über den Haufen!

Die Spanierin versuchte, mich von dem Gedanken abzubringen. Sie ging mit mir auf den Markt, ins Kino, spazieren. Sie ließ mich nicht mehr alleine ausgehen.

Ich sagte zu ihr: Hör zu, ich kann nicht so eingeschlossen leben, ich komme gerade aus dem Knast, ich will rumlaufen, mich frei fühlen. Willst du mein Haus etwa mit dem Knast vergleichen? sagt sie. Hier kannst du tun und lassen, was du willst, essen, soviel du willst, schlafen, solang du willst, hier geht's dir doch gut.

Aber ich ging trotzdem aus. Es gefiel mir, einfach zu gehen. Ich ging und ging, ohne darauf zu achten, wohin. Ich sah die Straße und dachte: Ah, endlich kann ich gehen, wohin ich will! Und marschierte los.

Ich ging die Via Tuscolana entlang, ich ging bis nach Cinecittà, immer zu Fuß. Ich schaute in jede Bar rund um Cinecittà, weil man mir gesagt hatte, daß Ercoletto sich dort herumtrieb.

Ich ging hinein, tat, als wollte ich telefonieren, um nichts bestellen zu müssen, sah mich um und ging wieder hinaus.

Eines Tages bin ich zu Alba gegangen. Ja, Ercoletto

kommt ab und zu bei mir vorbei, sagte sie, aber jetzt habe ich ihn schon lange nicht mehr gesehen. Sie mußte jedoch lachen, wie gewöhnlich, und hielt sich die Hand vor den Mund, um nicht loszuprusten. Ich wußte, daß sie das Versteck ihres Bruders kannte. Aber mir gegenüber behauptete diese Kupplerin das Gegenteil. Sie sagte: Wer weiß, wohin es meinen Bruder verschlagen hat! Könnte man ihn nicht einen Augenblick sprechen? fragte ich. Und sie sagte: Ich weiß nicht, wo er wohnt.

In Wirklichkeit war Ercolettos Umwelt eifrig darauf bedacht, ihn von mir fernzuhalten, denn alle waren der Meinung: Wenn er sie wiedersieht, ist es aus. Offenbar hatte er selbst gesagt: Solange ich sie nicht sehe, ist alles bestens, wenn ich sie wiedersehe, bin ich verloren.

Das haben mir die Freunde hinterbracht. Deshalb versteckten sie ihn vor mir, fuhren mit ihm ans Meer, ins Gebirge, reisten mit ihm durch die Gegend. Solange Geld da war, zahlte ja sowieso er. Dann war das Geld alle, und er hat wieder mit Betrügereien angefangen. Diese Gruppe kleiner Diebe ohne Zukunft, die ihn umgab, brachte ihn dazu, ungedeckte Schecks zu unterschreiben. Ercoletto ist ein Mann, der sich leicht in Sachen hineinziehen läßt, er ist schwach, man kann ihn um den Finger wickeln, wie es einem paßt.

Kurz und gut, ich suchte ihn, fand ihn aber nicht. Inzwischen war es Ostern geworden. Die Spanierin schenkte mir ein schönes Osterei aus Schokolade mit einem Emailleührchen darin.

Währenddessen soff Ercoletto mit der anderen herum, wie ich später erfuhr. War scheinbar ausgelassen, vorlaut. Und sagte zu allen: Solange ich sie nicht sehe, geht's mir gut.

Eines Tages, ich weiß nicht wie und warum, wollte er mich dann besuchen. Er fuhr mit dem Auto bei der Spanierin vor. Ich war nicht zu Hause, und er sagte, er würde später noch einmal vorbeischauen.

Ich war spazierengegangen. Ich hatte zu Fuß ein paar

Kilometer zurückgelegt und war auf dem Heimweg. Doch als ich am Haustor angekommen war, habe ich, anstatt einzutreten, kehrtgemacht und bin zur Bushaltestelle gegangen. Ich wollte zur Abwechslung einmal die andere Seite der Stadt erkunden, die Gegend um die Via Cassia.

Ich warte und warte, aber der Bus kam einfach nicht. Zum Teufel mit dem blöden Bus, dachte ich, was ist bloß los? Wenn's noch lange dauert, gehe ich eben rüber nach Cinecittà zur Tram.

Unterdessen spazierte ich auf dem Bürgersteig auf und ab. Außer mir wartete noch eine andere Frau. Signora, sage ich, kommt denn dieser Bus hier überhaupt nie? Sie sagt: Erst wieder in einer dreiviertel Stunde. Du liebe Güte, sage ich, na ja, dann geh ich jetzt zu Fuß.

Ich war noch keine zwei Schritte in Richtung Cinecittà gegangen, da hält ein Auto vor mir. Es war ein neues Auto, ein blauer 600er, den hatte ich noch nie gesehen, und deswegen erkannte ich auch Ercoletto nicht, der in dem Wagen saß.

Quietsch, hält das Auto an. Verdammt, sage ich, schau dir diesen Scheißkerl an, fährt mich fast über den Haufen! In dem Augenblick steigt er aus und kommt mir entgegen. Er war jedoch vorsichtig, hatte Angst, weil sie ihm gesagt hatten, daß ich ihn erschießen wollte.

Also begrüßt er mich von weitem: He, ciao! Ich wollte gerade zu dir, sagt er. Zu mir? sage ich. Du hast den Mut, zu mir zu kommen? Ja, sagt er, wie geht's?

Er wollte mir die Hand schütteln. Die Hand kannst du diesem Drecksweib geben, mit dem du zusammenlebst, sage ich, du bist es nicht wert, mich auch nur mit dem kleinen Finger zu berühren!

Er sagt: Hör zu, wollen wir nicht vernünftig miteinander reden? Aber ohne Szenen, laß uns reden, und dann sehen wir, ob ich recht habe oder du. Los komm, sagt er, steig ein.

Nein, sage ich, in dein Auto steig ich nicht ein, ich setz mich nicht auf den Platz von der anderen; deine Freundin könnte eifersüchtig werden. Rede nicht so, sagt er, sei so gut! Und machte dabei ein verzweifeltes Gesicht. Na meinetwegen, sage ich, reden wir, ich möchte doch mal sehen, wie weit du mit deinen Lügen gehst!

Ich tat aufgebracht, aber ich war gerührt. Starr und stirnrunzelnd stand ich da, ich wollte ihm keine Genugtuung geben. Hör zu, sagte ich, du interessierst mich sowieso nicht mehr, weil du mich zwei Jahre im Knast hast sitzen lassen, ohne dich um mich zu kümmern, ich schmorte in der Irrenanstalt unter lauter Verrückten, und du hast nichts von dir hören lassen.

Es tut mir leid, daß du im Irrenhaus warst, sagt er, das wußte ich nicht. Wie? sage ich, du hast mir doch sogar eine Karte geschickt. Die Karte hab ich an's Gefängnis geschickt, sagt er, offenbar haben sie sie dir ins Irrenhaus nachgeschickt, ich wußte wirklich nicht, daß du dort warst.

Gefängnis oder Irrenanstalt, sage ich, das ist dasselbe, aber die Irrenanstalt ist noch schlimmer. Aber dich interessiert das alles ja nicht, lassen wir's bleiben, ich habe dich doch sowieso nie interessiert.

Er versuchte, vernünftig zu reden, zu erklären, mich zu beschwichtigen. Dann fragt er: Hast du schon zu Abend gegessen? Was geht dich das an, ob ich gegessen habe, knurre ich. Los, sagt er, ich habe noch nichts gegessen, laß uns irgendwo hingehen, ich habe nämlich Hunger, und danach reden wir.

Ich hatte auch nichts gegessen, wollte es aber nicht zugeben, weil ich ihm die Genugtuung nicht gönnte. Ich habe keinen Hunger, sage ich, doch wenn dir so viel dran liegt, leiste ich dir Gesellschaft, aber essen tue ich nichts.

Nein, sagt er, wenn ich esse, mußt du auch essen. Gut, sage ich, gehen wir, dann werd ich halt was Kleines nehmen; Gewissensbisse habe ich eh keine, wenn du was für mich ausgibst, du hast schon so viel Geld von mir verschlungen, daß ich ruhig mal auf deine Kosten essen kann.

Ich bestelle ein Steak mit Salat. Wir saßen in einem

schönen, blitzblanken Restaurant in der Nähe von Cinecittà. Er gab sich freundlich, liebenswürdig, aber er hatte etwas Gleichgültiges an sich, war verändert.

Ich war noch schlimmer als er, war kalt geblieben. Doch ich sah, daß er mich trotz seiner Gleichgültigkeit unauffällig aus dem Augenwinkel betrachtete.

Du hast zugenommen, was? sagte er. Ja, gab ich zurück, dank all der Pakete, die du mir geschickt hast! Mach keine blöden Witze, sagte er. Ich habe in diesen Tagen zugenommen, sagte ich, weil ich bei der Spanierin gegessen habe, was das Zeug hält, sie ist wie eine Schwester zu mir, die einzige wahre Freundin, die ich habe, und sie hat mir auch geraten, dich sausen zu lassen, weil du dich wie ein Aas benommen hast.

Es tut mir leid für dich, sagte er, aber ich hab dich wegen diesem Rocco verlassen, weil ich erfahren hatte, daß du mich mit ihm betrügst. Jaja, sagte ich, die Ausrede ist gut. Ich dagegen habe gehört, daß deine Freunde dir verboten haben, zu mir zu kommen.

Na ja, sagte er, das stimmt, ich bin ehrlich, meine Freunde hatten mir wirklich verboten, zu dir zu kommen. Dann bist du also nicht dein eigener Herr, sagte ich, sondern läßt dich von anderen herumkommandieren! Ja, sagte ich, ich würde mich schämen! Ich bin eine Frau und tue, was ich will, bin meine eigene Herrin, bestimme über mich selbst und laß mir von niemandem sagen, was ich tun soll.

Daraufhin sagte er: Ich sehe ja ein, daß es dumm von mir war, auf die Freunde zu hören, aber was diesen Rocco angeht, habe ich immer noch meine Zweifel. Hör zu, sagte ich, wenn es stimmt, daß ich dich mit Rocco betrogen habe, soll mich das übelste Unglück der Welt treffen: daß ich im Knast lande und nie wieder rauskomme!

Als er das hörte, war er endgültig überzeugt. Dann muß ich also denken, sagte er, daß die Freunde mich aus Neid getäuscht haben. Nein, sagte ich, sie haben dich angelogen, weil du Millionen hattest, sie wollten nur dein Geld. Jetzt ist das Geld alle, da bist du wieder zu mir gekommen.

Glaubst du etwa, daß ich jetzt wieder mit dir ums Überleben kämpfe? Ich hab's satt, ich will zu Hause bleiben, weil ich müde bin und nicht mehr eingelocht werden will, ich will ausgehalten werden, weil ich fix und fertig bin und nicht mehr kann.

Daraufhin sagte er: Gut, du bleibst zu Hause, und ich gehe arbeiten, ich werde es dir an nichts fehlen lassen. Millionen habe ich zwar jetzt keine mehr, aber am Nötigen soll es dir nicht fehlen.

Probieren wir's, sagte ich, aber wenn du dein Versprechen nicht hältst, gehe ich wieder.

Kurz und gut, wir haben uns versöhnt. Er ist auch bei der Spanierin eingezogen. Wir bezahlten ihr das Zimmer. Ich blieb zu Hause, und er ging mit Otello und Birmana, seinen Freunden, undurchsichtige Geschäfte machen. Auf Raten kauften sie Wäsche, die sie weiterverscherbelten, sie erwarben Pfandscheine von Goldwaren, irgendwie hielten sie sich über Wasser.

Als das Wäschegeschäft nicht mehr funktionierte, verkauften sie wieder Öl. An der Via Tuscolana gab es einen Ölhändler, wo sie Erdnußöl aufluden, das sie mit Olivenöl mischten und in große Korbflaschen abfüllten. Diese Korbflaschen verkorkten sie dann, versiegelten sie mit Wachs und taten so, als hätten sie sie aus der Sabinergegend geholt. Sie klebten ein Etikett darauf: Olio puro Vergine Extrafino della Sabina.

Dabei war es in Wirklichkeit ein Viertel Öl aus der römischen Campagna, ein Viertel gereinigtes Eselsfett und zwei Viertel Kokosöl aus Tunesien.

Sic bezahlten dreitausend Lire für den Kanister, das heißt, dreihundert Lire pro Kilo. Und für sechshundert verkauften sie es weiter. Also ein Reingewinn von dreihundert Lire pro Kilo, davon gingen zweihundert an den Ölhändler und hundert an die Verkäufer.

Ich blieb zu Hause und schlief. Es war schön, einen zu haben, der für mich arbeitete, während ich ganz unschuldig schlief und aß. Wenn Ercoletto mir erzählte, was er machte, sagte ich zu ihm: Ich will nichts wissen, von jetzt ab bin ich Hausfrau und weiß von nichts. Wenn die Carabinieri kommen, bin ich unschuldig, und sie können mir nichts anhaben, du mach nur, stiehl, aber laß mich damit zufrieden.

Einige Monate habe ich mich gut damit amüsiert, die Signora zu spielen. Ich stand um zehn Uhr auf, legte mich ein bis zwei Stunden in die Badewanne, sang und plätscherte im Wasser herum. Dann aß ich ein paar Kekse, die ich in Milch tauchte, rauchte eine Zigarette und legte mich wieder ins Bett. Dort lackierte ich mir noch ein Stündchen die Nägel, gähnte, hörte Radio. Dann zog ich mich gemächlich an, putzte mich heraus und ging einkaufen.

Ich kaufte Fertiggerichte, weil ich keine Lust zum Kochen hatte. Ich ließ es mir gutgehen, hatte immer feine Sachen im Haus: tiefgefrorene gefüllte Cannelloni, die man nur zehn Minuten in den Backofen schieben muß, und schon sind sie fertig, Gulasch in der Dose, in Öl eingelegte Sardinen, eingemachte Pfirsiche, vorgekochte Tortellini, Ragout im Glas.

Um eins setzte ich mich zu Tisch, manchmal mit Ercoletto, manchmal allein. Die Spanierin aß immer im Restaurant mit ihrem Alten. Nach dem Essen spülte ich kurz ab und legte mich dann hin.

Ich schlief, las Comic-Heftchen, stocherte mir in den Zähnen, rauchte die Zigarren, die Ercoletto mitbrachte. Ich lebte wie eine große Dame. Gegen fünf Uhr stand ich auf und scharwenzelte durch die Wohnung in der Absicht, ein wenig zu bügeln. Doch da das Bügeleisen kaputt war und ich keine Lust hatte, es zum Reparieren zu bringen, schob ich es immer wieder auf.

Ich ging lieber noch mal ins Bad, wo ich mir die Haare wusch. Ich schäumte sie schön durch, drehte sie auf Lockenwickler und trocknete sie dann mit dem Fön vor dem Spiegel.

Genau in dem Jahr wurde ich fünfzig, 1967. Aber alle schätzten mich fünfzehn Jahre jünger. Wenn mir nicht vorn ein Zahn gefehlt hätte, was mein Lächeln etwas verunzierte, wäre ich wirklich nicht zu verachten gewesen.

Abends aßen wir alle zusammen, Birmana, Otello, Ercoletto, die Spanierin, der alte Italo und ich. Wir tranken Bier, scherzten, lachten, es war ein richtig schönes Leben.

Nachts schlief Ercoletto sofort ein, er war müde. Ich dagegen hatte mich ja den ganzen Tag ausgeruht und war voller Lust und Begierde. Ich streichelte und reizte ihn so lange, bis wir schließlich Liebe machten. Danach schlief ich endlich glücklich und zufrieden ein.

Nach einigen Monaten hatte ich dieses Leben dann satt. Muffig stand ich auf, schleppte mich durchs Haus, und während es mir vorher Spaß gemacht hatte, nichts zu tun, kam ich jetzt schier um vor Langeweile. Es war mir lästig zu baden, mir die Haare zu machen ödete mich tödlich an, das Föhnen war noch schlimmer. Mir die Füße zu pflegen war unerträglich geworden, Comic-Heftchen zu lesen kotzte mich an, Radio zu hören nervte mich.

Kurzum, ich ging in der Langeweile unter und wurde allmählich selber langweilig. Es machte mir keinen Spaß mehr, die große Dame zu spielen, ich ertrug den Geruch dieser Fußböden und Bettdecken nicht mehr, das Geräusch des Wassers in der Badewanne regte mich auf, die Stille im Haus, wenn alle ausgegangen waren, verursachte mir Kopfschmerzen.

Daher sagte ich eines Abends zu Ercoletto: Weißt du was, ab morgen komme ich mit dir. Wie? sagte er, hast du nicht gesagt, du wolltest daheim bleiben und Hausfrau sein? Ich hab's mir anders überlegt, sagte ich, das Hausfrauendasein liegt mir doch nicht, ich sterbe vor Langeweile.

Vom nächsten Tag an fuhr ich mit zum Ölholen. Ich lud die Kanister ins Auto, ging in die Trattorien, feilschte um den Preis, kassierte, ging wieder zum Ölhändler, immer auf der Hut, um nicht von der Polizei erwischt zu werden. Ich nahm mein früheres Leben wieder auf, und die Langeweile war wie weggeblasen.

Von dem Geld, das wir mit dem Öl verdienten, haben wir uns ein Zimmer mit Küche in der Gegend der Borgata Alessandrina gemietet. Fließendes Wasser gab es keines, Licht schon. Anschluß an die Kanalisation auch nicht. Wir hatten eine Sickergrube, aber die Besitzer hatten sie uns bereits voll hinterlassen.

Ich sage: Leert sie doch wenigstens etwas, zur Hälfte! Wir zahlten fünfzehntausend Lire im Monat. Sie sagen: Wenn ihr das Zimmer wollt, gut, wenn nicht, geht woanders hin. Also haben wir es genommen, wie es war.

Nachdem wir einige Zeit dort gewohnt hatten, ist die Sickergrube übergelaufen, und der Gestank drang bis in die Wohnung. Dieser Gestank brachte Fliegen und Mäuse mit.

Graue, hungrige, unternehmungslustige Mäuse, die nachts aus ihren Löchern krochen, ins Haus kamen und alles auffraßen. Sie bekamen sogar den Kühlschrank auf, ich weiß nicht, wie, sie stellten sich auf die Hinterpfoten und zack!, vielleicht mit dem Schwanz, vielleicht mit den Zähnen, ich weiß es nicht, jedenfalls machten sie die schwere Kühlschranktür auf und putzten alles weg.

Ercoletto, sage ich, wir müssen unbedingt die Sickergrube ausleeren, sonst fressen uns noch die Mäuse. Jaja, sagt er, morgen bestelle ich zwei Freunde her und wir leeren sie aus. Aber die Freunde ließen sich nicht blicken, und der Gestank wurde immer unerträglicher.

Nachmittags um drei trafen wir uns mit Otello und Birmana in einer Bar an der Porta Maggiore. Zusammen fuhren wir zum Ölholen und dann bis abends durch die Gegend, um es zu verkaufen. Um acht Uhr zählten wir den Verdienst und teilten ihn auf.

Mir waren die beiden nicht sonderlich sympathisch, weil sie mir vor Ercoletto schöntaten und mich dann hintenherum bei ihm anschwärzten. Sie wollten uns auseinanderbringen, um ihn allein, ohne mich, zu Betrügereien anzustiften.

Ich war ihnen ein Dorn im Auge, weil ich unabhängig bin. Ercoletto dagegen ist wie ein kleiner Junge; er ist schwach und läßt sich unterkriegen, läßt sich leicht zu etwas verleiten. Es fehlt ihm nicht an Mut und auch nicht an Verschlagenheit, aber er ist dumm. Und deswegen, um ihn allein mitzunehmen und mit ihm zu machen, was sie wollten, versuchten sie, Zwietracht zwischen uns zu säen.

Wie, sage ich zu dieser Birmana, seid ihr immer noch nicht zufrieden, daß ihr Ercoletto dazu gebracht habt, mich zu verlassen, und ich zwei Jahre allein in diesem Knast gelitten habe? Hinter Gittern auf eine Wiese gestarrt und auf diesen untreuen Kerl gewartet habe!

Es stimmte. Ich hatte in Rebibbia ganze Tage damit zugebracht, am Gitterfenster zu stehen. Wie eine, die Halluzinationen hat, starrte ich am Sonntag hinaus, auf alle, die vorbeigingen, und wartete dabei auf ihn. Alles nur, weil er in der ersten Zeit manchmal auf die Wiese unter dem Gefängnis gekommen war, um mir zu winken. Später ist er dann nicht mehr gekommen.

Aber diese Birmana ertrug keine Vorwürfe. Tatsächlich geht sie sofort auf mich los. Du redest zuviel, sagt sie, ich will dir einen Denkzettel verpassen! Und so haben wir angefangen zu raufen.

Sie war ein kräftiger Typ, stärker als ich, überheblich, und wurde leicht handgreiflich. Seit dreißig Jahren schlägt sie sich zusammen mit diesem Otello so durch. Die beiden haben noch nie gearbeitet, weder sie noch ihr Mann. Sie besitzen ein Auto, einen 1100er, sie besitzen eine Wohnung. Und waren noch nie im Knast. Denn sie schicken die anderen vor und halten sich selbst immer bedeckt.

Kurz und gut, zuerst rempelt sie mich an, dann nimmt sie einen Schuh und haut mir mit dem Absatz auf den

Kopf. Daraufhin hab ich rot gesehen, einen Ziegelstein gepackt und ihr ins Gesicht geklatscht.

Unterdessen hat sich ihr Mann leise davongeschlichen, um Verstärkung zu holen, und ist wenig später mit mehreren Leuten zurückgekommen. Dabei war auch ein großer, kräftiger Zigeuner, der als Statist in Cinecittà arbeitet. Er ist reich, verleiht Geld zu Wucherzinsen, gibt hundert für hundertfünfzig.

Ich kannte die Frau von diesem Zigeuner, ich hatte sie in Rebibbia kennengelernt. Sie selbst hatte zu mir gesagt: Wenn du Geld brauchst, kann dir mein Mann welches leihen. Zuerst hatte ich abgelehnt. Ich könnte es sowieso nicht zurückgeben, sagte ich. Aber dann brauchte ich Geld, um den Rechtsanwalt zu bezahlen, und wandte mich doch an sie: Also, sag deinem Mann, er soll mir hunderttausend Lire geben. Zwei Tage später hatte sie mir die Summe ausgehändigt und gesagt: Mein Mann läßt dir ausrichten, daß du Mittwoch, den sechzehnten, in die Bar Vesuvio kommen und ihm das Geld zurückgeben sollst. Ist recht, antwortete ich. Da ich kurz vor der Entlassung stand, dachte ich, daß ich das Geld bis zum darauffolgenden Mittwoch schon irgendwie auftreiben würde.

An dem bewußten Mittwoch hatte ich jedoch keine Lira. Es war einfach nichts gelaufen. Also habe ich zu ihm gesagt: Ich zahle am kommenden Montag. Und er: Nein, Montag geht nicht, du mußt sofort bezahlen. Aber, sage ich, ich habe doch nichts, Montag zahle ich, ich schwör's dir! Daraufhin hat er den Mund gehalten. Wenn du Montag nicht zahlst, hat er nur gesagt, kriegst du mein Messer zwischen die Rippen.

Also habe ich mich rangemacht, und es ist mir gelungen, bis Montag einen Fernseher, ein Tonband, einen Plattenspieler mit Wechsler für vierundzwanzig Platten, ein Radio mit Antenne, das vierzigtausend Lire kostete, und Tischwäsche für sechzigtausend zusammenzukriegen. Alles Zeug, das ich auf Raten gekauft hatte. Ich hatte für eine Gesamtsumme von mehr als dreihunderttausend Lire unterschrieben und dachte daher: Zwar bringe ich ihm kein Geld, aber ich gebe ihm die ganzen Sachen, das reicht für hundertfünfzigtausend Lire.

Er sieht die Sachen und sagt: Gut, ich nehme alles; du schuldest mir aber noch achtzigtausend Lire, weil du letzten Mittwoch nicht zahlen konntest und mir dadurch ein Geschäft für achtzigtausend durch die Lappen gegangen ist. Das fand ich anmaßend, aber um nicht zu streiten, sage ich: Ist recht, ich nehme noch was auf Raten und bringe es dir. Er sagt: Ich will eine Zoppa-Waschmaschine. Ich sage: Gut, ich besorge dir diese Waschmaschine.

Ich bin in Rom in verschiedene Geschäfte gegangen, habe aber keine Zoppa gefunden. Da kam mir eine Idee. Ich bin nach Anzio gefahren und in ein Elektrogeschäft gegangen, wo sie mich kannten, das heißt, sie kannten meine Brüder, und habe gesagt: Ich bin die Schwester von Eligio Numa.

Ah, haben sie gesagt, treten Sie näher, gnädige Frau! Sie waren zuvorkommend, kriecherisch. Bestimmt dachten sie: Die ist die Schwester von Numa, gehört zu einer ehrlichen, zahlungskräftigen Familie. Und im Vertrauen darauf haben sie mir sofort die Zoppa auf Raten gegeben.

Abgeholt hat sie Otello. Der Zigeuner schickt mich, hat er gesagt, ich soll ihm die Zoppa bringen. Da ist sie, sage ich, ich habe sie organisiert, du kannst sie mitnehmen. Und so hat er sie mit einer Giulia auf dem Gepäckträger abtransportiert.

Ich war mir sicher, daß er sie beim Zigeuner abliefern würde. Statt dessen hat dieser Otello sie auf eigene Faust verkauft. Und nach einigen Tagen kam der Zigeuner und ging auf mich los.

Du hattest mir die Zoppa versprochen, sagte er, und hast sie mir nicht besorgt! Was, sage ich, du spinnst wohl! Otello ist ja mit einer Giulia bis nach Anzio gekommen, um sie abzuholen. Ich hab's mir sogar mit meinem Bruder Eligio verdorben wegen dieser Zoppa-Waschmaschine.

Doch dann habe ich herausgefunden, daß sie unter einer

Decke steckten, der Zigeuner und Otello. Der Zigeuner hatte zu ihm gesagt: Du holst die Zoppa ab, verkaufst sie, und dann machen wir halbe-halbe, und ich tue so, als hätte ich sie nie gesehen. Es war alles hinter meinem Rücken abgesprochen.

Kurz und gut, dieser Zigeuner ließ immer wieder bei mir nachfragen wegen der Zoppa und bedrohte mich. Da ließ ich ihm eines Tages ausrichten: Was Zigeuner können, kann ich schon lange. Wenn du nicht aufhörst, nehme ich ein Messer und bringe dich um! Als er das hörte, hat er beschlossen, sich zu rächen, und hat mit seinen Freunden Jagd auf mich gemacht.

An dem Tag, an dem ich mit Birmana gestritten habe, wollte ich gerade mit meinem Bruder und Ercoletto nach Anzio fahren. Nello hatte einigen römischen Kunden Fisch gebracht und war dann zu mir gekommen. Mein Auto ist kaputtgegangen, sagte er. Er fuhr einen Opel, bei dem die Gangschaltung hinüber war.

Ich kann dir mein Auto leihen, wenn es nötig ist, sagte Ercoletto, ich leihe es dir, aber morgen mußt du es mir zurückbringen, weil ich es brauche. Kommt doch mit nach Anzio, sagte Nello, ihr könnt bei mir übernachten, und morgen nehmt ihr das Auto wieder mit zurück. Gut, sagte ich, gehen wir.

Während wir auf die Straße hinuntergehen, begegnen wir diesem Otello mit Birmana. Und sofort haben wir wegen Ercoletto zu streiten angefangen. Als sie mir mit dem Absatz auf den Kopf gehauen hat, habe ich ihr einen Ziegelstein ins Gesicht geschmissen.

Daraufhin hat ihr Mann den Zigeuner geholt, der mit seiner Frau und noch anderen Freunden hinter der Ecke lauerte. Es war eine ganze Meute.

Gestatten! sagt er. Was willst du? frage ich. Findest du das schön von dir, sagt er, daß ich immer noch auf die Zoppa warte und du sie einfach nicht herausrücken willst? Glaubst du etwa, ich bin der Typ, der sich von dir verarschen läßt?

Nello sagt: Schnell weg hier, Schwester, denen sitzt das Messer locker! Ich dagegen baue mich vor dem Zigeuner auf, weil er mir unsympathisch war und ich die Schnauze endgültig voll hatte. Hör zu, sage ich, es ist Zeit, daß du verduftest, denn die Zoppa hab ich dir von deinem Freund bringen lassen, und ihr habt euch abgesprochen, daß er sie verkauft, daher bin ich dir nichts mehr schuldig. Wenn du nicht sofort abhaust, sage ich, zieh ich das Messer raus und jag's dir in die Brust.

Ich habe es gesagt, weil ich wußte, daß die Zigeuner immer Messer bei sich haben. Ich hatte in Wirklichkeit weder ein Messer noch irgendwas. Ich tat wie eine Räuberbraut, um sie zu erschrecken.

Aber ich habe noch nicht ausgeredet, da spüre ich einen Faustschlag auf dem Auge. Mir läuft in Strömen das Blut herunter, eine Augenbraue war geplatzt. Sofort stürzt Ercoletto sich auf den Zigeuner. Und Nello auch, aber vorsichtig, weil er herzkrank war, tatsächlich ist er im Jahr darauf gestorben. Er versuchte, sich zwischen Ercoletto und den Zigeuner zu stellen, aber der hat ihn mit einer Hand weggeschoben und zu Boden geworfen.

Daraufhin haben sich alle auf Ercoletto gestürzt und ihn zack! zack! niedergeprügelt. Ich will ihm helfen, mit blindem Auge und Blut im Mund, da kommt die Frau des Zigeuners mit dem Messer in der Hand auf mich zu.

Ich drehe mich um, springe zur Seite wie eine Katze und lande direkt neben einem ihrer Freunde, einem gewissen Tullio. Die Zigeunerin zielt mit dem Messer, es war für mich bestimmt, hat aber Tullio getroffen.

Kaum haben sie gesehen, daß es nicht mich, sondern ihren Freund erwischt hatte, sind sie erschrocken. Ich habe den Moment genutzt und bin abgehauen. Ich renne und renne und komme zur Bahn. Dort bleibe ich stehen und versuche, mit dem Rock das Blut zu stillen, das mir von der Augenbraue herunterlief.

Aber in Gedanken war ich bei Ercoletto und Nello, die beide dort auf dem Boden liegengeblieben waren. So bin ich, als ich etwas Atem geschöpft hatte, wieder zurückgegangen. Zum Glück waren die anderen weg und hatten den Verletzten mitgenommen.

Ercoletto lag immer noch ohnmächtig auf der Erde und Nello versuchte, ihn aufzuwecken. Kaum sieht er mich, legt er sich mit mir an: Wir hätten sofort fahren sollen, sieh nur, was du angerichtet hast! sagt er. Nein, sage ich, wenn wir sofort gefahren wären, wäre es noch schlimmer gewesen, weil sie uns dann heute abend wieder vor der Haustür aufgelauert hätten. So ist die Frage wenigstens irgendwie gelöst. Ich habe dich schon tot gesehen, Schwester, sagt er, denn das Messer war lang, und ich habe es genau in deinem Rükken gesehen.

Wir haben dann Nello nach Anzio begleitet. Und dort bei ihm zu Hause bin ich dem anderen Bruder, Eligio, begegnet. Sowie er mich sieht, geht er auf mich los: Was, du willst meine Schwester sein und brockst mir solche Sachen ein!

Wovon sprichst du? sage ich, aber ich wußte genau, daß er das Elektrogeschäft meinte.

Der Besitzer des Geschäfts, sagt er, wo du die Zoppa gekauft hast, kommt dauernd zu mir und sagt, daß der erste Wechsel geplatzt ist, dann der zweite, der dritte, er schreit herum und sagt, das sei eine Sauerei, ich müßte für dich einspringen und zahlen.

Eligio war richtig giftig. Er konnte mich sowieso nicht leiden, aber jetzt, nachdem ich durch die geplatzten Wechsel sein Ansehen geschädigt hatte, war es völlig aus. Ich habe nicht gezahlt, weil die Unterschrift deine ist, sagt er, aber wie stehe ich jetzt durch deine Schuld da!

Das ist mir scheißegal, wie du dastehst, sage ich. Du hast ja Geld. Hast du mir je geholfen, du? Hast du mich je im Gefängnis besucht? Hast du mir je ein Paket oder auch nur einen Brief geschickt, als ich mutterseelenallein und verlassen in der Irrenanstalt saß? Was willst du von mir? Selbst wenn ich sterben würde, sage ich, wäre es dir gleichgültig, Hauptsache, du machst keine schlechte Figur dabei!

Ercoletto blutete noch aus der Nase und aus dem Mund.

Hol lieber einen Doktor, sage ich, anstatt so viel zu reden! Und Eligio ist einen Arzt suchen gegangen.

Nach einer Weile kommt er mit einem gewissen Branca zurück. Der hat sich den Verletzten angesehen, hat ihn nicht mit einem Finger angerührt und gesagt: Macht ihm Umschläge mit Essig und Wasserstoffsuperoxyd und verbindet ihn! Damit ist er wieder gegangen. Also haben wir uns selbst verarztet, so gut es ging. Wir waren alle drei voller blauer Flecken und verschwollen, Nello, Ercoletto und ich.

Später haben wir erfahren, daß Tullio im Krankenhaus gelandet ist wegen dem Messerstich. Um ein Haar wäre er draufgegangen, hieß es, noch ein Millimeter, und das Messer hätte sich ihm ins Herz gebohrt. Angeblich hat er dann noch Rippenfellentzündung bekommen und wäre beinahe gestorben.

Um so schlimmer für dich! sage ich. Du wolltest den Zigeuner verteidigen, das hast du jetzt davon! Denn dieser Tullio besorgte dem Zigeuner die Kunden und bekam dann Provision. Manche Diebe brauchen Geld für ihre Betrügereien. Um ein Schlafzimmer, ein Wohnzimmer, eine Einrichtung auf Raten zu kaufen, braucht man fünfzig bis hunderttausend Lire Anzahlung. Der Zigeuner streckte das Geld vor und kassierte dann das Doppelte.

Daraufhin sage ich zu Ercoletto: Bist du zufrieden mit deinen Freunden? Hast du gesehen, wozu sie fähig sind? Diese Birmana und dieser Otello haben dich reingelegt, glaubst du es jetzt? Du hast recht, Teresa, sagt er, die sind zu allem fähig, diese beiden, sie sind wirklich teuflisch!

So bin ich Birmana und Otello losgeworden und habe in Frieden mit Ercoletto gelebt. Wir kauften auf eigene Faust Öl und verkauften es weiter. Wir brauchten keine Komplizen, lebten gut und zufrieden.

Zu der Zeit ist Orlando mal wieder in den Knast gekommen, und ich habe seinen kleinsten Sohn, Orlandino, zu mir genommen. Ich hänge an diesem Kind, ich kann es nicht der Mutter lassen, die würde es ins Heim stecken, die verwachsene Zwergin. Sie ist häßlich wie eine Kröte, diese Schwägerin von mir, aber sie hat dauernd Männer, Leute, die zu ihr ins Haus kommen. Sie macht es nicht wegen dem Geld. Wer würde so eine schon bezahlen; noch dazu ist sie blind wie ein Maulwurf und trägt fingerdicke Brillengläser. Ohne Brille sieht sie keine drei Zentimeter weit. Die Männer haben ihr Vergnügen mit ihr. Und sie selbst macht es auch zum Vergnügen. Sie holt sich einen Mann ins Haus, behält ihn ein paar Monate, schläft mit ihm, ißt mit ihm. Dann geht er wieder, und sie nimmt sich den nächsten, alles heruntergekommene, halbverrückte Hungerleider wie sie selber.

Sie hat sechs Kinder, diese Zwergin, und alle sechs im Heim bei den Nonnen. Wenn ich sie sehe, werde ich wütend, sie sind voller Grinde, mager, schmutzig, zum Fürchten. Nimm sie doch zu dir! sage ich. Sie sagt: Ich habe kein Geld, ich kann sie nicht ernähren. Und das stimmt tatsächlich, weil Orlando dauernd im Knast sitzt, und wer soll dann für die Kinder aufkommen? Sie geht als Putzfrau, verdient aber höchstens dreißigtausend Lire im Monat und schafft es nicht.

Orlando hat sie schon oft verlassen. Ich will dich nicht mehr, wenn du mir nicht treu bist, will ich dich nicht, sagt er. Aber jedesmal, wenn er rauskommt, geht er doch wieder zu ihr.

Vor zwei Jahren hat die Zwergin ihm diesen Sohn geschenkt, der ihm wie aus dem Gesicht geschnitten ähnlich ist: rötliche Haare, lustig, herrschsüchtig, verschlagen. Dann ist mein Bruder wieder eingebuchtet worden, und ich habe das Kind geholt, bevor sie es ins Heim steckte wie die anderen.

Orlandino war drei Monate alt, als ich ihn zu mir genommen habe. Er war schon schrecklich. Die Zwergin wurde nicht mit ihm fertig. Ich nehm das Kind und schmeiß es an die Wand, sagte sie. Es weint dauernd, macht sich dauernd voll, kriecht überall rum, brüllt, schreit, macht alles kaputt, ich halt's nicht mehr aus. Ich habe ihm ein Fläschchen und neue Kleider gekauft und habe ihn behalten. Er war böse, er ist immer noch böse, aber er hat mich liebgewonnen, sehr lieb. Wir schlafen in einem Bett, ich lege die Arme um ihn, und er kauert sich an meine Brust.

Morgens, wenn er aufwacht, küßt er mir das Gesicht und sagt: Steh auf, es ist spät! Krieg deinen Riesenarsch hoch, du Hurentochter. Das macht mir gute Laune. Er hat die Unart, überall zu kacken. Wenn ich ihn aufs Töpfchen setze, nichts, er hockt eine halbe Stunde drauf rum, und es kommt nichts. Wenn ich ihn dann saubergemacht und frisch angezogen habe und wir gerade ausgehen wollen, sagt er zu mir: Mamma, ich habe in die Hose gekackt! Und ich muß ihn wieder ausziehen und von vorn anfangen.

Eines Morgens früh, als wir noch schliefen, höre ich schreien: Teresa Numa, im Namen des Gesetzes, öffnen Sie! Draußen standen zwölf bewaffnete Polizisten.

Sie umzingeln das Haus, klopfen an die Wände, die Türen. Aufmachen! Aufmachen! rief der Hauptmann. Einen Augenblick, sage ich, Herrgott, lassen Sie mir die Zeit, den Morgenrock überzuziehen, einen Augenblick, ich schlafe ja noch!

Unterdessen trieb ich Ercoletto mit Fußtritten aus dem Bett. Ercoletto, beeil dich, sage ich, die kommen deinetwegen, lauf, hau ab!

Teresa Numa, öffnen Sie! Eine Stimme wie ein Metzger. Habe ich etwa jemand umgebracht? sage ich. Immer mit der Ruhe, ich komme ja schon; erschreckt bloß den Kleinen nicht, sonst drehe ich euch den Hals um!

Ich machte langsam, damit Ercoletto Zeit hatte, sich die Hosen anzuziehen und aus dem Fenster zu schlüpfen. Als ich ihn auf einer Ecke des Glasdachs über dem Hof in Sicherheit sah, habe ich die Tür geöffnet.

Sie sind hereingekommen und haben angefangen, überall herumzuwühlen. Ich sah zu. Sie waren stinksauer. Sie ahnten, daß ich ihn irgendwo versteckt hatte, aber sie wußten nicht, wo. Endlich sind sie drauf und dran, wieder zu gehen. Der Hauptmann fuchtelte herum, erteilte Befehle, am liebsten hätte er sie ausgepeitscht, seine nichtsnutzigen Polizisten, wenn er gekonnt hätte. Ich sah spöttisch zu.

Genau in dem Augenblick, als sie zur Türe hinausgehen, hört man ein Getöse, und rumpeldipumpel kommt Ercoletto mit den Scherben des Glasdaches heruntergesaust. Die Polizisten haben es gehört und sind in Richtung Hof gerannt.

Ercoletto, der schnell sein kann wie eine Katze, ist zwischen die anderen Häuser geschlüpft und auf die Dächer geklettert. Der Hauptmann brüllte: Da! Da ist er! Schießt! Zwei Polizisten feuerten mit dem Gewehr auf ihn.

Aber anstatt ihn zu treffen, haben sie einen anderen erwischt. Sie haben einen armen Kerl angeschossen, der schnell ging, weil er zur Arbeit mußte und spät dran war. Sie haben ihn mit Ercoletto verwechselt und ihn an den Beinen und an der Schulter verletzt.

Jetzt haben wir ihn, los, runter, schnell! Packt ihn! rief der Hauptmann. Sie sind rübergegangen und haben gesehen, daß es ein anderer war. Der Hauptmann wurde grün vor Schreck: Wer hat euch gesagt, daß ihr schießen sollt! Aber er war es selbst gewesen, ich hatte den Befehl ja gehört.

Ruft sofort einen Krankenwagen und bringt den Herrn ins Krankenhaus! ordnete er an, und zu dem Angestellten, der auf dem Bürgersteig röchelte, sagte er: Entschuldigen Sie vielmals das Versehen, ich bitte Sie im Namen der Polizei um Verzeihung. Der hatte nicht mal genug Atem, um etwas zu antworten.

Ich dachte, nun sei die Sache ausgestanden. Aber nach einem Augenblick ging die Leier von vorne los, weil ein Nachbar, der gesehen hatte, wie Ercoletto sich in einem Lager zwischen den Kisten versteckte, zu schreien anfing: Da ist er, da ist er! Fangt ihn! Ercoletto ist wieder losgerannt, und diesmal haben sie nicht auf ihn geschossen; aber mit Hilfe anderer Männer aus der Nachbarschaft ist er festgenommen und in Handschellen gelegt worden.

Nach zwei Tagen kommen die Polizisten wieder. Ich war ganz ruhig, denn ich wußte nicht, daß ich mitangeklagt war und auch gesucht wurde. Ich war unbeschwert und arglos, da ich keine Ahnung hatte, daß zwei Jahre Knast über meinem Kopf schwebten.

Sie sind hereingekommen, und ich mußte mich in aller Eile anziehen. Was habe ich damit zu tun? sage ich. Ercoletto habt ihr doch geschnappt, was wollt ihr noch von mir? Ruhe! sagen sie, komm mit!

Ich habe den Kleinen bei einer Nachbarin gelassen. Paß gut auf ihn auf, sage ich, nachher schicke ich jemanden, um ihn abzuholen. Keine Sorge, Teresa, antwortet sie, ich kümmere mich drum. Sie war eine gutherzige Frau, wenn auch nicht sehr sauber. Nach einer Woche hat mein Bruder ihn abgeholt und mit nach Anzio genommen. Ich saß im Knast, war in Sorge. Aber ich tröstete mich mit dem Gedanken: Der Vater ist ja auch noch da. Er wird sich drum kümmern. Doch nach drei Tagen haben sie Orlando auch eingelocht.

Und aus dem Gefängnis hat er mir geschrieben: »Liebe Schwester, Orlandino liegt im Bambin-Gesù-Krankenhaus, er hat eine giftige Krankheit, die Krätze. Sieh zu, daß du ihn rausholst, denn dadrinnen stirbt er.«

Tatsächlich hatte das Kind Krätze bekommen. Wer weiß, wie die Nachbarin es versorgt hat. Wahrscheinlich hat sie es nie gewaschen, sie war einfach unsauber.

Dort im Bambin Gesù haben sie ihm die Haare abgeschnitten, und da er sich dauernd kratzte, haben sie ihm Hände und Füße festgebunden. Es war eine Qual. Es juckte ihn und juckte ihn, und er durfte sich nicht einmal kratzen. Er konnte nicht gesund werden.

Ich sagte ständig zur Persichetti, der Fürsorgerin: Bringt mir den Kleinen her, dort drinnen kann er nicht bleiben! Ich ging zur Mutter Oberin und bettelte: Lassen Sie das Kind herkommen, in der Krankenabteilung ist doch Platz, damit ich es pflegen kann, wie es sich gehört.

Dauernd flehte ich sie an, das Kind kommen zu lassen, mir zu sagen, wie es ihm gehe. Es geht ihm gut, dem Kleinen, sagte die Mutter Oberin, es geht ihm gut. Und was ist mit der Krätze? fragte ich. Ist die Krätze verheilt?

Sie haben festgestellt, sagte die Persichetti, daß was mit dem Herz nicht ganz in Ordnung ist, bei dem Bübchen. Mit dem Herz? frage ich, was hat er denn am Herz? Nichts Schlimmes, vielleicht müssen sie einen kleinen Eingriff vornehmen.

Die Sorge machte mich ganz verrückt. Womöglich stirbt

dieses dreijährige Kind mir weg, sagte ich mir, was mache ich dann? Dabei fehlte ihm gar nichts, das habe ich später erfahren. Es war die reine Bosheit.

Am Monatsende hatte ich zwölftausend Lire gespart. Ich hatte in der Papierverarbeitung angefangen, wo Umschläge und Etiketten hergestellt wurden. Zuerst stellten sie mich an die Schneidemaschine. Zack, zum, zack, zum; diese Maschine sauste blitzartig herunter und schnitt Tausende von Blättern gleichzeitig zurecht. Eines Tages gibt eine Schwachsinnige namens Mariella mir aus Quatsch einen Stoß, und um ein Haar hätte ich beide Hände unter dieser Schneide verloren.

Daraufhin habe ich Himmel und Hölle in Bewegung gesetzt, habe gesagt, daß ich nicht mehr an dieser Maschine arbeiten würde, daß es zu gefährlich wäre. Wenn du arbeiten willst, mußt du dort bleiben, wurde mir gesagt, sonst kannst du gehen, dann verdienst du eben nichts mehr. Und um die paar Lire zu kriegen, bin ich weiter an der Maschine geblieben. Aber ich lebte in ständiger Angst vor dieser scharfen Schneide. Und am Monatsende war ich dem Zusammenbruch nahe, litt an Schwindelanfällen und Übelkeit. Da haben sie mich endlich in die Umschlagherstellung versetzt.

Mit den zwölftausend Lire habe ich zwei schöne Stoffpuppen mit Glasaugen, Zöpfen und allem gekauft. Dann fragte ich die Persichetti, ob sie sie Orlandino als Weihnachtsgeschenk bringen könne. Aber natürlich, Teresa, sicher, sagt sie zu mir, übermorgen komme ich, um die Puppen zu holen, und bringe sie dem Kleinen vorbei.

Aber sie ließ sich nicht blicken, weder zu Weihnachten, noch zu Sylvester, noch zu Dreikönig. Ich habe das Geld ausgegeben, und die Puppen lagen zusammengeklappt in einer Keksschachtel unter meinem Bett.

Also gehe ich zur Schwester und sage: Morgen ist Dreikönig, ich möchte meinem Neffen, der im Bambin Gesù liegt, diese beiden Puppen als Geschenk schicken. Das ist nicht nötig, meine liebe Tochter, sagt sie, das Kind hat dort so viele Spielsachen, wie es will, es geht ihm ausgezeichnet dort, es braucht nichts.

Dabei ging es ihm unheimlich schlecht. Eine Freundin von mir hat ihn besucht und ihn völlig vernachlässigt in einem Bettchen gefunden, eiskalt und halb verhungert. Ich habe mich beschwert, Briefe geschrieben. Aber es war nichts zu machen. Solange ich im Knast saß, konnte ich ihn nicht pflegen.

Ich war bedrückt, nervös, hockte dort drinnen und hatte nichts zu rauchen. An den Hunger, an die Kälte konnte ich mich gewöhnen, aber an den Mangel an Zigaretten nicht. Mit dem Alter hat das Laster des Rauchens zugenommen. Mit dreißig rauchte ich zehn Zigaretten am Tag, jetzt, mit dreiundfünfzig, rauche ich sechzig.

Ständig versuchte ich, eine Zigarette aufzutreiben. Wenn ich arbeiten konnte, arbeitete ich. Und diese zehn- bis zwölftausend Lire im Monat, von denen nach Einbehaltung der Abzüge noch achttausend übrigblieben, gab ich samt und sonders für Zigaretten aus.

Am ersten Tag, wenn ich das Geld bekam, rauchte ich auf einen Schlag drei bis vier Päckchen, weil die Gier einfach zu groß war. Ich rauchte mich richtig satt, und dann ging es mir gleich besser.

Danach machte ich langsamer, denn die Zigaretten sollten ja den ganzen Monat reichen. Ein Päckchen kostet im Knast fast das Doppelte als draußen. Deshalb sparte ich. Doch nach einer Weile wurde die Versuchung wieder zu groß, und um die Monatsmitte hatte ich alles ausgegeben.

Auch meinen Freundinnen mußte ich ja hie und da eine Zigarette anbieten. Ich mußte Schulden begleichen. Und Zigaretten waren dort drinnen wie Geld, man bezahlte damit.

Wenn ich mich hätte verkaufen wollen, hätte ich sofort jemand gefunden, der mir Zigaretten geboten hätte. Es gab in Rebibbia eine Menge Frauen, die sich für ein halbes Päckchen Zigaretten verkauften.

Mag sein, daß ich kaltes Blut habe, wie Sarabella sagte,

ich weiß es nicht. Jedenfalls denke ich immer an einen Mann, wenn ich im Knast sitze. Ich bin sentimental, ich liebe das Gefühl. Ich denke in meinem Hirn immer an den, den ich liebhabe, ich denke an ihn, an die Vergangenheit, erinnere mich an alle Einzelheiten seines Körpers, und das genügt mir.

Das ist ein Mangel, den ich habe. Körperlich bin ich ein kalter Typ. Mit einem Mann kann ich schon was anfangen. Aber wenn kein Mann da ist, stelle ich ihn mir in der Phantasie vor, ich schaue ihn mir in meinem Kopf nackt von allen Seiten an, küsse ihn, streichle ihn, genieße ihn ohne ihn, allein mit mir.

Dort drinnen war ich die Ausnahme, denn dort drehen die Frauen durch, wenn sie nicht vögeln können, und da ihnen der Mann fehlt, machen sie es mit Frauen. Nachdem sie immer ohne Arbeit eingeschlossen aufeinanderhocken, entwickeln sie Begierden, küssen sich und lieben sich wie Mann und Frau, sogar mit noch mehr Leidenschaft.

Da ich diese Begierde nicht spürte, bemerkte ich die Intrigen der anderen kaum. Es ging das Gerücht um, daß eine der Krankenschwestern, die Campofiorito, was mit einer sehr hübschen blonden Turinerin angefangen hatte, die Suni hieß.

Suni saß wegen Drogengeschichten, und angeblich besorgte ihr die Krankenschwester – für Geld – den Stoff, um zu vergessen. Und sie beschützte sie, so hieß es, aber ich hatte nichts gemerkt.

Wie, die beiden kleben ständig aneinander, und du hast nichts gesehen? sagten die anderen zu mir. Siehst du nicht, wie sie sich während der Messe anschauen? Ich hab was anderes im Kopf, sage ich, als diese beiden dummen Gänse zu beobachten! Ich denke an mein schlimmes Schicksal, das mir nur Unglück gebracht hat. Dann hast du wohl auch nicht gemerkt, daß Schwester Isabellona Frauen liebt und sich in Dionora, die Friseuse, verknallt hat? fragen sie. Nein, sage ich. Und daß Assunta und Bambina, die Zigeunerin, zusammenleben wie Mann und Frau und jede

Nacht vor den Augen der Zellengenossinnen vögeln, hast du auch nicht bemerkt? sagen sie. Zerstreut bin ich zwar, sage ich, aber doof nicht, doch es interessiert mich nicht. Und was zwischen Egle und Ferraú läuft, hast du das bemerkt? fragen sie. Natürlich, sage ich, die wohnen doch in der Zelle neben meiner.

Diese Egle war eine Familienmutter, sie war sogar Großmutter, hatte Enkelkinder. Und im Knast lebte sie wie verheiratet mit dieser Angioletta Ferraú zusammen, die achtunddreißig Jahre alt war. Angioletta war eine schöne, füllige Frau mit langen Ponyfransen über den Augen.

Eines Morgens höre ich, wie Schwester Carmina in ihre Zelle tritt und sagt: Egle, mach dich fertig, du bist entlassen, frei! Ich denke: Die Glückliche! Mamma mia, wird die froh sein!

Mein einziger Gedanke war ihre Freiheit, da höre ich plötzlich ein haltloses Schluchzen. Es war die Stimme dieser Egle. Sie weint und weint und hört überhaupt nicht mehr auf. Kurz darauf fängt die andere, Angioletta, auch noch an. Sie heulten alle beide wie die Schloßhunde.

Eine Woche nach Egles Entlassung hat sich die Ferraú mit einer anderen zusammengetan, einer gewissen Lucia. Egle schickte unterdessen ahnungslos Briefe und Pakete.

Dann hat ihr eines Tages jemand gesteckt, daß Angioletta es mit dieser Lucia trieb. Daraufhin hat sie ein Ding gedreht, hat sich erwischen lassen und wurde wieder verknackt.

Als sie zurückkam, fand sie Lucia, die in der Zelle und in Angiolettas Bett ihren Platz eingenommen hatte. Sie hat sich auf sie gestürzt und sie fast zerfleischt. Du elendes, dreckiges Weibsstück! schrie sie, ich habe dir Geld geschickt, habe dir geholfen, Pakete gebracht, und du betrügst mich mit dieser miesen kleinen Diebin! Kurz und gut, sie haben sich beschimpft, geprügelt. Das ganze Gefängnis war in Aufruhr. Die Wärterinnen und der Direktor kamen angerannt.

Die beiden wurden getrennt. Aber nach einem Tag haben sie sich versöhnt und waren wieder zusammen. Sie wurden nicht verlegt, sie wurden nicht bestraft, nichts. Der Direktor und der Hauptmann wußten alles, aber es war ihnen gleich. Es genügt ihnen, daß die Frauen sich ruhig verhalten, sonst können sie machen, was sie wollen.

Bei mir reicht ein Wort, und sie schicken mich nach Pozzuoli, die bauen einen Haufen Scheiße und bleiben unbehelligt. Eines Abends haben sie sich betrunken, eine gewisse Nora Selecta, Iolanda, Julia, Ines, in der Zelle von Vanda, einer Zigeunerin. Diese Selecta hatte von zu Hause Geld bekommen und Cognac für alle gekauft.

Sie aßen Kekse, Würste, Essiggürkchen und fingen an zu trinken. Dann haben sie gespielt, getanzt. Sie lachten wie verrückt. Alle hörten es, auch die Nonne hörte es, aber sie tat, als wäre nichts.

Unter anderem war auch eine dabei, die Scisci hieß. Diese Scisci hat im Suff Nora Selectas Frau betatscht. Und Selecta hat ihr aus Eifersucht eine Flasche auf dem Kopf zertrümmert. So endete es in einer Prügelei. Die Nonne war gezwungen, den Direktor zu rufen. Er ist heraufgekommen, hat es sich angesehen und ist wieder gegangen. Ich dachte, jetzt würden sie sie wer weiß wohin verlegen, aber es geschah nichts.

Die Sache ist nämlich die, daß der Direktor diese Scisci brauchte, sie machte sein Büro sauber, putzte ihm die Schuhe, oben und unten, sie stopfte seine Socken und arbeitete auch als Spitzel für ihn. Als Gegenleistung ließ er sie tun und lassen, was sie wollte. Wenn sie sich betrank, drückte er ein Auge zu und dann auch noch das andere.

Die Nonnen wollten sich totlachen über die Geschichte. Hast du gesehen, sagten sie, die Gräber sind aufgegangen! Schwester Innocenza ist sowieso eine Klatschbase, ein Waschweib. Sie sagt alles weiter, ist intrigant, fies. Sie redet bei jedem Klatsch mit. Hintenrum stachelt sie die Leute auf und tut danach so, als wüßte sie von nichts, zieht sich zurück und schaut zu. Sie ist bösartig. Wirft den Stein und versteckt dann die Hand.

Was für eine Schande, sagt sie, was für eine Schande! Eine Familienmutter, eine ältere Frau! Jaja, wir wissen schon, was eigentlich hinter dieser kleinen Heiligen steckt! Doch während sie sagt: Was für eine Schande!, sieht man, daß sie diese Streitereien genießt, daß sie frohlockt und sich ins Fäustchen lacht.

Anstatt diese streitsüchtigen Weiber zu trennen, legen sie sie zusammen und sagen: Es genügt, daß sie keinen Anstoß erregen und sich ruhig verhalten! Und so tragen sie dazu bei, daß sie noch lasterhafter und gieriger werden.

Das ist den Nonnen egal. Manchmal begünstigen sie sie sogar, leisten ihnen gegen Geschenke verbotene Dienste. Ich habe mit eigenen Ohren gehört, wie Schwester Innocenza mit dem Zuhälter von Nora Selecta telefonierte, um sie zu beruhigen. Dafür bekam sie dann eine schöne Schachtel Pralinen, ein Wolljäckchen, einen Silberrahmen. Aber vor allem Süßigkeiten, denn die Nonnen sind vernascht, unheimlich vernascht.

Nun hatten sie mir diesmal bei meiner Einlieferung eine Pritsche mit einer fast leeren Seegrasmatratze gegeben. Ich konnte nachts nicht schlafen, weil mir die Kälte der Eisenpritsche an die Nieren ging, und fühlte mich immer ganz zerschlagen und kaputt. Morgens stand ich auf und war schon müde, als hätte ich die ganze Nacht mit der Hacke auf dem Feld gearbeitet. Meine Zellengenossin war Zina Teta, ich hatte sie im Gefängnis wiedergetroffen. Geh, sagte sie, geh und sag dem Direktor, daß er unsere Matratzen austauschen lassen soll. Sag ihm auch, daß die Hälfte der Duschen kaputt sind, daß es so nicht weitergehen kann, daß es kalt ist und wir fast erfrieren.

Sie schickt mich vor. Ich sage: Kommst du nicht mit? Sie sagt: Nein, nein, geh du, du kannst das besser.

In Wirklichkeit hatte sie Angst. Sie haben Schiß, den Mund aufzumachen, diese feigen Weiber. Deshalb warten sie auf eine, die so blöd und impulsiv ist wie ich, um sie vorzuschicken. Geh, geh! sagten sie zu mir. Wenn der Direktor mich dann schlecht behandelt, ziehen sie sich sofort zurück. Wir? sagen sie, wir haben nichts gesagt, wir haben uns nicht beschwert, hier ist alles bestens.

Nun stand gerade keine zwei Schritte von meiner feuchten, kalten, sehr engen Zelle entfernt eine andere Zelle leer, die trocken war. Warum legt ihr mich nicht in diese Zelle? sagte ich. Wollt ihr sie vielleicht vermieten? Der Knast ist ja schließlich keine Pension.

Wenn Teta in diese schöne, saubere, ordentliche Zelle kommt, antworteten sie, ist sie nach einem Tag ruiniert, denn Teta ist unordentlich und schmutzig, die putzt nie. Was habe ich mit Teta zu tun? frage ich. Gebt sie mir und schickt Teta woanders hin. Nein, sagen sie, es bleibt, wie es ist, und Schluß.

Diese Teta war wirklich schmutzig. Wenn sie aufs Klo ging, mußte man hinter ihr herrennen und ziehen. Sie war jung, doch sie sah schlecht, wollte aber keine Brille tragen. Sie hatten einen Haftbefehl gegen sie erlassen, weil sie sie ohne Führerschein erwischt hatten, und wegen Unzucht, kurz und gut, sie ging auf den Strich, wenn sie nicht gerade klaute.

Sie lag immer auf dem Bett und rauchte. Sie rauchte und rauchte, erhob sich nicht mal, um sich das Gesicht zu waschen. Sie reinigte es mit Creme, weil sie kein Wasser anrühren mochte. Ihre Fingernägel waren vom Nichtstun ganz lang geworden, schwarz und spitz. Sie reinigte sich damit die Ohren und stocherte sich in den Zähnen herum.

Das Klo mußte ich saubermachen, das Waschbecken mußte ich putzen. Immerzu schüttete ich Wasser nach, scheuerte, weil mich der viele Dreck anekelte. Wenigstens den Platz, wo ich aß, versuchte ich einigermaßen sauberzuhalten, der Rest war mir egal.

Also gehe ich zur Mutter Oberin und sage: Mutter, ich will nicht mehr mit dieser Teta in einer Zelle sein. Oh, sagt sie, wir kennen sie, wir kennen sie gut, die Teta, die nie ihr Bett macht; seit sie hier ist, hat sie noch nie ihr Bett gemacht, sie zieht immer nur wie ein Hund die Decke drüber, und fertig.

Und ich sage: Wieso holt ihr mich dann nicht raus? Habe ich vielleicht einen Vertrag bis an mein Lebensende mit ihr, oder hat der Richter mich dazu verurteilt, daß ich mit dieser Teta die Zelle teilen muß? Du mußt mit ihr zusammenbleiben, sagt sie, weil du Verantwortungsgefühl hast und sie nicht, du hast einen guten Einfluß auf sie. Sie schmeichelte mir, um mir das Maul zu stopfen.

Sie wollten, daß ich mit Teta die Zelle teile, weil ich putzte, wo sie Dreck machte. Weil sie wußten, daß ich im Schmutz nicht leben kann und es gern sauber habe, wo ich wohne.

Dann gebt mir wenigstens eine andere Matratze, sage ich, die Matratze, die ich habe, ist voller Löcher, und ich wache morgens immer mit Gliederschmerzen auf. Und die Nonne: Dafür bin ich nicht zuständig. Geh zum Direktor und sieh zu, was du ausrichten kannst.

Ich gehe zum Direktor. Hören Sie, Herr Direktor, sage ich, ich ruiniere mir die Knochen auf dieser fast leeren Matratze. Nun, sagt er, das haben wir gleich. Geh runter, laß dir von der Lagerschwester etwas Seegras geben und füll die Matratze selber auf.

Ach ja, sage ich, ich soll also Seegras holen, es reinigen, die Matratze auffüllen und wieder zunähen, ja bin ich etwa hier reingekommen, um als Matratzenstopfer zu arbeiten? Wie du meinst, sagt er, wenn du besser schlafen willst, bleibt dir nichts anderes übrig; du bist hier im Knast und nicht im Grand Hotel.

Ist recht, sage ich, das werde ich dem Richter erzählen, wenn ich vor Gericht komme, daß wir uns hier drin das Seegras aus dem Staub holen und die Matratzen selber stopfen müssen, und wer bezahlt uns dafür? Die Matratzen werden bezahlt, und wer bezahlt mich? Na, wie auch immer, ich will nicht so kleinlich sein, sage ich, die Arbeit mache ich, aber ihr müßt mir die trockene Zelle geben; ich putze, ich wasche, ich stopfe sogar Matratzen, aber gebt mir einen trockenen Raum, nachdem es ja einen gibt, der leersteht.

Diese Zelle muß leer bleiben, sagt er. Aber warum denn? frage ich. Und er sagt: Ich muß dir nicht erklären, warum, es ist so, und basta.

Also gehe ich wieder hinauf, und als die Schwester mal nicht hinsieht, schleiche ich mich in die unbewohnte Zelle, nehme die beiden schönen weichen gutgefüllten Matratzen, die dort lagen, und trage sie in meine Zelle. Es ist gerechter, daß jemand in den Genuß dieser herrlichen Matrazten kommt, sage ich, statt daß sie dort verfaulen.

Eine gebe ich Teta, und eine lege ich auf meine Pritsche. Es wurde ein richtig hohes, weiches Bett. Jetzt werde ich bestimmt gut schlafen, sage ich mir. Und tatsächlich hatte ich in der Nacht wunderbare Träume.

Ich träumte, daß einer mich mit dem Messer verfolgte. Ich rannte und rannte. Dann, als er gerade auf mich einstechen wollte, begann ich zu fliegen. Der Mörder konnte nicht fliegen, er blickte nach oben und sagte: Verdammt noch mal, wo willst du hin? Ich besah ihn mir von oben, als wäre er ein Wurm, und lachte ihn aus.

Ich flog so gewandt, daß ich durch die Luft gleiten konnte, ich drehte mich um mich selbst, streckte mich, war ein Vogel mit zwei Flügeln, die die Arme waren. Ich sah alles sehr klein, in ganz hellen, wie mit Wasser verdünnten Farben. Ich erinnere mich noch genau an diesen Flug, er war einfach herrlich.

Als ich am Morgen aufwachte, hatte ich mit den Nieren endlich Ruhe. Oh, sagte ich, einmal habe ich geschlafen, wie es sein soll! Im Lauf des Tages bin ich dann in die unbewohnte Zelle zurückgekehrt, habe ein paar Bildchen genommen, die dort an der Wand hingen, habe die Vorhänge genommen, die vor dem Fenster angebracht waren, und habe alles in meine Zelle getragen.

Ich habe unsere Zelle mit den Sachen aus der leeren Zelle hergerichtet und verschönert. Teta schaute mir zu, sie lag rauchend auf dem Bett und schaute zu. Jetzt ist unser Zimmer schön, sagte sie, vorher sah es aus wie ein Schweinestall. Du, sagte ich, hast ja nie einen Finger gerührt, um diesen Stall auszumisten; du bist faul und schmutzig. Und sie: Wenn ich mich bewege, werde ich schwermütig.

Nach einiger Zeit kam die Inspektorin. Eines Morgens, als wir gerade aufgestanden waren, kommt sie herein, sah aus wie eine Maske, mit wunderbaren, von einem schwarzen Netz umschlossenen blonden Haaren und einer Hundeschnauze mit rot angestrichenen Lippen. Sie sieht sich forschend um. Aha, sagt sie dann, ihr habt also eine Zelle ausgeräumt und die andere damit eingerichtet. Sehen Sie nur, Schwester, sehen Sie mal, was hier los ist!

Allerdings, sage ich, das Hotelzimmer können Sie jetzt nicht mehr vermieten, ohne Vorhänge und ohne Matratzen! Schließlich, sage ich, haben die Gefangenen diese Vorhänge bezahlt, nicht etwa der Staat! Und wenn ich mir die aneigne, nehme ich sie denen weg, nicht dem Gefängnis. Und außerdem, sage ich, kenne ich die, die diese Vorhänge aufgehängt hat, es ist eine Zigeunerin namens Cicchetti Elena, als sie entlassen wurde, hat sie zu mir gesagt: Die Sachen gehören mir, Teresa, nimm du sie! Und so habe ich's gemacht.

Ich merke, daß Schwester Innocenza mich böse ansieht. Aber unmittelbar haben sie mir nichts getan. Die Inspektorin hat auf dem Absatz kehrtgemacht und ist ganz steif hinausgegangen, gefolgt von der unterwürfigen Nonne.

Am Nachmittag des nächsten Tages kommt die Mutter Oberin, diese Watschelente, und sagt: Teresa, du mußt sofort zur Pforte, da liegt eine Nachricht für dich, sie müssen dir eine Mitteilung machen!

Was für eine Mitteilung, Mutter? frage ich, worum geht's? Da mein Bruder Orlando letzthin zwei Herzinfarkte gehabt hatte, machte ich mir Sorgen. Wie, sage ich, für mich interessiert sich doch kein Mensch, niemand ist je gekommen, um mir eine Nachricht zu hinterlassen, was mag das sein?

Die Nonne sagt: Geh, geh zur Pforte, da liegt eine Nachricht, los, geh schon! Hat mein Bruder was damit zu tun?

frage ich. Ich wußte ja, daß sie den Inhalt kannte, deshalb hakte ich nach, um besser gerüstet zu sein. Aber im Gefängnis arbeiten sie mit dem System der Geheimniskrämerei; sie versetzen dich in Angst und Schrecken mit ihrer teuflischen Geheimnistuerei, daß du nie etwas wissen darfst, was dich betrifft.

Wenn sie jedoch wollen, geben sie's dir zu verstehen, lassen dich was ahnen. Daher sage ich: Handelt sich's um Orlando? Ja, sagt sie, ich glaub, es hat mit deinem Bruder zu tun, lauf, lauf rasch runter, womöglich ist es eine schlimme Nachricht. O Gott, sage ich, vielleicht ist er gestorben! Und renne los.

Finster und atemlos komme ich zur Pforte. Es fehlte nicht viel, und ich wäre die Treppe runtergefallen. Teresa Numa, bist du's? fragen sie. Ja, sage ich, ich bin's, sagt mir sofort, was ist. Und sie: Mach dich fertig, du bist verlegt worden.

Häßliche, gemeine, verfluchte Nonne! sage ich, du wußtest, was das für eine Mitteilung war, und legst mich so rein! Sie hatte mir einen Scheißschrecken eingejagt. Zum Glück leide ich nicht an Ohnmachtsanfällen, sonst wäre ich umgefallen wie ein totes Schaf. Verfluchte Mutter Oberin und die, die dich gemacht hat! In Perugia habe ich der dortigen Oberin, Schwester Pazientina, von der Geschichte erzählt. Und sie hat sofort zu mir gesagt: Mutter Supplitiis, die kenne ich, das war eine x-beliebige Nonne, jetzt ist sie Oberin geworden, aber sie kann nicht einmal lesen und schreiben, sie ist unwissend, ein Bauerntrampel, wie es keinen zweiten gibt. Denk nur, daß ich manchmal zu ihr sagte: Lies mir die Zeitung vor, und sie las wie ein ABC-Schütze, ohne Punkt und Komma.

In Perugia hätte ich in Untersuchungshaft sitzen müssen. Statt dessen haben sie mich zu den Lebenslänglichen gesteckt. Mit der Ausrede, daß im Normalvollzug kein Platz sei, schickten sie mich zu den Schwerverbrecherinnen.

Ich mußte gute Miene zum bösen Spiel machen. Guten Abend! hieß es. Wie geht's? Woher kommst du? Was hast du gemacht? Keine Angst, hier lebt sich's nicht schlecht. Geld, hast du Geld? Hol raus, was du hast, dann wird's dir bei uns schon gefallen.

Zum Glück hatte ich nichts; denn dort gehen sie nicht sehr zimperlich mit dir um, sie durchsuchen dich von Kopf bis Fuß. Und wenn du versuchst, was zu verbergen, schlagen sie dich zusammen und lassen dich betäubt liegen, da kennen die nichts. Mich haben sie sofort zu sechst gepackt und durchwühlt, durchsucht, sie haben mir einen Finger in den Arsch gesteckt, um zu sehen, ob ich was verberge. Da sie nichts fanden, haben sie mich in Ruhe gelassen.

Diese Klatschbase von Mutter Supplitiis hat's mir gegeben! dachte ich. Sie hat mich nicht nur nach Perugia geschickt, sondern mich auch noch ins Zuchthaus zu diesen Mörderinnen stecken lassen.

Um mir nach dieser Gemeinheit nicht ins Gesicht sehen zu müssen, hatte sie mich aus der Aufnahme gar nicht mehr hinaufkommen lassen. Meine Sachen hatte sie mir von einer Mitgefangenen bringen lassen, die die Hälfte meiner Besitztümer für sich behalten hat. Ein Teller, ein Becher, die Schüssel, aus der ich aß, zwei Gabeln, eine Dose Kaffee, ein braunes Wollunterhemd, ein Paar Strümpfe und zwei Paar Unterhosen blieben in ihren Händen. Ich brauchte diese Sachen, ich hatte nur noch das

Hemd am Leib. Aber mit wem sollte ich mich anlegen? Mit der Mauer?

Eine Alte mit schneeweißen Haaren kommt auf mich zu und sagt: Ich rate dir, dich nicht zu beschweren, denn wenn man sich hier beschwert, gilt man als böse und kann leicht in Pozzuoli landen. Ich weiß, sage ich, diese Erfahrung habe ich schon gemacht.

Sie sagt: Wenn du rumnörgelst, haben sie sofort ein Auge auf dich, also halt besser den Mund; wenn es geht, helfen wir dir. Ich sage: Aber ihr paßt euch an, spielt die Trottel, die Speichelleckerinnen, küßt den Nonnen hundertmal die Hände, setzt ein falsches Lächeln auf, wie macht ihr das bloß?

Daraufhin schaut mir die Alte starr in die Augen und sagt: Du bist uns scheißegal. Also gib Ruhe, sonst treiben wir dir die Lust aus, Krach zu schlagen!

Ich habe nichts erwidert, weil ich verstanden habe, daß die Alte nicht für sich, sondern für die anderen sprach, sie war eine Art Anführerin. Ich wußte auch, daß die Lebenslänglichen ein ganz anderes System haben, weil sie langfristig planen müssen, sie müssen ja ein Leben lang mit diesen Nonnen auskommen, deshalb stellen sie sich gut mit ihnen, auch wenn es sie hundert Prozent Scheinheiligkeit kostet.

Insgeheim tun sie dann, was sie wollen, aber offen beschweren sie sich nie, um die scheinbare Ordnung aufrecht zu erhalten. Zudem hat jede von ihnen ihre Lebensgefährtin und weiß, daß sie zwanzig, dreißig Jahre mit ihr verbringen muß, hat sie ja auch gern und möchte kein Risiko eingehen.

Da ich keine Lebenslängliche war, sondern wußte, daß ich in einem Jahr herauskam, mußte ich natürlich anders handeln. Doch dort unter all diesen Mörderinnen ging es mir echt schlecht, ich konnte es nicht allen recht machen. Sie waren hart, gewalttätig, und wenn sie sich auch nur im geringsten über einen ärgerten, lief man Gefahr, gelyncht zu werden.

Eines Tages gehe ich zu Schwester Eburnea, einer kleinen Nonne mit einem dunklen, sehr hübschen Gesicht. Schwester, sage ich, versuchen Sie doch, mich aus dieser Abteilung rauszuholen, denn ich finde mich unter all diesen Lebenslänglichen nicht zurecht. Warum denn? fragt sie. Die sind doch so nett. Ja, nett schon, sage ich, aber sie haben getötet, gevierteilt, und da sie ihr ganzes Leben im Knast verbringen müssen, sind sie bissig, hart und pervers geworden.

Aber nein, Teresa, sie haben sich in ihr Schicksal ergeben, sagt sie. Sie essen und trinken und tragen es mit Fassung. Ja, mit Fassung! sage ich. Aber da ich kein Spitzel bin, habe ich nichts davon erzählt, was unter diesen Frauen passiert, außerdem wußte sie es ja selbst ganz genau.

Mag sein, daß sie ganz ruhig sind, sage ich, aber ich werde bei denen schwermütig. Ich habe niemand umgebracht und will nicht bei den Lebenslänglichen sitzen. Mal sehen, was wir tun können, sagt die Nonne, vorerst mußt du dortbleiben und dich in den Willen des Herrn fügen. Lassen Sie den Herrn aus dem Spiel, sage ich, ihr wollt es doch so! Gottverdammter Christus, verdammte Madonna, fange ich aus vollem Hals zu fluchen an. Daraufhin steht sie auf, schlägt mich auf den Mund und geht.

Morgens standen wir um sieben Uhr auf. Wir mußten uns waschen, anziehen, alles blitzartig. Dann schnell, schnell das Bett machen, am Klo anstehen. Und wenn man sich nicht beeilt, wird man von Schwester Caritatis eingeschlossen, um eine bestimmte Uhrzeit riegelt sie alles ab, und wer drinbleibt, kriegt kein Frühstück, keine Milch, kein Brot.

Ich verzichtete oft auf diese Milch, weil ich mich waschen wollte und wegen der langen Schlange spät zum Klo kam. Manchmal ging ich nicht mehr aufs Klo wegen der Milch. Ich mußte wählen, entweder Waschen oder Milch oder Klo. Alle drei Sachen kriegte ich nicht auf die Reihe. Fast alle entscheiden sich für Klo und Milch. Das Waschen ist ihnen nicht so wichtig.

Die Milch war wässrig. Damit sie nach was schmeckt, schütten sie etwas Kaffee-Ersatz rein. Das Brot ist vom Vortag. Es wird erst zum Mittagessen ausgegeben. Wenn du morgens Brot essen willst, mußt du es dir vom Tag vorher aufbewahren. Du mußt es aber verstecken oder unter dem Hemd am Leib tragen, weil sonst immer die Möglichkeit besteht, daß es geklaut wird.

Jetzt haben sie Perugia renoviert, in Ordnung gebracht, und es geht den Leuten etwas besser. Aber vorher gab es weder Duschen noch Klos. Es gab nur ein Loch auf dem Boden, wie für die Männer, und Schluß.

Von diesen Löchern gab es je eins für fünfzehn Personen. Und das Waschbecken war so klein, daß man sich gerade mal das Gesicht waschen konnte, sonst nichts. Wer Geld hatte, kaufte sich eine kleine Plastikschüssel, tat etwas eiskaltes Wasser hinein und wusch sich damit.

Gebadet wurde alle vierzehn Tage, unten im Keller. Man mußte anstehen, die vom Normalvollzug in einer Reihe, die aus dem Zuchthaus in einer Reihe, jede Abteilung hatte ihre Schlange.

Einmal in der Woche konnte man die Wäsche runter in die Wäscherei bringen, jeder mit seinem Bündel, man mußte wieder anstehen, schnell alles durchwaschen, immer im Laufschritt wie die Gebirgsjäger. Aber das ist noch genauso, da hat sich nichts geändert.

In Perugia war das Essen besser als in Rom. Donnerstags gab es abends Nudeln mit Tomatensoße, sonst jeden Abend Brühe mit Ei und etwas Käse. Fleisch bekamen wir jeden Tag, manchmal ein Stück Siedfleisch, manchmal Würstchen, manchmal Gulasch. Natürlich war es zäh, man brauchte ein eisernes Gebiß. Aber es gab jeden Tag Fleisch. Und außerdem Kartoffeln, Unmengen Kartoffeln.

Wenn du Geld hast, kannst du alles kaufen, sogar Cognac. Wer arbeitet, kann sich gut versorgen. Mich ließen sie nicht arbeiten, da ich nur noch wenige Monate hatte. Es gab nur ein paar Arbeitsplätze, und um die rauften sich die Frauen, die viele Jahre abzusitzen hatten.

Und sticken kann ich nicht. Wenn du dich hinsetzt und stickst, sagten sie zu mir, kannst du dir was verdienen. Aber ich verstehe mich nicht darauf. In der Papierverarbeitung in Rebibbia war ich gut, rasch und geschickt mit den Händen. Aber beim Sticken mache ich lauter schwarze Riesenstiche, das lerne ich nie.

Außerdem hatte ich noch die Schnauze voll von Rebibbia, weil sie mich für die letzten drei Monate nicht bezahlt haben. Ich weiß nicht, warum. Die Versicherungsmarken habe ich für alle Monate, die ich gearbeitet habe, geklebt, bekam aber nichts mehr ausgezahlt, als ich wegmußte, einfach nichts. Ich weiß nicht, warum. Vielleicht weil sie mich dauernd verlegten. Das Geld kam an, wenn ich wegfuhr. Tatsache ist, daß es irgendwann verschwand und niemand was davon wußte.

In Perugia kam ich um vor Langeweile, wenn ich den ganzen Tag da am Tisch saß. Ich hätte gern ein Buch gelesen, mich etwas abgelenkt. Aber aus der Nähe sehe ich nicht gut. Also habe ich um eine Brille gebeten.

Für die Brille mußt du eine Eingabe beim Ministerium machen, sagt die Schwester zu mir. Ich machte die Eingabe, aber die Brille kam nicht. Schwester, sage ich daraufhin, was muß ich tun, um die Brille zu bekommen? Ich möchte etwas lesen, mich bilden. Sie sagt: Schreib noch einmal.

Ich schreibe noch einmal, aber die Brille kam nicht, nichts zu machen. Also sagt die Schwester: Jeden Freitag kommt die Gräfin Bartolomei und bringt den Gefangenen Almosen. Geh zu ihr hin, küß ihr die Hand und bitte sie höflich um eine Brille. Du wirst sehen, daß sie dir eine besorgt. Du mußt ihr ein bißchen um den Bart gehen, es ist eine, die sich leicht rühren läßt, von der San Vincenzo Laienkongregation, sie hat ein offenes Ohr. Sag, du wärst halb blind, hättest keine Lira und könntest das Gebetbuch nicht lesen.

Dann kommt diese Gräfin, eine blonde Matrone mit schwarzen Strümpfen, schwarzem Kleid, eine große Brillantbrosche auf der Brust, einen Hut mit schwarzen Schmetterlingen auf dem Kopf.

Sofort stürzen sich alle auf sie. Und sie verteilt Geschenke, der einen gibt sie einen BH, der anderen einen Unterrock oder ein Paar Schuhe. Alles gebraucht, natürlich, aber bei der Knappheit war man für alles dankbar.

Ich wage mich vor und sage: Gräfin, ich bräuchte eine Brille, weil ich nicht gut sehe. Ich hatte mir vorher im Geist ein langes Gegreine zurechtgelegt, aber als ich dann vor ihr stand, hatte ich alles vergessen. Ich hatte keine Lust zu flennen, im Gegenteil, als ich diese Matrone mit dem schwarzen Schmetterlingshut sah, mußte ich lachen.

Daraufhin sagt die Gräfin zu mir: Wie viele Jahre mußt du denn noch absitzen? Fünf Monate, sage ich. Es tut mir leid, sagt sie, aber bei mir gehen die armen Dinger, die noch Jahre hier verbringen müssen, vor. Doch da du so arm bist, schenke ich dir diese Wärmflasche. Damit drückt sie mir eine Wärmflasche aus Gummi in die Hand. Was soll ich damit? sage ich. Ich brauche eine Brille zum Lesen. Was willst du denn lesen? fragt sie. Bücher, sage ich, um mich zu bilden. Du bist nicht im Gefängnis, um dich zu bilden, sagt sie, sondern um zu büßen, also füge dich und bete, zum Beten brauchst du keine Brille!

Nachmittags gegen fünf Uhr kam Schwester Caritatis und sagte: Wer will heißes Wasser fassen? Bis dahin hatte ich mich nie gerührt. Von dem Tag an stürzte ich mit meiner Wärmflasche zusammen mit den anderen in die Wäscherei hinunter.

Dort befinden sich die Boiler, die den ganzen Tag heißes Wasser ausspucken. Damit konnten wir unsere Wärmflaschen füllen, dann ging's sofort wieder nach oben. Ich versuchte bei der Gelegenheit immer, etwas mehr Wasser zu nehmen, um mir die Haare oder den Po zu waschen, weil man sich dort nie über dem Bidet waschen kann. Aber Schwester Caritatis zwang mich jedesmal, das Wasser wieder wegzuschütten, und sagte: Nur die Wärmflasche, Teresa, nur die Wärmflasche!

War der Wettlauf um das heiße Wasser vorbei, gab es nichts mehr zu tun bis zur Fernsehzeit. Manchmal schlief ich auf der Bank ein. Dann kam Schwester Eburnea und gab mir einen Klaps. Schlafen kannst du später, im Bett, sagte sie, jetzt bleibst du wach.

Aber ich langweile mich, sage ich, ich weiß nicht, was ich tun soll! Denk über deine Sünden nach, sagt sie. Dann langweile ich mich noch mehr, sage ich. Dann bete, sagt sie. Meine Zunge ist ja schon ganz wund, so viel hab ich gebetet, sage ich. Ja, sagt sie, du betest mit bösen Worten. Tja, sage ich, das ist eben meine Art zu beten. Und ich wußte, daß ich mich damit in ein schiefes Licht rückte, aber ich konnte einfach nicht anders, mir sind die Nonnen unsympathisch, und es paßt mir nicht, ihnen nach dem Mund zu reden.

Wenn es Zeit fürs Fernsehen wurde, gab es ein Gerenne, ein Gedränge, um die besten Plätze zu ergattern. Die Gefangenen waren über alles froh und saßen mit offenem Mund da, ganz egal, was die Direktion zum Anschauen freigab.

Jedes Programm wurde von den Nonnen, der Oberin, dem Direktor und den Wärtern genau studiert. Alle sagten ihre Meinung dazu: »Das ist geeignet« oder »Das ist nicht geeignet«.

Geeignet waren Schlagersendungen, Spiele, bei denen Geld zu gewinnen war, Gesprächsrunden, bei denen Priester dabei waren, einige Fernsehserien und ein paar läppische Komödien. Nicht geeignet sind alle Nachrichtensendungen, auch wenn vom Papst die Rede ist, Krimis, Reportagen, Prozesse, auch wenn sie nachgestellt sind, Filme aller Art, Kriegsberichte, Debatten, Diskussionen, Untersuchungen.

Einmal gab es einen schrecklichen Streit wegen des Films »Anna Karenina«, der in Fortsetzungen lief. Der Direktor hatte gesagt, er sei geeignet, und seine Erlaubnis gegeben, und wir hatten schon eine Folge davon gesehen. Dann kam Mutter Pazientina, sagte, der Film sei nicht geeignet, und stellte ohne ein weiteres Wort den Fernsehapparat ab.

Da war die Hölle los. Alle, auch solche, die sich nie beschwerten, haben rebelliert. Wir schrien, hämmerten mit den Stühlen. Die Wachen mußten eingreifen, um uns zu beruhigen.

Ich war die Wildeste. Ich hatte die Nonne am Schleier gepackt und zog, in der Hoffnung, sie würde gleich mit unbedecktem Kahlkopf dastehen. Aber sobald sie es spürte, wand sie sich wie ein Aal und schaffte es schließlich, mir auszukommen.

Wenn es Fernsehen gab, waren wir bis neun, zehn Uhr auf. Sonst gingen wir um sieben schlafen. Wir zogen uns in einen großen Raum zurück, eine Art Pferdestall.

In der Mitte dieses Stalles stand ein Ofen, ein einziger Ofen für alle. Der Ofen wärmte nur zwei Meter im Umkreis, der Rest des Raums blieb kalt. Von den etwa vierzig Betten, die darin standen, bekamen nur etwa vier oder fünf etwas von der Ofenwärme ab, für die anderen war es schlimmer als im Eisschrank.

Dieser Ofen wurde mit Holz geheizt, und damit er ein wenig länger brannte, stahlen wir manchmal in der Schreinerei ein Stuhlbein und steckten es heimlich hinein.

Dann, kaum war Schwester Caritatis draußen, stürzten wir alle zum Ofen. Wir wärmten uns die Füße, legten die Strümpfe zum Aufheizen auf das Ofenrohr, es war ein rasendes Gedränge.

Aber sonst wären wir vor Kälte krepiert, denn die Mauern des Strafgefängnisses schwitzen Wasser aus, und die Feuchtigkeit frißt dich bei lebendigem Leib. Und so sagte oft, während wir uns alle an den Ofen gelehnt aufwärmten, irgend jemand: Verfluchte Sauerei! Teresa, wenn du rauskommst, mußt du zum Minister gehen, du mußt aufs Ministerium und verlangen, daß eine Inspektion hergeschickt wird!

Diesmal mach ich es wirklich! sagte ich. Geh hin, sagten sie, und erzähl dem Minister alles, daß es hier drin wie in einer Kaserne aussieht, wie in einem Stall, daß wir nur einen einzigen Ofen haben, der es kaum schafft, einen Quadratmeter zu heizen, daß es nur ein Klo für alle gibt, daß wir wie Fußabstreifer behandelt werden, daß das Essen wie Schweinefutter ist, so kann man nicht leben. Ja, ja, sagte ich, ich werde zum Minister gehen und ihm alles sagen.

Um acht Uhr sperrte Schwester Caritatis den Stall ab, schloß uns ein und ging ins Bett. Sie schlief in einem Zimmer am Ende des Flurs, zusammen mit noch vier Nonnen.

Sie riegeln alles ab, und du kannst sterben, sie machen bis zum nächsten Morgen nicht mehr auf. Wenn's dir schlechtgeht, kannst du krepieren, sie hören dir gar nicht zu.

Eines Nachts bekam ich eine Nierenkolik. Ich bin aufgestanden, habe geklopft und wieder geklopft, ich konnte nicht mehr, vor Schmerz blieb mir die Stimme weg. Die anderen haben sich überhaupt nicht um mich gekümmert, haben scheinheilig so getan, als schliefen sie. Ich veranstaltete einen Heidenlärm, und sie schnarchten! Sie hatten Angst und dachten: Die führt sich hier auf wie der Teufel, und wir wollen mit dem Zorn der Nonnen nichts zu tun haben.

Nach zwei Stunden kam Schwester Caritatis und sagte: Was willst du? Sie war fahl und verschlafen. Ich habe eine Kolik, sagte ich, ich sterbe gleich. Nimm dieses Zäpfchen, sagte sie, und weck mich ja nicht mehr, du Dreckstück! Damit schloß sie wieder ab und ging.

Eine Weile hat das Zäpfchen gewirkt. Dann, kaum war ich ein wenig eingenickt, wachte ich mit stärkeren Schmerzen als zuvor ruckartig wieder auf. Also schreie ich, klopfe, rufe, hämmere, trete gegen die Tür. Aber die Schwester ist nicht gekommen.

Gekrümmt vor Schmerz bin ich dort liegengeblieben und schaffte es nicht, zurück ins Bett zu gehen. Keine hat mir geholfen. Auf allen Vieren mußte ich bis zu meinem Bett kriechen und mich ganz langsam hochziehen, wobei ich mich an der Bettdecke festklammerte.

Am nächsten Morgen legen sie mich auf die Krankenstation. Ich war wie gerädert. Ruft einen Arzt, sagte ich. Jaja, sagten sie. Aber der Doktor kam nicht. Sie gaben mir Zäpfchen, die jedoch nicht mehr wirkten. Ich war wie versteinert vor Schmerz. Tut etwas, tut doch etwas! sagte ich. Die Schwester kam reingerannt, holte Thermometer, Hustensaft und Spritzen, sagte: Später, später, immer mit der Ruhe, und ging wieder.

Während ich mit gräßlichsten Schmerzen daliege, sehe ich, daß neben mir, rechts und links von meinem Bett, noch zwei schöne, strenge alte Frauen im Zimmer sind. Sie warteten auf das Mittagessen und unterhielten sich darüber, genossen es schon im voraus. Um mich kümmerten sie sich überhaupt nicht, als wäre ich gar nicht vorhanden.

Als das Essen kam, fingen sie an, die Suppe aus den Tellern zu schlürfen. Sie aßen und plauderten und nahmen weiterhin keine Notiz von mir. Dann standen sie alle beide auf, urinierten in einen Plastikeimer und schütteten den Urin in ein Waschbecken hinten im Zimmer.

In diesem Waschbecken spülten sie die Teller, wuschen die Wäsche, putzten sich die Zähne, alles zusammen. Trotz meiner Schmerzen und Schwindelgefühle dachte ich: Pfui Teufel! Hier bleibe ich nicht! In diesem Waschbecken wasche ich mich nicht ums Verrecken!

Endlich kommt der Arzt. Er läßt mir eine Spritze geben, und ich fühle mich sofort besser. Aber ich war noch ganz verkrampft, konnte nicht aufstehen. Daher sage ich zu einer dieser Alten, ob sie mir bitte etwas Wasser holt, weil ich Durst habe.

Die schaut mich an und tut so, als hätte sie nichts gehört. Ich dachte, sie sei vielleicht schwerhörig, und wandte mich an die andere. Hol mir doch bitte etwas Wasser vom Wasserhahn, ich habe Durst, sage ich.

Nichts. Sie hat sich nicht einmal umgedreht. Sie lag mit dem Gesicht zur Wand, putzte sich die Nase und rührte sich nicht. Also mußte ich ganz schief und verkrümmt aufstehen und mir das Wasser selbst am Wasserhahn holen, denn auf die Injektion hatte ich großen Durst bekommen.

Als die Schwester kommt, sage ich: Schwester, ihr laßt mich hier wie ein Tier verenden, nicht mal ein bißchen Wasser krieg ich, ja sind wir denn bei den Wilden?

Pst, sagt sie, paß auf, daß dich die beiden nicht hören, das sind zwei Lebenslängliche, die seit dreißig Jahren hier sind und mit niemand Mitleid haben. Dann fragt sie: Woher kommst du? Aus Anzio, sage ich. Oh, ich auch, sagt sie. Und wir freunden uns ein bißchen an.

Sie war jung, diese Schwester Celeste von der Krankenstation, hatte eine große breite Nase, war aber frisch und freundlich. Landsmännin, ich mein's gut mit dir, sagte sie, laß die beiden alten Weiber in Ruhe, die sind hinterhältig. Hör mal, sage ich, nachdem du so nett bist, könntest du mir nicht einen Schluck Kaffee oder Milch bringen, ich brauche einfach was Warmes.

Natürlich, sagt sie, ich schick dir gleich was mit der Putzfrau. Ich warte und warte, aber der Kaffee kommt nicht. Die Schwester rannte hin und her. Und der Kaffee, Landsmännin? frage ich. Gleich, sagt sie, ich laß ihn dir von der Putzfrau bringen. Aber sie vergaß es immer wieder. Daraufhin habe ich sie gerufen und gesagt: Sehr weit kann's ja nicht hersein mit der Freundschaft, wenn du den winzigen Gefallen, um den ich dich gebeten habe, dauernd vergißt!

Am Nachmittag schickt sie mir dann endlich heiße Milch. Die Putzfrau kommt, ganz vermummt, die Haare straffgezogen unter der schmutzigen Haube. Da! schnauzt sie mich an und knallt mir die Milch hin, als täte sie mir wer weiß welchen Gefallen. Ich nehme die Tasse und trinke. Wenn ich mehr Kraft gehabt hätte, hätte ich sie ihr an den Kopf geschmissen wegen ihrer Grobheit. Schweren Herzens habe ich die Milch getrunken, sie war ekelhaft, schmeckte ranzig, aber ich habe sie runtergewürgt.

Nachts bekomme ich wieder Schmerzen. Ich rufe Schwester Celeste und sage: Gebt mir noch eine Spritze, mir geht's schlecht. Ohne Erlaubnis des Arztes kann man nichts tun, sagt sie. Dann ruft den Arzt! sage ich. Morgen, sagt sie, morgen.

Am nächsten Tag kommt der Arzt nicht. Und ich bettle immer weiter um eine Spritze, denn die Schmerzen waren wieder so stark wie am ersten Abend. Der Arzt kommt nur, wenn die Mutter Oberin ihn ruft, sagt Schwester Celeste. Und wo ist die Mutter Oberin? frage ich. In Rom, sagt sie, was erledigen, sie kommt in ein paar Tagen zurück.

Also lag ich weiter ohne Arzt da. Ich beschwerte mich, regte mich auf. Daraufhin kommt meine Landsmännin und sagt: Heute morgen ist ein Arzt hier im Gefängnis, wenn du willst, rufe ich ihn dir.

Ja, sage ich, ruf ihn sofort, ich brauche ihn dringend. Nach einer Weile kommt dieser Arzt, groß, strahlend, gutaussehend. Muß Ihnen ein Zahn gezogen werden, Signora? fragt er. Er war Zahnarzt. Nein, nein, sage ich, ich hätte hier vorn einen Zahn zu ersetzen, den mir die Wärter ausgeschlagen haben, aber ich habe kein Geld.

Na ja, sagt er, dann zahlen Sie halt, wenn Sie wieder Geld haben. Für zwölftausend Lire kann ich ihn in Ordnung bringen. Ich habe aber keine zwölftausend Lire, sage ich. Sechs können Sie mir gleich geben, sagt er, und die anderen sechs in einem Monat. Und woher soll ich sechstausend Lire nehmen? sage ich.

So konnte ich den Zahn nicht in Ordnung bringen lassen und mußte die Nierenschmerzen ertragen, bis sie nach einer Woche von selbst vergangen sind.

GANZ ABGEMAGERT KAM ich nach diesen Monaten raus, fix und fertig. Ercoletto saß noch, ihm hatten sie mehr aufgebrummt als mir. Unsere Wohnung war dahin, wie jedesmal. Immer, wenn ich eingelocht werde, kommen die Freunde, die Verwandten und nehmen alles mit. Und wenn ich entlassen werde, stehe ich traurig und bloß mit dem Hemd am Leib da, als wäre ich aus dem Grab auferstanden.

Ich gehe zur Spanierin, der einzig wahren Freundin, die ich habe. O Gott, bist du runtergekommen! sagt sie. Das Gefängnis macht einen fertig, sage ich. Hier, sagt sie, iß. Und stellt mir Kartoffeln mit Öl und Petersilie hin.

Weißt du, sagt sie, Fleisch kann ich dir keins bieten, weil ich den Alten nicht mehr habe, Geld ist knapp, und die Preise sind gestiegen. Die Kalbsschnitzel, die ich früher für tausendfünfhundert Lire pro Kilo gekauft habe, kosten jetzt über zweitausend pro Kilo, das kann ich nicht bezahlen.

Mach dir keine Sorgen, sage ich, ich werd schon was auftreiben, und dann kauf ich dir das Fleisch.

Als erstes hole ich mir Orlandino zurück. Ich finde ihn halb erfroren, mit Schorf am Hintern und an den Beinen. Er hatte einen Ausschlag mit gelben Pusteln, eine ging auf, und die nächste wuchs schon nach, und keine Medizin konnte ihn heilen.

Unterdessen versuche ich herauszufinden, wohin sie meinen Bruder verlegt haben. Da erhalte ich einen Brief von ihm, in dem steht: »Liebe Schwester und lieber Sohn Orlandino, vor dem Gericht in Livorno hatte ich meinen Prozeß wegen der Schlägerei mit dem Banditen La Parca und wegen der Messerstiche, die der Unterzeichnete ihm beigebracht hat. Von dort wurde ich dann nach Rom verlegt, wo ich etwa einen Monat blieb und Dinge sah, die schlimmer waren als die Hölle, denn ich mußte den Tod des jungen Cocota mit ansehen, den sie an die Pritsche fesselten und zu Tode prügelten. Bei der Gelegenheit packte ich den Hauptmann an der Brust und spaltete ihm mit dem Nachttopf die linke Augenbraue. Wegen dieser Tat wurde ich zu einem Jahr Freiheitsentzug verurteilt und wieder nach Porto Azzurro verbracht. Dort erhielt ich die Nachricht vom Tod unseres Vaters, sah das Datum auf dem Telegramm und stellte fest, daß der Gefängnisgeistliche es vierundzwanzig Stunden zurückgehalten hatte. Daraufhin stürzte ich mich auf ihn und schlug ihm einen Besenstiel auf den Kopf. Zu der Zeit wechselte der Direktor, und es kam ein gewisser Sozzi aus Rom, der sich meiner annahm, als er erfuhr, was ich alles durchgemacht hatte, und mich beauftragte, Mäusefallen aufzustellen, und für jede Maus, die ich fing, schenkte er mir ein Päckchen Tabak. Nach drei Monaten schickte er mich dann nach Civitavecchia, wo ich mich darin vervollkommnete, Schultertücher und Kinderkleider herzustellen. Nach acht Monaten in Civitavecchia wurde ich von einer Illustrierten interviewt, die viel über mich schrieb und auch veröffentlichte, daß ein lauter Ton genügte, um vor Gericht gezerrt zu werden, daß die Wärter nicht zögerten, mit Händen und Stöcken zuzuschlagen, und daß ich in Civitavecchia ein mustergültiger Häftling geworden war.

So vergingen sechs Monate, Schwester, die mir ein Trost waren, und ich wurde auf freien Fuß gesetzt, als du noch im Knast warst. Ich ging zu meiner Konkubine, der Zwergin, und versuchte noch in derselben Nacht, mich vor die Räder eines Zuges zu werfen, doch ein Eisenbahner bemerkte es und brachte mich mit Hilfe von drei weiteren Personen nach Hause. Am nächsten Morgen versöhnte ich mich mit der Zwergin, und eine Zeitlang ging alles gut, tagsüber arbeitete ich bei der Gemeinde, und nachts fuhr ich mit Scheinwerfern zum Fischen aufs Meer. Eines schönen Morgens, als ich gerade vom Fischen zurückkam und auf dem Weg zu unserem Bruder Luciano war, sehe ich eine Menge Leute vor einem Geschäft herumgaffen, das in der Nacht überfallen worden war, und bleibe ebenfalls stehen, um zu schauen. Auf einmal hält der Geschäftsinhaber namens Rollini mir eine Pistole auf die Brust und schreit: Da ist der Dieb von heute nacht! Ich lachte ihm ins Gesicht, denn ich war mir ja ganz sicher, und sagte: Du armer Irrer, aber in dem Augenblick kam der Hauptmann der Carabinieri, der mich mit einem barbarischen Gehabe festnahm und mir sogar etliche Ohrfeigen und Faustschläge gab. Zwei Tage und zwei Nächte verbrachte ich in Gewahrsam. Dann ließen sie mich frei, da die Fischer und unser Bruder Luciano beim Bürgermeister von Anzio für mich ausgesagt hatten. Nach zwei Tagen zog ich nach Nettuno in ein Zimmerchen, das mir unser Bruder Eligio zu Verfügung stellte, wofür ich ihm zehntausend Lire Miete im Monat zahlte. Aber dann mußte ich wegen der Eifersucht meiner Schwägerin dort weg, und um des lieben Familienfriedens willen verließ ich das Haus und ging nach Anzio, wo ich wieder mit der Zwergin Carmela Andandò, die du kennst, zusammenwohnte. Ich verdingte mich als Hafenarbeiter und verdiente fünftausend Lire am Tag. Am Samstag abend beschlossen wir mit den Kollegen – denn wir luden gerade zwei Lastzüge mit Kunstdünger ab –, zusammen Muscheln und eine Pizza essen zu gehen. Dann lief ich rasch nach Hause, um mich zu waschen, gab alles Geld Carmela und sagte ihr, wenn mich jemand suchte, solle er in die Cantina eines gewissen Nerone in der Via 20 Settembre kommen. Und während wir aßen und tranken, sagte ein gewisser Romoletto, genannt Grattone, er habe gesehen, wer das Geschäft von Rollini ausgeräumt habe, würde aber niemals die Namen nennen, doch habe er zwei Minuten vorher zwei Diebe mit dem Maresciallo der Carabinieri sprechen sehen. Daraufhin trank ich eine Flasche Rotwein, verabschiedete mich von allen mit der Bemerkung, ich müsse nach Hause, um meine Konkubine ins Kino zu führen, und ging.

Ich begab mich zu einem Freund, von dem ich mir eine Pistole geben ließ, und stürzte eiligst in die Kaserne, wo ich dringend mit dem Maresciallo zu reden verlangte und in seiner Gegenwart sagte: Signor Maresciallo, beeilen Sie sich, denn ich habe die Stoffdiebe gefunden, sie teilen gerade das Geld auf und sind schon auf dem Absprung. Bei diesen Worten befahl der Maresciallo den Carabinieri, sich zu bewaffnen, und wir nahmen die Straße, die ich angegeben hatte; dort ließ er sie ausschwärmen. Ich und ein mit Maschinenpistole bewaffneter Gefreiter und der Maresciallo gingen eine andere dunkle Straße entlang. An einem bestimmten Punkt zog ich meine Pistole und richtete sie auf den Gefreiten, während ich ihm die Maschinenpistole wegnahm, dann nahm ich auch dem Maresciallo seine Pistole ab, und danach sammelte ich sie alle wieder ein, entwaffnete sie und trieb sie mit vorgehaltener Maschinenpistole in die Kaserne zurück.

Unterwegs begegnete ich einem gewissen Cicogna und bat ihn, unseren Bruder Luciano zu holen, der auch sofort kam, kaum daß wir die Kaserne erreichten. Als er mich mit gezückter Maschinenpistole sah, forderte er mich auf, die Ruhe zu bewahren. Ich sagte ihm, er solle sofort den Bürgermeister anrufen, er möge unverzüglich kommen, da ich die Diebe geschnappt hätte und die Anklage gegen mich damit hinfällig werde und ich mich an ihnen rächen wolle.

Als der Bürgermeister ankam, sagte er, er wolle beim Kommando der Carabinieri anrufen, sie sollten sofort einen Kommandanten in die Kaserne schicken, um die Sache zu regeln. Nach etwa fünfzig Minuten trat ein Hauptmann ein, den ich sofort mit der Maschinenpistole aufs Korn nahm. Dann, nachdem sie unbedingt wollten, daß ich im guten oder im bösen die Maschinenpistole weglegte, sagte ich: Dieser Maresciallo ist zusammen mit den beiden Dieben für den Raub verantwortlich, es war alles abgesprochen, ich habe Beweise. Der Maresciallo schwieg, und das war der Beweis für seine Schuld. Da die Sache aber weder vorwärts noch rückwärts ging, tötete ich den Maresciallo erbarmungslos, weil er der Urheber des Diebstahls war, für den man hinterhältigerweise mich angeklagt hatte, dann sagte ich zu Luciano, er solle die Magazine aufsammeln und sie dem Hauptmann und dem Bürgermeister aushändigen.

Als ich die Maschinenpistole abgab, nahmen sie mich sofort fest, ohne meinen Akt der Gerechtigkeit zu würdigen, und ich mußte ein schriftliches Geständnis unterschreiben, daß ich den Maresciallo aus persönlicher Rache umgebracht hatte.

Für diese Heldentat wurde ich wieder eingebuchtet, obwohl der Richter die Schuld des Maresciallo anerkannte, daß er zusammen mit den Dieben die Teilung der Beute abgesprochen hatte. Ich bin jetzt im Gefängnis von Reggio Emilia, schlechter könnte es einem gar nicht gehen, denn die gemeinen, rohen Insassen sind voller Niedertracht, schlimmer als in Porto Azzurro. Schick mir etwas Kleidung und Nahrung, wenn du kannst, ich habe nämlich ständig Hunger und kann wegen meiner kaputten Zähne nicht kauen, schick mir also weiche Sachen wie Obst, Kekse, Fleisch in der Dose usw. Bitte komm mich baldmöglichst besuchen, jetzt, wo du wieder draußen bist, und bring auch Orlandino mit, von dem ich als Vater dauernd getrennt bin und der mir sehr fehlt. Ich höre jetzt auf zu schreiben, aber mit dem Herzen bin ich immer bei euch. Ich umarme dich fest, viele Küsse und besonders dicke Küsse für unseren lieben Orlandino. Für immer dein Bruder Orlando Numa.«

Bevor ich seinen Sohn mitnahm, habe ich allerdings gewartet, bis der Kleine sich ein wenig erholt hatte. Ich hätte ihn ja nur erschreckt, wenn ich das Kind so zugerichtet mitgebracht hätte. Ich habe ihm Penicillin und Kortison in Pulverform gegeben, und endlich sind die Pusteln, wie es scheint vor allem durch das Kortison, ausgetrocknet, und die verfaulte, tote Haut ist abgefallen, während darunter eine schöne neue zu wachsen begann.

Unterdessen suchte ich eine Arbeit, um etwas Geld zu

verdienen, weil ich mit Orlandino bei der Spanierin nicht immer auf ihre Kosten leben konnte. Da ich nichts anderes fand, habe ich aus Verzweiflung wieder angefangen, mit Reiseschecks zu handeln. Diesmal paßte ich jedoch besser auf, weil ich nicht wieder eingelocht werden wollte. Ich beschloß, allein zu arbeiten, ohne Komplizen.

Seinerzeit in der Bar Bengasi hatte ich einen kennengelernt, der in einem Hotel an der Via Nazionale als Kellner arbeitete. Dieser Kellner heißt Vito, ist ein schlanker, distinguierter Typ mit Geheimratsecken, bei dem niemand je Verdacht schöpfen würde; er spricht sogar Französisch wie ein Franzose.

Mir fiel ein, daß er mir einmal ein Geschäft vorgeschlagen hatte, und so ging ich zu ihm. Ich erzählte ihm, ich ginge auf den Strich, mir kämen oft Amerikaner unter, die dann mit Reiseschecks zahlten, und ich wüßte nicht, wo ich sie wechseln solle. Bring sie nur, bring sie nur her, hat er gesagt, ich wechsle sie dir.

Dieser Vito besaß das Vertrauen des Hoteldirektors und war mit allen dort drinnen gut Freund, auch mit dem Kassierer, denn das Hotel hat sogar eine eigene Bank. Es ist kein Luxushotel, sondern mehr eins für Geschäftsleute und Touristen, die ständig kommen und gehen.

Ich kaufte also die Reiseschecks am Campo de' Fiori, bei zwei Taschendieben, mit denen ich befreundet war, oder ich ging nach Trastevere zu Aldina, genannt Hinkebein, oder zu Luigi, genannt Schnapper.

Sie besorgten mir Schecks über hundert, fünfzig, dreißig Dollar. Für hundert Dollar bezahlte ich zwanzigtausend Lire. Aber es kam auch auf den Tag an. Manchmal bezahlte ich mehr, manchmal weniger.

Oft sagte Hinkebein zu mir: Hier, Teresa, gib mir zehntausend Lire und schaffe mir diese Reiseschecks aus den Augen, sie liegen schon eine Woche hier rum, und langsam wird's mir zu heiß. Ich nahm die Schecks und brachte sie zu Vito. Immer zwei-, dreihundert Dollar auf einmal. Er ging sofort zur Hausbank, zack!, und wechselte sie. Ich steckte ihm zwanzig- oder auch dreißigtausend Lire zu, je nachdem, wieviel ich wechselte.

Na, ist's gutgegangen? sagt er. Ja, sage ich, gestern Abend hab ich einen Ami aufgerissen, total besoffen, der hat mir diese Schecks gegeben.

Und er: Tja, du verstehst dich darauf, du kannst mit diesen Amis umgehen, recht hast du, so muß man sie behandeln, diese reichen Scheißkerle, lang nur tüchtig zu!

So wechselte er sie mir. Dabei waren es lauter gestohlene Schecks, und in der Regel war längst Anzeige erstattet worden. Vielleicht ahnte dieser Vito, woher sie stammten, aber er ließ es sich nicht anmerken. Ich kam, wechselte, steckte das Geld ein und ging wieder.

Der Spanierin habe ich Fleisch und Schinken gekauft, ich habe ihr sogar einen Fernseher zum Geburtstag geschenkt. Orlandino habe ich gemästet. Ercoletto, der unterdessen nach Cassino verlegt worden war, habe ich mehrere Pakete gebracht. Und auch mein Bruder Orlando in Reggio Emilia hat Pakete gekriegt.

Dann beschloß ich, mir auf eigene Faust ein Zimmer zu mieten, und bin zu dieser Alten gezogen. Sie war achtzig und häßlich wie die Pest, aber sie dachte immer noch an Männer. Sie wollte einen heiraten, der einen Stand auf dem Markt hat, einen Obststand, und Giomberto heißt. Ich weiß aber nicht, ob sie ihn dann wirklich geheiratet hat oder nicht. Dieser Giomberto wollte sie heiraten, um das Geld zu kassieren, das sie heimlich auf die Bank trug, es heißt, sie besitze ein Sparkonto von einer halben Million. Alle sagten, er habe es nur aufs Geld abgesehen, und irgendwer hat es auch der Alten, der Achtzigjährigen, gesteckt, aber sie hörte gar nicht hin. Der pure Neid, Teresa mia, der pure Neid, sagte sie, hier ziehen sie einem den Stuhl unterm Hintern weg, wenn man nicht aufpaßt. Hast du gesehen, was für ein schöner Mann Giomberto ist? Hast du gesehen, wie lieb er mich hat? Er bringt mir jeden Abend eine Muskatellerbirne zum Nachtisch.

Bei dieser Alten bezahlte ich zwanzigtausend Lire pro

Monat für ein Zimmer mit Küchen- und Badbenutzung. Es gab jedoch kein heißes Wasser, das Zimmer war so groß wie ein Loch, und es paßte kaum ein Feldbett hinein. Die Küche war ein Dreckhaufen, verpestet mit Knoblauch- und Zwiebelzöpfen, die einen beißenden, schädlichen Geruch verströmten. Kurzum, ich schlug mich so durch, nicht schlecht, aber auch nicht sonderlich gut. Manchmal machte ich etwas mehr Kohle, manchmal sehr wenig. Aber ich ließ mich zu nichts hinreißen, aus Angst vor dem Knast. Ich lebte allein mit Orlandino und wartete darauf, daß Ercoletto aus Cassino entlassen würde.

Eines Tages, als ich mit Orlandino in der Gegend von Porta Portese unterwegs war, wo ich eine Decke kaufen wollte, überkam mich plötzlich Sehnsucht nach meinem Sohn Maceo. Die Sehnsucht war so heftig, daß meine Füße sich von allein in Richtung Viale Marconi aufmachten. Mit dem Kleinen auf dem Arm und drückenden Schuhen bin ich zu Fuß bis zum Haus meines Sohnes gegangen.

Gegenüber liegt ein halbkahler kleiner Park, wo die Hunde zum Kacken hingehen, er besteht aus zwei mickrigen Bäumen und vier Beeten mit gelben, kranken Blättchen. Zwei frischgestrichene, glänzend grüne Bänke gibt es auch. Dort habe ich mich hingesetzt, dem Haus gegenüber, und darauf gewartet, ihn herauskommen zu sehen.

Ich warte und warte, aber mein Sohn kommt nicht. Je mehr Zeit verging, um so mehr Lust bekam ich, ihn zu sehen. Ich dachte: Wenn er rauskommt, tue ich so, als ginge ich hier mit dem Kleinen spazieren, als wüßte ich gar nicht, daß er hier wohnt, als begegnete ich ihm zufällig, und dann haben wir's.

Ich ging auf und ab, auf und ab. Aber nichts, Maceo kam nicht. Bis zum Abend habe ich in dem kleinen Park gewartet, mir taten schon die Augen weh vor lauter Starren auf diese verdammte Haustür, wo so viele Menschen aus- und eingingen, aber nie der, auf den ich voller Liebe wartete.

Zu ihm in die Wohnung konnte ich nicht gehen, denn er hatte mir ausrichten lassen, für ihn sei seine Mutter gestorben. So hatte er sich ausgedrückt und es mir mitteilen lassen, nachdem seine Tanten, meine Todfeindinnen, ihn gegen mich aufgehetzt hatten. Sie sagten zu ihm, ich sei eine schlechte Mutter, eine Verbrecherin ohne Gesetz und Moral. Deine Mutter sitzt ständig im Knast, sagen sie, sie treibt sich mit lauter Dieben und Nutten herum, sie ist eine Gesetzlose, eine Feindin der Familie, du mußt sie verstoßen! Und so hat er es gemacht. Er hat gesagt: Ab heute habe ich keine Mutter mehr. Meine Mutter ist für mich gestorben.

Er hat eine schöne Stelle bei Pirelli bekommen. Er hat geheiratet und ist in den Viale Marconi gezogen. Auch seine Schwiegermutter wohnt bei ihm, eine recht erträgliche, nette Frau. Zu dieser Schwiegermutter sagt er Mama.

Früher, bevor er zum Militär mußte, kam er immer zu mir; er wohnte bei seinen Tanten, aber er besuchte mich oft. Er hatte sich mit Ercoletto angefreundet. Wir aßen zusammen Pizza, gingen ins Kino. Doch nach dem Militärdienst hat er sich verändert.

Er hat sich verlobt, hat den feinen Herrn herausgekehrt, hat den Posten bei Pirelli bekommen, danach wollte er mich nicht mehr sehen, weil er sagt: Meine Mutter hat einen Freund, lebt mit einem Mann zusammen, ohne verheiratet zu sein, es gehört sich nicht, daß ein Angestellter von Pirelli so eine Mutter hat.

Mein Sohn ist ein gutaussehender Junge. Nicht weil er mein Sohn ist, sondern weil er wirklich etwas Strahlendes hat. Er ist eins fünfundachtzig groß, hat ein hübsches Gesicht, körperlich, ein wenig auch um die Augen herum, sieht er mir ähnlich.

Vom Charakter her ist er dem Vater nachgeschlagen, ganz eindeutig. Er ist nicht bösartig, besitzt Sensibilität, ist ein guter Junge. Aber er hat sich mitreißen, hat sich aufbringen lassen. Er ist wie sein Vater, den sie auch um den Finger wickelten, beeinflußten und aufhetzten, wie es ihnen paßte.

Hauptsächlich meine Schwägerin Egle hat meinen

Sohn gegen mich aufgehetzt. Ich hatte ihm aus dem Gefängnis geschrieben, ich sei allein und am Verhungern, und ihn gebeten, mich zu besuchen.

Und sie hat zu ihm gesagt: Du spinnst wohl! Ins Gefängnis willst du? Um Himmels willen, geh sie bloß nicht besuchen, diese unselige Mutter! Als würde er sich die Ehre abschneiden, wenn er einen Fuß in den Knast setzt, um mich zu besuchen. Und er ist wirklich nie gekommen, hat mir nicht einmal eine Karte geschrieben.

Wenn ich draußen war, kam er oft zu mir nach Hause, trank mit Ercoletto Bier, spielte mit ihm Karten. Manchmal machte er mir Vorwürfe, dieser Sohn, hielt mir eine Predigt. Mamma, sagte er, schau, was du angerichtet hast, schau, was du aus deinem Leben gemacht hast! So viele Ansprüche, so viele Grillen im Kopf, und dann sitzt du ständig im Knast! Deine Freundinnen sind reich geworden, deine Brüder haben es zu was gebracht, und du läufst immer noch rum wie eine Bettlerin! Du kennst nur Diebe und Huren, verkehrst nur mit Leuten, die nichts wert sind.

Das waren die Worte seiner Tante. Tu so, als seien diese Diebe Grafen und Fürsten, sagte ich, was geht es dich an, mit wem ich verkehre? Wenn sie Geld hätten, würdest du dich vor ihnen verbeugen. Tu so, als wären sie reich, steinreich, erzreich, und verneige dich vor ihnen.

Den Gnadenstoß hat ihm diese Frau versetzt, die er geheiratet hat, denn er hat sich ein dickköpfiges, eingebildetes Mädchen ausgesucht. Sie heißt Mimma, stammt aus den Abruzzen, hat bitteres Blut in den Adern und einen unverträglichen Charakter. Sie will geachtet und respektiert werden, gibt sich überlegen und engelhaft. Dabei taugt sie zu nichts. Sie muß Gott danken, daß er ihr eine häusliche Mutter gegeben hat, die alles macht, putzen, waschen, kochen, alles. Die Tochter rührt keinen Finger im Haushalt, sie fürchtet, sich die Hände zu ruinieren.

Sie hat ganz lange Fingernägel, und wenn einer abbricht, klebt sie ihn mit Tesafilm wieder an. Intelligenz hat sie so viel wie ein Esel. Schlau ist sie, das schon. Kaum hat sie meinen Sohn kennengelernt, hat sie ihn sofort untergekriegt. Wenn du nicht dein Studium fertigmachst, sagte sie, verlobe ich mich nicht mit dir. Und dann: Wenn du keine Stellung findest, heirate ich dich nicht.

Und er, mein Sohn, hat Examen gemacht und bei Pirelli angefangen. Er hat sich dafür abmühen, Demütigungen einstecken, um Gefallen bitten, vor anderen kriechen müssen. Aber er klebte wie Pech an dieser Mimma. Er war einfach hemmungslos verknallt. Vom Gesicht her ist das Mädchen gar nicht häßlich, hat eine Stupsnase, schmale Lippen und vorstehende Augen. Meinem Sohn gefällt sie, mir nicht. Sie ist normal groß, hat wenig Haare, ist ein bißchen kahl, aber das Gesicht ist ganz nett.

Meiner Ansicht nach hat sich mein Sohn an diese Mimma weggeworfen, die ist keinen Pfifferling wert. Das sagen alle. Nicht weil er mein Sohn ist, aber er sieht so gut aus, wie eine Statue. Außerdem ist er fröhlich, verspielt. Sie dagegen ist mürrisch, düster, macht niemandem Freude. Sie unterdrückt ihn, läßt ihn für sich arbeiten. Sie redet ständig von Autos, denn sie will ein Luxusauto, will einen Biberpelzmantel, will silbernes Geschirr, habgierig ist sie.

Dauernd steht sie vor dem Spiegel und bürstet sich ihre drei Haare. Maceo hat weder Vater noch Mutter, sagt sie. Der Vater ist tot, die Mutter lebt mit einem Mann, mit dem sie nicht verheiratet ist, das ist nicht in Ordnung.

Dann holt sie das Fläschchen mit Nagellack heraus, eine klebrige rosa Flüssigkeit, und fängt an, sich die Nägel zu lackieren, erst die Fußnägel, dann die Fingernägel, und dabei brummt sie: Das ist in Ordnung, das ist nicht in Ordnung, das ist recht, das ist nicht recht. Sie ist schlimmer als ein Richter beim Prozeß.

In dieses Hotel in der Via Nazionale ging ich immer am späten Vormittag, so gegen zwölf Uhr, wenn Vito Dienstschluß hatte. Ganz elegant trat ich ein, mit einem tabakfarbenen Mantel mit Pelzkragen, einem Armreif hier, einem da, frischgewaschenen Haaren, einer schönen gelben Bluse.

Ich spielte diese Rolle der Luxusnutte für Vito, um ihm Sand in die Augen zu streuen und ihn glauben zu lassen, daß diese Reiseschecks nicht gestohlen seien.

Heute nacht habe ich Glück gehabt, sagte ich, ich habe bei einem echt reichen Ami abgesahnt und mir hundert Dollar geben lassen, dann habe ich noch einen getroffen, einen Freund von dem ersten, weißt du, einen feisten Kerl mit aufgedunsenem Gesicht.

Und er: So ist's recht, Teresa, würg ihnen eine rein, beklau sie! Elendes Pack ist das, sie machen sich wichtig, weil sie 'n bißchen Kohle haben, glauben, sie seien was Besseres, und behandeln dich wie einen Putzlumpen, nur weil du als Kellner oder als Nutte arbeitest. Schröpf sie, beklau sie, nimm sie aus, wie's nur geht!

Ich sage: Dieser Ami heißt Johnny, er ist ein gieriger Kerl, will mich ganz für sich, er will mich heiraten und nach Amerika mitnehmen, kapierst du? Seine Frau ist gestorben, und jetzt will er mich heiraten. Und Vito: So ist's recht, heirate ihn und verlaß ihn dann, aber knöpf ihm zuvor sein ganzes Geld ab!

Ich redete so daher, weil ich am nächsten Tag fünfhundert Dollar wechseln mußte und ihm dann erzählen konnte, sie stammten von Johnny. Er, dieser Vito, war jedoch ein bißchen blöd, weil er nicht merkte, daß diese Reiseschecks alle verschiedene Unterschriften aufwiesen, auch Unterschriften von Frauen waren dabei, auch italienische Unterschriften.

Komm, Teresa, sagte er, ich möchte dich zum Kaffee einladen. Wir gingen in eine Bar in der Nähe, und er spendierte mir Kaffee mit Sahne. Ich brauchte nur über die Amis zu schimpfen, dann war er begeistert. Es war ein Spleen von ihm.

Wie ist er, fragte er, der Kerl, der dich heiraten will? Zwei Meter groß ist er, sagte ich, so um die siebzig, hat hellbraunes Haar, ich weiß aber nicht, ob's gefärbt ist. Die Hose trägt er bis zur Brust raufgezogen, mit zwei roten Hosenträgern, auf die das Wort V-I-C-T-O-R-Y aufgestickt ist.

Ich ließ meine Phantasie spielen, um diesem Vito was zu bieten. Es stimmte, daß ich mal so einen Ami kennengelernt hatte, aber das lag Jahre zurück. Der wollte Dina heiraten und hieß tatsächlich Johnny. Mich sah er gar nicht, hatte nur Augen für Dina. Er war wirklich siebzig, sah aber älter aus.

So ist's recht! sagte Vito. Rupf ihn nur tüchtig, zieh ihm das Fell über die Ohren! Und er klatschte sich mit den Händen auf die Schenkel. Er trank einen Kaffee, dann noch einen, immer mit Sahne drauf. Er stand unheimlich auf Süßes, deshalb waren alle seine Zähne kaputt und faulig.

Und dann, und dann, was hast du dann gemacht? fragte er. Ich habe ihn in eine Pension mitgenommen, sagte ich, hab ihn ausgezogen, mich über ihn hergemacht und dann zu ihm gesagt: Entweder gibst du mir hundert Dollar, oder ich laß dich hier sitzen. Und er hat mich sofort zufriedengestellt.

Ich gab mächtig an und Vito lachte mit seinen zerfressenen Zähnen. Er bestellte mir noch einen Kaffee, schlug sich mit den Händen auf die Schenkel. Er war nicht unsympathisch, nur ein bißchen beschränkt.

Erzähl, erzähl weiter! sagte er. Und ich erfand munter drauf los, log wie gedruckt. Meine Phantasie flog wie ein Vöglein. Was für Märchen ich ihm auftischte!

Nun gehe ich eines Tages wieder zur verabredeten Zeit zu

diesem Vito und treffe ihn nicht an. Wo ist Vito? frage ich. Signorina, sagen sie zu mir, bitte setzen Sie nie wieder einen Fuß hier rein, sonst läßt der Direktor Sie hinauswerfen. Aber wieso denn? frage ich. Sofort habe ich die Krallen gezeigt, um mich nicht unterkriegen zu lassen. Gleichzeitig suchte ich nach einer Möglichkeit, um unauffällig zu verduften.

Da kommt ein Kellner, ein Freund von Vito namens Vincenzino, und sagt zu mir: Wissen Sie, Vito ist zum Direktor gerufen worden, der ihn gefragt hat: Wer gibt dir eigentlich diese vielen Reiseschecks? Und er hat gesagt: Das ist das Trinkgeld von den Amis. Und der Direktor: Das kannst du deiner Großmutter erzählen, hundert Dollar Trinkgeld! Und so hat Vito geantwortet: In Wirklichkeit verhält sich die Geschichte anders: Ich kenne eine Signorina, die geht mit diesen Amis, und sie zahlen sie mit Reiseschecks.

Der Direkter hat ihm gesagt, daß die Schecks alle gestohlen wären und nach den Dieben gefahndet würde. Ich schick dich aber nicht in den Knast, hat er gesagt, weil ich selbst auch mitverantwortlich bin, und wenn wir dieses Loch nicht stopfen, verlier ich meine Stelle und du mit mir.

Kurz und gut, um den Arbeitsplatz nicht zu verlieren, hat dieser Direktor es auf sich genommen, zwei Millionen und siebenhunderttausend Lire zu bezahlen, den Gesamtwert der geklauten Reiseschecks. Soundso viel pro Monat, wird er sie allmählich abbezahlen.

Als ich das hörte, gab ich auf. Gott sei Dank, sagte ich. Ich dachte, Vito sei verhaftet worden und fühlte schon die Handschellen an meinen Handgelenken. Der Kellner sagte: Nun gehen Sie, Signorina, und lassen Sie sich bloß nicht mehr blicken, denn der Direktor ist stinksauer auf Sie.

So versiegte diese Quelle, die reichlich geflossen war. Vito habe ich seitdem nicht mehr gesehen. Ich habe wieder mit Wäsche und Öl angefangen, man verdient weniger, aber die Gefahr ist minimal und die Arbeit dauerhaft.

Dann sagt eines Tages eine Freundin zu mir: Hör mal, Teresa, könntest du nicht diesen Scheck für mich einwechseln, wir machen dann halbe-halbe. Ich sage: Wenn er gefälscht ist, löse ich ihn nicht ein, wegen achtzigtausend Lire will ich nichts riskieren. Sie sagt: Nein, er ist in Ordnung, ich garantiere es dir. Na gut, sage ich, morgen gehe ich zur Bank und löse ihn ein, aber warum machst du's nicht selber? Sie sagt: Ich habe keine Papiere, deswegen kann ich nicht auf die Bank gehen, und außerdem werde ich gesucht.

Kaum trete ich an den Schalter, sehe ich die Wachen, die schon auf mich warteten. Der Scheck war gestohlen, und diese Hexe hatte mich reingelegt, gutgläubig, wie ich war, wegen dieser verdammten achtzigtausend Lire!

So lande ich erneut im Knast und finde alle meine Freundinnen und Bekannten wieder. Ciao, sagen sie, bist du wieder da! Laßt mich in Ruhe, sage ich, laßt mich bloß in Ruhe.

Ich wollte arbeiten, und sie haben mich im Garten beschäftigt. Ich habe eine Hacke, muß umgraben, Unkraut jäten, gießen, säen. Die ersten Tage arbeitete ich mit einer gewissen Antonia zusammen, die ununterbrochen schwätzte. Sie schaffte es sogar, zu reden, während sie mit der Hacke arbeitete, ich weiß nicht, wie sie es machte, sie war eine Akrobatin.

Zu unseren Aufgaben gehörte es auch, die Hühner zu füttern. Es gibt einen Hühnerstall mit etwa zwanzig Hühnern, alle schön fett, bösartige Tiere, wenn du reinkommst, picken sie dir auf die Füße, und wenn du ihnen nicht genug zu fressen gibst, kreischen sie und hacken beim nächsten Mal aus Rache nach deinen Beinen.

Ab und zu verschwindet eins dieser Hühner. Ich sage zu Schwester Carmina: Wer hat sich das Rotfederchen genommen? Schweig still, sagt sie, das geht dich nichts an. Ich möchte nicht, daß mir dann die Schuld in die Schuhe geschoben wird, sage ich. Kümmer dich nicht drum, sagt sie, Diebe gibt es hier keine.

Antonia fängt zu lachen an. Die Schwester wird wütend. Was lachst du, dumme Gans? sagt sie. Antonia hält sich die Hand vor den Mund, lacht aber weiter. Die Schwester sagt: Los, los, an die Arbeit, wird's bald!

Erst gestern, als ich mit dem Gärtner sprach, habe ich erfahren, wo diese Hühner hinkommen, die wir mit so viel Sorgfalt mästen. Gib ja acht, daß du das Huhn hier ordentlich fütterst, Teresa, sagte er, das landet im Topf des Richters Giglio.

Für diese Arbeit bekomme ich achttausend Lire im Monat, Sozialabgaben und Abzüge eingeschlossen.

Antonia ist schwanger, sie hat es mir vorgestern gesagt. Von wem denn? frage ich. Sie fängt an zu lachen. Von der Nonne natürlich, sagt sie. Was? frage ich. Ist die Nonne seit neuestem ein Transvestit? Die Nonne hat die Sache gedeckt, sagt sie, der echte Vater heißt Serpente. Serpente! sage ich, gibt's diese verdammte Schlange immer noch! Wo steckt der Kerl, dem möchte ich mal die Meinung sagen. In dem anderen Gefängnis, sagt sie, aus dem sie mich hierher verlegt haben.

Am nächsten Tag kam Antonia nicht in den Garten hinunter, und am übernächsten auch nicht. Schwester, sage ich, wo ist Antonia abgeblieben? Ich hab sie gar nicht mehr gesehen. In der Krankenabteilung, sagt sie. Was hat sie denn? frage ich. Nichts, antwortet sie, misch dich nicht ein.

Ich war aber neugierig. Sie wird das Kind gekriegt haben, sage ich mir, aber es kann eigentlich nicht sein, weil sie mir erzählt hatte, sie sei im fünften Monat. Dann, beim Abendessen, erfuhr ich von ihrer Freundin, daß sie versucht hatte, mit einem Küchenmesser abzutreiben, und sich die halbe Gebärmutter zerschnitten hatte. Jetzt liegt sie in der Krankenabteilung, und man weiß nicht, ob sie durchkommt.

Zum Glück haben sie mir damals die Eierstöcke vereist, da besteht keine Gefahr, daß ich schwanger werde. Ich wollte Antonia in der Krankenabteilung besuchen, aber sie haben mich nicht reingelassen. Es heißt, sie habe acht

Liter Blut verloren. Wo hatte sie bloß dieses ganze Blut? Sie war so klein und dünn, geschwätzig, sanftmütig und blaß, daß man den Eindruck hatte, statt Blut fließe Zukkerwasser durch ihre Adern.

Was mich wütend macht, ist, daß ich Orlandino bei seiner Mutter, der Zwergin, lassen mußte, die ihn bestimmt sofort ins Heim steckt. Sie hat keine Geduld mit Kindern, diese Frau, sie hat kein Geld, keine Initiative. Sie hockt dort in ihrer Baracke am Meer, ohne Heizung, ohne Licht, ohne Bett. Sie schläft auf einer Matratze auf dem Boden, geht Wäsche waschen für dreißigtausend Lire im Monat, und lebt so glücklich und zufrieden. Jedesmal, wenn sie ein Kind kriegt, bringt sie es ins Heim, ins Waisenhaus, wo es halb verblödet, schwindsüchtig, behindert aufwächst.

Ercoletto sitzt auch im Knast. Er schreibt selten, aber er schreibt. In Cassino gebe es einen sadistischen Maresciallo, sagt er, der die Häftlinge quält. Ercoletto, der zu ihm gesagt hat: Ich würde gern mal einen schönen Teller Pasta asciutta essen, hat er geantwortet: Die Pasta asciutta esse ich, du kriegst Kartoffeln! Und da Ercoletto aufbegehrte, hat er ihn zehn Tage in die Strafzelle gesteckt. Der Direktor dagegen soll ein guter Kerl sein. Aber der hat nichts zu sagen, weil er ein Ziviler ist; das Sagen hat der mit den Sternen an der Uniform, das heißt die Wache, der Maresciallo der Carabinieri.

Als der Direktor von der Sache erfuhr, hat er den Maresciallo rufen lassen und zu ihm gesagt: Lieber Maresciallo, ich werfe dich ipso facto hinaus. Und der Maresciallo hat geantwortet: Versuchen Sie's nur, lieber Direktor!

Und tatsächlich hat er es nicht geschafft, ihn rauszuwerfen, und an seinen Methoden konnte er auch nichts ändern. Sie hacken dauernd aufeinander rum, aber sie sind alle beide da, und bestimmen tut der in Uniform, nicht der in Zivil. Das schreibt mir Ercoletto aus dem Gefängnis.

Ich werde eher entlassen als er, in zehn Monaten. Ich spare für die Zeit, wenn ich rauskomme, denn wie üblich habe ich keine Wohnung, keine Möbel, nichts. Ich habe einen Koffer voller Sachen bei einem Schuhmacher in der Via San Giovanni untergestellt, aber wer weiß, ob ich ihn wiederkriege; der Typ ist halb verblödet, läßt sich die Schuhe vor der Nase wegklauen, streicht Honig statt Klebstoff auf die Sohlen, kaut den ganzen Tag Lederstückchen, er ist ein Trottel.

Wenn ich rauskomme, will ich aufhören mit dem Klauen, ich habe genug, ich will mir Arbeit als Schneiderin suchen, auch wenn ich nicht nähen kann, was macht das schon, irgendwie schwindle ich mich schon durch, kauf den Stoff auf Raten und wechsle nach der ersten Rate die Adresse. Ich will mit Ercoletto und Orlandino einen Hausstand gründen, ruhig und still, an einem schönen, friedlichen Ort. Ins Gefängnis will ich nicht mehr zurück.

DACIA MARAINI: Ihr Leben, ihre Bücher

1936
Dacia Maraini wird in Florenz geboren. Der Vater ist Ethnologe und Schriftsteller, die Mutter Malerin, beide atheistische, antifaschistische Freidenker, durch die sie in den Genuß einer anderen Erziehung und Kultur kommt. Eine unruhige, kosmopolitische Familie, die sich nicht scheut, mit der wenige Monate alten Tochter nach Japan zu ziehen.

1943
Im Zweiten Weltkrieg haben die sich überstürzenden Ereignisse in Italien auch für die Italiener im Ausland katastrophale Folgen. Die Familie Maraini wird in Japan drei Jahre lang in einem Konzentrationslager interniert.

1946
Rückkehr nach Italien.

1947
Die Armut veranlaßt die Marainis, sich in Bagheria auf Sizilien bei einer Großmutter niederzulassen, die ihnen, vielleicht aus Bosheit, einen Hühnerstall zur Verfügung stellt.

1949
Dacia Maraini zieht mit der Familie nach Rom. Bis zu ihrem sechzehnten Lebensjahr besitzt sie keinen Mantel und noch länger auch kein eigenes Zimmer, in dem sie arbeiten kann. Die ersten Erzählungen für die Zeitschrift *Tempo di letteratura* – in Zusammenarbeit mit den Freundinnen Marisa Gambardella und Angela Giannitrapani – schreibt sie hinter einem Schrank, der das Zimmer unterteilt.

1959
Dacia Maraini heiratet den Maler Lucio Pozzi und wohnt nun in der Via Flaminia. Wie immer liest sie viel. Sie beginnt, den gesamten Balzac wiederzulesen. Sie schreibt auch viel.

1960
Dacia Maraini beginnt ihren ersten Roman, *La vacanza* (dt. *Tage im August*), zu schreiben. Sie arbeitet den ganzen Tag. Niccolò Tucci, ein Freund der Familie, stellt ihr Alberto Moravia vor, der sein Buch *La noia* veröffentlicht. Der Roman erregt Aufsehen, auch weil manche in der Protagonistin Cecilia Dacia Maraini zu erkennen vermeinen.

1961
Nachdem sie *La vacanza* fertiggeschrieben hat, wird Dacia Maraini schwanger, doch die Schwangerschaft verläuft schlecht, und das Kind wird tot geboren. In der Folge trennt sie sich von ihrem Mann. Sie schickt das Manuskript an verschiedene Verlage. Niemand zieht es in Erwägung, bis sich schließlich der junge Verleger Lerici bereit erklärt, es zu veröffentlichen, wenn sie ein Vorwort von Alberto Moravia beibringt. Sofort schreibt Moravia das Vorwort.

1962
Der Verleger Lerici bringt *La vacanza* heraus, und der Roman hat unerwartet großen Erfolg. Er ereicht vier Auflagen, aber der Verlag Lerici macht Bankrott. Dacia Maraini zieht mit Alberto Moravia zusammen. Mit ihrem zweiten Roman, *L'età del malessere* (dt. *Zeit des Unbehagens*), gewinnt sie den Premio Formentor für unveröffentlichte Werke. Daß ihr dieser internationale Preis zugesprochen wird, führt zu heftigen Polemiken, denn man will nicht zugeben, daß eine junge Frau, die noch dazu hübsch ist, gut schreiben kann. Der Schriftsteller Giuseppe Berto organisiert eine wahre Aggressionskampagne.

1963
L'età del malessere erscheint bei Einaudi, einem der Schirmherrn des Premio Formentor. Trotz der von Giuseppe Berto und anderen eingeleiteten Hetzkampagne wird es sofort nachgedruckt. Einige von Dacia Marainis Freunden (Alberto Giuliani, Edoardo Sanguineti, Enzo Pagliarani und Giorgio Manganelli) rufen die lautstarke »Gruppe 63« ins Leben, die sich zur Avantgarde erklärt und den Angriff auf die offizielle italienische Literatur startet. Einer der ins Visier genommenen Schriftsteller ist ausgerechnet Alberto Moravia, der doch stets zum Gedankenaustausch und zur Diskussion bereit ist.

1967
Dacia Maraini veröffentlicht ihren dritten Roman, *A memoria*, im Verlag Bompiani. Die Theatergruppe »Compagnia Porcospino«, die sie zusammen mit Enzo Siciliano, Lorenzo Tornabuoni, Carlotta Barilli, Paolo Bonacelli, Carlo Montagna und Roberto Guicciardini gegründet hat, inszeniert *Il ricatto a teatro*. Regie führt Peter Hartmann.

1968
Dacia Maraini veröffentlicht, ebenfalls bei Bompiani, einen Band mit Erzählungen, *Mio marito* (dt. *Winterschlaf*). Doch sie ist eine unermüdliche Arbeiterin, hat sich schon lange mit der Lage der Frau auseinandergesetzt und natürlich beschlossen, gegen deren Ungerechtigkeit mit allen Mitteln zu kämpfen. Sie führt soziologische Untersuchungen durch, veröffentlicht Artikel, mit denen sie sich direkt einmischt, und inszeniert im Theater La Fede ein weiteres Theaterstück mit dem Titel *Recitare*. Am Ende des Jahres schreibt sie einen Text, der um das Problem des Gefängnisses kreist: *Manifesto dal carcere*. Sie gründet die Theatergruppe »Blu«, mit der sie in einer von der KPI-Sektion Centocelle zur Verfügung gestellten Garage experimentelles Volkstheater macht. Sie veröffentlicht bei Feltrinelli die Gedichtsammlung *Crudeltà all'aria aperta*.

1970

Dacia Maraini arbeitet in Centocelle, einem Vorort von Rom, mit der Gruppe Teatroggi weiter im Bereich des experimentellen Volkstheaters, Regisseur ist Bruno Cirino. Das neue Stück heißt *Centocelle, gli anni del fascismo* (dt. *Centocelle, die Jahre des Faschismus*). Sie veröffentlicht bei Einaudi den Text von *Ricatto a teatro*.

1973

Es ist ein entscheidendes Jahr für Dacia Maraini, in dem es ihr endlich gelingt, sich kraft ihrer Geltung als Frau und Autorin gegen die üble Nachrede derjenigen durchzusetzen, die sie weiterhin nur als Schützling Alberto Moravias sehen möchten. Sie veröffentlicht bei Bompiani den neuen Roman, *Memorie di una ladra* (dt. *Erinnerungen einer Diebin*), bei Einaudi die neue Sammlung von Theatertexten, *Viva l'Italia*, und wiederum bei Bompiani einen Band mit Interviews berühmter Persönlichkeiten, *E tu, chi eri?*

1974

Dacia Maraini veröffentlicht bei Einaudi einen Band mit leidenschaftlich feministischen Gedichten, *Donne mie*, und bei Bompiani *Fare teatro*, nicht weniger leidenschaftliche Texte, Interviews und Materialien aus drei Jahren Theatertätigkeit.

1975

Dacia Maraini veröffentlicht nach zwei Jahren Arbeit in der Edizioni Einaudi ihr wichtigstes Buch, *Donna in guerra*, das einige Themen, die in ihrem Jugendwerk *La vacanza* schon unbewußt angeschnitten worden waren, nun bewußt behandelt. Mit dichterischer Intuition hatte die Zwanzigjährige damals die Strenge der Vernunft vorweggenommen, mit der die erwachsene Frau jetzt erklärt: »Die bürgerliche Frau ist eine Mätresse, die ihren Herrn mit ständiger Verführung bezahlt. Ich bin eine Schriftstellerin. Vor mindestens acht Jahren habe ich begonnen, mich in soziologischen Untersuchungen mit den Frauen zu beschäftigen, ging aber von der Soziologie sofort zur Militanz über. Heute verkehre ich nicht mehr mit Intellektuellen, sondern nur noch in Frauengruppen und Frauenversammlungen. Wenn eine Frau Feministin wird, verändert sie sich: Ihre Beziehung zum Leben und zum Mann wird eine andere…«

1976
Dacia Maraini inszeniert im Teatro di Trastevere in Rom *Don Juan* (Premio Riccione 1975): Gleich danach wird im Teatro Alberico in Rom *Dialogo di una prostituta con un suo cliente* aufgeführt, bei dem die Autorin und Lu Leone Regie führen. Dieses Stück wird dann mit Erfolg auch in Brüssel, Paris und London gezeigt.

1978
Due donne di provincia wird aufgeführt (und beim internationalen Theaterfestival in Sitges, Barcelona, prämiert); danach *I sogni di Clitennestra* (Premio Riccione 1978) im Teatro Politecnico, unter der Regie von Sammartano.

1979
Dacia Maraini veröffentlicht bei Einaudi die Gedichtsammlung *Mangiami pure*.

1980
Inszenierung von *Maria Stuarda* in Messina. Anschließend wird das Stück in zwölf Ländern, unter anderem in Deutschland und Japan, aufgeführt. Das Teatro La Maddalena in Rom bringt unter der Regie der Autorin das Stück *Suor Juana* heraus.

1981
Bei Bompiani erscheint in der Taschenbuchreihe *I sogni di Clitennestra e altre commedie*. Der Band umfaßt: *Due donne di provincia, Zena, Una casa di donne, Donna Lio-*

nora Giacubina, Maria Stuarda. Im selben Jahr publiziert Bompiani *Lettere a Marina*, einen Briefroman, an dem die Autorin vier Jahre lang gearbeitet hat. Es ist ein komplex und sinnlich angelegter Roman, gekennzeichnet vom Pathos und der glühenden Romantik einer »unordentlichen«, aber echten Leidenschaft.

1982
Im Teatro Sala Umberto in Rom gelangt *Mela* zur Aufführung, unter der Regie von Calenda, mit Elsa Merlini. Mit Piera Degli Esposti wird *Lezioni d'amore* aufgeführt (Premio Riccione 1981). Bei Bompiani erscheint *Lezioni d'amore*, eine Sammlung von Theaterstücken, die *Mela, Reparto speciale antiterrorismo, Fede o Della perversione matrimoniale, Felice Sciosciammocco, Bianca Garofani* umfaßt. Bei Einaudi veröffentlicht sie die Gedichtsammlung *Dimenticato di dimenticare.*

1983
Im Teatro delle Muse in Rom wird *Le figlie del colonnello* aufgeführt, Regie Aldo Giuffré, Interpretation Saviana Scalzi.

1984
Bei Einaudi erscheint *Il treno per Helsinki* (dt. *Zug nach Helsinki*).

1985
Sie veröffentlicht bei Mondadori den Roman *Isolina* (dt. Isolina), der den Premio Fregene 1985 erhielt.

1986
Im Teatro della Maddalena in Rom wird unter der Regie von Vera Bertinetti *Norma '44* aufgeführt, mit Remo Girone und Vittoria Zinny. Danach wird das Stück beim Internationalen Festival von Montevideo und von Buenos Aires gezeigt.

1987
Sie veröffentlicht bei Rizzoli *La bionda, la bruna e l'asino*. Im Teatro Sala Umberto in Rom wird unter der Regie von Gino Zampieri *Stravaganza* inszeniert, Mitwirkende sind Carla Cassola, Renata Zamengo, Augusto Zucchi. Anschließend wird das Stück auch in Australien, Brasilien, Österreich und Holland aufgeführt.

1988
Im Teatro delle Voci in Rom kommt *Giovanni Tenori* zur Aufführung, Regie Alfio Petrini, und im Teatro Colosseo in Rom *Delitto* mit Loredana Solfizi, Regie Ugo Margio.

1989–90
I sogni di Clitennestra werden in der englischen Fassung in New York unter der Regie von Greg Johnson im Judith Anderson Theatre aufgeführt, und in Wien im Künstlerhaus unter der Regie von Johann Tomek. *Dialogo di una prostituta con un suo cliente*, das schon in fünfzehn Ländern gezeigt wurde, wird auch in Los Angeles aufgeführt. Dacia Maraini veröffentlicht bei Rizzoli *La lunga vita di Marianna Ucrìa* (dt. *Die stumme Herzogin*), ihren neuesten Roman, an dem sie fünf Jahre lang gearbeitet hat.

DACIA MARAINI – LIETTA TORNABUONI: Gespräch über Teresa

Gibt es Teresa, die Hauptperson aus dem Roman »Erinnerungen einer Diebin«, wirklich? Ist sie eine reale Person?

Es gibt sie, gewiß. Jetzt ist sie meine Freundin, ich habe sie 1969 im Frauengefängnis von Rebibbia in Rom getroffen. Ich hatte gerade ein Theaterstück geschrieben, *Manifesto dal carcere*: Es spielte im Internat und im Gefängnis, also an Orten, die auch symbolisch, als bildliche Metapher, die Lage der Frau gut ausdrücken, und handelte von der Geschichte eines Mädchens, das nach einem Gefängnisaufstand getötet wurde. Alles, was das Gefängnis betraf, interessierte mich ungemein, ich wollte mehr darüber wissen, dachte daran, einen Roman zu schreiben, aber es gab wenig Literatur zu dem Thema, auch kaum journalistische Berichte: Daher habe ich bei der Tageszeitung *Paese Sera* angefragt, ob ich für sie nicht eine Untersuchung über Frauengefängnisse machen kann. Ich habe in ganz Italien Gefängnisse besucht, aber es war schwierig, weil man viele Einschränkungen auferlegt bekommt: Man darf, mit einer Erlaubnis des Justizministeriums, nur in Begleitung des Direktors im Gefängnis herumlaufen und nur in seiner Anwesenheit mit den Gefangenen sprechen. Die Kontakte waren daher beschränkt, aber trotzdem sind viele Sachen herausgekommen. Die Männergefängnisse sind weltlich, die Frauengefängnisse dagegen sind in der Hand der Nonnen; in den Männergefängnissen herrscht physische Gewalt vor, in den Frauengefängnissen psychische Gewalt. Die Nonnen wollen eher umerziehen als strafen, aber sie nötigen die Frauen, sich einem genauen, sehr starren Modell anzupassen, sie sehen die Gefangenen als arme Wesen ohne Bewußtsein, Kinder ohne Persönlichkeit, auf Abwege geratene Minderjährige, die dazu erzogen werden müssen, gute katholische Ehefrauen und gute katholische Mütter zu werden. Wenn die Gefangenen gehorchen oder so tun, als gehorchten sie – gut. Wenn sie aber aus der Norm herausfallen und sich auflehnen, dann werden sie auch mit Gewalt niedergemacht.

Während der Umfrage suchte ich nach einer Hauptfigur für meinen Roman. In Rebibbia, dem römischen Frauengefängnis, der letzten Station meiner Untersuchung, habe ich diese Teresa gesehen, und sofort, wie bei einer Liebe auf den ersten Blick, hatte ich die Gewißheit, daß sie die Richtige war: Sie war um die Vierzig, wirkte aber sehr jung, fast wie ein gealtertes Kind. Ich habe nur ein paar Worte mit ihr wechseln können, und um sie wiederzufinden und mit ihr zu sprechen, bin ich dann, mit Hilfe einer Frau, die dort arbeitete, nach Rebibbia zurückgekehrt, und zwar verkleidet, um nicht wiedererkannt zu werden: schwarze Perücke, zurückhaltende Kleidung, anderes Make-up, ich wirkte wie ein anderer Mensch, und sie haben mich tatsächlich nicht erkannt. Ich habe etwa zehn Minuten mit Teresa gesprochen; sie sagte mir, daß sie noch sechs Monate Haft abzusitzen habe, daß sie draußen keine Wohnung habe, daß sie als Adresse nur die von irgendwelchen Verwandten in Anzio, einem Ort am Meer in der Nähe von Rom, angeben könne. Meine Fragen haben sie nicht mißtrauisch gemacht: Sie ist eine sehr aufrichtige Frau, spontan und offen, wir waren uns sofort sympathisch. Ich habe ihr nichts von dem Roman gesagt und auch nicht, wer ich war oder wo sie mich finden könnte, denn ich wollte die Person, die mich nach Rebibbia hineingelassen hatte, nicht in Schwierigkeiten bringen. Ich habe sechs Monate gewartet, dann habe ich angefangen, sie in Anzio zu suchen, und schließlich habe ich sie in Rom gefunden: Sie wohnte in der Via Prenestina, lebte mit ihrem Neffen in einem elenden Zimmerchen. Dann habe ich ihr von dem Buch erzählt.

Und was hat sie gesagt?

Sie hat ja gesagt, sie wirkte weder beeindruckt noch geschmeichelt, Teresa hat eine sehr unverbildete Beziehung zur Kultur. Sie liest weder Bücher noch Zeitungen, nicht einmal Illustrierte, Fotoromane oder Comics, sie sieht nicht fern, hört kein Radio, kennt keine Schlager: nicht einmal die Kultur des Subproletariats berührt sie. Als ich ihr später erzählte, daß das Buch mit Monica Vitti verfilmt werden soll, hat sie gefragt: »Wer is'n das?« Sie hatte noch nie von der Vitti gehört. In vieler Hinsicht hat Teresa die Mentalität einer Bäuerin aus vorindustrieller Zeit, absolut frei von Vergiftung durch die Subkultur, und einerseits lebt sie auf beinah archaische Weise, andererseits besitzt sie eine sehr moderne Sensibilität. Ihre Beziehung zum Geld ist ganz zwanglos, es ist zum Gebrauch da, nicht, um es zu horten. Besitz oder Stabilität bedeuten ihr nichts: Während fast alle ihre Freundinnen, die auch stehlen, Geld beiseite legen wollen, um sich eine Wohnung zu kaufen, legt sie keinen Wert darauf, eine Wohnung zu besitzen, sie macht sich auch nicht viel aus dem Ort, wo sie wohnt. Anders als viele ihrer Freundinnen, die danach streben, respektable Kleinbürgerinnen zu werden, ist Teresa der gesellschaftliche Aufstieg gleichgültig: Sie lebt heute genau wie am Anfang ihrer Laufbahn als Diebin, stiehlt Brieftaschen wie damals, lebt von Tag zu Tag, hat die Würde und Beweglichkeit der Zigeuner, die gleiche existentielle Unsicherheit, den gleichen Abstand zum Geld.

Wie habt ihr zusammen gearbeitet?

In Teresas Kopf herrschte große Verwirrung über ihr Leben. Ihr fehlte die chronologische Folge der Ereignisse, Dinge, die gerade erst geschehen waren, und weit zurückliegende Dinge waren für sie genau auf der gleichen zeitlichen Ebene, die Dimension der Vergangenheit fehlte ihr und auch die der Zukunft, sie hatte noch nie an die vergangenen Jahre, an den Krieg zurückgedacht: Ich regte sie an, zurückzuschauen, Ordnung in ihre Erinnerungen zu bringen, und sie war verblüfft, amüsierte sich dabei. Ich ging zu ihr, wir sprachen miteinander, manchmal ließ ich ein Band mitlaufen, manchmal machte ich mir Notizen, aber vor allem haben wir viel Zeit miteinander verbracht: Wir gingen spazieren, ich begleitete sie, wenn sie ihren Bruder im Gefängnis besuchte, sie kam zu mir ins Theater, wir gingen ins Kino (die Aufführung oder der Film interessierten sie nicht, sie kam mit, um mir eine Freude zu machen). Diese Symbiose hat viele Monate gedauert; unterdessen begann ich, *Erinnerungen einer Diebin* zu schreiben. Ich versuchte, mich mit ihr zu identifizieren, mit ihren geistigen und verbalen Mechanismen. Daraus ist eine Freundschaft geworden.

Gab es Ähnlichkeiten zwischen euch?

Man kann davon in der Gegenwart sprechen, wir sind immer noch Freundinnen. Wir haben zum Beispiel gemeinsam, daß wir uns nicht an Konsumwerten orientieren. Bei mir handelt es sich um einen freiwilligen Verzicht, zu dem ich auf anderen Wegen gelangt bin, auf instinktive, prä-ideologische Weise; und wir sind uns in dieser Suche nach Authentizität begegnet. Wir haben gemeinsam, daß uns beiden das bürgerliche Leben fremd ist: ihr von Geburt an, mir aus historischen Gründen. Meine ursprünglich reiche Familie war völlig verarmt, als ich auf die Welt kam. So habe ich die Erfahrung echter, schlimmster Armut gemacht und zugleich das Vorrecht der Kultur genossen; aber die bürgerliche Erfahrung habe ich überhaupt nicht gelebt.

Wir haben auch die Haltung zum Essen gemeinsam: Für Teresa ist es, wie im Buch erzählt wird, eine wesentliche, fleischliche, sinnliche Beziehung, die aus einem geschichtlichen Hunger entstanden ist. Bei mir ist es ganz ähnlich: Ich fasse gern Lebensmittel an, beschäftige mich damit, koche Marmelade, lege Gemüse in Essig ein, hantiere in der Küche, koche. Als Kind habe ich zwei Jahre Hunger gelitten, während des Krieges, in dem faschistischen Konzentrationslager in Japan, in dem meine Familie eingesperrt war, zum Weinen war der Hunger, sie gaben uns eine Schale Reis am Tag, keine fünfzig Gramm. Nach zwei Monaten erkrankten wir wegen des Vitaminmangels an Skorbut und Beriberi. Wir haben alles mögliche zu essen versucht: Eicheln, Wurzeln, Reste, die wir aus den Abfällen eines nahen Krankenhauses herausklaubten, ein Lämmchen, das wir tot in der Plazenta der Mutter fanden, ekelhaftes Zeug; eine Schlange zu finden, war ein Fest, wir aßen einfach alles. Wegen jenes Hungers ist es mir bis heute unmöglich, Essen zu vergeuden: Ich kann nichts Eßbares wegwerfen, es ängstigt mich. Noch Jahre danach hatte ich die Gewohnheit, etwas Gutes nach dem ersten Bissen beiseite zu legen: wie die Hunde, die immer fürchten, jemand könnte ihnen den Knochen wegnehmen, und ihn »für später« verstecken. Und bis heute habe ich eine Vorliebe für bestimmte Sachen, zum Beispiel die Dosenmilch von Nestlé. Damals schenkte uns jemand eine Tube, und meine Mutter gab uns jeden Tag ein halbes Löffelchen voll, und mir erschien das wunderbar; die Erinnerung an diesen qualvollen Hunger, den Leute aus dem Bürgertum oder Intellektuelle selten erleiden und den Teresa sehr oft verspürt hat, hat sich mir einfach unauslöschlich eingeprägt.

Mit Teresa verbindet mich auch das Gefühl der Identität mit den Ausgeschlossenen, das ich immer sehr stark empfunden habe; auch als Kind, lang bevor ich den Marxismus kennenlernte, hatte ich ein starkes Bewußtsein für soziale Ungerechtigkeiten und den Drang, ausgeschlossenen, ausgegrenzten armen Menschen Freundschaft und Interesse entgegenzubringen. Teresas Leben war für mich nicht der Bericht eines Marsmenschen, die Geschichte einer anderen Welt: Ich fand mich darin wieder, erkannte mich in der ständigen, weder systematischen noch ideologischen Auflehnung, in ihrer undramatischen, aber keineswegs frivolen Art, die Wirklichkeit anzugehen, in dem Stolz, aus dem heraus sie niemals klagte. Übrigens gleicht Anna Micolla, die Hauptperson aus *Manifesto dal carcere*, das ich geschrieben hatte, bevor ich Teresa kannte, ihr auf beeindruckende Weise: das heißt, daß diese Figur schon in mir da war, daß ich in Teresas Person eine Überprüfung dieser Figur in der Wirklichkeit gesucht habe.

Gibt der Roman »Erinnerungen einer Diebin« Teresas Sprache genau wieder?

Ihre Sprache klang für mich nicht wie eine Fremdsprache; in ihrer Art zu erzählen, sich den Dingen anzunähern, den Gebrauch gewisser Wörter zu verstehen, finde ich viel von mir selbst wieder.

Im Buch drückt sich Teresa auch mit gewählten Ausdrükken aus. Sie sagt zum Beispiel: genügsam, anspruchsvoll, unbeirrt, sich begeben, gestreng, Einsiedler.

Teresa spricht einen archaischen, praktischen, in den Tatsachen verankerten römischen Dialekt, aber sie benützt auch gewählte Wörter, die ein Erbe der bäuerlichen Überlieferung darstellen. Die bäuerliche Kultur war in der Vergangenheit vertraut mit einigen großen Büchern wie der *Bibel*, der *Göttlichen Komödie*, den *Vite dei Paladini*. Daher stammt die Kenntnis einiger Wörter, die bis gestern, bis das Fernsehen seinen Siegeszug antrat, alltäglich im Gebrauch waren. Teresas Sprache hat zudem ein Merkmal, das ich wiederzugeben versucht habe: eine Fähigkeit zur verbalen Verwandlung, die den Dingen etwas Mythisches, eine geheimnisvolle, magische Aura verleiht, anstatt »Stewardeß«, sagt Teresa »ostessa del cielo« (wörtlich: Wirtin des Himmels), und man sieht sie vor sich, die Chefin eines paradiesischen Restaurants...

Ich habe *Erinnerungen einer Diebin* dreimal umgeschrieben, ich wollte keine passive Wiedergabe gestalten, also nur eine getreue Abschrift anthropologischer Art liefern, ich wollte in Teresas Welt eindringen, etwas von mir dazutun und alles zu einer Einheit verschmelzen; ich wollte mit Teresa eine Beziehung, eine Symbiose herstellen; das Buch will der Roman dieser Begegnung sein.

Ist Teresas Arbeit an dem Buch entlohnt worden?

Teresa hat von jedem Verdienst die Hälfte bekommen: von den italienischen und ausländischen Honoraren, vom

Erlös beim Verkauf der Filmrechte. Sie hat, was ganz außergewöhnlich für sie ist, das Buch gelesen, in einer Nacht. Ihre Vergangenheit noch einmal zu durchleben, ist ihr sehr seltsam vorgekommen; sie hat sich im Lesen wiedererkannt, das hat sie weder bedauert, noch war sie stolz darauf, ihr Gefühl glich eher zerstreuter Neugierde, verwunderter Belustigung. Das Buch hat gute Kritiken bekommen, es ist in Frankreich und England übersetzt worden, in zahlreichen Ausgaben nachgedruckt worden. Andere hätten die Situation vielleicht in verschiedenster Weise ausgenützt, das hat Teresa mir gegenüber nie getan, wenn sie unbedingt Geld braucht, bittet sie mich mit großer Diskretion darum, und ich gebe ihr welches, wenn ich es habe. Wenn sie mich braucht, ruft sie mich an, und ich mache es genauso. Jedesmal, wenn wir uns sehen, bringt sie mir Geschenke mit: Blumen, Puppen. Wir sind Freundinnen.

Darf man sich das Leben eines anderen Menschen so aneignen, es in ein Druckerzeugnis und in den eigenen literarischen Erfolg verwandeln? Ist das nicht eine Form von Ausbeutung, von Vampirismus?

Kann man den Schriftstellern vorwerfen, daß sie sich nicht mit der Wirklichkeit befassen, und ihnen dann Ausbeutung vorwerfen, wenn sie sich damit befassen? Ich habe das einmal getan, ein Buch wie *Erinnerungen einer Diebin* würde ich heute nicht mehr machen. Damals, nach 1968, glaubte ich ehrlich, daß man von sich selbst absehen müßte, um einer elenderen Wirklichkeit eine Stimme zu verleihen, daß die Literatur sich in den Dienst derer stellen müßte, die keine Möglichkeit haben, sich auszudrücken. Es war nicht Vampirismus: Es war sogar eher eine Form von Moralismus und von Selbstmord, eine Verneinung und Auslöschung meiner selbst. Dieses Buch entstand in einem ideologischen Augenblick, den ich nicht verleugne; doch heute sehe ich die Dinge anders. Heute denke ich, daß es wichtiger ist, von sich selbst zu sprechen und zu schreiben: Der Feminismus hat mich gelehrt, daß ich selbst als allerersté ausgebeutet werde, daß mir die Kenntnis meiner selbst helfen kann, auch die Ausgrenzung anderer besser zu verstehen.

(Das Gespräch wurde für die Bompiani-Taschenbuchausgabe 1991 geführt.)

NACHWORT: Eine Diebin breitet ihr Leben aus

Wer den Roman *Die stumme Herzogin* (ital. 1990, dt. Übers. 1991, SP 1740) gelesen hat, weiß, daß Dacia Marainis Kunst darin besteht, Frauenfiguren brillant zu fokussieren. So gelingt es dieser zu den profiliertesten Erzählerinnen Italiens gehörenden Autorin, eine des Sprechens und Hörens unfähige Gestalt – eine Taubstumme – als eine äußerst »beredte« Persönlichkeit erscheinen zu lassen. In ihrem langen Leben bewährt sich Marianna Ucrìa nämlich als eine ästhetische und »politisch« ungemein interessierte, überzeugend »führungsfähige« Frau, und zwar im sozial und rechtlich archaischen Sizilien des 18. Jahrhunderts, als sich vielerorts in Europa Aufklärungsbestrebungen durchsetzten. Diese erzähltechnisch schwierige Aufgabe bewältigte die Maraini durch beeindruckende Darstellungsverfahren, welche dem Leser Marianna als das erscheinen lassen, was sie ist beziehungsweise als Frauenideal sein soll. So wird zum Beispiel die Erzählperspektive geschickt in die Protagonistin gelegt, so daß wir Gebrechen und Begabung der wohl stummen, aber überaus gerechten Herzogin direkt und spannend miterleben.

Bereits in dem fast zwanzig Jahre zuvor veröffentlichten, nun neu ins Deutsche übertragenen Roman *Memorie di una ladra* (1972) zeigt die Autorin, daß sie alle literarischen Register zu ziehen weiß, um eine weibliche Figur zu einem »Magneten« zu machen. Diesmal ist es – den Zeittendenzen der 68er-Epoche gemäß – eine Frau aus dem Volk, der nicht zu überbietende Aufmerksamkeit gewidmet wird. Das im Original etwa dreihundert Druckseiten umfassende Buch ist sprudelnder Monolog der »Diebin« Teresa, eine Art Tonbandmitschnitt, ein scheinbar sehr simples narratives Konstrukt. Alle Bauelemente der Gattung Roman – Erzähler, Figuren, Zeit, Raum und Handlung – stehen im Dienst der Sympathieerweckung für die Südländerin Teresa, die permanent mit dem Gesetz in Konflikt kommt, immer wieder im Gefängnis landet, aber nicht nur nichts von sich selbst verliert, sondern ein enorm gewinnendes Wesen behält.

Im Text gibt es (nur) eine Erzählerin, welche in »harmloser« Ich-Form von sich und ihrem Leben berichtet, das von Kindheit an von harter Arbeit geprägt ist. Eine Frau spricht also unentwegt, niemand unterbricht sie. Allein dieser Umstand ist schon bemerkenswert in einer Zeit, in der Frauen nur gelegentlich und bedingt das Wort haben. Noch bedeutsamer als dieser intensive Sprechakt ist das permanente Zuhörenmüssen, das diese Kommunikationssituation impliziert, und dies in einer »modernen« Ära, wo keiner Zeit für andere hat. Eine Frau kann also als Ich – ohne eingeschaltete Auktorialität – für ihre eigene Sache selbst, ungehindert, unentwegt, »ungefiltert« sprechen. In dem »Kriminalroman« *Isolina* (1985, dt. 1988), der die brutale Tötung einer einfachen Frau durch eine Offizierselite im Verona des Jahres 1900 schildert, zeigt die auktoriale Erzählart das Ausgeliefertsein der Frauenfigur und ihrer Leidensgenossinnen an. Und zwar ist es im Teresa-Buch eine Frau, die von ihrer Ausbildung und »Bildung« her – sie hat ja nur ein paar Monate in der Grundschule gesessen – eigentlich gar nicht zum Reden bestimmt ist. Diese Frau hält also eine ungewöhnlich lange »Rede« über ihr Tun, Leben, Geschlecht. Das Ergebnis dieses »Nichtredenkönnens« beziehungsweise Redendürfens ist ein total befreites Erzählen, ein natürlich frischer Wasserfall aus Worten, Erlebnissen, Geständnissen. Dacia Maraini schrieb das Buch dreimal um, um jene ungehemmte Spontaneität zu erreichen, deren Wert und Kraft der Leser erst dann ermessen kann, wenn er sich vorstellt, daß Teresas Denken und Tun aus einer abstrakten Erzählerinstanz heraus projiziert worden wäre. Diese Möglichkeit der unmittelbaren Selbstäußerung gibt Teresa beste Chancen, sich erfolgreich zu verteidigen, also ihren Prozeß zu gewinnen, denn sie ist ja eine »Verbrecherin« und steht für uns vor einem imaginären Gericht. Wie in *Tausendundeinernacht* erzählt hier jemand über die Welt und um sein Leben. Dacia Maraini entschied sich in ihrem Romanschaffen, welches vorwiegend Frauengestalten thematisiert, oft für weibliche Ich-Erzähler, um so von vornherein narrative Emanzipation zu stimulieren. So schildert in ihrem zweiten Roman, *L'età del malessere* (1963, dt. 1966 und 1986), die siebzehnjährige Enrica eine lange Sequenz von Liebeserfahrungen im Rom der fünfziger Jahre, welche sie eben »höchstpersönlich« eröffnet, bewertet und als Bestandteile ihres eigenen Lebens klassifiziert.

Da auch Teresa als berichtendes Ich die Erinnerung an die Menschen ihrer Vergangenheit in eigener Verantwortung gestaltet, kreiert sie selbst den Kosmos aus Figuren, die jedes Romankunstwerk erst zu einem solchen machen: Sie ist es, die durch Rückwendungen oder Vorausdeutungen eine packende Sphäre aus plastischem Leben und konturenreichen Typen erzeugt. Nicht ein Mann, sondern eine Frau erdichtet hier »Wahrheit« im Text. Und die Gestalten erhalten durch ihren Mund Substanz und Profil, Ethos und moralische Tiefe. Vor allem sind es die Mitglieder ihrer Familie und Männerbekanntschaften, welche das Personal des Romans bilden. Zahllos ist die Reihe der lebend- oder totgeborenen Geschwister, die ihre Mutter seit ihrem 15. Lebensjahr auf die Welt bringen muß. »Teresa mit den roten Haaren« hat eine ausgeprägte, liebevolle, verantwortungsbetonte Beziehung zu ihren armen Verwandten und zu den Männern, die schuld sind, daß sie immer wieder ins Gefängnis kommt. Die Leidtragende verurteilt indes keineswegs die »Herren der Schöpfung«. Ihre Untaten disqualifizieren sie selbst. Die Autorin verwendet also eine neutralisierende, anscheinend emotionslose Art der Darstellung, welche zur Ironie wird, wiewohl hier nicht so stark wie in dem zuvor erschienenen Band Erzählungen *Mio marito* (1968, dt. 1984), wo der Held der

Titelgeschichte alles kann, alles im Griff hat, selbst im Falle eines erfolglosen Selbstmörders, den der ideale Ehemann kompetent und »erfolgreich« von einem Hochhaus hinab in den Tod stürzt. Teresa manifestiert verständnisvolle Gefühle, sie ist niemandem böse, sie hegt keine Animositäten gegenüber den Brüdern, die sie schlagen, den Männern, die sie betrügen. So erweist sich die scheinbar vor Gericht Stehende als eine gerechte Richterin, als humanistische Lenkerin ihrer erinnerten Figuren. Teresa zeigt sich durchaus ihrer großen Aufgabe würdig, exemplarisch Leben darzustellen und mit dieser Biographie die Schilderung bewegter Jahre italienischer Geschichte sowie eines bedeutenden Teils der Gesellschaft Italiens zu verknüpfen. Auch in dem späteren Gesellschaftsroman *Il treno per Helsinki* (1984, dt. 1985) wählt Dacia Maraini wieder die Erzählperspektive eines weiblichen Ichs, welches intellektuell die Gefühle und Werte der sich »modern« gebenden Gesellschaft zu durchdringen und zu ordnen versucht: Die Theaterautorin Armida skizziert die Welt ihrer Bekannten, von Sucht nach Liebe und von politischen Hoffnungen getriebene Scheiternde, die diesmal gen Norden ziehen, um dort den Teufelskreis von Frust, Sexualität und Moral, von Unterwerfung und Freiheitsverlangen zu durchbrechen.

Der Mannigfaltigkeit des Figurenrepertoires entspricht ein faszinierender Reichtum an erzählten Orten: Wohnungen, Behausungen, Krankenhäuser, Irrenhäuser, Gefängnisse ... Minuziös beschreibt Teresa ihr ärmliches Elternhaus (bei dem man sich an Filme des Neorealismus erinnert); sie schildert Kindheit, Plätze kindlicher Spiele, beklemmende erste erotische Erfahrungen, die sinnlos anmutende Schule, die bescheidene erste eigene Wohnung. Plastisch erleben wir die vielen Stationen ihres Lebens, von denen etliche im Gefängnis liegen, welches die Protagonistin tapfer durchsteht und immer wieder »gebessert« verlassen will! Zwischen Anzio und Rom vor allem ist dieses mobile Dasein angesiedelt, so daß ihm schon durch diese Örtlichkeit soziogeographische und symbolische Exemplarität zukommt: Anzio steht für den sozial schwachen, zurückgebliebenen »Mezzogiorno«, die Ewige Stadt für »überzeitlich Gültiges«, allzeit Erstrebtes, nie Erreichtes. Als ihr einst die patriotische Lehrerin befiehlt, »Italien ist schön« an die Tafel zu schreiben, hat Teresa gesunde Zweifel an der Richtigkeit dieses apodiktischen Lehrsatzes!

Das Problem der narrativen Zeit löste die Autorin – auf unterschiedlichen Ebenen – folgendermaßen. Die Erzählzeit ist ein gewaltiger Sprechakt einer Zeitzeugin. Die Lesezeit entspricht ziemlich der Zeit des Berichtes, etwa vierundzwanzig Stunden, womit diese »Offenbarung« die Funktion einer großen, realistischen, »in Wahrheit« vorgetragenen Konfession hätte. Die dargestellte Geschichte – die erzählte Zeit – ist Schilderung eines Lebens von der Geburt bis zu einem letzten Gefängnisaufenthalt. Wiewohl eine solche Autobiographie in der europäischen beziehungsweise romanischen Literaturtradition nichts Außergewöhnliches bedeutet, ist doch die gesellschaftliche Semantik der Umstände im Jahre 1972 durchaus anders und relevant: Eine im Ersten Weltkrieg geborene, bei Ausbruch des Zweiten Weltkrieges fünfundzwanzig Jahre alte Frau erzählt eben jetzt – nach den Umbrüchen von 1968 – ihr Leben selbst und direkt, ohne daß man Vermittlungsinstanzen einschaltet. Und die historische Zeit dieses Frauenromans bezieht sich auf die Jahre des Mussolini-Faschismus, des Weltkriegs, der Resistenza und des Wiederaufbaus nach 1945. Teile dieser Phasen werden von den Schriftstellern Italiens gern ausgeklammert (der Faschismus ist gemeint, der dem Volk und gerade den Frauen so viel »Gutes« tun wollte), oder sie werden oft zum Heroisierungsgegenstand der Widerstandsromane der männlichen Autoren (wie Cassola oder Fenoglio), während die der Nachkriegsphase gewidmete Neorealismus-Fiktion nur teilweise Frauenschicksale thematisierte. Schon in ihrem Erstlingsroman *La vacanza* (1962, dt. 1964) wendete sich die junge, bereits selbstbewußte kritische Autorin Maraini dem Faschismus zu; die vierzehnjährige Anna erlebt dort eine Zeit gesellschaftlicher Dekadenz, wie sie im Teresa-Buch dann vertieft und ergänzt erscheint. Der hintergrundreiche Bekenntnisroman über Teresa ließe sich deshalb gut mit *La storia* von Elsa Morante (1974; dt. 1976, SP 747) vergleichen, wo auch eine Frau und ihr Kind einer ganzen Nation gegenüberstehen: ist doch auch er eine großräumige Darstellung einer großen nationalen Elendsperiode von enormer historischer Relevanz aus der Sicht einer harmlosen, selbstlosen Erdenbürgerin.

So wie Figurenrepertoire und Schauplätze des Erzählten anregend bunt sind, so ist auch die Handlung ein abwechslungsreiches Geflecht aus Erinnertem, das von farbigen Details, Szenen, Fakten, Kuriositäten lebt. Der rote Faden ist Teresas quirlige Lebensdarlegung, und diese ist automatisch Garant für »Echtheit«. Aber die Schilderung dieser Existenz ist ebenso unorganisiert, wie das Leben selbst, welches dennoch ein organisches Wunder ist. So ist denn Teresas Bilderzyklus ein temperamentvolles Chaos in durchaus glaubwürdigem Wirklichkeitsambiente. Gerade das scheinbar Unsystematische dieser Vita entspricht also einem »kosmischen« Gestaltungsprinzip. Dieses Curriculum verläuft prinzipiell so wie jedes andere auch, und jeder würde wohl so ähnlich von seinem erzählen, müßte oder sollte er das unkünstlich tun, wiewohl das Erlebte selbst anders sein wird. Immer geht es der »Frauenautorin« Maraini bei der Beobachtung von Frauen um Familie, Sexualität, Gewalt, Keuschheit, Mutterschaft, Liebe, Altern, Prostitution. Und so ist diese Nachzeichnung eines weiblichen Schicksals etwas negativ Stereotypes, was sich auch in den zwei Jahrzehnten nach Teresas »Beichte« nicht änderte – wie die Maraini in dem Essayband *La bionda, la bruna e l'asino* (1987) andeutet, wo sie in fünfzig Aufsätzen Situationen und Schicksale von Frauen der 70er und 80er Jahre akribisch beschreibt und analysiert.

Der scheinbar belanglose Titel *Memorie di una ladra* hat eine erstaunliche intertextuelle Anspielungskraft, welche dem Inhalt und der Protagonistin viel Bedeutung und Tiefe verleiht. Denn solche Erinnerungsaufzeichnungen gibt es ja sonst nur von Generälen, Grafen, Gönnern, Künstlern, erlauchten Persönlichkeiten oder solchen, die sich dafür halten. Einen dynamischen Widerspruch ergibt die Verbindung dieser »hohen« Gattungsbezeichnung mit dem unbestimmten Artikel »una« (eine), der das x-beliebige der zentrierten Figur unterstreicht. Da Memoiren an Verschriftlichung gebunden sind, hebt die Genrenennung den mündlichen Bericht Teresas raffiniert in den Bereich der Literarität. Da indes viele Frauen so erzählen könnten wie Teresa, erlangen ihre Offenbarungen auf diese Weise Exemplarität für die Selbstäußerung solcher Frauen in Italien allgemein. Die Verknüpfung der Begriffe »Erinnerungen« und »Diebin« ist eine weitere geschickte Ironisierung, die sich durch die Anspielung auf eine weltliterarische Romangattung erklären läßt: Das Buch von und über Teresa ist eine Art Schelmenroman, einer von wenigen, die Italien aufzuweisen hat, während er in Spaniens Goldenem Zeitalter eine klassische Erzählform ist, deren Tradition diesem Buch zusätzliches soziales und ästhetisches Gewicht gibt. Von der *novela picaresca* – im Stile eines *Lazarillo de Tormes* oder des *Buscón* Quevedos – hat dieses Buch u. a. den offenen Schluß, das heißt die generelle Fortsetzbarkeit, die der realen Kontinuität des Lebens selbst Rechnung trägt.

Mit ihrem so stark erinnerungshaften Roman über eine »bedeutungslose«, indes kunstvoll in den Mittelpunkt gerückte Frau lieferte die Autorin einen wertvollen, experimentellen Beitrag zum Programm inhaltlicher und formaler Erneuerung, wie sie die Schriftsteller der »Gruppe 63«, eben im Jahr 1963, in Palermo zur endgültigen Ablösung des jahrzehntelang dominierenden Neorealismus verlangten. Es waren damals Luigi Malerba, Giorgio Manganelli und Umberto Eco dabei, und man weiß, daß seit dem *Gattopardo* von Giuseppe Tomasi di Lampedusa (1958; dt. 1959, SP 320) Italiens Literatur bis heute ununterbrochen mit thematischen und erzähltechnischen Überraschungen aufwartet, was auch das gesamte Erzählwerk von Dacia Maraini bis heute beweist. Daß sie auch dieses Buch schuf, ist »gut« und moralisch wertvoll, denn es macht uns in einer so »wertneutralen« Zeit wie der unsrigen mit einem verblüffend ehrlichen und ehrenhaften, nicht nur liebenswerten, sondern überaus liebesfähigen Menschen bekannt, der zu jener neuen »Ars amandi« paßt, welche die Maraini als Dichterin und als Frau der Liebeskunst ihres Lands-Mannes Ovid entgegensetzte.

Heinz Willi Wittschier

INHALT